Charlotte McGregor

HIGHLAND HAPPINESS
Die Töpferei von Kirkby

CHARLOTTE McGREGOR

HIGHLAND *Happiness*

DIE TÖPFEREI VON KIRKBY

ROMAN

Charlotte McGregor
Highland Happiness – Die Töpferei von Kirkby

Carin Müller
c/o Die Bücherfee Karina Reiß,
Heiligenhöfe 15 c, 37345 Am Ohmberg

www.charlottemcgregor.de
www.carinmueller.de

1. Auflage, April 2023

ISBN 978-3985953776

Umschlaggestaltung: Sabine Albrecht, www.benisa-werbung.de
Unter Verwendung von:
©Depositphotos.com/fisfra
©Depositphotos.com/phb.cz
©Depositphotos.com/solarseven
©Depositphotos.com/lifeonwhite
©Freepik/tirachard
©Depositphotos.com/dpp2012

Lektorat/Korrektorat: Julia Funcke

Druck und Bindung:
Smilkov Print Ltd, Blagoevgrad

Bestellung und Vertrieb:
NovaMD GmbH, Vachendorf

INHALT

Anhang

AUF TÖNERNEN FÜSSEN

»RUHIG, MEINE KLEINE«, wisperte Hailey in die graue Mähne ihrer Stute Airgead, doch der bemüht sanfte Tonfall täuschte weder ihr Pferd noch sie selbst.

»Wenn du in dieser Stimmung bist, solltest du lieber gehen, sonst gibt es hier ein Blutbad«, knurrte ihr Onkel Marlin, der sich am rechten Hinterhuf der mächtigen Schimmelstute abmühte.

Airy, wie Hailey ihr Pferd liebevoll nannte, war für ein Clydesdale erstaunlich feinnervig und temperamentvoll – und sie hasste es, wenn der Hufschmied kam.

»Meine Stimmung wäre besser, wenn meine Familie nicht so unkooperativ wäre«, maulte Hailey zurück.

»Sind wir wieder bei deinem Lieblingsthema?«, mischte sich ihr Vater Rupert ein, der in die Schmiedescheune gekommen war und nun beruhigend eine Hand auf die Kruppe der nervösen Stute legte, die sich dabei sichtlich entspannte.

»Du meinst, bei meinem größten Albtraum?« Hailey verschränkte die Arme vor der Brust und funkelte Vater und Onkel an. »Ich hätte echt nicht gedacht, dass ihr mich alle derart hängen lasst. Es ist doch schließlich die perfekte Werbung für unsere Zucht.«

Marlin grunzte, doch Hailey konnte nicht sagen, ob das der Anstrengung geschuldet war, das alte Eisen vom Huf zu entfernen, oder als Kommentar zu ihrer letzten Aussage gemeint war. Im Grunde war es auch egal. Die Diskussionen drehten sich seit Tagen, ach was, seit Wochen nur noch im Kreis.

»Das redest du dir wenigstens ein«, brummte Rupert. »Mal abgesehen davon, dass ich keinen Werbeeffekt erkennen kann, wenn du mit unseren Tieren eine Zirkusshow lieferst, kannst du nicht erwarten, dass sich die ganze Familie Zeit dafür nimmt.«

»Es ist keine Zirkusshow, sondern eine Demonstration der vielseitigen Fähigkeiten und Einsatzmöglichkeiten von Clydesdale-Pferden«, erwiderte Hailey. Dieser Satz hatte Bürgermeister Collum McDonald vor ein paar Wochen davon überzeugt, dass es eine tolle Idee war, mit dem anstehenden »Kirkby Clan Gathering« auch Reiterspiele anzukündigen. Sie plante, die gut ausgebildeten Tiere aus der Familienzucht als engagierte Sportkameraden im Dressurviereck und bei einem Querfeldein-Jagdrennen zu präsentieren. Außerdem wollte sie demonstrieren, wie man sie früher für die Wald- und Feldarbeit genutzt hatte, und einen regelmäßigen Kutschentransfer von Kirkbys Marktplatz zum Veranstaltungsgelände bei Monroe Manor anbieten. Das Highlight jedoch sollten spektakuläre Kampfszenen hoch zu Ross sein: verwegene Highlander und Highlanderinnen, traditionell gewandet, die sich vom Pferderücken aus Schwertkämpfe lieferten. Szenen, wie man sie in Filmen sah oder gelegentlich bei Mittelalterspielen. Sie wusste, dass das in der Regel gut trainierte Stunt- und Showtruppen waren, die von Aufführung zu Aufführung tingelten, aber sie war sich sicher, dass sie ein solches Spektakel auch selbst inszenieren konnte. Jedenfalls dann, wenn sie Mitstreiter fand, die mit ähnlich viel Engagement daran arbeiteten wie sie selbst.

Doch genau daran scheiterte es. Während sich für die Dressurvorführung und das Jagdrennen sofort genügend Reiterinnen und Reiter gemeldet hatten und auch die Landarbeit und die Kutschfahrten in trockenen Tüchern waren, fand sich praktisch niemand für die Kampfszenen. Sie hatte dabei fest auf ihre Familie gezählt, in der es etliche sehr gute und einige sehr unerschrockene Reiterinnen und Reiter gab. Aber sie hatte fast nur Absagen kassiert. Bei ihrer Cousine Isla konnte sie es ja noch verstehen, denn die hatte schlicht keine Zeit für das Training, weil sie gefühlt Tag und Nacht in ihrer Restaurantküche stand. Aber dass ihre eigene Schwester Kristie, ihr Cousin Alex und vor allem ihr Onkel und ihr Vater abgelehnt hatten, traf sie schwer. Lediglich Alex' dreizehnjähriger Sohn Aidan hatte ernsthaftes Interesse gezeigt, nur war der – obwohl ein fantastischer Reiter – eindeutig zu jung. Ihren Cousin Lennox hatte sie beinahe überredet, und Adley MacAlpine war grundsätzlich ebenfalls bereit, aber beide waren längst keine so erfahrenen Pferdemenschen, wie sie es sich gewünscht hätte.

»Schwertkämpfe auf Pferden sind alberne Shows«, beharrte ihr Vater. »Und ich kann nicht erkennen, wie die dem Ansehen der Rasse nützlich sein sollen.«

Airgead wieherte schrill, vermutlich eine Reaktion auf Marlins energisches Raspeln an ihrem Huf.

»Siehst du, selbst Airy findet deinen Kommentar kurzsichtig«, behauptete Hailey jedoch und klopfte ihrem Pferd sachte den Hals. »Natürlich sind Schwertkämpfe kein Alltag, doch man kann dabei sehr schön zeigen, wie nervenstark und zuverlässig die Tiere sind.«

Ihr Vater lachte leise. »Genau. Vor allem, wenn du dabei Airgead einsetzt.«

»Wenn es drauf ankommt, hat sie Nerven wie Drahtseile.« Hailey unterdrückte nur mit Mühe ein Augenrollen. »Es bleibt aber dabei, dass ich mindestens noch einen vierten Mann brauche. Lennox und Adley sind …« Sie redete nicht weiter, als sie den Blickwechsel zwischen Vater und Onkel mitbekam, der Bände sprach. »Ehrlich, ihr seid nicht hilfreich!«

»Wir sind realistisch.« Marlin war inzwischen bei Airgeads linkem Hinterbein angelangt, was der Stute genauso wenig gefiel wie die Arbeit an ihren drei anderen Füßen.

Hailey versuchte es mit einer anderen Taktik. »Onkel Marlin, du wärst wirklich meine erste Wahl. Kaum einer in Kirkby reitet so gut wie du, und im Kilt mit einem Schwert in der Hand wärst du eine einzigartige Erscheinung. Das wäre absolut großartig.« Das war etwas übertrieben, denn ihr Onkel, der tatsächlich ein sehr guter Reiter war, hatte leider nicht die Heldenstatur, die ihr für einen tapferen Krieger vorschwebte, sondern war vergleichsweise schmal und sehnig gebaut. Das galt blöderweise auch für seinen jüngsten Sohn Lennox. Um auf einem der riesigen Clydesdales gut auszusehen, brauchte man eigentlich etwas mehr Format. Alex wäre einfach perfekt dafür und mit seinen flammend roten Haaren auch eine wahre Traumbesetzung.

»Schmeicheleien funktionieren nicht, meine Liebe«, entgegnete Marlin erwartungsgemäß. »Und ich mach mich bestimmt nicht zum Gespött.«

»Niemand würde dich verspotten, vielmehr würden dich alle anbeten«, versuchte Hailey es noch einmal, obwohl ihr klar war, dass sie auf völlig verlorenem Posten stand. »Alternativ könntest du mehr im Bed & Breakfast arbeiten, damit Alex etwas Extrazeit zum Trainieren hätte.«

»Alex heiratet in einem Monat, der hat gerade für gar nichts anderes Zeit«, gab Marlin zurück, ächzend, weil sich das Hufeisen nicht lösen wollte. »Zumal Colleen jetzt stundenweise wieder arbeiten geht und er auch noch auf die kleine Roya aufpassen muss.«

»Er heiratet im Mai – die Highland Games sind im August. Da wäre also immer noch reichlich Zeit.«

»Aber nach der Hochzeit ist Hauptsaison, und du weißt ja, dass er und Jon die alte Scheune neben der Schule umbauen, damit Kirkby noch zehn weitere Hotelzimmer zur Verfügung hat.«

»Ich weiß, ich weiß …« Hailey seufzte. »Aber es ist ja nicht so, als würden Alex und Jon beim Umbau persönlich Hand anlegen. Ich hab's begriffen: Meine eigene Familie lässt mich hängen. Ich hoffe, ihr könnt damit leben.«

»Niemand lässt dich hängen, wir unterstützen dich, wo es geht. Aber wir haben alle Jobs, um die wir uns kümmern müssen, und schlicht nicht die Zeit, die für ein sinnvolles Training nötig wäre«, mischte sich wieder ihr Vater ein.

Genau das war die Crux an der Sache. Auch Hailey selbst hatte reichlich zu tun. Sie trainierte die Gastpferde, die zur Therapie bei ihnen im Stall waren, bildete den eigenen Nachwuchs aus und gab Reitunterricht. Trotzdem wollte sie es schaffen, das Showprogramm auf die Beine zu stellen. Das hatte sie Collum zugesagt, und es wäre ihr peinlich, wenn sie einen Rückzieher machen müsste. Außerdem wollte sie es unbedingt machen, weil es auch eine tolle Herausforderung für sie als Ausbilderin war. Mit dieser Erfahrung im Rücken hätte sie in der Zukunft noch ganz andere Möglichkeiten. »Vielleicht sollte ich irgendwo eine Annonce aufgeben: ›Suche attraktiven und versierten Reiter mit reichlich Tagesfreizeit!‹«

»Das wäre eine Möglichkeit.« Marlin lachte. »Oder du fragst einfach Sean. Auf den treffen eigentlich all diese Attribute zu.«

»Sean?« Hailey sah ihren Onkel verblüfft an. Dann hellte sich ihr Gesicht merklich auf. »Das ist eine brillante Idee! Warum bin ich da selbst noch nicht drauf gekommen?«

»Das wirst du dir nur selbst beantworten können«, sagte Marlin. »Aber jetzt wäre ich dir wirklich dankbar, wenn du die Klappe halten oder noch besser den Abflug machen könntest, damit ich in Ruhe dein Pferd neu beschlagen kann.«

»Bin schon weg!«, kündigte sie an und kraulte Airgead noch einmal kurz den Hals. »Sei ein braves Mädchen, Airy.« Dann verließ sie die Schmiedescheune und ging zum großen Hauptstall, in dem auch Seans Pferd Edna stand. Vielleicht hatte sie Glück, und er war gerade da. Ansonsten könnte sie ihm an Ednas Box eine Nachricht hinterlassen.

Sie musste über ihre eigenen Gedanken lachen, denn sie könnte ihn natürlich auch einfach anrufen. Oder in seiner Werkstatt besuchen. Aber irgendwie käme ihr das falsch vor. Sean Gordon lebte seit vier oder fünf Jahren in Kirkby und hatte kurz nach seiner Ankunft die damals dreieinhalbjährige Edna von Haileys Vater gekauft und sie selbst ausgebildet. Er war fast jeden Tag im Stall und bewegte das Tier auf dem Reitplatz oder ritt aus. Trotzdem hatte Hailey praktisch keinen Kontakt zu ihm. Und das galt nicht nur für sie, sondern fast für das ganze Dorf. Sean als Eigenbrötler zu bezeichnen wäre vermutlich die Untertreibung des Jahrhunderts. Erst seit letztem Herbst taute er etwas auf – seit er Lennox die alte Remise auf seinem Hof als Übungsraum vermietet hatte.

Seitdem war er sogar zweimal bei Dorffesten gewesen: einmal im Herbst und vor ein paar Wochen bei der traditionellen Saisonauftaktparty von Islas Restaurant. Mit ihm gesprochen hatte sie aber bei keinem der beiden Events, und auch sonst hatte sie noch nicht viel mit ihm geredet.

Als sie in den Stall ging, stand Edna Heu fressend in ihrer Box und hatte eine leichte Decke übergeworfen. Hailey schlüpfte hinein und fasste unter die Decke. Die Stute war leicht verschwitzt – und hatte die heutige Trainingseinheit mutmaßlich schon hinter sich. »Mist«, murmelte sie. »Dann brauch ich wohl einen anderen Plan.« Sie tätschelte kurz den Hals des Tieres und zog dann ihr Handy aus der Jackentasche. Seans Nummer stand in ihrem Adressbuch, zusammen mit denen aller anderen Pferdebesitzer, die ihre Tiere hier im Stall eingestellt hatten. Allerdings hatte sie bisher noch nie mit ihm telefoniert oder Textnachrichten ausgetauscht. Ob es wohl okay war, wenn sie ihm jetzt einfach schrieb?

Suche attraktiven und versierten Reiter mit reichlich Tagesfreizeit! Der Satz, den sie vorher so flapsig formuliert hatte, kam ihr wieder in den Sinn. Sie kicherte leise. *Das* sollte sie wohl lieber nicht schreiben. Er würde es zweifellos falsch verstehen, wie eine kurze Textnachricht überhaupt viel Platz für Missverständnisse bot. Nein, es war sicher besser, wenn sie persönlich mit ihm sprach und ihn fragte, ob er buchstäblich ihr Retter in der Not werden wollte.

Hailey überlegte, ob sie gleich zu ihm fahren sollte, doch dann meldete ihr Handy eine Termin-Erinnerung. In einer halben Stunde hatte sie ein Erstgespräch mit einem neuen Kunden, der zwei gerettete Tierschutz-Pferde vorstellen und Hailey um ihren Rat bitten wollte. Und auch für den restlichen Tag drängten sich die Verpflichtungen. Vielleicht würde sie heute Abend Zeit haben, bei Sean vorbeizuschauen. Oder sie setzte erst einmal Lennox auf ihn an? Ja, das war eine erstklassige Idee.

• • •

Das leise Surren der Töpferscheibe, der erdige Geruch des frischen, feuchten Tons und seine elastische Kühle verfehlten auch diesmal nicht ihre beruhigende Wirkung auf Sean. Er schloss die Augen und ließ seine Finger in tausendfach wiederholten Bewegungen über den Tonblock gleiten. Formte erst einen langen, schmalen Kegel, drückte ihn dann wieder zusammen und wiederholte das Prozedere einige Male, bis seine Hände anfingen, dem Klumpen eine neue Form zu geben. Sean liebte diese Arbeit. Konnte nicht genug davon bekommen, wie sein Körper beinahe ohne bewussten Entschluss seine Arbeit verrichtete und aus einem uralten Werkstoff etwas ganz Neues formte.

Sein Atem wurde ruhiger, sein Herzschlag verlangsamte sich, und er hatte das Gefühl, immer mehr eins zu werden mit dem Ton. Und während er damit verschmolz, kamen seine Gedanken zum Stillstand.

Töpfern war für ihn tatsächlich so etwas wie Meditation – oder eine lebenslange Therapie. Vermutlich hatte ihm die Arbeit mit Ton einst das Leben gerettet, in seinen düstersten Momenten als Teenager. In dem Internat, das er besucht hatte, hatte ihn eine engagierte Kunstlehrerin zu einer freiwilligen Projektarbeit mit Ton überredet. Instinktiv hatte die Frau wohl geahnt, dass dieses Material seine geschredderte Seele kitten konnte. Für dieses Engagement würde er ihr bis ans Ende seiner Tage dankbar sein.

Sean war nach so vielen Jahren immer noch fasziniert davon, welche Magie Ton auf ihn ausübte, und von der Vielseitigkeit dieses Werkstoffs. Und er war dankbar, dass die Arbeit damit für ein weiches finanzielles Polster sorgte. Jene Kunstlehrerin, die ihn zum ersten Mal an einer Töpferscheibe hatte arbeiten lassen, hatte ihm auch geraten, sich nach seinem Schulabschluss am Londoner Central Saint Martins College für einen Platz in der Keramikklasse zu bewerben. Dort hatte er alles ausprobieren können und mit den unterschiedlichsten Materialien experimentiert.

Während des Studiums hatte vor allem das Thema Aufbaukeramik im Vordergrund gestanden, und er hatte das Gefühl gehabt, seine inneren Dämonen in seine Skulpturen bannen zu können. Düstere, abstrakte Wesen, die ihm bereits im zweiten Studienjahr einen lukrativen Vertrag mit einer Galerie eingebracht hatten. Damit hatte er so viel Geld verdient, dass er sein restliches Studium und sein WG-Zimmer allein finanzieren konnte und nicht mehr auf die widerwillige Unterstützung seiner Eltern angewiesen war, die ohnehin keinerlei Verständnis für seinen Berufswunsch hatten.

Der buchstäblich manifestierte Schmerz hatte ihn von seiner Familie unabhängig gemacht. Zunächst finanziell, im Laufe der Jahre auch emotional. Er fühlte sich immer weniger gefangen von der elterlichen Missbilligung und der permanenten Geringschätzung, denn wenn er mit Ton arbeitete, wurde sein Kopf jedes Mal verlässlich leer, und er musste nicht mehr nachdenken.

Nach dem Studium hatte er ein paar Jahre in einer Art Kreativkommune gelebt und gearbeitet. Eine unglaublich intensive und inspirierende Zeit, die seiner Kunst und seiner Ausdrucksform eine neue Note verliehen hatte – und ihm blöderweise noch mehr Schmerz eingebracht hatte. Allerdings auch reichlich Ruhm und Geld. So viel von Letzterem, dass er sich vor rund fünf Jahren diesen alten Hof hier in Kirkby hatte kaufen können, wo er sich eine Werkstatt ganz nach seinen eigenen Vorstellungen eingerichtet hatte. Hier hatte er seine Leidenschaft für die Drehscheibe entdeckt – und für Gebrauchskeramik. Schüsseln, Teller, Becher, Schalen, Vasen waren nun sein täglich Brot, und er musste lachen, wenn er an den entsetzten Ausdruck eines ehemaligen Kommilitonen dachte, als sie sich vor zwei Jahren bei einer Ausstellungseröffnung darüber unterhalten hatten. Geschirr ging in den Augen des anderen gar nicht und kam einem Verrat an der Kunst gleich.

Sean sah das ganz anders. Ihm bereitete es eine unbändige Freude, Nützliches herzustellen, Dinge, die geschätzt und gebraucht wurden. Und es stand schließlich nirgends geschrieben, dass diese Dinge simpel und langweilig sein mussten. Aus einer Espressotasse ein atemberaubendes Unikat zu schaffen, das trotzdem alltagstauglich war, fand er inzwischen fast befriedigender als seine Skulpturen. Die er natürlich immer noch machte, wenn auch längst nicht mehr in der gleichen großen Stückzahl wie früher. Das hatte den erfreulichen Nebeneffekt, dass seine Stücke inzwischen als Raritäten galten und noch mehr Geld brachten als die frühen Werke.

Auch mit der Gebrauchskeramik ließ sich gut verdienen. Angefangen hatte es mit dem Geschirr für das lokale Sternerestaurant *The Scottish Thistle*, bei dem er mit ganz subtilen Elementen gearbeitet hatte. Die Teller sollten schließlich nicht mit den kulinarischen Kreationen konkurrieren, sondern ihnen vielmehr eine perfekte Bühne bieten. Isla Fraser hatte sehr klare Vorstellungen gehabt, war aber genauso offen für seine Ideen gewesen, und gemeinsam hatten sie eine exklusive Kollektion entworfen, auf die sie beide stolz waren. Gerade hatte sie ein weiteres Dutzend der Dessert-Etageren nachgeordert und außerdem wegen Prototypen für kleine Schälchen angefragt, die sie für irgendeine neue Kreation nutzen wollte.

Im Moment ließ er aber einfach seine Hände arbeiten. Vielleicht kam am Ende etwas Brauchbares dabei heraus, vielleicht auch nicht, aber das war ganz gleichgültig.

»Mau«, meldete sich Elvis und strich ihm um die Beine. Der riesige Stubentiger hatte sich ein ganzes Weilchen nicht mehr bei ihm blicken lassen. Er war nicht Seans Katze, sondern gehörte Landärztin Anna. Doch der grau getigerte Maine-Coon-Kater ging gern eigene Wege, hatte Sean im letzten Sommer bei seinen Streifzügen entdeckt und besuchte ihn seitdem regelmäßig.

»Na, Elvis, du warst ja schon länger nicht mehr hier. Hast du einen großzügigeren Gastgeber gefunden?«, fragte er den Kater und stellte sein Töpferrad aus. Auf der Scheibe lag eine große Schale mit einem interessanten Wellenmuster am Rand. Er grinste, denn er hatte nicht die geringste Ahnung, wie seine Finger das fertiggebracht hatten.

»Mau!« Elvis' Maunzen klang nun dringlicher.

»Versteh schon, du bist kurz vorm Verhungern, weil dir dein böses Frauchen nie etwas zu essen gibt.« Sean stand auf, trat zum großen Waschbecken in seiner Werkstatt, das eher einem Viehtrog glich, und wusch sich die Hände. Dann kramte er im Regal nach dem Trockenfutter, das er extra für Elvis besorgt und in eine Metalldose umgefüllt hatte. Weniger aus ästhetischen Gründen, als um das schlaue Tier davon abzuhalten, sich an der Pappschachtel selbst zu bedienen.

Die Dose stand nun zwischen den Behältnissen mit seinen Glasuren, und bislang hatte Elvis noch nicht kapiert, wo die Leckerlis drin waren. Viele waren auch nicht mehr da, aber für einen kleinen Snack reichte es wohl. Meinte Sean jedenfalls, doch Elvis sah ihn aus seinen Bernsteinaugen konsterniert an.

»Sorry, mehr habe ich nicht«, murmelte er und notierte Katzenfutter auf seiner mentalen Einkaufsliste. Lange würde er den Trip zum Supermarkt in Inverness ohnehin nicht mehr aufschieben können, auch wenn er wenig so sehr hasste wie Einkaufen.

Während der Kater die kläglichen Reste verknusperte, ging Sean zurück zu seiner Scheibe und sah sich die Wellenschale noch einmal genauer an. Die war wirklich nicht schlecht und konnte vielleicht als Obstschale verwendet werden, oder mit einer schönen Glasur auch einfach nur als Deko-Objekt. Er nahm seinen Schneidedraht und löste die Schale von der Scheibe. Anschließend stellte er sie vorsichtig ins Trocknungsregal, wo schon einige andere Prototypen warteten, die er in den letzten Tagen angefertigt hatte.

Das war sein tägliches Ritual. Ehe er mit seiner eigentlichen Arbeit begann, ließ er eine halbe Stunde lang seine Finger intuitiv mit dem Ton spielen. Die Hälfte dieser »Werke« verwarf er direkt wieder, der Rest landete im Regal. Jetzt wollte er sich um die Schüsselchen für Isla kümmern, doch nun signalisierte sein Handy einen Video-Anruf von seiner Schwester Philippa. Das war ungewöhnlich, denn normalerweise sprachen sie immer sonntags miteinander, aber vorgestern war Pippa den ganzen Tag beschäftigt gewesen.

»Himmel, bei dir herrscht ja schon wieder abscheulich gutes Wetter«, sagte er statt einer Begrüßung und musste lächeln, als er das strahlende Gesicht seiner älteren Schwester sah, die seit einem Jahr auf den Scilly-Inseln lebte und als Botanikerin im *Tresco Abbey Garden* arbeitete.

»Du hingegen pflegst deine vornehme Künstlerblässe«, entgegnete sie grinsend. »Warst du heute schon mal draußen, oder knetest du schon wieder seit den frühen Morgenstunden im Ton herum?«

»Ich war schon zwei Stunden reiten, hatte also mutmaßlich mehr Bewegung als du«, behauptete Sean und merkte, wie sich gute Laune in ihm breitmachte. Der freundschaftliche Schlagabtausch mit Pippa war recht neu, genau wie der mit seinem Bruder Dominic, der auf Vancouver Island lebte. Sie hatten sich alle erst vor einem guten Jahr wiedergefunden – als ihre jüngste Schwester Frances ums Leben gekommen war. Das hatte zum endgültigen Bruch mit ihren Eltern geführt, aber erstaunlicherweise zu einem recht engen Kontakt unter den Geschwistern, auch wenn sie räumlich sehr weit voneinander entfernt lebten.

»Ich stelle mir vor, wie du im schottischen Morgengrauen allein auf deinem tapferen Ross durch den Nebel reitest«, sagte sie und schüttelte sich.

»So neblig war es heute gar nicht, aber sonst hast du recht. Es war herrlich.«

»Wenn du meinst.« Philippa schien ihm nicht recht glauben zu können. Oder zu wollen.

Sean zuckte mit den Schultern. »Es kann nicht jeder im Paradies leben. Wobei für mich die schottischen Highlands ziemlich paradiesisch sind. Aber jetzt erzähl, wie war dein aufregender Tag?«

In den nächsten Minuten berichtete Pippa, wie sie mit einigen Mitgliedern der königlichen Familie durch den Park geschlendert war und ihnen die neuen Pflanzen gezeigt hatte. Die Scilly-Inseln gehörten seit Jahrhunderten dem jeweiligen Herzog von Cornwall. So gesehen war Prinz William irgendwie Philippas Chef, und sie hatte schon einige Kurzbesuche der Royals erlebt. Inzwischen berichtete sie reichlich abgeklärt darüber, und ihr persönliches Highlight war dann auch etwas anderes gewesen, nämlich der zweite Platz beim inoffiziellen Saisonauftaktrennen mit ihrem Gig-Boot-Team.

»Warum inoffiziell?«, erkundigte er sich.

»Weil die Rennsaison offiziell im Mai losgeht und wir erst seit Kurzem wieder trainieren. Genau genommen waren wir erst zweimal im Wasser. Aber gestern haben wir uns mit zwei anderen Teams verabredet und sind ein kleines Rennen gefahren. Und da haben wir den zweiten Platz gemacht.«

Sean hob eine Braue und wollte etwas erwidern, doch sie fuchtelte mit ihrer Hand vor der Kamera.

»Sag nichts!«, verlangte sie. »Ich will keine Kommentare darüber hören, dass ein zweiter Platz bei drei Teams keine so große Leistung ist. Uns macht es Mut – und du weißt, wie mies wir letztes Jahr waren.«

»Ich wollte nichts anderes sagen«, behauptete er. »Und sonst? Alles okay bei euch? Wie geht's meinem Lieblingsneffen?«

Rufus, der vierjährige Sohn seiner verstorbenen Schwester Frances, lebte mit Philippa auf den Scilly-Inseln und war inzwischen von Pippa und ihrem Mann Harry adoptiert worden.

»Dem geht's blendend«, entgegnete sie, und ihr triumphierendes Grinsen wich einem weichen, mütterlichen Lächeln. »Auch wenn ich mich täglich frage, wer wen zu mehr Unsinn anstachelt – Hund oder Kind.«

Diese Geschichten kannte Sean schon. Er hatte Pippa und Harry im letzten Winter einen jungen Airedale Terrier namens Scotty geschenkt. Das Tier war jetzt sechs Monate alt und offenbar ein Quell von Freude, unbändiger Energie und zerstörerischer Kreativität. »Will ich wissen, was er diesmal angestellt hat?«, erkundigte er sich vorsichtig. »Also der Hund. Auf Rufus lasse ich nichts kommen.«

»Glaub mir, das willst du ganz sicher nicht wissen. Wobei ich dir eigentlich eine Rechnung für den entstandenen Schaden zuschicken müsste. Schließlich hast du uns diesen Teufelsbraten untergeschoben.« Sie verdrehte gespielt dramatisch die Augen. »Vorgestern hat er mein frisch angesätes Kräuterbeet umgegraben und letzten Mittwoch das Handy meiner Nachbarin erst gestohlen, dann genüsslich angenagt und schließlich vergraben. Es hat allerdings noch gelebt, als wir es gefunden haben. Harry wollte es zurückbringen, doch Scotty ist derart wild an ihm hochgesprungen, dass er das Handy fallen gelassen hat. Es ist unterm Koppelzaun durch in den Tierauslauf geschlittert, und Esel Alfie ist freundlicherweise draufgetreten und hat ihm den Rest gegeben.«

»Auweia. Das hört sich anstrengend an«, befand Sean. Andererseits war es mit so einem temperamentvollen Störenfried sicher auch ganz lustig. Sein Blick fiel auf Elvis, der auf das Regal mit den Glasuren geklettert war und offensichtlich nicht wahrhaben wollte, dass sich dort keine weiteren Leckereien verbargen. Sean musste zugeben, dass er die Besuche des Tigers sehr genoss und sich sogar dann freute, wenn sich das Biest an seinen frischen Keramiken verging, was mehr als einmal vorgekommen war. »Vielleicht brauch ich auch einen jungen Hund.« Ihm wurde erst klar, dass er den letzten Satz laut ausgesprochen haben musste, als ihn Philippa mit verblüffter Miene anstarrte. Er räusperte sich. »Ähm, ich hab wohl laut gedacht.«

»Sehr interessante Gedanken, mein Lieber. Sehr interessant.« Pippa hob eine Braue, und das Lächeln kehrte auf ihr Gesicht zurück. Allerdings hatte es nun eine Note angenommen, die ihn irritierte.

»Hier haben fast alle Leute einen Hund«, sagte er betont lässig. »Außerdem wohne ich sehr abgelegen und einsam, und mein Galerist hat …« Er klappte den Mund zu, als er Pippas heftiges Kopfschütteln sah. Sie hatte ja recht. Er sollte aufhören, sich in albernen Ausreden zu verlieren.

»Ich finde das sehr spannend«, fuhr sie fort. »Ein Hund bedeutet automatisch mehr Geselligkeit, und das zeigt mir, dass du endlich bereit bist für etwas mehr … nun ja, Sozialleben.« Ihre Augen glitzerten triumphierend. Seit Monaten lag sie Sean in den Ohren, dass er seine Eigenbrötler-Existenz aufgeben und sich endlich wie ein normal sozialisierter Mensch benehmen möge.

»Du hast wohl noch nie etwas von einem einsamen Wolf gehört«, erwiderte er ein wenig harsch. Dabei hatte sie vollkommen recht mit ihrer Annahme. Er war wirklich gern allein, aber ein bisschen mehr menschliche Gesellschaft würde ihn auch nicht umbringen. Seit Lennox die Remise gemietet hatte, ging es diesbezüglich aber ohnehin bergauf. Auch wenn das nicht das war, was Pippa meinte.

»Also, wenn du einen einsamen Wolf möchtest, solltest du vielleicht von einem Airedale Terrier Abstand nehmen«, entgegnete sie jedoch nur trocken. »Und ich bin auch nicht hier, um dir zu sagen, wie du dein Leben führen sollst. Das kannst nur du allein entscheiden. Ich kann dir nur erzählen, dass sich mein Leben deutlich zum Besseren gewandt hat, als ich neue Menschen und vor allem neue Lieben zugelassen habe.«

Sean schluckte und presste dann abwehrend die Lippen aufeinander, doch Pippa war noch nicht ganz fertig mit ihrer Ansage.

»Bei Dominic läuft es doch ganz genauso – und der war von uns allen der hoffnungsloseste Fall«, sprach sie weiter. »Jetzt lebt er mit einer Frau, zwei Kindern und einem Hund zusammen und entwickelt Computerprogramme, um die Sprache der Wale zu entschlüsseln.«

»Ich weiß«, antwortete Sean, als Pippa eine Pause machte und offensichtlich eine Reaktion erwartete. »Ich weiß aber auch, dass jeder seinen eigenen Weg gehen muss. Außerdem bin ich viel jünger als Nicky und du. Ich hab also noch Zeit, meinen Weg zu finden. Und bis dahin bin ich in meiner schottischen Einsamkeit ganz zufrieden. Zumal sie längst nicht so einsam ist, wie ihr offensichtlich glaubt. Außerdem habe ich mich tatsächlich breitschlagen lassen, einen Töpferkurs zu geben. Bisher hat den eine Kindergärtnerin geleitet, aber Anna hat mir und Lennox klargemacht, dass es gut für die Dorfgemeinschaft wäre, wenn wir uns auch ein bisschen engagieren würden.«

»Anna?«

»Das ist unsere Ärztin und die Freundin von Lennox«, erklärte Sean.

»Scheint eine kluge Frau zu sein. Ich konnte mir auch nicht vorstellen, wie wichtig und erfüllend es ist, sich in einer kleinen Gemeinde zu engagieren. Du wirst sehen, es wird dir guttun.«

»Ich werde berichten«, versprach er. »Aber jetzt muss ich ein bisschen arbeiten und nachher noch nach Inverness zum Einkaufen fahren. Mach's gut, Pippa, und grüß mir deine Jungs.«

»Mach's besser!« Sie schickte ihm noch einen Luftkuss und beendete dann die Videoverbindung.

Du wirst sehen, es wird dir guttun! Diese Worte hallten noch ein Weilchen in Sean nach. Pippa hatte damit zweifellos recht, und vielleicht wurde es tatsächlich langsam Zeit, sein Eremitendasein zu beenden.

»Mau.« Elvis sprang mit einem großen Satz vom Regal, wo er vergeblich nach Nachschub gesucht hatte, und verließ unter Protest und mit buschig aufgestelltem Schwanz die Werkstatt.

»Ich geh heute noch einkaufen!«, rief ihm Sean hinterher. Dann nahm er sich einen frischen Klumpen Ton und begann mit seiner Arbeit.

DAS HERZ DER HIGHLANDS

»WAS ZUR HÖLLE!«, keuchte Hailey entsetzt und stieg voll auf die Bremse. Es war fast halb acht, und sie war endlich auf dem Heimweg, nach einem langen und von überraschenden Wendungen überschatteten Arbeitstag auf dem Reiterhof. Natürlich hatte sie es nicht geschafft, zwischendurch nach Inverness zu fahren und einzukaufen, und ihr graute schon vor dem vorwurfsvollen Gesichtsausdruck ihrer Schwester Kristie. Aber jetzt fesselte etwas anderes ihre Aufmerksamkeit. Direkt an der Dorfeinfahrt stand plötzlich ein riesiges Schild, das heute Morgen eindeutig noch nicht da gewesen war.

»Kirkby – The Heart of the Scottish Highlands« lautete die Überschrift über einem witzig gezeichneten Lageplan. Noch ehe sie alle Details erfassen konnte, quietschten gleichzeitig hinter und vor ihr Reifen, und jemand hupte. Kein Wunder, sie stand ja mitten auf der Straße. Hailey hob entschuldigend die Hand und sah zu den anderen Autofahrern, die jedoch nicht etwa wütend zu ihr blickten, sondern mit großen Augen das Schild anstarrten. Aus dem lächerlichen schwarzen Pick-up-Truck hinter ihr stiegen nun ihre

Cousine Isla und deren Freund Jon aus. Aus dem Transporter seitlich vor ihr Tierarzt Kendrick McIntosh, der Mann ihrer anderen Cousine Shona.

Hailey löste den Gurt und stieg ebenfalls aus.

»Was zur Hölle!«, stieß Isla die gleichen Worte hervor wie sie kurz vorher und schüttelte fassungslos den Kopf.

Jon lachte leise. »Da ist Collum ja mal wieder ein echter Coup gelungen«, sagte er mit einem breiten Grinsen und betrachtete das Schild. »Es sind alle Höhepunkte eingezeichnet, die unser Heimatdorf zu bieten hat. Mein Pub, dein Restaurant, die alte Schule, euer Reitstall, das Schloss«, begann er mit der Aufzählung.

»Die Kirche, das Bed & Breakfast, die Bäckerei«, ergänzte Kendrick und fuhr sich mit einer Hand durch die Haare. »Die Destillerie, das Gelände für die Highland Games, die Weberei.«

»Wusstet ihr etwas davon?«, erkundigte sich Hailey. »Ich meine, er kann doch nicht einfach ein Schild aufstellen, das …« Ihr fehlten die Worte.

»Das was? Das Werbung für uns macht? Das uns neue Kunden bringt?«, entgegnete Jon leicht spöttisch.

»Ja. Nein. Ich meine …« Hailey schnaubte. Im Grunde wusste sie gerade selbst nicht, was sie meinen sollte oder nicht. »Da ist ja sogar die Tanzschule eingezeichnet, und die Töpferei!« Sie deutete auf die entsprechenden Stellen.

»Kirkby hat halt einiges zu bieten«, sprach Jon ungerührt weiter. »Ich finde es ehrlich gesagt ziemlich beeindruckend, wie sich unser Dorf in den letzten Monaten gemausert hat. Darauf kann man schon stolz sein.«

»Sag bloß, du wusstest davon?«, fuhr ihn Isla an und durchbohrte ihn regelrecht mit Blicken.

Jon zuckte mit den Schultern. »Ich wusste, dass er ein Hinweisschild plant, weil er mich gefragt hat, wer mein Kneipenschild gestaltet hat. Ich hatte aber keine Ahnung, was genau er vorhatte, und erst recht nicht, dass er das Schild ohne großes Getöse einfach so aufstellen lassen würde. Da hätte ich bei unserem Bürgermeister mindestens mit einer offiziellen Enthüllung mit Pressevertretern, Segnung durch den Pfarrer und einem Umtrunk für das ganze Dorf gerechnet.«

Das war in der Tat merkwürdig, da musste ihm Hailey insgeheim recht geben. »Hm«, brummte sie leise und sah sich das Schild noch einmal genauer an. Der Lageplan war eigentlich ganz entzückend. Die Gebäude waren liebevoll gezeichnet, und es gab wirklich eine Menge zu entdecken. Umrahmt war alles mit dem brandneuen Kirkby-Tartanmuster, und das Farbschema wurde konsequent durchgezogen. Allerdings war der Tartan recht farbenfroh, sodass …

»Aber warum muss es denn so irrsinnig bunt sein?«, fragte Isla und sprach damit Haileys Bedenken aus.

»So bunt ist es gar nicht«, warf Jon ein, der das Schild mit Kennermiene musterte. Als ehemaliger Werber schien er das beurteilen zu können. »Der Künstler hat durchgehend nur die Farben aus dem

Tartan verwendet. Das gibt ein ziemlich harmonisches Gesamtbild.«

»Aber warum sieht der Dorftartan dann als Kilt gut aus, und dieses Schild ist … nun ja … ein bisschen schrill?« Kendrick deutete mit einer vagen Geste auf den Lageplan.

»Auf jeden Fall hat es den Effekt, dass die Leute stehen bleiben und darüber reden«, befand Hailey nun. »Und wenn es uns schon so geht, dann wird es auf Touristen sicher eine regelrecht hypnotische Wirkung haben. Die können dann gar nicht anders und müssen in Kirkby haltmachen.« Langsam erwärmte sie sich für das Konzept. Auch wenn sie mit ihrem Gestüt und dem Reitsportzentrum nicht auf Laufkundschaft angewiesen waren, konnte mehr Betrieb in der Bäckerei, im Pub und in der Destillerie bestimmt nicht schaden. Allerdings fragte sie sich, ob Sean besonders begeistert sein würde, wenn plötzlich Heerscharen von kaufwilligen Gästen vor seiner Töpferwerkstatt auftauchten und irgendwelchen Keramiknippes kaufen wollten. Vielleicht sollte sie gleich mal zu ihm fahren und ihn warnen?

Erneutes Reifenquietschen, gefolgt von einem entsetzten »Was zur Hölle?«, ließ das Quartett herumfahren. Bürgermeister Collum McDonald war aus seinem alten Kombi gesprungen und starrte auf das Dorfschild, ähnlich fassungslos wie zuvor die vier.

»Was regst du dich auf, du hast das Schild doch in Auftrag gegeben, oder?«, wollte Hailey wissen.

»Ja, schon, aber es sollte doch noch nicht aufgestellt werden!«, rief er entsetzt, und seine Gesichtsfarbe nahm eine alarmierende Schattierung an. »Ich wollte erst noch Postkarten und Faltpläne drucken lassen und natürlich ein großes Event planen.« Seine Stimme wurde immer schriller. So hatte Hailey Collum noch nie erlebt. »Wie konnte das nur passieren?«

»Wie so etwas immer passiert – durch mangelhafte Kommunikation«, sagte Jon vergnügt und schien das alles recht witzig zu finden. »Sieh es positiv, so hast du gleich die ungefilterte Reaktion und kannst das Budget für das Event für sinnvollere Dinge nutzen. Eine Unfallversicherung beispielsweise, denn ich wette, dass es hier in nächster Zeit zu reichlich Karambolagen kommen wird.« Er lachte und kassierte dafür von Isla einen Rippenstoß mit dem Ellbogen.

»Du kannst es natürlich auch erst wieder abbauen und …«, fing Kendrick an, doch Isla fiel ihm ins Wort.

»Und es in einer Scheue verrotten lassen. Himmel, Collum, was hast du dir bloß dabei gedacht?« Sie betrachtete ihn mit einem vorwurfsvollen Blick und deutete auf ihr Restaurant auf dem Schild. Über dem Häuschen mit dem Logo von *The Scottish Thistle* prangten zwei leuchtende Sterne. Ein wenig schrill leuchtende Sterne, wie Hailey fand, aber eigentlich ganz süß.

»Wieso?« Collum schien nicht zu begreifen, worauf die Köchin hinauswollte. »Es ist doch alles akkurat wiedergegeben. Wir können auch noch einen dritten

Stern hinzufügen, wenn du dir den erkocht hast. Das ist kein Problem, das habe ich alles mit Killian Craigsmuir besprochen.«

»Mit wem?« Isla schien aus dem Konzept gebracht zu sein.

»Das ist der Schildermaler in Inverness«, erklärte ihr Jon.

»Genau«, bestätigte Collum. »Killian hat das Design so angelegt, dass er problemlos Änderungen und Ergänzungen vornehmen kann. Das war mir wichtig, denn bei einem derart dynamischen Ort wie Kirkby kann man sich kein statisches Schild leisten. Wer weiß, welche tollen neuen Geschäfte sich hier noch ansiedeln?« Er hatte sich etwas beruhigt, und auch Teint und Stimmfarbe waren wieder auf Normalniveau angekommen.

»Aber diese Sterne … und …« Isla rang um die richtigen Worte. »Das ist irgendwie so drüber.«

»Versteh ich nicht.« Collum musterte sie verblüfft. »Ich dachte, du bist stolz auf dein Restaurant und die beiden Michelin-Sterne, die du dir erkocht hast.«

»Bin ich ja auch, aber das …« Sie seufzte und schaute sich Hilfe suchend um, wohl in der Hoffnung, dass Freund, Schwager oder Cousine mit der richtigen Formulierung aushelfen konnte.

»Das verträgt sich nicht mit dem britischen Understatement, das für die Spitzengastronomie angemessen wäre?«, versuchte es Jon, klang jedoch selbst nicht besonders überzeugt.

»Genau«, bestätigte Isla jedoch vehement. »*The Scottish Thistle* steht für subtile Eleganz, Nachhaltigkeit und Regionalität, und das Schild sieht aus wie Werbung für einen Schnellimbiss.«

»Also jetzt übertreibst du aber ein bisschen«, sagte Hailey. »Ich finde, wenn überhaupt, kann man es so interpretieren, dass wir hier in Kirkby sehr stolz auf unsere Spitzenköchin sind.«

»Genau, zumal du mit britischem Understatement sonst ja auch nicht viel am Hut hast«, fiel Jon ein.

»Dieses Schild soll eine liebevolle Hommage an Kirkby und seine Gewerbetreibenden sein«, sprach Collum weiter. »Und ich finde, das ist Killian gelungen. Wie er allerdings auf die vollkommen bescheuerte Idee verfallen ist, es ganz ohne Absprache schon heute aufzustellen, ist mir schleierhaft.« Er seufzte und blickte ratlos auf das Handy, das er in der Hand hielt und von dem er sich offenbar eine Lösung für sein Dilemma erhoffte.

»Viele haben es wohl noch nicht gesehen«, meinte Kendrick. »Wenn du willst, bauen wir es rasch ab, und dann kannst du dein Enthüllungsevent wie geplant auf den Weg bringen.«

»Nein, das macht keinen Sinn.« Collum schüttelte den Kopf. »Ihr habt es gesehen und bestimmt auch einige andere. Ich wette, im Pub gibt es schon kein anderes Gesprächsthema mehr. Es ist jetzt, wie es ist. Und vermutlich hat Jon recht damit, dass ich das Budget besser für die Highland Games nutzen sollte als für eine Schildenthüllung. Zumal ich mit den

Pressevertretern demnächst ohnehin eine Begehung des Festivalgeländes machen will. Dabei kann ich ihnen auch das Schild zeigen.«

»Dann ist ja alles gut. Wir gehen jetzt mal in den Pub und hören, wie sich die Leute das Maul zerreißen.« Jon legte Isla den Arm um die Schultern und schob sie zurück zum Auto, ehe sie noch etwas erwidern konnte.

»Ich muss dann auch weiter«, verabschiedete sich Kendrick und stieg in seinen Tierarzt-Van.

»Ich hatte mir das alles zwar anders vorgestellt«, sagte Collum zu Hailey, »aber vielleicht ist es besser so. Und apropos Begehung des Festivalgeländes und so – wir arbeiten mit Feuereifer am Programm. Wie sieht es denn mit deinen Reiterspielen aus?«

»Ähm …«, druckste Hailey herum. Auf dieses Gespräch hatte sie so gar keine Lust. »Es läuft«, gab sie vage zurück, und Collum hob fragend eine Braue. »Mach dir keine Sorgen, ich hab das alles im Griff. Die Dressur- und die Querfeldein-Show stehen mehr oder weniger. Genau wie die Demonstration von Wald- und Feldarbeit. Der regelmäßige Kutschentransfer geht auch klar.«

»Und was ist mit der Schwertkampf-Show?«, bohrte Collum nach, mit seinem unvergleichlichen Talent dafür, den Finger tief in die Wunde zu bohren.

»Ähm …«, stammelte sie erneut.

»Wir können immer noch eine Showtruppe dafür engagieren«, sagte er. »Ich hab mich mal ungehört.

Solche Schaukämpfe sind ungeheuer beliebt bei den Zuschauern, und so etwas hätte ich wirklich gern für unser ›Kirkby Clan Gathering‹, aber ich verstehe es auch, wenn du das nicht leisten kannst. Du hast dir ja ohnehin schon eine Menge aufgebürdet und …« Er stoppte, als sie die Hand hob.

»Du hast mich nicht ausreden lassen«, sagte sie und klang selbstbewusster, als sie sich fühlte. »Nur weil ich bei diesem Programmpunkt noch nicht ganz so weit bin wie bei den anderen, heißt das nicht, dass ich es nicht hinbekomme. Selbstverständlich werden wir einen Schwertkampf hoch zu Ross präsentieren können. Ich will keine tingelnde Showtruppe haben, die ihre Stunts mit Highland-Ponys, Friesen oder anderen Pferden abhält. Wir zeigen das mit Clydesdales, und es wird ein Spektakel, wie es die Szene noch nie gesehen hat!«

»Wow! Das hört sich großartig an.« Collum klang aufrichtig beeindruckt und wich unwillkürlich einen Schritt zurück. »Ich habe auch nie ernsthaft daran gezweifelt, dass du es schaffen wirst. Ich wollte nur Optionen aufzeigen.«

»Gut, dann ist das also geklärt.« Sie räusperte sich und richtete sich noch ein wenig mehr auf, um ihren Worten Nachdruck zu verleihen. »Das Training startet in den nächsten Tagen, und bis Ende August wird alles wie am Schnürchen laufen.«

»Wirklich toll«, beteuerte Collum erneut. »Dann noch einen schönen Abend und bis bald.« Er hatte es plötzlich sehr eilig, zu seinem Auto zu kommen und wegzufahren.

Als er außer Sichtweite war, sackte Hailey regelrecht in sich zusammen und schlurfte zu ihrem Auto. Warum hatte sie den perfekt präsentierten Ausweg nicht genommen, sondern sich noch tiefer ins Schlamassel hineinmanövriert? Nach ihren markigen Worten gab es endgültig kein Zurück mehr. Sie musste eine Schwertkampfszene auf die Beine stellen – koste es, was es wolle. Und dafür brauchte sie einen weiteren Mitstreiter. Sie blickte neben sich auf den Beifahrersitz, auf dem ein großer Korb stand. Weil der Supermarkttrip ausgefallen war, hatte sie den Kühlschrank ihrer Mutter geplündert und ihr zusätzlich noch einen tiefgefrorenen Shepherd's Pie abgeschwatzt, den sie gleich zu Hause in den Backofen schieben wollte. Andererseits war heute Dienstag, und da ging Kristie eigentlich immer zur Yogastunde. Also würde sie es womöglich gar nicht merken …

Hailey ließ den Motor an, fuhr aber nicht wie gewohnt in Richtung Ortsmitte zu ihrem Cottage, in dem sie in einer Frauen-WG mit Kristie und Ainslee Ferguson lebte. Stattdessen bog sie ab, passierte die Destillerie und rumpelte dann in der einsetzenden Dämmerung einen holperigen Feldweg entlang. An dessen Ende lag der einsame Hof mit Seans Töpferwerkstatt und der alten Remise, in der ihr Cousin Lennox seinen Proberaum untergebracht hatte. Dort war sie schon ein paarmal gewesen, und notfalls konnte sie eine Stippvisite bei Lennox auch als Ausrede nutzen – falls Sean überhaupt da sein sollte.

Langsam rollte sie auf den gekiesten Vorplatz und stellte den Motor ab. Zum Aussteigen konnte sie sich jedoch nicht so einfach motivieren. Sie fühlte, wie eine irrationale Nervosität in ihr aufstieg. Ihre Hände wurden feucht, und ihr Herz schlug plötzlich fühlbar in ihrer Brust.

• • •

Über das leise Surren seiner Töpferscheibe hinweg nahm Sean wahr, wie ein Auto über den Schotter auf seinem Hof fuhr und anhielt. Er hörte, wie die Motorgeräusche erstarben, und wartete unbewusst darauf, gleich ein Zuschlagen der Tür und Schritte zu hören. Schritte, die zweifellos zu Lennox' Proberaum führen würden. Manchmal parkten nämlich Musiker, die noch nie hier gewesen waren, direkt vor Seans Werkstatt und nicht die paar Meter weiter vor der Remise. Doch die Geräusche von zufallenden Autotüren und Schritten blieben aus.

Sekundenlang. Minutenlang. Schließlich schaltete Sean die Scheibe ab, stand auf und ging irritiert zum Fenster. Hatte er sich die Fahrzeuggeräusche nur eingebildet? Nein, da stand tatsächlich ein Auto. Und er kannte es: Das war der schon ziemlich in die Jahre gekommene Geländewagen von Hailey Fraser. Wenn er es im schummrigen Abendlicht und durch seine schmutzige Scheibe richtig erkennen konnte, saß

Hailey auch hinterm Steuer. Doch warum um alles in der Welt stieg sie nicht aus? Zu ihm konnte sie ja wohl kaum wollen, aber wenn es um Lennox ging, warum war sie dann nicht weitergefahren?

Plötzlich durchzuckte ihn ein erschreckender Gedanke, und ehe er eine bewusste Entscheidung treffen konnte, rannte er schon aus der Werkstatt und riss im nächsten Moment Haileys Wagentür auf. »Ist was mit Edna?«, schrie er ihr fast entgegen, und sie zuckte erschrocken zusammen.

»Ähm, nein?« Sie starrte ihn aus runden blauen Augen bestürzt an. »Was soll mit ihr sein?«

»Sie könnte eine Kolik haben oder sich verletzt haben oder tot sein«, presste er hervor. Welchen Grund außer einem kranken Pferd konnte es schließlich für ihren Besuch geben?

»Wäre sie krank oder verletzt, hätten wir dich angerufen«, sagte sie leise.

Zugegeben, das klang logisch. Andererseits wurden Todesnachrichten dann doch eher persönlich übermittelt? Verstört genug sah sie aus. Das konnte aber auch mit seinem Ausbruch zusammenhängen. Sean fühlte sich plötzlich wieder unwohl in seiner Haut und überfordert mit der Situation, die er offensichtlich völlig falsch eingeschätzt hatte und die jetzt weiter aus dem Ruder lief. Seine Sozialkompetenz war wirklich unterirdisch. Kein Wunder, dass er sich lieber mit Tieren und Ton umgab. Vermutlich sollte er nun etwas Verbindliches von sich geben, etwas, das die

Wogen glättete und ihn nicht wie einen völligen Idioten dastehen ließ. »Warum bist du dann hier?« Ihm fiel selbst auf, dass sein harscher Tonfall alles andere als verbindlich war, und er räusperte sich. »Ich meine, welchen Grund sollte es haben, dass jemand wie du bei mir vor der Tür steht, nicht aus dem Auto aussteigt und …« Er klappte den Mund zu. So wurde alles noch viel schlimmer. Er nahm ihre wachsende Irritation wahr, war jedoch unfähig, etwas dagegen zu tun.

»Das frage ich mich ehrlich gesagt auch gerade«, entgegnete sie mit etwas rauer Stimme. »Ich sollte nach Hause und …«

»Ich bin ein Idiot«, unterbrach er sie – weil es die Wahrheit war und weil ihm keine bessere Entschuldigung einfiel. »Du solltest nicht zu viel auf meine Worte und mein Verhalten geben. Aber es hat doch bestimmt einen Grund, dass du hergefahren bist. Willst du ihn mir nicht verraten?«

Er sah, wie sie mit sich kämpfte. »Es ist nicht in zwei Sätzen abzuhandeln«, rang sie sich schließlich ab, und langsam wurde er wirklich neugierig.

Außerdem erinnerte er sich an seine guten Manieren, die in den letzten Jahren etwas gelitten hatten. »Möchtest du vielleicht reinkommen? Ich wollte mir gerade was zu essen machen, und ich habe auch Wein da. Und Bier. Und natürlich auch Wasser«, fügte er hastig hinzu. »Also, nicht dass du glaubst, ich wollte dich betrunken machen.« Was um alles in der Welt redete er schon wieder für einen Scheiß? Langsam, aber sicher musste Hailey ihn tatsächlich für einen durchgedrehten Psychopathen halten.

»Essen klingt toll«, sagte sie jedoch, und ein kleines Lächeln zuckte in ihren Mundwinkeln. Aber vielleicht bildete er sich das auch nur ein.

»Super.« Er trat einen Schritt zurück und wies mit dem Arm auf seine Werkstatttür. »Ich muss nur schnell noch was fertig machen.«

Sean wartete, bis Hailey ausgestiegen war, dann ging er voran in seine Werkstatt. Auf der Töpferscheibe war noch eine der kleinen Schalen, die er für Isla austüftelte. Allerdings war sie an den Rändern total unregelmäßig. Also schnitt er sie mit dem Draht vom Untergrund ab und knetete sie rasch zu einer Kugel zusammen, die er dann in die große Plastiktonne packte, in der er seinen frischen Ton aufbewahrte. Er legte ein feuchtes Tuch darüber und schloss den Deckel. Dann wusch er seine Hände und wandte sich wieder Hailey zu, die schweigend im Raum stand und sich fasziniert umsah. »Wollen wir ins Wohnhaus gehen?«

Sie nickte, wirkte aber leicht abwesend und betrachtete staunend die Gegenstände in seinem Trocknungsregal. »Hast du die alle mit diesem Dings da gemacht?«, fragte sie und deutete auf die Drehscheibe.

»Ja«, antwortete er schlicht.

»Die Sachen sehen alle so unterschiedlich aus. Ich kann mir überhaupt nicht vorstellen, wie das funktioniert. Und warum hast du die Schale eben zermatscht und weggeschmissen?«

»Zermatscht?« Er lachte leise. »Das Schälchen ist einfach nicht gut geworden. Ich bin gerade dabei, ein paar Prototypen für deine Cousine Isla zu machen. Dieser war nichts, deshalb mache ich morgen ein paar neue Versuche.«

»Und das geht so einfach?«

»›Einfach‹ ist relativ. Schalen sind nicht besonders kompliziert in der Herstellung, aber Isla möchte bei ihrem Geschirr ja gerne einen besonderen Twist haben. Übrigens habe ich den Klumpen auch nicht weggeschmissen, sondern zum anderen Ton gepackt, damit er feucht bleibt. Das ist das Schöne an dem Werkstoff: dass er ungebrannt theoretisch ewig lebt und immer wieder neu geformt und verarbeitet werden kann.«

»Echt? Ich hatte keine Ahnung. Aber ehrlich gesagt habe ich mir überhaupt noch nie ernsthaft Gedanken übers Töpfern gemacht.«

»Warum auch? Du hast ja einen anderen Beruf.«

»Ja, schon, aber es klingt spannend.«

»Wenn du magst, kannst du es gerne mal ausprobieren«, bot er zu seiner eigenen Überraschung an. »Es ist gar nicht so schwierig.«

»Das würde ich wirklich gerne.« Täuschte er sich, oder hatte sie tatsächlich einen sehnsuchtsvollen Glanz in den Augen?

»Jederzeit. Und ich habe mich sogar breitschlagen lassen, im Sommer einen Töpferkurs in der alten Schule abzuhalten, aber du kannst natürlich auch hier bei mir … also, in meiner Werkstatt. Wann immer du willst. Außer vielleicht jetzt. Oder? Eigentlich wollten wir essen, und du hast mir mehr als zwei Sätze zu sagen.« Vor seinem inneren Auge sah er seine Schwester Pippa vor sich, wie sie ihn wegen seiner gestammelten und wirren Worte auslachte. Aber die waren seiner Nervosität geschuldet – auch wenn er gar nicht so genau wusste, warum er nervös sein sollte. Vermutlich weil der letzte Damenbesuch schon … Moment – hatte er eben ernsthaft *Damenbesuch* gedacht? Was immer Haileys »mehr als zwei Sätze« waren, hatte sicher nichts mit ihm als Mann und ihr als *Dame* zu tun, sondern … Er hatte nicht den Hauch einer Ahnung, und jetzt hatte sie auch noch gesprochen, und er hatte es nicht mitbekommen.

»Entschuldige, was hast du gesagt?«, fragte er verlegen.

»Ich habe gesagt, dass wir das Töpfern gerne auf einen anderen Termin verschieben können und dass Abendessen toll klingt«, erwiderte sie.

Die Röte auf ihren Wangen war zweifellos eine optische Täuschung, denn warum sollte die sonst so selbstsicher auftretende Hailey verlegen sein? Er wollte lieber nicht darüber nachdenken. Stattdessen konzentrierte er sich auf die offensichtlicheren Dinge: »Ich hoffe, du magst Pizza.«

»Gibt es einen Menschen, der keine Pizza mag?« Nun grinste sie und folgte ihm dann durch die Tür, die direkt in die Küche seines Hofes führte. Seine

Werkstatt war der ehemalige Viehstall, und vermutlich hatten es die bäuerlichen Vorbesitzer ähnlich praktisch gefunden wie er, mit einem Kaffee direkt zum Arbeitsplatz gehen zu können, ohne erst durch das schottische Wetter zu müssen. Aber es konnte natürlich auch ganz andere Gründe haben, denn von Landwirtschaft hatte er fast noch weniger Ahnung als von menschlichem Verhalten – und wieso dachte er schon wieder so merkwürdige Dinge?

»Warum lachst du?«, fragte sie verwundert.

»Weil ich mir gerade vorgestellt habe, dass die Vorbesitzer dieses Hofes morgens mit ihrer Tasse Kaffee in den Schweinestall gegangen sind, und ich dabei zu dem Schluss gekommen bin, dass ich ein noch größerer Idiot bin, als ich es sowieso schon für möglich gehalten habe.« Er deutete auf seinen Küchentisch. »Nimm doch bitte Platz – oder nutz die Gelegenheit zur Flucht. Offenbar ist mein Irrsinn wirklich pathologisch.«

Jetzt lachte sie auch. »Ach was, exzentrische Menschen sind die interessantesten. Damit passt du perfekt nach Kirkby. Was dir längst aufgefallen sein müsste, denn du lebst ja schon ein Weilchen hier.«

»Hm«, brummte er nur unbestimmt und nahm das Tuch von der Schüssel, in der er am frühen Nachmittag Hefeteig für Pizza angesetzt hatte. Einen Teil des Teiges hatte er direkt eingefroren, aber der Rest war schön aufgegangen – und viel zu viel für nur eine Portion. Womöglich hatte sein Unterbewusstsein geahnt, dass er heute nicht allein essen würde? »Entschuldigst du mich bitte einen Moment?« Ihm war aufgefallen, dass er noch seinen schmutzigen Arbeitsoverall trug. Normalerweise zog er ihn in der Werkstatt aus, aber er hatte nicht vor, vor Hailey Fraser einen Striptease hinzulegen, und außerdem konnte dem Blaumann, der tatsächlich eher ein »Graumann« war, eine Runde in der Waschmaschine nicht schaden. Ohne eine Antwort abzuwarten, lief er rasch in die erste Etage, schlüpfte in eine Jeans und einen sauberen Pulli und wusch sich nach einem Blick in den Spiegel sogar noch rasch das Gesicht. Tonspritzer im Bart und auf der Stirn waren dann doch nicht so kleidsam. Er löste das Gummi aus seinen fast schulterlangen Haaren und band sie ordentlicher zusammen.

»Jetzt fühle ich mich sehr schäbig«, sagte Hailey, als er Minuten später wieder zurückkam, und sah an sich hinunter. Sie trug Reithosen, Stiefeletten, ein kariertes Flanellhemd und eine Steppweste. Offensichtlich war sie direkt vom Stall zu ihm gekommen.

»Ich kann nichts Schäbiges an dir erkennen«, entgegnete er wahrheitsgemäß. Ihn störten die Flecken auf der Reithose kein bisschen, genauso wenig wie die staubigen Schuhe und das leichte Pferdearoma, das sie verströmte. Ganz im Gegenteil. Diese Kombination fand er sogar besonders anziehend. Und sie wirkte damit längst nicht so furchteinflößend wie neulich bei Islas Restaurantparty, als sie einen kurzen Rock angehabt und ein beeindruckend tiefes

Dekolleté gezeigt hatte. Nicht, dass das schlecht ausgesehen hatte, ganz im Gegenteil, doch er war froh, dass ihre Kurven heute weniger verheißungsvoll verpackt waren.

»Es ist ohnehin nicht mehr zu ändern«, entschied sie und seufzte leicht. »Kann ich irgendwie helfen?«

»Du kannst mir sagen, was du auf die Pizza haben möchtest.« Sean bemehlte die Arbeitsplatte, nahm den Teig aus der Schüssel und knetete ihn noch einmal durch. Er war kein besonders guter Koch, aber vor einigen Jahren hatte er festgestellt, dass er mit Hefeteig fast genauso viel Freude haben konnte wie mit Ton, und auf seine Pizza war er mittlerweile richtig stolz. Auch wenn er sie fast immer allein aß.

»Wenn das so ist, lass ich mich gerne überraschen. Ich habe offen gestanden damit gerechnet, dass du eine Tiefkühlpizza in den Ofen schiebst.«

»Das kommt mir nicht ins Haus«, antwortete er fast schon empört. »Ich habe Jahre gebraucht, bis ich den Ofen im Griff hatte. Keine Ahnung, ob der Fertigpizzen kann.«

»Du nutzt tatsächlich noch diesen alten Holzofen?« Hailey klang halb bewundernd, halb erstaunt.

»Ja, klar. Ich sehe nicht viel Sinn darin, etwas Neues anzuschaffen, wenn die vorhandenen Dinge noch gut funktionieren.«

»Das ist sehr löblich«, entgegnete sie, und er war sich nicht sicher, ob sie es ironisch oder aufrichtig meinte. »Aber diese Öfen sind doch auch recht kapriziös und schwierig zu bedienen. Im Bed & Breakfast steht auch noch so einer, und meine Mutter liebt ihn. Sie bereitet darauf immer das Frühstück für die Gäste zu und backt Kuchen, Scones und Kekse. Wenn ich für sie einspringen muss, stelle ich mich lieber an den Elektroherd. Den habe ich besser im Griff.«

Das waren eine Menge interessanter Informationen auf einmal. Sean hatte keine Ahnung gehabt, dass Hailey auch im Bed & Breakfast ihres Cousins aushalf, aber vermutlich machte man das so in großen, harmonischen Familien. Da war immer jemand da, auf den man sich verlassen konnte. Etwas, das er aus eigener Erfahrung gar nicht kannte. Doch daran wollte er jetzt nicht denken. »Ich mag Holzöfen«, sagte er stattdessen. »Mein großer Brennofen für die Keramik wird auch mit Holz beheizt, und wenn man sich einmal in die Materie eingefuchst hat, ist es kein Problem. Aber ich kann dein Zögern verstehen. Ich habe ja auch ziemlich lange gebraucht, bis dieses Kochjuwel und ich auf einer Linie waren.« Während er sprach, formten seine Hände fast automatisch zwei runde Pizzafladen, die er auf flache Holzschaufeln legte. Dann ging er zum Kühlschrank und sah nach, womit er Hailey beeindrucken könnte. Glücklicherweise hatte er heute Mittag die Fahrt zum Supermarkt in Inverness erledigt, daher hatte er nicht nur Katzenfutter für Elvis im Haus, sondern auch frische Zutaten. Trotzdem entschied er sich für die simpelste Version, die er selbst auch am allerliebsten mochte. Er zog eine

Flasche mit dem selbst gemachten Tomatensugo hervor und zwei Päckchen Büffelmozzarella.

»Das macht wirklich einen sehr professionellen Eindruck«, lobte Hailey, die vom Tisch aufgestanden war und nun neben ihm stand. Diesmal klang sie eindeutig wohlwollend, fast schon beeindruckt.

»Nur was Pizza betrifft«, schränkte er ein. »Oder alles, was mit Hefeteig zu tun hat. Sonst sind meine Kochkünste stark überschaubar.«

»›Alles, was mit Hefeteig zu tun hat‹ klingt in meinen Ohren schon sehr verführerisch. Leider.« Sie seufzte, schielte an sich hinab und strich sich unwillkürlich über die Hüfte.

Er fand nichts Falsches an ihren Kurven, doch einen diesbezüglichen Kommentar verkniff er sich sicherheitshalber. Stattdessen konzentrierte er sich auf die Pizzen und kontrollierte, ob der Ofen die richtige Temperatur hatte.

Geschickt schob er kurz darauf die beiden Teigfladen auf den heißen Pizzastein und schloss die Ofentür. »Was möchtest du trinken? Ich habe Wein, Bier und Apfelsaft.«

»Ein Glas Wein zur Pizza hört sich toll an«, erwiderte sie. »Und Wasser bitte.«

»Natürlich.« Er nahm eine Glaskaraffe aus dem Regal und befüllte sie mit Wasser, dann deckte er rasch den Tisch und ging nach nebenan in seine Speisekammer, wo er auch den Rotwein lagerte. Ein italienischer Tropfen sollte gut zur Pizza passen.

»Auf dein Wohl«, sagte er und reichte ihr ein Glas.

»Auf deines«, entgegnete sie. »Du wirst es brauchen.« Sie erschnupperte mit halb geschlossenen Augen das Aroma, dann nahm sie einen ersten Schluck. »Der ist toll.«

»Was meinst du damit, dass ich es brauchen werde?«, fragte er, ohne selbst getrunken zu haben.

»Da wären wir beim Thema meines Besuchs. Wie lange dauert es ungefähr, bis die Pizza fertig ist?«

Wollte sie ablenken oder ihn hinhalten? Sean wunderte sich, dass es ihr offensichtlich schwerfiel, ihr Anliegen loszuwerden. »Die sollte gleich so weit sein. Das ist ja das Schöne an Holzöfen und Pizzasteinen. Das geht ruckzuck.« Er schaute beim Pizzabacken nie auf die Uhr, sondern verließ sich allein auf seine Intuition – und seine Nase. Und der Duft, der sich nun in seiner Küche ausbreitete, war schon sehr verheißungsvoll. Mit geübten Bewegungen holte er die Pizzen aus dem Ofen und ließ sie auf selbst getöpferte Teller gleiten. Dann zupfte er noch eine Handvoll Basilikumblätter von dem Pflänzchen, das er heute auch frisch gekauft hatte, und verstreute sie auf dem geschmolzenen Käse. »Guten Appetit«, wünschte er, als er servierte, und nahm dann selbst Platz.

»Danke, dir auch. Es riecht fantastisch.« Haileys Augen hatten einen hungrigen Glanz angenommen, und für einen kurzen irrationalen Moment wünschte er sich, dieser Blick würde ihm gelten und nicht der perfekten Pizza vor ihr.

Energisch konzentrierte er sich aufs Essen und merkte beim ersten Bissen, wie hungrig er eigentlich war. Hailey schien es kaum anders zu gehen, denn auch sie aß mit sichtlicher Begeisterung und gab dabei immer wieder Laute der Verzückung von sich. *Sie meint nur die Pizza!*, ermahnte er sich in Gedanken.

»Es war absolut fantastisch«, sagte sie schließlich, als sie den letzten Bissen vertilgt hatte. »Vielen Dank für die Einladung.«

»Nichts zu danken. Aber jetzt bin ich wirklich gespannt auf die ›mehr als zwei Sätze‹, deretwegen du hier bist.« Sean lehnte sich zurück und fühlte sich, dank seinem vollen Magen und dem Glas Wein, deutlich entspannter als vorhin. Er hoffte, dass es Hailey ähnlich ging.

Offenbar nicht, denn sie rang schon wieder nervös die Hände auf ihrem Schoß und schien lange über ihre Worte nachgrübeln zu müssen. »Ich wollte dich fragen, ob du Lust hättest, mit Edna bei den Highland Games aufzutreten«, erklärte sie schließlich.

»Was genau meinst du mit ›auftreten‹?«

Sie seufzte. »Ich habe Collum mehrere Pferde-Events zugesagt, die die Vielseitigkeit unserer Clydesdales darstellen sollen. Wir zeigen einige Tiere bei der Land- und Forstarbeit – was kein Problem ist, denn dafür werden sie ja tatsächlich noch genutzt. Es wird einen Kutschentransfer vom Ortszentrum zum Veranstaltungsgelände beim Herrenhaus geben, dann habe ich ein paar Leute für eine kleine Dressurvorführung gefunden und andere für einen Querfeldein-Jagdritt«, zählte sie auf.

»Das klingt so, als wäre alles in trockenen Tüchern«, entgegnete Sean. »Wofür brauchst du dann noch Edna und mich? Am ehesten könnte ich mir noch den Jagdritt vorstellen. Madame ist ja flott unterwegs, aber sie springt nicht gern über Hindernisse.«

»Das müsste sie auch nicht, und ich bräuchte dich auch nicht für einen Jagdritt …« Sie stockte und sah ihn Hilfe suchend an, dabei hatte er überhaupt keine Ahnung.

»Sondern?«, bohrte Sean nach.

»Sondern für ein Schwertkampfspektakel hoch zu Ross.«

»Bitte?« Sean war sich sicher, dass er sich verhört hatte. »Hast du ernsthaft ›Schwertkampf‹ gesagt?«, fragte er ungläubig nach.

»Ich fürchte ja.« Sie biss sich auf die Unterlippe und vermied es, ihn anzusehen. »Und ich fürchte weiter, dass ich es Collum versprochen habe. Zuletzt vor ungefähr einer Stunde. Für ihn ist das ein wichtiger Bestandteil und …«

»Aber für so etwas gibt's doch Profis«, wandte er ein.

»Willst du damit andeuten, dass ich kein Profi bin?«, fuhr sie ihn in einem Ton an, dass er das Gefühl hatte, in ein Wespennest gestochen zu haben.

»Keineswegs«, beteuerte er daher rasch. »Soweit ich es beurteilen kann, bist du eine der besten Reiterinnen und Ausbilderinnen überhaupt, aber ich denke, dass man für so eine Shownummer noch andere Dinge braucht. Vermutlich vor allem jahrelanges Training.«

»Ich weiß nicht, wie lange diese Showtruppen tatsächlich trainieren müssen, bis das alles sitzt, aber es ist ganz sicher kein Hexenwerk. Ich habe mir etliche Videos auf YouTube angesehen. Es ist vor allem eine gute Choreografie notwendig. Der Rest ist im Grunde nicht viel mehr als eine Abfolge von Dressurlektionen und Gehorsamsübungen. Entscheidend ist, dass die Pferde ihren Reitern vertrauen und das die Reiter versiert genug sind, um zu wissen, was sie tun. Ich habe mir schon eine mögliche Choreografie überlegt und über Methoden nachgedacht, wie man den Tieren die ungewohnten Abläufe nahebringt. Was mir noch fehlt, ist der passende Sparringspartner, der unter der Woche idealerweise auch mal tagsüber Zeit fürs Training hat. Adley und Lennox würden auch mitmachen, doch die beiden sehe ich offen gestanden nicht in den Hauptrollen – auch weil beide keine eigenen Pferde haben, die ihnen völlig vertrauen.«

»Und wie bist du dann ausgerechnet auf mich und Edna gekommen?«, fragte er verblüfft. Einerseits fühlte er sich geschmeichelt, andererseits hielt er die Idee für ziemlich absurd.

»Ich weiß, dass du ein fantastischer und vor allem sehr feinfühliger Reiter bist. Du hast Edna hervorragend ausgebildet, und glaub mir, ich habe das genau beobachtet, weil ich ein bisschen gekränkt war, dass du dir damals, als du sie gekauft hast, jede Unterstützung von mir und meinem Vater verbeten hast. Edna würde für dich durch eine brennende Wand gehen. Genau so ein Team suche ich, denn natürlich ist es für Pferde unangenehm und unnatürlich, wenn sie in scharfem Galopp aufeinander zurasen sollen und die Reiter dann mit Schwertern herumfuchteln und martialische Schreie ausstoßen.«

»Verstehe.« Tat er zwar nicht, zumindest nicht vollständig, aber irgendeine Reaktion war nach dieser Brandrede wohl erforderlich.

»Heißt das, dass du dazu bereit wärst?« Ihre blauen Augen leuchteten plötzlich hoffnungsfroh, und sie schaute ihn zum ersten Mal an diesem Abend richtig an. Eindringlich.

Sean fühlte sich seltsam berührt und irgendwie auch ertappt, ohne dass er hätte sagen können, wieso. Er senkte den Blick und sah auf seine Hände. Unter den Nägeln klebte noch Ton – oder Hefeteig? Auf jeden Fall war es peinlich, also verschwanden die Hände rasch unterm Tisch. »Ich bräuchte erst noch mehr Infos«, sagte er ausweichend. »Über wie viel Zeit sprechen wir?«

»Ich hab an ein bis zwei Stunden zweimal pro Woche gedacht, und vielleicht zwischendurch mal den ein oder anderen gemeinsamen Ausritt. Für mehr habe ich gar keine Zeit. Ich habe ja noch meine normale Arbeit, und dann muss ich auch noch die Dressurtruppe und die Jagdreiter trainieren. Aber das wird vorwiegend am Wochenende beziehungsweise abends in der Reithalle stattfinden, weil die Leute ja auch alle andere Jobs haben.«

»Womit wir wieder beim Thema Profis wären, die ja nichts anders machen, als zu reiten und zu trainieren. So wie du. Dagegen bin ich ein Amateur. Ich reite zwar fast täglich, aber meist nur eine oder höchstens zwei Stunden zum Spaß und damit Edna und ich Bewegung haben.«

Hailey schloss mit einem gequälten Gesichtsausdruck die Augen, und Sean hatte den Eindruck, dass sie einen vergleichbaren Gesprächsverlauf schon häufiger erlebt hatte. Kurz öffnete sie den Mund, um etwas zu sagen, doch dann überlegte sie es sich wieder anders und schwieg.

»Was ist denn mit deiner Familie? Dein Vater, dein Onkel? Deine Schwester und deine Cousinen? Das sind doch auch alles versierte Reiter, oder?«

»Meine Schwester reitet fast gar nicht mehr. Die ist mit ihrer Bäckerei und ihren Tanzkursen vollständig ausgelastet, und außerdem war sie nie so begeistert davon wie ich. Mein Dad ist zwar ein großartiger Ausbilder und Pferdeflüsterer, aber seine Reitkünste sind nicht berauschend. Meine Cousinen haben keine Zeit, und Alex ist mit seiner Hochzeit beschäftigt, sodass er angeblich auch keine Zeit zum Trainieren hat, dabei wäre er eine Traumbesetzung mit seinem Dorian. Und Onkel Marlin findet das alles ohnehin total lächerlich, aber das ist ja auch kaum überraschend.«

Sie schnaubte frustriert. »Ich bin überzeugt davon, dass die Clydesdales das alles viel schneller lernen könnten als beispielsweise Friesen, die sonst gerne für diese Shows eingesetzt werden. Das wäre eine wunderbare Demonstration der Vielseitigkeit dieser Rasse.«

»Na gut. Warum nicht?«

»Ich musste es wenigstens versuchen.« Hailey ließ ihre Schultern sacken.

»Hast du mir nicht zugehört? Ich hab gesagt, dass ich dabei bin.« Sean wusste zwar selbst nicht, was ihn dazu getrieben hatte, denn diese Idee war absolut verrückt, aber irgendwie hatte er auf einmal unbändige Lust darauf.

»Du hast Ja gesagt?« Nun starrte sie ihn vollkommen ungläubig an. Damit hatte sie offensichtlich nicht gerechnet.

»Ja«, wiederholte er noch einmal. »Auch wenn ich es vermutlich bereuen werde, Edna und ich sind dabei.«

»Ich verspreche dir, du wirst es nicht bereuen!«

TEAMBUILDINGMASSNAHMEN

HAILEY KONNTE ES NICHT FASSEN, dass Sean tatsächlich mitmachen wollte, und um ihr Glück nicht zu gefährden, hatte sie sich zügig verabschiedet. Nicht, dass sie am Ende noch etwas sagte, was ihn zum Umdenken brachte, oder so.

Sie hatte keine große Lust, nach Hause zu gehen, wo vermutlich ohnehin niemand war, denn Kristie und Ainslee gingen mit großer Begeisterung zu Annas dienstäglicher Yogastunde. Also hielt sie vor *The Wise Pelican* an, Kirkbys stark frequentiertem Pub, wo sie auf ein bisschen Klatsch und Tratsch über das schrille Ortsschild hoffte und vor allem darauf, Isla zu treffen, der sie von ihrem eigenartigen Abend mit Sean erzählen konnte. Islas Restaurant hatte montags und dienstags Ruhetag, weshalb es gar nicht so unwahrscheinlich war, dass sie ihre Cousine in der Kneipe ihres Freundes antreffen würde.

Als sie um kurz nach halb zehn den Gastraum betrat, war von Isla jedoch keine Spur zu sehen, dafür saßen Haileys andere Cousine Shona und die Weberin Harriet tuschelnd an einem Tisch zusammen. Kurz entschlossen gesellte sie sich dazu. »Na, was habt ihr denn zu bereden?«, wollte sie wissen.

»Nichts«, beteuerte Shona, doch Hailey bemerkte einen rosigen Schimmer auf den Wangen ihrer Cousine, und auch Harriet wirkte etwas verlegen.

»Wobei habe ich euch gestört? Habt ihr über die Sex-Performance eurer Jungs gesprochen oder darüber, wie man am schnellsten schwanger wird?«, fragte sie flapsig, denn die schwer verliebten neuen Pärchen, die es in Kirkby derzeit zuhauf gab, gingen ihr zunehmend auf die Nerven. Shona hatte sich im letzten Herbst Tierarzt Kendrick geschnappt, auf den Hailey selbst kurzfristig ein Auge geworfen hatte – allerdings war das eine sehr einseitige Leidenschaft gewesen und daher nur von kurzer Dauer. An Silvester hatten die beiden sogar schon geheiratet – da war es wohl nur noch eine Frage der Zeit, bis sich auch Kindersegen einstellte. Harriet war vor Kurzem dem zweifelhaften Charme von Bürgermeister Collum verfallen. Beide Frauen waren jünger als Hailey, und obwohl sie ihnen ihr Liebesglück gönnte, fühlte sie sich doch seltsam übergangen.

Shona und Harriet wechselten vielsagende Blicke und liefen knallrot an.

»Ernsthaft?« Hailey konnte ein Augenrollen nicht verbergen. »Also, wenn es um Sex geht, könnt ihr mich gerne mit Details versorgen, aber von Babys will ich nichts wissen.«

»Kommst du etwa direkt aus dem Stall?«, fragte Harriet, statt eine Antwort zu geben, und Shona rümpfte die Nase.

»Du müffelst, Cousinchen«, stellte sie fest.

Das wusste Hailey selbst. Sie liebte den Geruch von Stall und Pferden, aber normalerweise führte ihr erster Weg abends unter die Dusche. Erst danach traute sie sich unter die Mitmenschen, doch heute war eben alles anders gelaufen. »Ich war jedenfalls nach dem Stall noch nicht zu Hause«, sagte sie ausweichend. »Aber ich wollte hören, was der Dorfklatsch über das neue Ortsschild zu berichten hat.«

»Collum war so sauer, dass der Schildermaler es einfach ohne Vorankündigung aufgestellt hat«, berichtete Harriet. »Er hat ihn angerufen und richtig zur Sau gemacht.«

»Ich dachte, er hätte sich direkt wieder beruhigt. Als ich ihn vorhin getroffen habe, war er erst entsetzt, aber dann eigentlich wieder ganz cool. Ich frage mich nur, wie er grundsätzlich auf die Idee gekommen ist. Und dass er das alles im Alleingang durchzieht, ohne vorher das ganze Dorf aufzuscheuchen, ist auch ungewöhnlich.«

»Das sollte sein Dankeschön an die Dorfgemeinschaft sein«, erklärte Harriet und bekam schon wieder rosige Wangen. »Er war so gerührt darüber, wie alle zu ihm gehalten haben, als neulich diese Schmutzkampagne durch die Medien ging, und wie ihn alle an seinem Geburtstag gefeiert haben. Er hat das Schild auch nicht aus dem Gemeindebudget finanziert, sondern privat – aber das hätte ich vielleicht gar nicht ausplaudern dürfen.«

»Ich finde, dass es sehr hübsch geworden ist, auch wenn Dad vermutlich wieder ausflippt«, sagte Shona.

»Onkel Marlin soll sich nicht so haben«, befand Hailey. »Immerhin hat Collum darauf verzichtet, über dem Bed & Breakfast den Schriftzug ›Wohnort von Pop-Ikone Lin‹ anbringen zu lassen.« Sie grinste. »Das wäre ein Knaller gewesen.«

»Glaubt bloß nicht, dass er nicht daran gedacht hätte.« Harriet kicherte. »Aber ich habe ihn dann doch davon überzeugt, dass er es besser lassen sollte.«

»Fast ein bisschen schade. Was trinkt ihr?«, wollte Hailey von den beiden wissen und deutete auf die halb leeren Gläser.

»Den Gin-Drink der Woche. Meinen Winter-Gin, Orangenschalen und -filets und Tonic«, erklärte Shona.

Die Tatsache, dass beide Frauen Gin tranken, beruhigte Hailey insgeheim etwas. Da war die Nachwuchsproduktion also doch noch nicht voll im Gange. Einen Kommentar dazu verkniff sie sich aber und sagte stattdessen: »Also fast ein klassischer Gin Tonic. Aber warum noch den Winter-Gin? Es ist doch schon April.«

»Vermutlich will Jon sein Lager räumen, damit er Platz für die nächste Lieferung hat. Ich will mich wirklich nicht selbst loben, aber …«

»Das wäre etwas Neues«, unterbrach Hailey ihre Cousine mit einem Augenzwinkern, doch die sprach ungerührt weiter.

»Aber der Winter-Gin ist der Hammer! Und in der Kombi mit den Orangen sogar noch leckerer.«

»Ist nicht Isla für den Geschmack zuständig? Da solltest du wohl besser deine große Schwester loben.« Hailey grinste frech und ging in Deckung, als Shona ihr einen Knuff mit dem Ellbogen geben wollte.

»Keine Pubschlägereien, bitte«, unterbrach Jon das Geplänkel. »Kann ich euch noch was bringen?«

»Da der Winter-Gin offenbar wegmuss, nehme ich auch den Wochendrink, bitte«, bestellte Hailey lächelnd.

»Der muss nicht weg, der ist einfach besonders gut«, korrigierte Jon und musterte sie dann stirnrunzelnd. »Du hast ja immer noch deine Stallklamotten an. Warst du vor zwei Stunden nicht schon auf dem Heimweg?«

»War ich, Sherlock, doch dann habe ich's mir anders überlegt.«

»Aha«, sagte er nach einem Augenblick des Zögerns, in dem er zweifellos mit sich gerungen hatte, ob er neugierig nachfragen oder diskret sein sollte. »Magst du auch etwas essen?«

»Nein danke, ich hab schon gegessen.« Sie konnte sich ein Grinsen nicht verkneifen. »Eine köstliche Pizza aus dem Holzofen.«

»Gibt's hier neuerdings eine Pizzeria, von der ich nichts weiß?« Harriet bekam ganz glasige Augen. »Ich liebe Pizza, und das ist fast das Einzige, was ich hier richtig vermisse.« Sie sah entschuldigend zu Jon. »Nichts gegen die Küche hier im Pub, die ist toll. Aber Pizza? Oder auch mal eine schöne Pasta.«

»Da musst du dich mit Sean gut stellen, dann macht er dir vielleicht auch eine.«

»Du warst bei Sean und hast dir von ihm Pizza machen lassen?« Shona starrte ihre Cousine vollkommen verblüfft an.

»Hm.«

»Ich fürchte, ich brauche deutlich mehr Kontext als ›Hm‹«, forderte Shona, nun mit einem Stirnrunzeln.

»Ich auch!«, stieg Harriet in die Inquisition ein.

»Ich eigentlich auch, aber ich bin hier ja nur der Wirt und muss mich um meine Gäste kümmern.« Jon seufzte und ging in Richtung Bar.

»Da steckt wirklich nicht viel dahinter«, wiegelte Hailey ab. »Es war eher eine spontane Idee. Ich wollte ihn wegen des Schildes vorwarnen und ihn außerdem fragen, ob er bei meinem Reitturnier bei den Highland Games mitmachen will.«

»Du musst verdammt verzweifelt sein, wenn du dich damit an unseren Dorfeinsiedler wendest«, stellte Shona fest.

»›Verzweifelt‹ ist stark übertrieben«, behauptete Hailey, obwohl es durchaus eine treffende Beschreibung war.

»Und was hat er zu dem Schild gesagt?«, wollte Harriet mit leicht besorgter Stimme wissen.

»Nichts. Das habe ich nämlich vergessen.« Hailey dachte an die vergangenen Stunden zurück. An den sehr merkwürdigen Beginn, als Sean gedacht hatte, sein Pferd sei krank. Daran, wie er sich in seiner Werkstatt bewegt hatte, und an die geradezu liebevolle Art, wie er den Pizzateig bearbeitet hatte. Das etwas seltsame Gespräch. Und schließlich ihr vollmundiges Versprechen: »Du wirst es nicht bereuen.«

»Du hast einen der Gründe, aus denen du überhaupt erst zu ihm gefahren bist, vergessen?« Shona hob skeptisch eine Braue. »Das muss ja ein eindrucksvoller Abend gewesen sein.«

Hailey zuckte mit den Schultern. Einerseits hatte sie große Lust, mit jemandem darüber zu reden, wie eindrucksvoll und gleichzeitig seltsam die Stunden mit Sean gewesen waren, andererseits war es ihr zu privat. Diese Erkenntnis irritierte sie fast noch mehr. »Es war okay«, murmelte sie lahm, weil sie das Gefühl hatte, irgendwas sagen zu müssen.

»Okay? Du hast eine Pizza bekommen, dann muss es mehr als okay gewesen sein«, beharrte nun Harriet.

»Genau. Du hast eine Pizza bekommen, obwohl du aussiehst und riechst, als hättest du dich vorhin noch im Misthaufen gewälzt.«

»Du übertreibst schamlos, Shona.« Hailey schüttelte den Kopf und lächelte dann Jon dankbar an, der mit ihrem Drink und einem Schälchen Knabbereien zurückkam. »Vielen Dank.«

»Slàinte mhath«, wünschte er und blieb erwartungsvoll neben dem Tisch stehen.

Hailey trank einen Schluck und nickte anerkennend. »Wirklich lecker.«

»Wir waren bei der Pizza stehen geblieben«, sagte er, ohne auf ihr Lob einzugehen.

»Wir waren längst weiter«, widersprach Shona. »Wir waren bei den Gründen dafür, dass Sean sie zum Pizzaessen eingeladen hat, obwohl sie nach Pferden und Misthaufen riecht und auch reichlich derangiert aussieht.«

»Ich wünschte, du würdest nicht ständig auf meinem Aussehen herumreiten«, knurrte Hailey, die sich langsam selbst immer unwohler fühlte. Was musste Sean bloß von ihr gedacht haben?

»So schlimm ist es auch wieder nicht«, tröstete Jon. »Da habe ich hier schon ganz andere Fälle erlebt. Dein Göttergatte beispielsweise, nachdem er ein Dutzend junger Ziegenböcke kastriert hat«, sagte er, an Shona gewandt. »Da hat er es auch nicht für nötig befunden, sich vor dem Mittagessen im Pub umzuziehen. Und du selbst …«

»Das ist etwas vollkommen anderes«, unterbrach ihn Shona. »Und wenn man jemanden um einen richtig großen Gefallen bitten möchte, dann sollte man sich doch ruhig etwas mehr Mühe geben, oder?«

»Meine Güte, es war halt ein spontaner Entschluss. Wäre ich erst nach Hause gefahren, um zu duschen und mich umzuziehen, hätte ich ihn heute wohl gar nicht mehr gefragt. Und es hat sich ja gelohnt – er macht mit!« Sie hoffte wirklich sehr, dass er es sich nicht anders überlegen würde.

»Ernsthaft?« Shona schien es nicht glauben zu können. »Sean macht bei deinem bekloppten Schwertkampf-Gedöns mit?«

»Es ist nicht bekloppt! Es wird eines der Highlights der kompletten Veranstaltung, und ja, er macht mit – da sich ja keiner aus meiner hochgeschätzten Familie dazu durchringen konnte.« Hailey gab sich erst gar keine Mühe, ihren Unmut zu verbergen, denn auch Shona hatte ihr mit klaren Worten abgesagt.

»Das ist doch toll«, befand Jon, der mit Pferden so gar nichts am Hut hatte und wohl kaum beurteilen konnte, was für eine große Sache das tatsächlich war.

»Ist es auch. Können wir jetzt vielleicht das Thema wechseln?« Hailey trank einen weiteren Schluck von dem orangigen Gin Tonic.

Es war klar, dass Shona gern noch weitere Details gefordert hätte, doch in diesem Moment ging die Pubtür auf, und die halbe Yogaklasse trat ein: Isla, Kristie und Ainslee, gefolgt von Dorfärztin und Yogalehrerin Anna sowie von Betty Murray, Thrillerautorin und Lebensgefährtin von Marlin Fraser. Alle fünf Frauen hatten gerötete Wangen und sahen geradezu beneidenswert tiefenentspannt aus. Vielleicht war an Yoga doch was dran? Sie steuerten zielstrebig den freien Tisch neben Haileys an.

»Sollen wir die Tische zusammenschieben?«, fragte Harriet und sprang gleich eilfertig auf.

Kurze Zeit später saßen sie zu acht an einer langen Tafel, und Jon hatte die Bestellungen der Neuankömmlinge entgegengenommen.

»Kommst du jetzt erst aus dem Stall?«, wollte Kristie wissen, die sich Hailey gegenübergesetzt hatte.

»Nein, sie hatte zwischendurch noch ein heißes Pizza-Date mit Sean«, plapperte Shona, die diese anscheinend so sensationelle Neuigkeit nicht für sich behalten konnte.

»Wo kann man hier Pizza essen?«, erkundigte sich Kristie. »Und überhaupt …« Sie deutete auf das Stalloutfit ihrer Schwester.

»Offenbar beim Künstler höchstpersönlich«, sprach Shona weiter, ohne Hailey die Chance zu einer Erwiderung zu geben. »Für ihren Aufzug hat sie aber noch keine zufriedenstellende Erklärung gegeben.«

»Wie oft soll ich es denn noch sagen? Es war ein spontaner Entschluss. Nachdem wir das neue Schild gesehen haben und mich Collum noch einmal auf die Schwertkampf-Show angesprochen hat …« Hailey klappte den Mund zu. Bei dieser Bande war jedes weitere Wort sinnlos.

»Hast du ernsthaft Sean Gordon gefragt, ob er bei deiner Reitnummer mitmacht?«, wollte Betty mit einem Schmunzeln wissen.

»Reitnummer«, brummte Hailey und verdrehte die Augen. »Wie das klingt. Aber ja, ich habe ihn nicht nur gefragt, er hat auch zugesagt. Und letztlich war es gar nicht meine Idee, sondern die von deiner besseren Hälfte.«

»Marlin hat dich darauf gebracht?« Das schien die imposante ältere Dame nicht glauben zu können.

»Hat er. Nachdem er sich geweigert hat, selbst mitzumachen, hat er Sean vorgeschlagen. Womöglich war das eine seiner brillanteren Ideen, denn so muss ich mich nicht mit einem fragilen alten Mann herumschlagen, sondern mit einem kraftstrotzenden jungen Kerl, der obendrein nicht viel spricht. Was ein echter Vorteil ist.« Hailey wusste selbst nicht, warum sie jetzt so biestig war – vermutlich als Rache für die mangelnde familiäre Unterstützung.

Isla prustete los. »Fragiler alter Mann? Das ist einfach nur großartig. Ich kann's kaum erwarten, das Dad zu erzählen.«

»Beeil dich, wenn du es vor mir schaffen willst.« Auch Betty schien Haileys Ausbruch weniger beleidigend als vergnüglich zu finden. »Jedenfalls bin ich jetzt richtig gespannt auf die Show. Ich kann mir sehr gut vorstellen, dass ihr beiden ein interessantes Gespann abgeben werdet. Der große, finstere Schweiger und die temperamentvolle …« Sie ließ ihren Satz austrudeln, ohne eine mutmaßlich wenig schmeichelhafte Bezeichnung zu formulieren.

»Lennox will ja auch mitmachen«, warf Anna ein. »Und Adley, soweit ich weiß. Aber ja, ich finde auch, dass es eine gute Mischung wäre, und ich freue mich wahnsinnig, dass Sean sich dazu bereit erklärt hat. Wird echt mal Zeit, dass er aus seinem Schneckenhaus rauskommt und sich etwas mehr am Dorfgeschehen beteiligt. Ich war ja schon ganz froh, dass ich ihn überreden konnte, im Sommer einen Töpferkurs zu geben, aber das finde ich jetzt richtig gut.« Die Ärztin klang aufrichtig erfreut. Hailey wusste, dass Anna und Lennox zu den wenigen Menschen gehörten, die mit Sean regelmäßigen Kontakt pflegten.

»Ich habe keine Ahnung, von wem ihr sprecht«, sagte nun Ainslee. »Ich lebe jetzt seit fast zwei Monaten in Kirkby, aber diesen geheimnisvollen Sean habe ich noch nicht zu Gesicht bekommen.«

»Es gibt Leute im Dorf, die ihn in den vier oder fünf Jahren, seit er hier lebt, noch nicht gesehen haben.« Isla half Jon, der gerade mit der Getränkebestellung zurück war, beim Verteilen der Gläser. »Ich glaube, ich war unter den Ersten, die überhaupt Kontakt mit ihm hatten. Er hat das komplette Geschirr für mein Restaurant hergestellt. Ein sehr talentierter Handwerker und Künstler und optisch eine Granate.«

»Ich muss doch sehr bitten«, beklagte sich Jon mit gespielter Empörung.

»Dir kann er natürlich nicht das Wasser reichen«, schnurrte Isla und drückte ihm einen Kuss auf die Wange. »Aber nach objektiven Kriterien ist er wirklich sehr attraktiv. Recht groß, so um die eins neunzig, schätze ich, breitschultrig, dunkle Haare, Bart, düsterer Blick.«

»Klingt ziemlich vielversprechend«, meinte Ainslee, und Hailey meinte, ein Flackern in den Augen ihrer Mitbewohnerin wahrzunehmen. Ein Flackern, das ihr ganz und gar nicht gefiel – und sie hatte nicht die leiseste Ahnung, warum. Sie mochte Ainslee und wünschte ihr nur das Beste, aber nicht gerade mit Sean. Sehr rätselhaft.

»Tja, leider ist er aber auch extrem zurückgezogen und eigenbrötlerisch. Von seinen nicht vorhandenen sozialen Kompetenzen will ich gar nicht erst anfangen. Ich glaube, dass Sean einer der Menschen ist, die allein tatsächlich glücklicher sind als in Gesellschaft.«

Ainslee schwieg daraufhin betroffen, doch Hailey fand die Beschreibung ihrer Cousine nicht richtig passend.

»Ich glaube nicht, dass es solche Menschen wirklich gibt«, widersprach Anna sanft. »Und ich erlebe Sean auch ganz anders. Ja, er lebt zurückgezogen, aber er hat eine sehr liebenswerte, fast charmante Seite, und ich bin mir sicher, dass er sich insgeheim nach mehr Kontakt sehnt. Ich gehe davon aus, dass er ein paar unschöne Erfahrungen gemacht hat, aber er ist ganz sicher kein geborener Eremit.« Sie klang so, als sei sie sich ihrer Sache sehr sicher.

»Das denke ich auch«, hörte sich Hailey zu ihrer Überraschung selbst sagen. »Sonst hätte er mich ja wohl kaum zum Abendessen eingeladen und versprochen, mir zu helfen.« Sie warf einen verstohlenen

Blick in Richtung Ainslee, die jedoch unbeeindruckt schien.

»Wie gesagt, das halte ich für eine ausgesprochen interessante Kombination, die wir alle mit größtem Interesse verfolgen werden«, kommentierte Betty und wechselte dann abrupt das Thema. »Wie ist denn nun die Meinung zum neuen Ortsschild?«

• • •

Am nächsten Morgen regnete es in Strömen, doch das änderte nichts an Seans großartiger Laune. Pfeifend sprang er in sein Auto und fuhr Richtung Stall. Es war halb sieben Uhr morgens, und außer seinem war kein Fahrzeug unterwegs. Er wollte gerade auf die Hauptstraße abbiegen, als etwas seinen Blick einfing. An der Kreuzung stand ein riesiges buntes Schild, das gestern garantiert noch nicht da gewesen war – und das ihn nun zu einer Vollbremsung motivierte. »Kirkby – The Heart of the Scottish Highlands« lautete die Überschrift des farbenfrohen Lageplans. Er überlegte, ob er aussteigen und sich das Schild genauer ansehen sollte, doch wegen des strömenden Regens entschied er sich dagegen. Es war bestimmt wieder eine von Bürgermeister McDonalds wilden Ideen – und vermutlich hatte man darüber in etlichen Gemeindesitzungen ausführlich diskutiert. Genau konnte er es nicht wissen, denn bei diesen Veranstaltungen machte er sich in der Regel rar.

Auf dem restlichen Weg dachte er an den vergangenen Abend zurück, als Hailey Fraser plötzlich vor seinem Haus gestanden und er sie mit seiner wahnwitzigen Annahme, mit Edna könnte etwas los sein, fast zu Tode erschreckt hatte. Dabei hatte sie wahrscheinlich nur überlegt, wie sie ihm ihren absurden Vorschlag, bei diesem Schwertwettbewerb mitzumachen, schmackhaft machen konnte. Er war sich offen gestanden immer noch nicht sicher, warum er zugesagt hatte, aber ein Rückzieher kam auch nicht infrage.

Er mochte ein sozial inkompetenter Einsiedler sein, aber er war auch ein Mann, der sein Wort hielt und sich nicht aus der Verantwortung stahl, wenn er sich zu einer Sache verpflichtet hatte. Ein bisschen irrsinnig klang Haileys Idee schon, aber andererseits auch recht spannend. Und wenn er ehrlich war, liebte er Herausforderungen. Edna und er waren inzwischen ein derart eingespieltes Team, dass sie schon ahnte, was er als Nächstes vorhatte, ehe es ihm selbst bewusst wurde. Da war es doch an der Zeit, sie mal ein wenig zu überraschen.

Wenn er noch ehrlicher sein wollte, hatte seine Zusage aber noch mehr Gründe. Haileys gestriger Besuch hatte auch etwas anderes in ihm ausgelöst. Etwas, das er sich sehr lange nicht mehr zugestanden hatte: Interesse an einem anderen Menschen. An einer Frau, präziser gesagt. Eine Frau, die nicht die famose Anna war, die er dank Lennox vor ein paar Monaten kennengelernt hatte und die seitdem ein unverzichtbarer Teil seines Lebens war – und das nicht nur, weil ihr

Kater ihn häufig besuchte. Ihre warmherzige, ruhige Art tat ihm gut, taute ein wenig das Eis in seiner Brust, das er vor Jahren um sein Herz geformt hatte.

Doch das alles geschah auf eine sehr subtile Art, die er nicht als bedrohlich empfand. Was sicher daran lag, dass Anna in festen Händen und daher als Frau ohnehin tabu war. Hailey dagegen? Er wusste nicht viel über Rupert Frasers ältere Tochter, außer dass sie eine fantastische Reiterin und Ausbilderin war und als Partygirl galt, das nichts anbrennen ließ. Ob sie in einer Beziehung war oder überhaupt an einer interessiert wäre, davon hatte er keine Ahnung. Und warum dachte er überhaupt über solche Dinge nach?

Sie war gestern wie eine Naturgewalt über ihn hereingebrochen und hatte ihn dazu gebracht, sich Mühe zu geben. Für sie hatte er sich die Lehmspritzer von Gesicht und Händen gewaschen und sich saubere Kleidung angezogen. Für sie hatte er gekocht, und aus irgendeinem irrationalen Grund war es ihm wichtig gewesen, dass sie sich bei ihm und in seiner Gegenwart wohlfühlte. Aber warum? Das konnte er beim besten Willen nicht beantworten.

Nachdenken wollte er darüber aber auch nicht mehr. Er war am Stall angekommen und stellte seinen Wagen auf dem leeren Parkplatz ab. Das war noch ein Vorteil der frühen Stunde: Außer den Gestütsmitarbeitern, die um diese Zeit schon die Boxen ausmisteten und die Tiere versorgten, war niemand auf dem Gelände. Er hatte mit Rupert vereinbart, dass Edna nur ein kleines Frühstück bekam und er sie dann erst nach ihrem Training oder Ausritt fütterte. Ausreiten kam heute aber eher nicht infrage. Als waschechter Schotte hatte er zwar kein Problem mit schottischem Dauerregen, aber so richtig viel Spaß machte ein Ritt unter geöffneten Himmelsschleusen eben auch nicht. Also beschloss er, heute in die Reithalle zu gehen und Edna mit einigen Dressurlektionen und Gehorsamsübungen zu fordern.

»Guten Morgen, meine Schöne«, raunte er leise, als er in ihre Box schlüpfte.

Die Stute schnaubte zur Begrüßung und drückte ihre weichen Nüstern gegen seinen Hals. Diese vertraute Geste war ihr typisches Begrüßungsritual und genau genommen der Grund, warum er sich damals für sie entschieden hatte und nicht für den Wallach, den er eigentlich ins Auge gefasst hatte. Bei Edna und ihm war es Liebe auf den ersten Blick gewesen, und wenn sie ihre Nase gegen seinen Hals oder seine Wange presste, war mit einem Schlag seine ganze Welt in Ordnung.

»Ich freu mich auch, dich zu sehen«, sagte er und kraulte ihr den Mähnenkamm, was sie sehr genoss. »Was hältst du davon, wenn wir heute mal etwas Neues ausprobieren?«

Edna schien keine Vorbehalte zu haben und freute sich über die Möhre, die er ihr zusteckte, ehe er in die Sattelkammer ging, um das Putzzeug, den Sattel und ihr Zaumzeug zu holen. Noch eine angenehme

Eigenschaft von Edna war, dass sie sich kaum schmutzig machte. Es gab hier im Stall Pferde, die nichts lieber taten, als sich in jedem denkbaren Schlammloch zu suhlen, doch seine Falbprinzessin wälzte sich höchstens auf sauberem Gras oder trockener Einstreu. Selbst ihre Box hielt sie ordentlich und äpfelte immer schön in eine Ecke. Das Putzen ging also rasch von der Hand, und keine zwanzig Minuten später führte er sie durch den überdachten Gang in die Reithalle. Dort zog er den Sattelgurt nach und schwang sich auf den Rücken der Stute. Dabei stand Edna trotz lockerer Zügel felsenfest wie eine Statue. Er hatte ihr gleich am Anfang beigebracht, dass es erst losging, wenn er das Signal dazu gab.

»Braves Mädchen«, lobte er leise, klopfte ihr sachte den Hals und nahm dann die Zügel auf. Zunächst ließ er sie im Schritt durch die Halle schreiten, begann dann jedoch zügig mit ersten Gymnastizierungsübungen im Schritt und Trab. Er war immer wieder erstaunt, wie feinfühlig dieses große, massige Tier war und über welch immense Körperbeherrschung es verfügte. Es kam eben auch in der Tierwelt mehr auf die inneren Werte als auf das äußere Erscheinungsbild an.

Er war gerade dabei, Edna mit einigen etwas anspruchsvolleren Dressurlektionen zu fordern, als sich das Reithallentor öffnete. Sean unterdrückte einen Fluch. Auf Gesellschaft hatte er so gar keine Lust. Manchmal kam um diese Zeit die ein oder andere Mutter vorbei, die, nachdem sie ihre Kinder zum

Schulbus verfrachtet hatte, eine Runde reiten wollte, ehe der Wahnsinn des Tages über sie hereinbrach. Wie auch immer die Herausforderungen dieser Frauen aussahen. Jedenfalls hatte er kein Interesse an Small Talk. Doch es war niemand aus der Mütterriege, sondern Hailey, die mit ihrer prächtigen Apfelschimmelstute Airgead in die Halle trat. Edna stieß ein leises Wiehern aus, wohl eine Art »Guten Morgen« auf Pferdisch, denn Airgead antwortete prompt.

»Ich hoffe, ich störe nicht«, sagte Hailey statt einer Begrüßung und kontrollierte noch einmal das Sattelzeug ihres Pferdes.

Was sollte er darauf antworten? Sicher nicht die Wahrheit, denn ja, er fühlte sich gestört. Aber nicht so, wie es bei jeder anderen Reiterin der Fall gewesen wäre, sondern in seiner Konzentration. Würde Hailey ihn beobachten und mit Kommentaren aufwarten, wenn ihr etwas auffiel? Wäre das ein Problem oder vielleicht sogar ganz hilfreich? »Natürlich nicht«, erwiderte er, als ihr Blick immer erwartungsvoller wurde. Er musste dringend an seiner verbalen Reaktionszeit arbeiten. Die langen Denkpausen irritierten das Gegenüber häufig über Gebühr.

»Gut, es ist nämlich die einzige Chance für mich, Airy heute zu bewegen. Ich habe den ganzen Tag andere Verpflichtungen«, entgegnete sie und saß auf.

Airgead war längst nicht so stoisch wie Edna, sondern tänzelte mit gespitzten Ohren nervös herum, doch Hailey ließ sich nicht aus der Ruhe bringen, sondern erklomm geschmeidig und ohne Hast den Rücken ihres großen Pferdes. Sean konnte sich einen Seitenblick nicht verkneifen. Hailey war nicht sehr groß, recht kurvig gebaut und wirkte nicht besonders athletisch, doch sie hatte keine Mühe beim Aufsitzen.

Wie sie auch im Weiteren vollkommen unaufgeregt mit ihrem Tier umging. Ähnlich wie er vorhin begann sie mit simplen Gymnastizierungsübungen, die sie allmählich steigerte. Sean versuchte sich wieder auf sein eigenes Training und sein Pferd zu besinnen, doch sein Blick fiel immer wieder auf das andere Gespann. Airgead hatte einen völlig anderen Charakter als Edna, sie war quirlig, aufgekratzt und ziemlich feinnervig. Ihr Name bedeutete im Gälischen »Silber«, und selten war eine Bezeichnung so passend wie bei diesem Tier mit seinem quecksilbrigen Charakter. Dagegen war seine Edna ein Muster an Selbstbeherrschung – und im direkten Vergleich fast ein wenig langweilig.

»Hey«, rief er erschrocken, als Edna plötzlich unerwartet bockte.

»Das war ein typischer Airgead-Move, aber von Edna hätte ich das nicht erwartet«, kommentierte Hailey am anderen Ende der Halle lachend. »Was hat sie denn?«

»Ich fürchte, sie kann Gedanken lesen«, antwortete er leicht irritiert – und zugegebenermaßen ziemlich beschämt.

»Und was hast du Unflätiges gedacht, dass sie dich loswerden wollte?«

»Ich habe sie mit Airgead verglichen und festgestellt, dass sie im direkten Vergleich etwas ...« Er wollte das böse L-Wort nicht auch noch laut aussprechen.

»Dass sie im direkten Vergleich mit meiner überdrehten, kapriziösen Lady eine statueske, würdevolle Erscheinung mit vollendeter Körperbeherrschung ist?« Hailey lächelte. »Das hast du doch sagen wollen.«

»So in etwa«, murmelte er mit einem verlegenen Lächeln, denn Hailey hatte natürlich recht.

»Ich nehme an, sie hatte ein Problem mit dem Wort ›statuesk‹, weil sie damit leichtes Übergewicht und Unbeweglichkeit verbindet.«

»Hm.«

»Frauen sind in diesem Punkt ein wenig sensibel«, redete sie weiter, und Sean wurde das Gefühl nicht los, dass sie nicht nur von Pferdedamen sprach, sondern durchaus auch von sich.

»Das kann ich mir vorstellen, und ich wollte sie auch ganz bestimmt nicht kränken«, versicherte er und tätschelte seinem Pferd den Hals. »Wer hat sie eigentlich Edna genannt?«, wollte er dann wissen.

»Ich kann mich nicht mehr erinnern«, sagte sie und kratzte sich am Kinn. »Vermutlich war es mein Vater. Warum fragst du?«

»Weil ich denke, dass ihr bei Airgead einen Volltreffer mit dem Namen hingelegt habt, während Edna ...« Wieder brach seine Stute etwas zur Seite aus. »Scheiße, sie versteht wirklich jedes Wort. Sorry, meine Süße.«

»Kein Problem, Liebling«, konterte Hailey, und Sean spürte, wie er bis in die Haarspitzen errötete.

»Ich hab das Pferd gemeint«, krächzte er verlegen.

»Ich weiß, aber die Vorlage war einfach zu gut.« Sie lachte laut auf, und Airgead schnaubte nervös. »Was ist an Ednas Name denn so falsch?«

»Gar nichts. Aber ich habe nachgesehen. Er kommt aus dem Hebräischen und bedeute so viel wie Wonne, Lieblichkeit, Entzücken und … ähm … Lust und …«

»Sag besser nichts mehr, sonst zeigt dir deine entzückende Statue, mit welcher Wonne sie dich zu Kleinholz verarbeiten kann.«

»Das würde sie niemals tun«, verteidigte er sein Pferd.

»Sicher?«

»Und wenn, dann liegt es an dir und Airgead, denn bis ihr hereingekommen seid, hat sie sich mustergültig benommen.« *Bis dahin hatte ich auch meine Gedanken unter Kontrolle*, fügte er noch lautlos hinzu.

»Ich weiß ja, dass ich Männer zu schmutzigen Fantasien inspirieren kann, aber bei Pferden wäre es mir neu.« Hailey zwinkerte ihm zu und machte dann mit ihren Übungen weiter.

»Das war deutlich«, murmelte er leise in seinen Bart und schluckte hart. Deutlich und ziemlich inspirierend, denn plötzlich drifteten seine Gedanken zu anderen Szenarien ab, die nichts mehr mit Pferden und alles mit dieser rotblonden Sirene zu tun hatten. Edna stampfte ungeduldig mit einem Huf auf, und er riss sich mit aller Macht zusammen. Diese Einheit würde er jetzt mit Konzentration und Würde zu Ende bringen und sich dann in die Sicherheit seiner Werkstatt flüchten.

»Wo hast du eigentlich so gut reiten gelernt?«, erkundigte sich Hailey eine knappe Stunde später, als sie beide ihr Programm erledigt hatten und ihre Pferde in den Stall führten.

»Im Internat«, antwortete er knapp. Er hatte keine Lust, über diese Zeit zu sprechen.

»Spannend«, entgegnete Hailey nur und öffnete dann die Box ihrer Stute, die schräg gegenüber von Ednas lag. »Ich hätte gewettet, dass du aus einer durch und durch pferdeverrückten Familie kommst und schon als Kleinkind geritten bist. Genau wie ich.«

»Niemand in meiner Familie reitet oder interessiert sich für Pferde«, entgegnete er. *Und niemand hat sich je für meine Leidenschaft interessiert.* »Ich bin wirklich erst im Internat auf den Geschmack gekommen. Dort aber sehr nachhaltig.« Sean dachte an diese Zeit zurück. Die Pferde und später die Keramikklasse waren die besten Dinge in seiner Kindheit und Jugend gewesen. Und es sprach Bände, dass sie nichts mit seiner Familie zu tun hatten.

»Dann scheinst du ein wahres Naturtalent zu sein. Bist du auch auf Turnieren geritten?«

»Ja, das war Teil des Programms. Jeder Schüler musste sich eine Sportdisziplin aussuchen und bei

Wettkämpfen antreten. Dabei ging es um die Ehre des Internats.«

»Klingt … ungemütlich«, befand Hailey, und Sean meinte ein gewisses Bedauern in ihrer Stimme zu hören.

»Angeblich dient es der Charakterbildung.« Sean ächzte leise, als er den Sattel von Ednas Rücken hob.

»Dann mag ich mir gar nicht ausmalen, wie die Charaktere der unsportlichen Kinder leiden«, sagte sie, und es war deutlich, dass sie das Konzept missbilligte.

»Du meinst, im Vergleich zu mir?« Sean sah aus der Box heraus, weil er nicht sicher war, ob Hailey ihn persönlich angriff oder das Schulsystem kritisierte.

Doch sie zuckte nur mit den Schultern. »Keine Ahnung. Ich komme nicht aus so einer vornehmen Familie, wo die Kinder in Internaten untergebracht werden. Ich finde es nur schwierig, wenn man Menschen zu etwas zwingt, was ihnen nicht liegt. Und damit meine ich explizit nicht dich, denn es ist offensichtlich, dass du sehr gut im Reiten bist. Insofern dürftest du in der Schule diesbezüglich keine Schwierigkeiten gehabt haben.«

»Die Betonung liegt auf ›diesbezüglich‹«, brummte er.

»Das hast jetzt du gesagt.«

Sean wollte sich wirklich nicht noch intensiver in ein Gespräch reinziehen lassen, bei dem er nur verlieren konnte. »Wie auch immer, Reiten habe ich jedenfalls gelernt. Wann wollen wir denn mit dem Training beginnen?«

»Die idealen Zeitslots sind für mich mittwochs ab sieben Uhr morgens für etwa anderthalb Stunden – also wie heute – und montags am späteren Vormittag, so gegen elf. Adley kann garantiert nicht um sieben, und bei Lennox habe ich auch meine Zweifel. Aber da die beiden nur das Rahmenprogramm bestreiten, während wir die Hauptattraktion sind, reicht ihnen vielleicht der Montagstermin. Wenn es dann auf das Event zugeht, müssen wir ohnehin schauen, dass wir noch häufiger trainieren. Kannst du dir das einrichten?«

»Ja, das müsste klargehen.«

»Gut. Vielleicht können wir gelegentlich auch mal zu viert ausreiten. Ich muss erst einmal sehen, welche Pferde ich den beiden zur Verfügung stellen kann. Idealerweise Tiere, die mit Airy und Edna gut zurechtkommen.« Sie seufzte.

»Edna verträgt sich eigentlich mit allen. Nur Quinn kann sie nicht leiden. Der ist ihr zu aufdringlich.«

»Den wiederum findet Airy super, aber sonst ist sie ja ein bisschen speziell. Mal sehen, ich krieg das hin. Notfalls nehme ich ein anderes Pferd. Ich bin mir nämlich tatsächlich nicht sicher, ob sie vor viel Publikum die Nerven behalten kann.«

»Sag mir einfach, wann ich wo zu sein habe, dann stehe ich parat.« Sean wandte sich wieder seinem Pferd zu, das bereits genüsslich Heu mampfte. Falls Hailey noch etwas antwortete, bekam er es nicht mit. Er bürstete noch einmal Ednas Fell, kontrollierte

Beine und Hufe und verließ dann die Box. In der Sattelkammer säuberte er das Trensengebiss, Zaumzeug und Sattel und räumte alles an seinen angestammten Platz. Als er den gemütlichen Raum verlassen wollte, kam ihm Hailey entgegen, den Sattel über einen Arm gelegt, das Zaumzeug über die andere Schulter gehängt.

»Danke, dass du das für mich machst«, raunte sie, als er an ihr vorbeigehen wollte, und ein unerklärlicher Schauer lief ihm über den Rücken. Plötzlich war er sich nicht mehr sicher, ob die Entscheidung für diese seltsame Teambuildingmaßnahme wirklich eine gute Idee gewesen war.

WHISKYWAHRHEITEN

ANDERTHALB WOCHEN SPÄTER WAR HAILEY dem Wahnsinn näher als allem anderen. Die Trainingseinheit mit Lennox und Adley am Montag war das absolute Desaster gewesen. Adley hatte unbedingt auf Kelloggs reiten wollen, einem hübschen und lustigen Fuchsschecken, mit dem sie blendend zurechtkam. Blöderweise war der Wallach der erklärte Todfeind von Airgead, und ihre Stute hatte herumgezickt wie der trotzigste Teenie aller Zeiten. Lennox, der in den letzten Monaten vor allem auf Colleens Pferd Tilly unterwegs gewesen war, hatte sich mit der etwas schläfrigen Bonelle nicht wirklich anfreunden können. Lediglich Sean und Edna hatten stoisch und konzentriert alle Übungen durchgezogen.

Beim Mittwochstermin mit Sean allein war es dann etwas besser gelaufen, auch weil sie statt mit Airgead auf Macbeth angetreten war. Der stattliche dunkelbraune Junghengst war viel umgänglicher und kooperativer als Haileys kapriziöse Stute, doch eigentlich wollte ihr Vater ihn im Juni bei einer Leistungsschau versteigern lassen, und es war unwahrscheinlich, dass sie ihn von diesem Vorhaben abbringen konnte. Objektiv betrachtet machte es auch nicht viel Sinn, einen jungen, vielversprechenden Hengst aus der eigenen Zuchtlinie zu behalten und ihn nicht nutzen zu können. In einem anderen Stall wäre er sicher deutlich besser aufgehoben. Ihn kastrieren zu lassen und als normales Freizeitpferd im Betrieb mitlaufen zu lassen, wäre bei seinen Anlagen auch in Haileys Augen ein Sakrileg, aber trotzdem … Nun ja, irgendwie musste sie eine Lösung für das Dilemma finden, besser früher als später – doch ganz sicher nicht heute. Heute wurde nämlich die offizielle Eröffnung von Kristies Tanzschule gefeiert. Haileys Schwester unterrichtete zwar schon seit ein paar Monaten Highland Dancing und hatte bereits einige Workshops gegeben, doch nun stand die obligatorische Party an, ohne die in Kirkby nichts verbrieft und gewiss war.

Kristie und Anna teilten sich ein großes, helles ehemaliges Klassenzimmer in der alten Schule als Übungsraum für Yoga und Tanz, an dessen Tür seit heute ein Schild mit der Aufschrift »Kirkby Highland Dancing« prangte. Die Party selbst fand aber in der großen Aula statt, die im letzten Jahr schon Schauplatz einiger denkwürdiger Veranstaltungen gewesen war, zuletzt der Saisoneröffnungsparty von Islas Restaurant Ende Februar. Heute drehte sich jedoch alles nur ums Tanzen.

Hailey wusste, dass Kristie ein paar Tanzvorführungen geplant hatte – sie selbst sollte eigentlich dabei sein. Doch sie hatte es in den letzten Wochen nur einmal zum Training geschafft, weil sie derart mit ihren Aufgaben im Stall eingespannt war. Dass sie wegen der Highland Games jetzt noch mehr Zeit dort verbringen musste als ohnehin schon, hatte bei Kristie zu einiger Verstimmung geführt. Sie hatte ihre tiefe Enttäuschung in den letzten Tagen immer deutlicher ausgesprochen, was Haileys schlechtes Gewissen noch mehr angefacht hatte. Heute jedenfalls sollte sich alles nur um ihre Schwester drehen, schwor sie sich, und dazu gehörte, dass sie wenigstens pünktlich erschien. Doch nach der Kinderreitstunde heute Nachmittag hatten einige Eltern Redebedarf gehabt, und so war sie schon wieder spät dran.

In Windeseile hatte sie sich zu Hause geduscht, ihre Haare trocken gepustet und sie dann zu einem strengen Knoten hochgesteckt, wie es für die Tänzerinnen üblich war. Jetzt zwängte sie sich in ihr Tanzkleid, das beim letzten Waschen eingelaufen sein musste.

»Verdammter Mist«, fluchte sie, als sie am störrischen Reißverschluss des Mieders zerrte – ein Kampf, der eindeutig zum Scheitern verurteilt war.

»Alles in Ordnung?« Ainslee steckte ihren Kopf in Haileys Zimmer.

»Nichts ist in Ordnung«, knurrte Hailey. »Dieses verdammte Mieder ist einfach zu eng. Selbst wenn ich den Reißverschluss zukriegen sollte, würde ich spätestens fünf Minuten später an Sauerstoffunterversorgung sterben.«

Jules, der rotbraune Königspudel ihrer Mitbewohnerin, schlüpfte ins Zimmer und stupste Hailey mitfühlend an.

»Warum versuchst du es dann überhaupt?«, erkundigte sich Ainslee.

»Weil ich …« Hailey stieß ein frustriertes Grunzen aus, als der Reißverschluss aufgab und einfach aufplatzte. »Fuck!«

»Das krieg ich auf die Schnelle leider auch nicht repariert«, sagte Ainslee bedauernd. »Wenn ich das ein paar Tage vorher gewusst hätte, dann hätte ich es bestimmt ein bisschen weiter machen können.«

»Vor ein paar Tagen wusste ich noch nicht, dass mir dieses verdammte Mieder nicht mehr passt. Letzten Herbst habe ich mich noch irgendwie reinzwängen können, aber seitdem … Oh Mann, was mach ich denn jetzt?«, fragte sie verzweifelt und nahm ihre Mitbewohnerin zum ersten Mal so richtig wahr. Ein Fehler, denn Ainslee sah einfach atemberaubend aus. Sie war groß, schlank und biegsam, hatte lange dunkelrote Locken und einen makellosen Teint – und sie trug ein zweifellos selbst geschneidertes Kleid, das oberflächlich betrachtet fast wie ein Highland-Dancing-Outfit wirkte, aber tatsächlich viel raffinierter war. Das Oberteil aus Kirkby-Tartanstoff bot appetitliche, aber letztlich wohlverhüllte Einblicke, der bauschige knielange Rock war aus einem glänzenden flaschengrünen Stoff genäht und betonte ihre schmalen Endlosbeine.

Dagegen fühlte sich Hailey erst recht wie der letzte Bauerntrampel. Zu moppelig, zu sommersprossig, zu rotblond, zu … unpassend. Sie hasste dieses Gefühl – und meist hatte sie es gut im Griff. Normalerweise fühlte sie sich selbstbewusst genug und setzte ihre Kurven gerne gewinnbringend ein, aber im direkten Vergleich mit der ätherischen Gestalt ihrer eleganten Mitbewohnerin konnte sie nur verlieren.

»Warum willst du dieses Kleid denn unbedingt anziehen?«, wiederholte Ainslee noch einmal ihre Frage und schien von Haileys Selbstzweifeln und Eifersuchtsschüben glücklicherweise nichts wahrzunehmen.

»Wegen Kristie. Ich dachte, wenn ich im Tanzkostüm erscheine, wird sie das etwas milder stimmen. Ich hatte ihr ja eigentlich versprochen, dass ich bei einer Choreografie mitmache, doch das habe ich einfach nicht geschafft. Sie ist ziemlich enttäuscht und auch ein bisschen sauer auf mich. Verdammt sauer, fürchte ich.« Hailey starrte missmutig in den Spiegel. Sie hatte rote Flecken im Gesicht und Striemen am Brustkorb, wo das Mieder sie bei den vergeblichen Anziehversuchen eingezwängt hatte.

»Aber wenn du gar nicht tanzt, warum willst du dann dieses Kleid tragen?«, versuchte es Ainslee mit Logik.

»Ich …« Hailey wandte ihren Blick zurück zu Ainslee. »Ganz ehrlich, ich habe nicht die geringste Ahnung. Es war irgendein seltsamer Automatismus.

Wir haben halt früher immer gemeinsam getanzt. Das war unser Schwestern-Ding. Auch wenn es tatsächlich immer mehr ihres war, weil ich einfach nur zum Spaß getanzt habe und sie sehr ehrgeizig war und ist.«

»So wie dein Ehrgeiz bei den Pferden liegt, während Kristie nur gelegentlich zum Vergnügen reitet?«, bohrte Ainslee weiter nach.

»So ungefähr.«

»Und würdest du von Kristie verlangen, dass sie in Reitermontur zu einem Turnier kommt, bei dem du antrittst und sie nur Zuschauerin ist?«

»Oh Mann, du hast vollkommen recht. Und eine ziemlich charmante Art, mich wie die letzte Idiotin dastehen zu lassen.« Hailey wollte sich in einer halb hilflosen, halb verlegenen Geste durch die Haare fahren, doch die steckten ja in diesem verdammten Knoten fest. »Das sieht auch scheiße aus«, befand sie und löste die Haarnadeln.

»Du bist keine Idiotin, du siehst auch nicht scheiße aus, ich hatte nur den Eindruck, dass du in einer ganz merkwürdigen Spirale gefangen warst, aus der du allein nicht rausgekommen bist.«

»Kann sein. Mein Kopf ist gerade etwas voll mit anderen Dingen.« Sie seufzte. »Aber das ist jetzt zweitrangig. Ich muss mir schleunigst irgendwas anziehen und dann zur Party. Denn wenigstens pünktlich will ich sein.«

»Brauchst du dafür meine Hilfe?«, erkundigte sich Ainslee, doch Hailey schüttelte nur den Kopf.

»Nein, das krieg ich schon hin. Danke. Wartest du auf mich, oder willst du schon los?«

»Ich warte.« Mit diesen Worten verließ Ainslee das Zimmer und pfiff dann nach Jules, der es sich vor Haileys Bett gemütlich gemacht hatte.

Hailey war froh, dass sie sich nun doch nicht in ihr enges Tanzkostüm zwängen musste, aber das hatte wenigstens den Vorteil gehabt, dass sie sich keine Gedanken über ein angemessenes Outfit machen musste. Wenn sie nach Inverness zu einem Club fuhr, trug sie meist ihre Lieblingsjeans mit einem Flattertop und darüber eine Lederjacke, doch für eine Dorfparty mit Tanzschuleröffnung schien ihr das nicht passend zu sein. Außerdem wollte sie Kristie beweisen, dass das Event nicht irgendein austauschbarer Partyabend für sie war, sondern größere Bedeutung hatte. Ratlos stand sie vor dem Kleiderschrank und hoffte auf Inspiration. Ob Sean kommen würde? Theoretisch war das ganze Dorf eingeladen, und tatsächlich war Sean bei den letzten beiden Partys auch da gewesen … Warum dachte sie über Sean nach? Der hatte ja wohl keinerlei Einfluss auf ihre Klamottenauswahl. Und die Uhr tickte.

Kurz entschlossen griff sie nach einer gut sitzenden schwarzen Stretchhose und der goldschimmernden Wickelbluse, die sie sich vor drei Jahren für eine Hogmanay-Party gekauft hatte. Ihr damaliger Freund hatte sie damit als Christbaumkugel bezeichnet und ihr massiv die Freude an dem guten Stück vermiest. Aber dieser Kerl war längst Vergangenheit – spontan fiel ihr nicht einmal sein Name ein –, und die Bluse hatte eine Renaissance verdient. Festlich sah sie allemal aus, und sie passte auch noch. Rasch trug Hailey minimal Make-up auf, wuschelte sich noch einmal durch die Haare und schlüpfte in die schwarzen, hochhackigen Stiefeletten mit den Goldnieten, die sie seit besagter Hogmanay-Nacht ebenfalls stiefmütterlich behandelt hatte.

»Ich bin so weit«, kündigte sie eine Minute später an. »Wollen wir los?«

»Wow, das ist wirklich ein grundlegend anderer Look«, sagte Ainslee, und Hailey war sich nicht sicher, ob sie es positiv oder negativ meinte. Doch sicherheitshalber fragte sie nicht nach.

»Auf jeden Fall kann ich damit besser atmen.« Sie schlüpfte in ihren Mantel und machte sich mit Ainslee auf den Weg zur alten Schule.

Dort war die Party schon im Anrollen, denn natürlich hatte sie es nicht geschafft, pünktlich zu sein. Doch andererseits hatte Kristie ohnehin alles im Griff. Für das Catering hatte sie Jon engagiert und selbst in ihrer Bäckerei kiloweise Leckereien gebacken. Es gab Livemusik, um die sich Lennox gekümmert hatte, und sonst war ja nichts zu tun gewesen. »Wow, das ist aber hübsch«, befand Ainslee mit großen Augen, als sie die Aula betraten.

»Aber echt.« Hailey war verblüfft. Die Aula war mit Blumen und Girlanden dekoriert, die sie eher bei einer Hochzeitsfeier erwartet hätte als bei einer Party.

Wann hatte Kristie hier denn dekoriert? Dunkel erinnerte sie sich daran, dass ihre Schwester vor ein paar Tagen etwas erwähnt hatte. Verbunden mit einer Bitte um Mithilfe? Sie wusste es nicht mehr genau.

»Das ist ja ein … Look«, sagte Alice, als Hailey zum Buffet ging, wo ihre Mutter mit letzten Handgriffen beschäftigt war.

Hailey ignorierte den Subtext und wechselte direkt das Thema: »Was machst du denn hier? Ich dachte, das Buffet ist allein Jons Verantwortung? Und seine Crew hat doch immer alles im Griff.«

»Das denkst aber auch nur du«, entgegnete ihre Mutter düster. »Und ich will nichts dem Zufall überlassen. Das ist ein großer Tag für Kristie, und alles soll perfekt sein.«

»Ich finde, es sieht ziemlich perfekt aus«, gab Hailey zurück. »Und ganz ehrlich – so ein besonderer Tag ist es doch auch nicht. Die Tanzschule läuft faktisch schon seit Monaten. Da war die Bäckerei-Eröffnung doch das viel größere Ding.«

»Das ist das, was Kristie wirklich wichtig ist«, betonte Alice mit einem Stirnrunzeln. »Sie liebt ihre Bäckerei und verdient gutes Geld damit, aber die Tanzschule ist ihre Leidenschaft.«

»Hm.« Hailey hatte keine Lust auf eine Grundsatzdiskussion mit ihrer Mutter, die schon immer ein besonders großes Herz für ihre jüngere Tochter gehabt hatte, während Hailey selbst eher ein Papa-Kind war.

»Schade, dass du nicht beim Aufbau warst«, fuhr Alice jedoch fort und schaffte irgendwie das Kunststück, sich ihre Missbilligung anmerken zu lassen, ohne sie direkt zu äußern.

»Ich wusste nichts davon«, behauptete Hailey. »Außerdem war ich bis vor einer guten Stunde im Stall und habe Reitstunden gegeben. Das ist nämlich mein Job.«

»Du hättest dich problemlos vertreten lassen können«, behauptete Alice. »Das wäre schließlich nicht das erste Mal gewesen. Ich hätte mir ein bisschen mehr Loyalität für deine Schwester gewünscht.«

Hailey hatte das Gefühl, dass sie irgendwas verpasst hatte, und das seltsame passiv-aggressive Verhalten ihrer Mutter ging ihr gewaltig auf die Nerven. So war Alice Fraser sonst nie drauf. Oder nur ganz selten. »Es tut mir leid, wenn ich deinen hehren Ansprüchen nicht genüge, aber ich hatte es wirklich nicht auf dem Schirm, dass ich für diese aufwendige Deko eingeplant war«, blaffte sie ihre Mutter bösartiger an als geplant. Anscheinend suchte sich der ganze aufgestaute Stress ein Ventil.

»Das kommt davon, dass du dich nur um deine eigenen Dinge kümmerst und nicht siehst, was für andere Menschen wichtig ist«, entgegnete Alice und funkelte sie herausfordernd an. Offenbar musste auch Alice unterdrückten Gefühlen Luft machen.

»Meine eigenen Dinge? Was genau sind bitte schön meine eigenen Dinge? Ich arbeite mich im Stall halb tot. In unserem Familienbetrieb, möchte ich betonen. Ich muss mir da gefühlt jeden Tag meine Daseinsberechtigung erkämpfen, weil Dad nach wie vor glaubt, immer bei allem recht zu haben.«

»Es ist schließlich sein Lebenswerk, seine Leidenschaft. Natürlich ist es ihm wichtig, dass da alles in seinem Sinn läuft«, verteidigte Alice ihren Mann. »Aber das meine ich auch gar nicht. Ich spreche von diesem idiotischen Reitturnier bei den Highland Games.«

Hailey sah ihre Mutter fassungslos an und wusste nicht, ob sie laut losschreien oder lachen sollte. Sie entschied sich dafür, ein paarmal tief Luft zu holen. »Du glaubst also, dass das eine Ego-Nummer für mich ist?«, fragte sie mit betont ruhiger Stimme, wartete die Antwort aber gar nicht erst ab. »Ich mache das für Kirkby. Ich mache das für unseren Bürgermeister. Aber vor allem mache ich es für unsere Clydesdale-Zucht, um der Welt zu beweisen, was für tolle Tiere wir haben.«

»Und dafür, glaubst du, sind Schwertkämpfe auf dem Pferderücken die geeignete Maßnahme?« Alice verschränkte die Arme vor der Brust.

»Ja, das denke ich. Außerdem zieht eine derartige Show noch mehr Zuschauer an. Das wiederum ist Collum wichtig – und gut für Kirkby. Das hat jedenfalls nichts mit einer Ego-Nummer von mir zu tun.«

»Wenn du meinst«, entgegnete Alice gedehnt.

Hailey bebte. Ihre Mutter hatte sich aus dieser Diskussion bislang komplett herausgehalten. Warum bloß fing sie ausgerechnet jetzt damit an? Allerdings fühlte sie sich auch ein wenig ertappt, weil ein Fünkchen Wahrheit schon dabei war. Ja, es war ihr wichtig, diese Actionszene einzuüben. Weil das die eine Sache war, die allein sie machen konnte. Damit wollte sie sich profilieren und sich ein wenig unabhängiger vom Ruf ihres Vaters machen. Doch darum ging es hier doch gar nicht, oder?

»Ja, meine ich. Aber vielleicht würde es helfen, wenn ich dir sage, dass es meine Leidenschaft ist? Womöglich verstehst du dann, wie wichtig mir die Sache ist. Und apropos Loyalität, dabei hätte ich mir von meiner Familie mehr Unterstützung erhofft.«

»Nur dass es heute ausnahmsweise nicht um dich geht, sondern um Kristie.«

»Wie könnte ich das vergessen?«, presste Hailey hervor und ließ ihre Mutter grußlos stehen, um sich nicht zu weiteren Kommentaren hinreißen zu lassen. Sie schaute sich um und hoffte, Kristie irgendwo zu erspähen, doch von der Frau des Abends war nichts zu sehen. Vermutlich war sie mit ihren Leuten im Tanzraum und wärmte sich auf.

An der Bar stand ihre Cousine Robin, die seit Anfang des Jahres wieder in Schottland lebte, aber nur ungefähr für die Hälfte der Zeit in Kirkby. Die restliche Woche über saß sie in der Familienkanzlei der Stewarts in Edinburgh und versuchte, in die Fußstapfen ihres Großvaters zu treten, der sich mit gut neunzig Jahren endlich aus dem Tagesgeschäft zurückgezogen hatte. Das konnte auch kein einfaches Erbe sein.

»Na, wer hat dich geärgert?«, erkundigte sich Robin, als Hailey näher trat.

»Merkt man mir das an?«

»Wenn man einen Blick dafür hat, dann schon.« Robin lächelte schief und deutete auf ihr Whiskyglas. »Auch einen?«

»Eigentlich wollte ich mir die ganz harten Sachen noch ein bisschen aufsparen.« Sie seufzte. »Andererseits … Ich nehme auch einen, bitte«, bestellte sie beim Barkeeper. »Was ist bei dir los?«, fragte sie dann und musterte ihre Cousine, die ein paar Jahre älter war und ziemlich gestresst wirkte. »Wo ist eigentlich Sky?«

»Bei den Kindern«, entgegnete Robin. »Ich wollte einen Babysitter engagieren, damit wir zusammen herkommen können, aber davon wollte er nichts wissen. Seiner Meinung nach haben die Kinder ohnehin viel zu wenig von uns. Von *mir*, meint er damit natürlich, denn *er* ist ja fast die ganze Zeit da.«

»Oh.«

»Als ob es meine freie Entscheidung gewesen wäre, zurück nach Schottland zu ziehen«, sprach Robin weiter. »Wir hatten es doch so schön in San Francisco, aber als dann Grandpa seinen Herzinfarkt hatte und er endlich so weit war, kürzerzutreten … Was hätte ich denn tun sollen? Ian kann und will nicht aus San Francisco weg, und wer sonst sollte die Leitung von Stewart & Sons übernehmen?«

»Vielleicht solltet ihr als Erstes mal über eine Namensänderung nachdenken. Von Söhnen ist in der Kanzlei ja keine Spur.«

»Ich kämpfe für ein einfaches ›Stewart‹ oder meinetwegen ›Stewart & Stewart‹, aber Grandpa ist störrisch. Er ist so stolz darauf, dass die Kanzlei in den gut fünfzig Jahren ihrer Existenz niemals umbenannt wurde, und er will jetzt nicht damit anfangen, nur weil eine Frau am Steuer sitzt. Wobei ich seiner Sichtweise nach auch gar nicht die Kapitänin bin, sondern lediglich seine Erfüllungsgehilfin. Ach …« Sie winkte ab und prostete Hailey dann zu. »Das ist einfach nur nervig. Und Sky fühlt sich nach wie vor fremd hier und weiß nichts mit sich anzufangen. Das macht es auch nicht einfacher.«

»Aber er hat seine NGO. Dafür spielt es doch keine Rolle, ob er hier arbeitet oder in San Francisco. Oder an welchem Flecken der Erde überhaupt. Oder?«

»Überhaupt keine. Nur hat er zum wiederholten Mal das Gefühl, die Kontrolle über sein Leben verloren zu haben. Aber jetzt zu dir. Wer nervt dich?«

Im direkten Vergleich kamen Hailey ihre Sorgen lächerlich vor. »Nur familiärer Kleinkram. Die komplette Sippe ist dagegen, dass ich mich so sehr für die Highland Games engagiere und unbedingt diesen Showkampf organisieren möchte. Und zu allem Überfluss bin ich auch noch eine schlechte Schwester und Tochter, weil ich weder eine Choreografie für die Party heute Abend einstudiert noch bei der

Deko geholfen habe. Ich hab wirklich nicht gewusst, dass Kristie so eine Riesennummer geplant hat. Also, vielleicht hat sie was erwähnt, und ich habe ihr nicht richtig zugehört, aber … Oh Mann, ich bin echt eine miese Schwester.«

»Dafür siehst du blendend aus«, befand Robin und grinste. »Ehrlich, die Bluse ist sagenhaft.«

»Ein Ex hat mich damit als Christbaumkugel bezeichnet.« Hailey trank noch einen Schluck.

»Männer sind Idioten. Ehemänner, Großväter, Kanzleipartner, Ex-Freunde. Alles Vollpfeifen.«

»Darauf trinke ich.« Hailey hob erneut ihr Glas und stellte fest, dass es bereits leer war. »Noch eine Runde?«, fragte sie Robin, die nur nickte. »Vermutlich werde ich es morgen bitter bereuen.«

»Egal. Morgen ist morgen, und heute ist heute. Slàinte mhath!«

• • •

Sean hätte nicht sagen können, welcher Teufel ihn dazu gebracht hatte, noch einmal bei Instagram reinzuschauen, kurz bevor er sich auf den Weg zur Party machen wollte. Nicht, dass ihn Highland Dancing im Allgemeinen oder diese Tanzschulsache im Speziellen besonders interessierte, aber Lennox würde auftreten, und er hatte Sean das Versprechen abgerungen, ebenfalls zu kommen.

Doch das würde nun nicht mehr passieren. Es war inzwischen fast elf Uhr abends, und er saß immer noch ausgehbereit am Küchentisch, das Handy in der Hand. Nur nüchtern war er nicht mehr. Um es vorsichtig zu formulieren.

Warum nur hatte er vorhin das dringende Bedürfnis gehabt, auf Instagram zu gehen? Die Frage war einfach zu beantworten, wenn auch nicht besonders schmeichelhaft: aus schierer Eitelkeit! Er hatte am Vormittag eine Skizze gepostet, die als Vorlage für eine neue Skulptur dienen sollte. Ein steigendes Pferd mit einem schwertschwingenden, Kilt tragenden Reiter auf dem Rücken. Allein die Skizze war viel figürlicher, als er normalerweise arbeitete, aber seit ein paar Tagen ging ihm dieses Motiv nicht mehr aus dem Kopf. Es brauchte keinen Psychologen, um den tieferen Sinn dahinter zu ergründen, das war ihm klar, und als Werkstück würde es zweifellos eine Herausforderung werden. Doch warum er eine der Skizzen auf die Social-Media-Plattform hochgeladen hatte, etwas, was er so gut wie nie tat, konnte er sich nicht wirklich erklären. Jedenfalls hatte dieser Post schon den ganzen Tag über für eine erstaunliche Resonanz gesorgt. So viele Likes und Kommentare hatte er in letzter Zeit kaum bekommen, und da die meisten positiv waren, fühlte sich seine sensible Künstlerseele geschmeichelt.

Es waren überhaupt nur drei negative Kommentare dabei. Einer stammte von einem ehemaligen Studienkollegen, der herumätzte, dass Sean nach dem Geschirr jetzt auch noch Folklore-Kitsch produziere.

Darüber hatte er lachen können, denn dieser Ex-Kommilitone hielt sich zwar für den Gralshüter der abstrakten Keramikkunst, war aber notorisch erfolglos. Der zweite kam von einem Troll-Account und war allein deshalb schon nicht ernst zu nehmen, doch der dritte …

Der dritte war es, der ihn aus der Bahn geworfen hatte. Der Account hieß »Clay is female« – Ton ist weiblich –, und der Kommentar lautete: »Sehr schade, dass sich ein so talentierter und renommierter Künstler wie Sean Gordon mit einem Mal in patriarchale Götzenverehrung stürzt. Das ist nicht nur trivial und kitschig, sondern ein Verrat an seinen eigenen Idealen.«

Irgendwas an diesen beiden Sätzen hatte etwas in Sean zum Klingen gebracht – und nicht auf gute Weise. Statt sie einfach schulterzuckend zu ignorieren, hatte er den Account unter die Lupe genommen und dabei voller Entsetzen festgestellt, dass mit ziemlicher Sicherheit Meribeth Parker dahintersteckte – die Frau, wegen der er sich in die Highlands zurückgezogen und seine Einsiedlerexistenz begonnen hatte. Die Frau, die er in den sozialen Medien eigentlich blockiert hatte, damit er nichts mehr von ihr sehen musste – und sie nichts mehr von ihm sehen konnte. Doch offensichtlich hatte sie sich ein neues Profil zugelegt.

Anstatt den Account direkt wieder zu blockieren und den Kommentar zu vergessen, hatte er sich jeden einzelnen Post von »Clay is female« angeschaut und schließlich sogar auf ihre Story geklickt. Das war der schlimmste Fehler von allen gewesen. Oder ein großes Glück. Denn in Meribeths jüngster Video-Serie hatte sie in einem Highland-Dancing-Kostüm vor ihrem Spiegel posiert und angekündigt, dass sie heute ihrer zweiten großen Leidenschaft neben der Keramik nachgehen würde, dem traditionellen schottischen Tanz. Und zwar bei niemand Geringerem als Kristie Fraser im »abgelegenen Highland-Nest Kirkby«.

Bei diesen Worten war ihm das Blut in den Adern gefroren. Meribeth war auf dem Weg hierher. War mutmaßlich bereits in der alten Schule und tanzte. Von ihrer angeblichen Leidenschaft fürs Highland Dancing wusste er nichts – doch das musste nichts heißen. Er hatte vieles nicht von ihr gewusst. Auf jeden Fall war es ausgeschlossen, dass er nun selbst zur Party ging. Das Letzte, was er an diesem Abend, ach was, in diesem Leben noch brauchte, war ein Wiedersehen mit der Frau, die ihn vor fünf Jahren in ein tieferes und dunkleres Tal gestürzt hatte, als seine lieblosen und toxischen Eltern es während seiner gesamten Kindheit und Jugend geschafft hatten. Und das wollte wirklich etwas heißen.

Schließlich hatte er sie dann doch blockiert, auch damit sie nicht mitbekam, dass er sich ihre Story angesehen hatte. Ob sie wusste, dass er in Kirkby lebte? Das war eigentlich kaum möglich, denn auf seiner Website stand als Kontakt lediglich die Adresse seiner Galerie. Genau genommen wussten nur sein Galerist, seine Geschwister und ein alter Freund von seinem aktuellen Wohnort. Und natürlich die Bewohner Kirkbys. Da fiel ihm ein, dass er vielleicht im Kursprogramm der Gemeinde namentlich erwähnt war, doch als er die Online-Version davon aufrief, stand da glücklicherweise nur, dass der Töpferworkshop »von unserem lokalen Keramikkünstler« abgehalten wurde. Vermutlich war es also einfach nur ein saublöder Zufall, dass es Meribeth an diesem Abend hierher verschlagen hatte. Und letztendlich ein großes Glück, dass er ihren Kommentar entdeckt hatte, denn so hatte er eine Begegnung verhindern können. Es war wohl mehr als unwahrscheinlich, dass sie noch ein weiteres Mal nach Kirkby käme, oder?

Er goss sich ein weiteres Glas Whisky ein und schaltete schließlich sein Handy aus – halbwegs beruhigt und versöhnt mit dem Abend.

KATZENJAMMER UND ALPAKAS

WATTE. WARUM WAR ÜBERALL WATTE? Grelle Watte. Laute Watte. Hailey hatte Mühe, einen klaren Gedanken zu fassen, und überhaupt, ihre Sinne scharf zu stellen.

»Steh jetzt endlich auf!«, drang eine Stimme durch all die Watte. Sie klang schrill und ungeduldig und irgendwie vertraut. Warum sollte sie aufstehen? Warum sollte sie überhaupt irgendwas tun? Langsam, ganz langsam kehrte ihr Denkvermögen zurück – und Hailey bereute es sofort. Sie lag in ihrem Bett, es musste Sonntag sein. Der Tag nach Kristies Party, auf der sie sich mit Robin gleich zu Beginn mit Whisky abgeschossen hatte. Schemenhaft tauchten Erinnerungsfetzen auf. Wie sie und Robin die Tanzfläche geentert hatten und … Sie stöhnte leise. Ihr Kopf dröhnte, und ihr Mund fühlte sich an, als sei auch er mit Watte gefüllt.

»Wer saufen kann, kann auch arbeiten, und wer meine Party ruiniert, kann mir auch Rede und Antwort stehen«, herrschte sie die schrille Stimme an, die vermutlich Kristie gehörte. Hatte ihre Schwester schon immer so unangenehm geklungen?

»Nicht so laut«, krächzte sie mühsam und versuchte sich aufzurichten. Keine gute Idee, denn sofort drehte sich alles, und ihr wurde schlagartig kotzübel.

»Du … du … du bist einfach …«, kreischte Kristie wütend, doch was Hailey einfach war, bekam sie nicht mehr mit, denn sie hastete mit unsicheren Schritten ins Badezimmer und übergab sich dort heftig in die Kloschüssel.

Fuck. Das war ihr auch schon lange nicht mehr passiert. Als der Würgereiz schließlich abklang, lehnte sich Hailey erschöpft an die Wand. Was genau war gestern Abend geschehen, dass Kristie nun so unfassbar wütend war? Sie konnte immer noch nicht klar denken, fühlte sich aber so eklig wie lange nicht mehr. Mühsam hievte sie sich hoch und krallte sich am Waschbecken fest, um den Schwindel abzufangen. Schließlich hob sie den Blick und erhaschte ihr Bild im Spiegel. Auch keine gute Idee. Überhaupt nicht. Erschrocken von ihrem eigenen Anblick wich sie zurück und kämpfte eine neue Welle von Übelkeit nieder. Dann schlüpfte sie aus ihrem fleckigen Schlafshirt – offensichtlich hatte sie es letzte Nacht irgendwie noch geschafft, sich umzuziehen – und stieg unter die Dusche.

Der harte, heiße Wasserstrahl tat gut und vertrieb schließlich sogar ein wenig die Watte in ihrem Kopf. Erinnerungen an den gestrigen Abend kehrten zurück. Wie sie mit Robin zusammen eine Impromptu-Showeinlage auf der Tanzfläche geboten hatte und bei Lennox' Auftritt auf die Bühne gesprungen war und ins Mikrofon gegrölt hatte. Das war ihr gestern alles wahnsinnig witzig vorgekommen. Irgendwelche Hände hatten sie von der Bühne gezerrt und ihr ein Glas Wasser in die Hand gedrückt. Wasser? Sie hatte es nicht getrunken, sondern es dem Körper, der zu den Händen gehörte, über den Kopf gekippt. Wer war das bloß gewesen?

Die Übelkeit hatte sich gelegt, dafür traf sie jetzt ihr Schamgefühl mit der Wucht eines Tsunamis. Oh Gott, da waren wohl eine Menge Entschuldigungen nötig. Aber erst musste sie halbwegs wieder zu Sinnen kommen. Sie stellte das Wasser kalt und quiekte, als der eisige Strahl ihre erhitzte Haut traf, doch wenigstens war sie jetzt noch ein bisschen wacher. Zitternd trat sie aus der Dusche, wickelte sich in ein Handtuch und füllte ihren Zahnputzbecher mit Wasser. Sie fühlte sich ausgedörrt wie eine Wüste. Gierig trank sie drei Gläser hintereinander, dann putzte sie sich die Zähne und entwirrte ihre nassen Haare. Vorsichtig öffnete sie die Badezimmertür und spähte in den Flur. Idealerweise wollte sie unbemerkt in ihr Zimmer schlüpfen und sich noch ein bisschen sammeln, ehe sie ihrer Schwester gegenübertrat.

Die Luft war rein, und Hailey ging rasch in ihr Schlafzimmer, das einem mittleren Schlachtfeld glich. Ihr gesprengtes Tanzkleid lag auf dem Fußboden, die Klamotten, die sie gestern Abend angehabt hatte, waren flächendeckend im ganzen Raum verteilt. Eine

Stiefelette steckte unerklärlicherweise im Blumentopf ihrer heiß geliebten Monstera-Pflanze. »Oh Mann«, stöhnte sie leise. Sie konnte sich beim besten Willen nicht mehr daran erinnern, wann und wie sie gestern Abend nach Hause gekommen und was danach geschehen war. Hatte sie am Ende irgendeinen Typen abgeschleppt? Ihr Bett war zerwühlt, aber ansonsten fand sie keine verräterischen Spuren. Puh. Wenigstens das nicht. Und wer hätte es auch sein sollen? Sean war ja gar nicht auf der Party gewesen.

Erschrocken hielt sie inne. Warum dachte sie im Kontext eines betrunkenen One-Night-Stands ausgerechnet an Sean? Das musste am Alkohol liegen. Himmel, wie viel Whisky hatte sie gestern getrunken? Normalerweise trank sie auf Partys höchstens mal ein, zwei Bier, Cider oder einen Gin Tonic und ansonsten nur Wasser oder Softdrinks. Einen Whisky gönnte sie sich meist nur als Digestif nach einem schönen Essen oder zu ganz besonderen Anlässen. Davon hatte gestern keine Rede sein können. Sie war sauer auf ihre Mutter gewesen und frustriert von der Gesamtsituation. Und dann hatte Robin sie in ihr eigenes Elend mit hineingezogen.

Hailey war sich gerade nicht sicher, ob es Fluch oder Segen war, dass sie sich an die Details von all dem, was gestern wohl vorgefallen war, nicht mehr erinnern konnten. Seufzend zog sie sich ihre Lieblingsjeans und einen gemütlichen, dunkelblauen Hoodie an, der so voluminös war, dass sie sich notfalls darin verstecken konnte. Dann räumte sie ihre Sachen weg und beschloss, sich dem Unvermeidbaren zu stellen: der Konfrontation mit Kristie. Sie hoffte nur, dass sie vorher erst eine Tasse Kaffee trinken durfte und vielleicht etwas zu essen bekam.

Zaghaft stieg sie die Treppe hinunter. Nach dem schwesterlichen Kreischkonzert von vorhin war sie sich nicht sicher, was sie erwartete – aber ganz sicher nicht dieses Bild von Harmonie und Freundschaft. Es duftete köstlich nach frischen Scones und Kaffee, und am Tisch saßen Kristie, Ainslee und eine weitere Frau, die Hailey noch nie gesehen hatte. Die drei unterhielten sich angeregt und fröhlich und schienen sie nicht zu bemerken.

Hailey räusperte sich. »Guten Morgen«, sagte sie zaghaft und stellte fest, dass der vierte Platz nicht eingedeckt war. Entweder war das eine deutliche Ansage ihrer Schwester, oder die unbekannte Frau war spontan vorbeigekommen und hatte an ihrer Stelle Platz genommen.

»Guten Morgen.« Ainslee wandte sich mit einem freundlichen Lächeln um und fragte mitfühlend: »Geht's dir besser?«

Kristie stieß ein verächtliches Schnauben aus, sagte jedoch nichts.

»Ich hab mich schon besser gefühlt, aber das ist wohl kein Wunder«, gab Hailey zu und beschloss dann, in die Offensive zu gehen. Sie holte sich Teller, Tasse und Besteck aus dem Küchenschrank und nahm am Tisch zwischen Ainslee und der Unbekannten Platz. »Hi, ich bin Hailey, Kristies Schwester«, stellte sie sich vor.

»Ich weiß«, gab die Fremde kühl zurück. »Wir hatten bereits gestern Abend das Missvergnügen.«

Hailey merkte, wie ihr die Farbe ins Gesicht schoss. Sie konnte sich nicht an eine Begegnung erinnern. Weder im positiven noch im negativen Sinn. Die Frau betrachtete sie aus ihren dunklen, großen Rehaugen, die in unangenehmem Kontrast zur Abscheu in ihrem Blick standen. Die Rehaugen saßen in einem ebenmäßigen, klassisch schönen Gesicht, das von langen hellblonden Haaren umrahmt war und einen schlanken, sehr aufrechten Körper krönte.

»Ich fürchte, ich habe einen Filmriss und kann mich an unsere Begegnung nicht mehr erinnern«, sagte Hailey und umklammerte ihre noch leere Tasse. »Aber es tut mir aufrichtig leid, wenn ich mich schlecht benommen habe.« Sie blickte in die Runde. »Das gilt auch für euch. Ganz speziell für dich.« Fast flehend schaute sie ihre Schwester an. »Das gestern war sicher nicht mein bester Auftritt.«

Kristie lachte auf, doch es war kein fröhlicher Laut, sondern klang freudlos und bitter. »Es gibt Menschen, die würden das anders sehen«, sagte sie. »Die Show von dir und Robin auf der Tanzfläche, während auf der Bühne mein kleiner Workshop lief, hat für reichlich Furore gesorgt. Vor allem, als Robin dann deine Wickelbluse geöffnet hat und du den umstehenden

Männern deine Riesenmöpse in die Gesichter gepresst hast.«

»Was?«, krächzte Hailey entsetzt. Ihr wurde in rascher Folge heiß, kalt und auch wieder übel. Sie erinnerte sich dunkel daran, mit ihrer Cousine getanzt zu haben, aber nicht … Nein, das konnte nicht sein. Oder?

»Wenn du mir nicht glaubst, schau mal auf Facebook oder Instagram nach. Da kursieren Fotos«, fuhr Kristie fort. »Mehr Fotos jedenfalls als von meinem Workshop und meinen Shows zusammengenommen.«

»Oh, Kristie …«

»Videos sind übrigens auch etliche dabei. Genau wie von deinem Auftritt mit Lennox.«

Hailey schlug sich die Hände vors Gesicht. Das war ja alles viel schlimmer als befürchtet. »Ich weiß nicht, was ich sagen soll«, flüsterte sie beschämt. »Es tut mir so wahnsinnig leid, und ich kann mir wirklich nicht erklären, warum ich mir dermaßen die Kante gegeben habe.«

»Weil du Kristie ihren verdienten Erfolg nicht gönnst?«, mutmaßte die blonde Rehaugen-Frau mit einiger Verachtung. Ihr Englisch war akzentfrei und ihre Stimme sehr melodiös.

Hailey antwortete ihr nicht, sondern wandte sich direkt wieder an ihre Schwester: »Du weißt, dass das nicht so ist. Ich gönne dir jeden Erfolg von ganzem Herzen. Ich finde es toll, dass du die Energie findest, neben deiner Bäckerei auch noch ein zweites Business aufzuziehen. Das ist unglaublich bewundernswert und verdient jede Form von Unterstützung.«

»Interessante Art der Unterstützung«, brummte Rehauge, und nun merkte Hailey, wie ihr langsam der Kamm schwoll.

»Halt dich da raus«, fauchte sie. »Ich weiß nicht, wer du bist und wie du zu Kristie stehst, aber die ganze Sache geht nur meine Schwester und mich etwas an. Ja, ich habe mich gewaltig danebenbenommen, und Kristie hat jedes Recht der Welt, auf mich wütend zu sein, aber ich muss mich nicht von einer mir unbekannten Frau in meinem eigenen Haus blöd anmachen lassen.«

Das war offenbar der falsche Text, denn Kristie sog hörbar und scharf Luft ein, und das Funkeln in ihren Augen wurde immer mörderischer. »Wenn du so mit meinen Gästen umgehst, weiß ich nicht, ob ich noch länger mit dir zusammenwohnen will.«

»Ich weiß nichts von irgendwelchen Gästen«, entgegnete Hailey. »Aber schön, wo ich schon dabei bin, zu Kreuze zu kriechen: Es tut mir leid. Auch mein Spruch von eben. Nichts liegt mir ferner, als Gäste meiner Schwester zu beleidigen – selbst wenn sie unfreundlich zu mir sind und ich sie nicht kenne. Zufrieden?«, schnappte sie und verschränkte die Arme vor der Brust.

»Jetzt beruhigt euch doch alle mal wieder«, bat Ainslee und legte Hailey eine Hand auf den Unterarm. »Das ist Meribeth Parker, eine ambitionierte Tänzerin, die extra aus London angereist ist, nur um von Kristie zu lernen. Deine Schwester hat uns vorgestern mitgeteilt, dass Meribeth auf unserem Sofa schlafen darf, weil alle Gästezimmer im Pub ausgebucht sind.«

»Eine Information, die du genauso ignoriert hast wie meine Bitte, mir bei der Deko zu helfen und beim Demo-Workshop zu tanzen.«

»Ich wollte ja tanzen, aber das Kleid …« Hailey dachte an den geplatzten Reißverschluss. Das war gestern der Anfang vom Ende gewesen.

»Nun ja, irgendwie hast du ja dein Wort gehalten. Du hast getanzt … Ehrlich, ich weiß nicht, womit ich das verdient habe.« Kristie schüttelte den Kopf und wischte sich unwirsch die Tränen aus den Augen, die sich dort zu Haileys Entsetzen gesammelt hatten.

»Du hast es gar nicht verdient. Kristie-Süße, ich kann nur wiederholen, wie wahnsinnig leid es mir tut. Sag mir, was ich tun kann, um es wiedergutzumachen. Egal was.«

»Um das wiedergutzumachen, müsstest du schon das Zeitreisen erfinden.« Kristie schluchzte nun haltlos und vergrub ihr Gesicht in den wolligen Locken von Jules, der die ganze Zeit reglos unterm Tisch gelegen hatte und nun als Retter in der Not an ihrer Seite aufgetaucht war.

Ainslee sah betroffen zwischen den Schwestern hin und her, und Meribeth streichelte Kristie die Schulter. Irgendwas an dieser Geste irritierte Hailey, doch darüber konnte sie jetzt nicht nachdenken.

»Soll ich vielleicht ein paar Schichten in der Backstube übernehmen oder im Café?«, schlug sie kleinlaut vor. »Ich könnte auch ein offizielles Statement abgeben oder mich am Dorfplatz an den Pranger stellen. Ich bin sicher, dass es irgendwo noch einen gibt. Ich kann auch deinen Stand auf dem Markt in den nächsten Wochen übernehmen. Kristie, bitte, ich tu alles«, beschwor sie ihre Schwester und meinte jedes Wort davon. Auch wenn all diese Angebote mit ihren Verpflichtungen im Stall kollidierten, würde sie es tun, nur um den Schaden irgendwie wiedergutzumachen.

»Damit würde ich dir ja noch mehr Bühnen für dein aufgeblasenes Ego liefern«, rief Kristie ärgerlich. »Kapierst du es denn nicht? Du hast mir schon wieder die Show gestohlen. Wie mein ganzes Leben lang. Ich stehe seit dem Tag meiner Geburt in deinem Schatten. Da gibt es die fröhliche, laute, hübsche Hailey und das stille, unscheinbare Mauerblümchen Kristie, das niemand ernst nimmt. Und dann, als ich mich endlich mal ein bisschen ans Licht gearbeitet habe, ruinierst du es an einem Abend. Warum? Weil du dich aus irgendwelchen Gründen, die du dir vermutlich nicht einmal selbst erklären kannst, sinnlos betrinken und die gesamte Aufmerksamkeit auf dich ziehen musstest. Wahrscheinlich weil du es nicht erträgst, ausnahmsweise mal die zweite Geige zu spielen.«

»Ich …«, fing Hailey vollkommen geschockt an, doch Kristie unterbrach sie sofort wieder.

»Genau das ist das Problem: Bei dir heißt es immer nur ›Ich, ich, ICH‹! Dir ist doch scheißegal, wie es anderen dabei geht. Ganz konkret mir. Wenn du mir also etwas Gutes tun willst, dann verschwinde aus meinem Umfeld. Idealerweise für immer.«

Hailey starrte ihre Schwester sprachlos an. Wie konnte es sein, dass Kristie so empfand? Sie selbst nahm ihr Verhältnis ganz anders wahr. Ja, sie war laut und extrovertiert, aber doch nicht, weil sie um jeden Preis im Mittelpunkt stehen wollte, sondern weil das ihre einzige Chance war, gesehen zu werden. Sie hatte doch nicht viel zu bieten außer Fröhlichkeit. Kristie dagegen war schon immer die Feinsinnigere gewesen – und die Hübschere. Sie war groß und schlank und klug. Und sie hatte der Welt so viel mehr zu bieten. Warum erkannte sie das nicht?

»Das ist jetzt schon ein bisschen krass«, versuchte es Ainslee mit Beschwichtigung. »Ich kenne euch noch nicht lange, aber …«

»Genau, du kennst uns nicht. Du weißt nichts von den Dynamiken, die zwischen uns herrschen, und deshalb ist es besser, wenn du dich nicht einmischst«, fiel Kristie ihrer Mitbewohnerin ins Wort.

»Schon gut, ich hab's kapiert«, sagte Hailey und klang restlos geschlagen. »Ich pack nur schnell ein paar Sachen zusammen, dann bin ich weg.« Sie schluckte und stand so hastig auf, dass ihr Stuhl geräuschvoll wegrumpelte.

»Wo willst du denn hin?«, rief ihr Ainslee hinterher, doch Hailey antwortete nicht, sondern lief, so schnell es ging, die Treppe hoch, um zu verhindern, dass jemand ihre Tränen sah.

• • •

Was war das für ein Geräusch? Sean hatte Mühe, wach zu werden. Da war es wieder. Ein Klopfen an einer Holztür? Es dauerte einen Moment, bis ihm klar wurde, dass dies der Klingelton für Video-Anrufe auf seinem Handy war. Halb benommen tastete er nach dem Telefon, das neben ihm auf dem Nachttisch lag. Eigentlich wollte er den Eindringling einfach wegdrücken und das Gerät stumm schalten, aber dann nahm er das Gespräch versehentlich – oder von seinem Unterbewusstsein getrieben? – doch an.

»Welche Dampfwalze hat dich denn überfahren?«, wollte seine Schwester Pippa wissen, die ihm ausgeschlafen und fröhlich vom Bildschirm entgegenstarrte. Offensichtlich saß sie in ihrem Garten, denn das Zwitschern der Vögel war schier unerträglich laut, genau wie der Sonnenschein schmerzhaft grell war.

Er stöhnte, zu mehr Text war er noch nicht in der Lage. Mühsam rappelte er sich in eine sitzende Position hoch und versuchte, den pochenden Kopfschmerz zu ignorieren. Es war gestern wohl ein bisschen sehr viel Whisky gewesen. »Hi«, krächzte er schließlich.

»Hast du gefeiert?« Pippa sah ihn fragend an.

»Nicht direkt. Ich wollte zu einer Party, aber …«

»Aber was?«

»Aber dann bin ich mit meiner Whiskyflasche am Küchentisch versackt«, gab er zu.

»Einfach so?«

Natürlich nicht einfach so, aber den wahren Grund wollte er Philippa nicht auseinandersetzen. Sie wusste nichts von der längst vergangenen Sache mit Meribeth, und er hatte weder die Energie noch den Nerv dazu, ihr die ganze traurige Geschichte zu erzählen. »Ein wahrer Schotte braucht doch keinen Grund für Whisky«, behauptete er stattdessen, wohl ahnend, dass seine Schwester ihm kein Wort glauben würde.

»Verstehe«, sagte sie jedoch zu seiner Überraschung. »Aber sonst ist alles in Ordnung? Wie läuft das Training für diese Pferdekämpfe?«

Sean war zwar dankbar für den schnellen und schmerzlosen Themenwechsel, doch über das Training wollte er auch nicht sprechen. Wie er eigentlich gar nicht reden wollte, sondern am liebsten nur sterben. Verdammt, tat ihm der Kopf weh! »Es ist noch ein langer Weg«, entgegnete er also knapp. »Können wir unser Gespräch vielleicht ein bisschen verschieben? Auf heute Nachmittag? Ich muss erst …«

»Ausnüchtern und den Kopf lüften?«

»So ungefähr.«

»Klar, melde dich einfach. Ich weiß noch nicht genau, was ich heute Nachmittag mache, aber du kannst es auf jeden Fall versuchen.«

»Danke. Und grüß mir Harry und meinen Lieblingsneffen.« Er verzog sein Gesicht zu einem hoffentlich freundlichen Lächeln, das sich blöderweise mehr wie eine fiese Fratze anfühlte, und drückte dann beherzt auf den roten Knopf, um die Verbindung zu kappen.

»Scheiße«, murmelte er und ließ sich wieder aufs Kissen sinken. So einen krassen Kater hatte er schon lange nicht mehr gehabt. Und alles nur wegen einer Frau, die in seinem Leben längst keine Rolle mehr spielte.

Er schloss die Augen, doch an Schlaf war nicht mehr zu denken. Schließlich stand er auf und ging ins Bad. Nach einer Dusche war offensichtlich, dass ein Ausritt heute nicht infrage kam, und er beschloss, Edna einen Ruhetag zu gönnen. Frische Luft war aber bestimmt kein Fehler. Also schnappte er sich nach einem kurzen Frühstück aus sehr viel Wasser, einem starken Espresso und zwei Scheiben Toast seinen Rucksack, mit der vagen Idee, in den Wald zu gehen. Vielleicht fand er dort nicht nur die nötige Klarheit, sondern auch ein paar inspirierende Dinge, die er für seine Arbeit brauchen konnte: Moose oder Blätter, deren Strukturen manchem Geschirr den besonderen Pfiff gaben, Hölzer oder Steine, die er für seine Skulpturen verwenden konnte. Egal was, Hauptsache, seine Gedanken beruhigten sich wieder, und sein Körper wurde den Restalkohol los.

Kurz zuckte seine Hand zu seinem Handy. Er war versucht, seine Social-Media-Kanäle zu checken, doch nach dem gestrigen Erlebnis hielt er sich besser von allem fern. Sollten die Leute doch über seine Sachen sagen, was sie wollten. Ihn kümmerte es nicht, jedenfalls nicht im Moment.

Um ganz auf Nummer sicher zu gehen, ließ er sein Telefon auf dem Küchentisch liegen und lief einfach los.

Es war ein grauer, kühler Aprilsonntag, der sich noch nicht ganz entscheiden konnte, ob er frühlingshaft werden oder lieber einen kleinen Winternachschlag liefern wollte. Für den Moment jedenfalls war es trocken, und Sean beschloss, das als gutes Omen zu werten.

Er ging durch das kleine Waldstück, das hinter seinem Hof lag, doch irgendwie war ihm heute mehr nach Fernsicht, also bog er bald ab und wanderte an den riesigen Kuhweiden entlang, auf denen die zotteligen Hochlandrinder von Adley MacAlpine grasten. Es tat gut, die Tiere einfach nur zu beobachten, und er beneidete sie gerade glühend. Was musste das für ein Leben sein? Tagein, tagaus draußen herumzulaufen, zu grasen, wiederzukäuen und zu schlafen. Gelegentlich ein Kalb zu gebären, es aufzuziehen und auch der nächsten Generation den ewigen Rhythmus aus Grasen, Wiederkäuen und Schlafen einzubläuen. Die Rinder trotzten stoisch jeder Wetterkapriole, harrten bei Sonnenschein und Hagelschlag draußen aus und ließen sich durch nichts beirren. Schon gar nicht ließen sie sich von irgendwelchen Ex-Freundinnen oder -Freunden um ihren Seelenfrieden bringen. Wirklich sehr beneidenswert. Dass Adley und die anderen Rinderzüchter ihre Tiere nicht zu rein dekorativen Zwecken hielten, sondern sie schlachteten, um ihr Fleisch zu verwerten, ignorierte er für den Moment lieber. Es spielte ja auch keine Rolle, denn die Kühe ahnten nichts von ihrem Schicksal, sondern lebten einfach in den Tag hinein.

Irgendwann ging er weiter und fand sich kurze Zeit später an einem anderen Weidezaun wieder, an dem ein blonder Mann mit einem kleinen Mädchen an der Hand und einem Baby im Tragegeschirr vor der Brust die Destillerie-Alpakas von Shona Fraser beobachtete. Sean hatte keine große Lust auf Small Talk, aber da ihn der Mann bereits bemerkt hatte, wäre es ihm unnötig unhöflich vorgekommen, gleich wieder abzuhauen.

»Hallo«, grüßte er also und musste lächeln, als das kleine Mädchen verzückt quiekte. Sean schätzte die Kleine auf ungefähr drei oder vier Jahre. Etwa im selben Alter wie sein Neffe Rufus, ebenfalls ein großer Tierfreund. Sean hatte ihm schon oft von den Alpakas, den Zottelkühen und seiner Edna erzählt und viele Bilder und Videos geschickt. Er hoffte sehr, dass Pippa und der Kleine bald zu Besuch kämen, um die Tiere live zu erleben, und wollte das am Nachmittag gleich mal ansprechen.

»Hi«, entgegnete der Mann und lächelte zurück. Dann wandte er sich wieder an seine Tochter. »Schau mal, Ayana, da ist ein Baby-Alpaka.«

Offenbar hatte der Typ selbst keine Lust auf Small Talk, dachte Sean und war verwundert, wie sehr ihn das irritierte. Sollte er nicht erfreut und erleichtert sein? Doch in Kirkby sprachen die Menschen immer miteinander, egal ob man sich kannte oder nicht, ob man hier wohnte oder nur zu Besuch war. Er sah zu, wie sich die neugierigen und freundlichen Alpakas dem Zaun näherten und das kleine Mädchen die Arme ausstreckte, um sie zu streicheln.

»Daddy, hilf mir!«, forderte die Kleine, doch Daddy hatte ja noch ein Baby am Bauch und war deshalb etwas eingeschränkt.

»Soll ich?«, hörte sich Sean zu seiner eigenen Überraschung anbieten. Ayana schaute ihn aus großen himmelblauen Augen an, die einen aparten, wenn auch ungewöhnlichen Kontrast zu ihrem dunklen Teint bildeten.

Ihr Vater zögerte einen Moment, dann nickte er. »Gerne.«

Sean hob die Kleine vorsichtig hoch und setzte sie auf die oberste Zaunlatte, wo sie sich Auge in Auge mit den zutraulichen Tieren wiederfand. »Du darfst sie auch streicheln, das mögen sie gern«, sagte er und streckte seine eigene Hand nach einem wolligen Kopf aus. Mit der anderen Hand hielt er das kleine Mädchen fest, das nun begeistert abwechselnd die drei Alpakas streichelte, die sich um sie herumdrängten.

»Die sind so weich«, stellte sie glücklich fest und beugte sich vor, um ihre Wange an einen felligen Hals zu drücken. Genau so, wie sie es wohl mit ihren Kuscheltieren tat, dachte Sean.

Er fühlte sich ein wenig seltsam, denn bislang hatte er so gut wie keinen Kontakt zu kleinen Kindern gehabt. Seinen Neffen Rufus hatte er auch nur wenige Male gesehen, und er konnte sich nicht erinnern, dass er ihn jemals auf dem Arm gehabt hätte. Traurig eigentlich. Denn es war total schön, mit so einem Menschlein umzugehen. Ayanas Freude war genauso ansteckend wie die von Rufus, wenn er bei den Videotelefonaten begeistert von seinem Getier auf den Scilly-Inseln berichtete.

»Seid ihr im Urlaub?«, fragte er dann in Richtung des Mannes, der den Kopf seines schlafenden Babys streichelte und einen halb besorgten, halb zufriedenen Blick auf seine Tochter warf.

»Nein, wir leben jetzt hier. Seit ein paar Wochen«, entgegnete er mit leicht rauer Stimme und räusperte sich dann. »Ich bin Sky, und das sind meine Kinder Ayana und Alex.«

»Ich bin Sean und lebe seit ein paar Jahren in Kirkby.«

Sky schwieg. Offenbar reichte ihm das als Information, und er schien kein Interesse an weiterer Konversation zu haben, was Sean zunehmend irritierte. War es denn möglich, dass es Menschen gab, die noch wortkarger waren als er selbst?

»Wie gefällt es euch hier?«, fragte er also, weil ihm das unverfänglich genug vorkam. Seltsam, dass er plötzlich das Bedürfnis hatte, mit diesem Fremden zu sprechen.

Sky stieß einen merkwürdigen Laut aus und suchte offenbar nach passenden Worten. »Für einen Urlaub ist es hier wundervoll«, stellte er schließlich fest. »Aber ich hätte es mir nicht freiwillig ausgesucht, hier zu leben.« Die leichte Verbitterung in seinen Worten konnte selbst Sean hören. Genau wie den amerikanischen Akzent.

Nun ärgerte er sich ein bisschen, dass er sich im Dorf so rarmachte, denn er hatte keine Ahnung, wer dieser Neuankömmling war. Im Pub war er garantiert Ortsgespräch. Ein Reiter schien er jedenfalls nicht zu sein, denn im Stall hatte ihn Sean noch nie gesehen. Wobei das auch nichts heißen musste, denn meist war er selbst ja nur am frühen Morgen bei seinem Pferd. »Wie kommt es dann, dass ihr hier seid?«, erkundigte er sich mit erstaunlicher Neugier.

»Meine Frau musste die Geschäftsleitung der Familienkanzlei übernehmen. Deswegen sind wir hier.«

»Oh.« Langsam dämmerte es Sean. Dass Angus Stewart vor ein paar Wochen einen Herzinfarkt erlitten hatte und nun endlich kürzertreten wollte, hatte sogar er mitbekommen. Dunkel erinnerte er sich an die Restaurantparty Ende Februar in der alten Schule. Da war die Rede davon gewesen, dass Angus' Enkelin für ihn übernehmen würde. War sie da schon vor Ort gewesen? Und Sky?

»Wo habt ihr denn bisher gelebt?«

»Zuletzt in San Francisco, davor habe ich aber fast mein gesamtes Leben in Äthiopien und Südafrika verbracht.« Skys Blick wurde weich und sehnsüchtig, doch dann winkte er ab. »Egal, das ist eine lange Geschichte. Jetzt sind wir hier, und ich muss zusehen, wie ich klarkomme.«

»Zu San Francisco ist Kirkby natürlich ein krasser Kontrast«, gab Sean zu. »Allerdings lebt es sich hier trotzdem gut. Kirkby ist bekannt für seinen Gemeinschaftssinn und …« Er stoppte und schüttelte den Kopf. Dass ausgerechnet er das Hohelied auf Kirkbys Dorfgefüge sang, war wirklich absurd.

»Was ist?«, fragte Sean.

»Nichts. Ich kann eigentlich gar nichts über Kirkby und seine Einwohner sagen, weil ich nach fünf Jahren immer noch längst nicht alle kenne und mich auch aus fast allen Dorfaktionen raushalte.«

»Sag bloß, du bist der Eremit mit der Töpferei?« Nun blitzte eine Spur Amüsement in Skys Augen, die den gleichen himmelblauen Farbton hatten wie die seiner Tochter.

»Ich fürchte, der bin ich. Auch wenn ich diesen Spitznamen nicht sehr schmeichelhaft finde.«

»Jedenfalls freut es mich, dich kennenzulernen.« Sky wirkte mit einem Mal viel zugänglicher und offener. »Darf ich dich mal in deiner Werkstatt besuchen? In Äthiopien wird ja viel mit Lehm gebaut, und in dem Dorf, in dem ich gelebt und gearbeitet habe, gab es auch eine Töpferei, in der Keramik hergestellt wurde. Das fand ich immer toll.«

»Ich freu mich auch. Und klar, jederzeit. Ton ist ein toller Werkstoff – genau wie Lehm. Ich finde es schade, dass er in Europa kaum zum Bauen verwendet wird.«

»Es gäbe einiges, was wir hier in der angeblich so fortschrittlichen ›Ersten Welt‹ von Afrika lernen könnten«, sagte Sky nachdenklich, und Sean hatte das Gefühl, dass er der wahren Leidenschaft dieses Mannes ganz nah gekommen war.

»Darüber habe ich noch nie nachgedacht, aber ganz bestimmt hast du recht. Ich würde gern mehr darüber erfahren.« Ayana war immer noch mit Alpaka-Streicheleinheiten beschäftigt und schien sich nicht groß für das Gespräch der beiden Männer zu interessieren, sondern plapperte mit den Tieren.

»Sehr gern, aber jetzt müssen wir langsam los. Womöglich ist Mummy nach der Party gestern allmählich wieder ausgenüchtert und ansprechbar. Am Nachmittag steht dann irgendein Familiending im Herrenhaus an. Vermutlich hat jemand von den Stewarts oder Frasers Geburtstag oder Namenstag oder hat die Seepferdchenprüfung bestanden.« Er klang reichlich resigniert.

»Wie war denn die Party gestern?«, wollte Sean wissen, ohne auf den Subtext einzugehen.

»Keine Ahnung, ich war nicht da. Aber wenn man Robins Zustand, als sie nach Hause gekommen ist, als Indiz nehmen darf, zusammen mit den Kommentaren meiner Schwiegereltern, dann war es ein buchstäblich berauschendes Fest. Angeblich war ganz Kirkby anwesend – du nicht?«

»Nein, mir war nicht nach ›berauschend‹«, entgegnete Sean knapp und behielt seinen eigenen Subtext lieber für sich. Aus irgendeinem Grund wurde ihm dieser leicht spröde wirkende Sky immer sympathischer.

»Mir auch nicht, aber offenbar haben wir etwas verpasst.« Sky verdrehte die Augen.

»Das denke ich nicht«, sagte Sean und war sich mit einem Mal sogar absolut sicher. »Sonst hätten wir uns heute nicht hier getroffen, und ich bin froh, euch kennengelernt zu haben. Komm bitte bald mal vorbei.« Er hob Ayana vom Zaun und reichte Sky dann die Hand. »Bis bald.«

ERKENNTNISSE UND HILFESCHREIE

HAILEY SASS AM SPÄTEN ABEND in Airgeads Box und streichelte den mächtigen Pferdekopf. Die Stute hatte sich vertrauensvoll hingelegt und stieß ein schläfriges Schnauben aus. Aus den anderen Boxen waren noch vereinzelte Kaugeräusche zu hören, ansonsten war alles ruhig.

Nur Haileys Gedanken nicht, die wie wild Achterbahn fuhren. Am Vormittag hatte sie rasch ein paar Sachen zusammengepackt und war zum Stall gefahren. Dort gab es eine kleine Wohnung, in der manchmal Mitarbeiter oder Saisonkräfte wohnten, die aktuell aber glücklicherweise leer stand. Dort hatte sie sich eingenistet. Allerdings hatte sie immer noch nichts gegessen, doch sie hatte keine Lust gehabt, in den Pub oder ins Bed & Breakfast zu gehen, und auch die Verwandtschaft im Herrenhaus fiel flach. Genauso wie das Haus ihrer Eltern, auch wenn da Kühlschrank und Speisekammer immer besonders gut gefüllt waren. Ein Aufeinandertreffen mit ihrer Mutter kam heute beim besten Willen nicht infrage – nicht in ihrem angeschlagenen geistigen und körperlichen Zustand. Die Vorwürfe, die Alice wortreich und nach allem, was Hailey gehört hatte, auch zu Recht vorbringen würde, konnte sie sich auch so lebhaft vorstellen, da brauchte sie das Original nicht. Das war der Nachteil an dem kleinen Dorf und ihrer großen Sippe: In guten Zeiten hielt man eisern zusammen – und in schlechten Zeiten spürte man die Verachtung an jeder Ecke. Zumindest bildete sich Hailey das ein. Sie kannte ihre Familie und wusste, dass niemand sie dauerhaft verstoßen würde, aber ohne eine Abreibung würde sie garantiert nicht davonkommen. Spätestens morgen würde sie sich der Realität stellen müssen, aber nicht schon heute.

Also war sie mittags nach Inverness gefahren, hatte sich in einem Café ein kleines Mittagessen gegönnt und sich anschließend im Supermarkt mit Lebensmitteln versorgt. So war sie wenigstens für ein paar Tage autark. Auch wenn sie Begegnungen mit ihrer Familie nicht vermeiden konnte – oder wollte, schließlich standen wohl einige Entschuldigungen an –, musste sie wenigstens nicht um Essen betteln.

Am Nachmittag hatte sie schließlich todesmutig ihr Handy angestellt und ein paar der Fotos und Videos entdeckt, von denen Kristie so verächtlich gesprochen hatte. Und ja, sie waren wirklich hochnotpeinlich. Allerdings klangen die Kommentare dazu längst nicht so ätzend, wie sie befürchtet hatte, sondern schlimmstenfalls ein bisschen schmierig, ansonsten aber hauptsächlich amüsiert. In der Gesamtwahrnehmung würde sie wohl einigermaßen davonkommen.

Allerdings sah sie schon ein, wie das Ganze auf Kristie gewirkt haben musste, denn es machte definitiv den Eindruck, als hätte sie sich in voller Absicht in den Vordergrund drängen wollen, um ihrer Schwester die Schau zu stehlen.

Warum hatte sie das bloß getan? Sie hatte keine andere Erklärung dafür, als dass Robin sie mit in ihren eigenen Frustabgrund gezerrt hatte. Für die dürften die Videos ja noch viel peinlicher sein. Als Chefin einer der größten Anwaltskanzleien Schottlands mit etlichen internationalen Standorten und großen und wichtigen Kunden hatte sie tatsächlich einen Ruf zu verlieren. Vor allem weil sie vor zwei Jahren schon mal in einen deftigen Skandal geschlittert war. Allerdings war Robin auf kaum einem der Clips wirklich zu erkennen. Hailey hatte ihr am Nachmittag eine Nachricht geschickt, doch Robin hatte lediglich knapp geantwortet, dass sie gerade den Geburtstag ihres Vaters feierten und sie sich später oder in den nächsten Tagen melden wollte. Mist, Onkel Georges Geburtstag hatte sie total verschwitzt, aber sie hatte sich beim besten Willen nicht dazu durchringen können, noch hinzufahren – und vermutlich hatte man sie auch nicht vermisst. Robin hatte sich bisher jedenfalls nicht mehr gemeldet.

»Ach Airy, ich hab's wirklich total und vollständig verkackt!«, sagte sie frustriert zu ihrem Pferd, das sich für Haileys Seelenpein jedoch kein bisschen zu interessieren schien, sondern schlief. Vielleicht sollte sie auch ins Bett gehen? Morgen sah bestimmt alles ganz anders aus. Vielleicht.

Sie erwachte von einem schrillen Wiehern und davon, dass Airgead sie gar nicht mal so zärtlich anstupste. Im Stall war es hell. Hatte sie tatsächlich in der Box geschlafen? Mühsam rappelte sie sich hoch und versuchte, ihre verspannten Muskeln zu lockern. Zugegeben, sie fühlte sich nicht ganz so elend wie gestern früh, aber von »fit und ausgeschlafen« war sie trotzdem Lichtjahre entfernt. Rasch schlüpfte sie aus der Box und versuchte, in die kleine Wohnung zu kommen, ehe sie jemand entdeckte. Doch Joe, einer der Stallburschen, stellte sich ihr mit breitem Grinsen in den Weg.

»Guten Morgen«, nuschelte sie und wollte an ihm vorbeischlüpfen.

»Warum so störrisch, Hailey?«, fragte er und hielt sie am Arm fest. »Vorgestern auf der Party warst du auch nicht so spröde, als du mir deine Titten ins Gesicht gedrückt hast.«

Hailey erstarrte. Sie konnte sich nach wie vor an kaum etwas wirklich erinnern, was offensichtlich ein Glück war, aber so betrunken konnte sie nun auch nicht gewesen sein, dass sie sich ausgerechnet an Joe rangeworfen hatte. »Und wovon träumst du nachts?«, fragte sie daher so kühl wie möglich.

»Seit Samstagnacht nur noch von dir.« Er grinste sie auf eine anzügliche Art an, die ihr das Blut in den Adern gefrieren ließ.

»Dir ist schon klar, dass das hier bereits an sexuelle Belästigung grenzt und ich dich auf der Stelle auf die Straße setzen könnte, wenn du so weitermachst.«

»Ich mach doch nur Spaß«, behauptete er, ließ sie aber tatsächlich los und hob beschwichtigend die Hände.

»Dann such dir für diese Art von Scherzen jemand anderen, der damit klarkommt«, zischte sie ihn an. »Oder besser noch: Spar sie dir in Zukunft völlig, denn ich kann mit einiger Sicherheit behaupten, dass keine Frau auf so was steht.«

»Meine Güte, jetzt hab dich nicht so. Am Samstag warst du viel zutraulicher. Außerdem kannst du mich gar nicht rauswerfen. Wer sollte dann hier bei euch die Drecksarbeit machen?« Er witterte wohl bereits wieder Oberwasser.

»Täusch dich da mal nicht. Lieber miste ich jeden Tag selbst aus, ehe ich mir von dir solche Sprüche gefallen lasse. Und was den Samstag betrifft, da war ich eindeutig nicht Herrin meiner Sinne. Jetzt halt die Klappe und mach deine Arbeit, oder such dir einen neuen Job.«

Hailey wartete nicht auf eine Antwort, sondern stürmte an Joe vorbei – nur um praktisch im nächsten Moment gegen ein weiteres männliches Hindernis zu prallen. Diesmal war es Sean, und sie gab ihm erst gar keine Chance für einen schmierigen Kommentar: »Für den Fall, dass ich dir vorgestern auch meine Brüste ins Gesicht gedrückt haben soll, glaub mir, es war keine Absicht. Ich war betrunken und habe es sicher nicht persönlich gemeint. Also komm bloß nicht auf blöde Ideen!«

Sean betrachtete sie mit einem Stirnrunzeln. »Ich habe nicht die leiseste Ahnung, wovon du sprichst.« Er schluckte und hatte offenbar Mühe, ihr in die Augen zu sehen – das Triggerwort »Brüste« schien seinen Blick wie magisch in eine andere Richtung zu lenken. Doch rasch riss er sich wieder zusammen. »Ich habe nur das Wortgefecht mit Joe gehört und wollte dich fragen, ob du Hilfe brauchst.«

Hailey, die gerade weiterstänkern wollte, starrte ihn verblüfft an. Sean Gordon gab sich ritterlich? Sie wusste nicht, ob sie gerührt, geschmeichelt oder doch verärgert sein sollte. Machte sie etwa den Eindruck, als käme sie mit einem Wicht wie Joe nicht klar? Falls dieser minderbemittelte Schmierlappen es wagen würde, die Hand gegen sie zu erheben, würde sie dafür sorgen, dass er den Tag seiner Geburt verfluchte. Das war Joe zweifellos auch klar.

Okay, sie hatte sich für »verärgert« entschieden. »Ich? Hilfe?«, presste sie grunzend hervor, weil sie sich nicht entscheiden konnte, ob sie verächtlich oder überheblich klingen wollte. Doch Sean schien für solche Feinheiten ohnehin keinen Sinn zu haben.

»Natürlich. Ich hatte den Eindruck, dass du dich unwohl gefühlt hast«, sagte er ruhig und sachlich.

»Putzig. Wirklich sehr putzig«, schnappte sie und lief dann an ihm vorbei. Sie hatte keine Ahnung, was seine Agenda war, aber die Ritterlichkeit nahm sie ihm nicht ab. Die konnte er sich eindeutig sparen. Schließlich musste er wissen, wie sehr sie sich auf Kristies Party danebenbenommen hatte. Jeder in Kirkby wusste es. Wahrscheinlich war er selbst da gewesen, auch wenn sie sich nicht daran erinnern konnte. Musste er da wirklich noch mehr Öl ins Feuer gießen und sich über sie lustig machen?

Wütend trampelte sie die Treppe hoch zu ihrer trostlosen Notunterkunft. Wobei das unfair war: Trostlos war die kleine Butze keineswegs, sondern eigentlich ganz gemütlich. Allerdings fehlten Hailey etliche Sachen, die sie gestern in der Hast nicht eingepackt hatte, doch darum würde sie sich zu einem späteren Zeitpunkt kümmern. Zunächst musste sie ihren Job erledigen, und der beinhaltete zwei Einheiten mit schwierigen Pferden, die gerade bei ihnen ausgebildet beziehungsweise therapiert wurden, ehe Adley und Lennox zum Turniertraining kamen.

Dafür hatte sie sich auch noch keinen neuen Plan zurechtgelegt. Mist. Während sie sich die Zähne putzte, fiel ihr ein, dass Sean ja eigentlich auch erst um elf zum Training da sein sollte. Was um alles in der Welt trieb er dann schon um diese Zeit im Stall? Wollte er sich wichtigmachen? Oder sie provozieren? Das erschien ihr nun doch sehr weit hergeholt. So schätzte sie ihn überhaupt nicht ein, wenn sie ehrlich war. Vermutlich hatte sie ihn vorhin, als er einfach nur hilfsbereit hatte sein wollen, vollkommen grundlos angepflaumt. Noch ein Punkt mehr auf ihrer scheinbar ewig weiterwachsenden Entschuldigungsliste. Leider war dafür jetzt keine Zeit mehr, denn es war schon sieben, und sie hatte insgesamt nur gut drei Stunden für ihre anspruchsvolle vierbeinige Kundschaft, bevor sie sich dem nächsten Schwertkampf-Desaster stellen musste. Warum um alles in der Welt hatte sie darauf noch mal so bestanden?

• • •

Sean schaute Hailey nach, während sie die Treppe zum ersten Stock hinauflief. Dort oben gab es zum einen ein Heulager, zum anderen eine kleine Wohnung. Als er ein Türknallen hörte, war ihm zumindest klar, dass sie kein Extraheu für Airgead holen wollte. Was aber machte sie in der Wohnung? Und warum hatte sie ausgesehen, als hätte sie die Nacht im Stroh verbracht? Hatte sie etwa bei ihrem Pferd geschlafen? War Airgead am Ende krank? Besorgt lief er zu der Box, doch die hübsche Schimmelstute wirkte putzmunter und scharrte lediglich ungeduldig mit den Hufen, weil sie auf ihr Frühstück wartete. Sehr merkwürdig. Und was war das für eine Bemerkung über ihre Brüste gewesen? Die waren ganz bestimmt spektakulär, nach dem, was sich unter ihren Pullis andeutete, aber er hatte sicher noch keine engere Berührung mit ihnen gehabt. Bei der Party schien es ja hoch hergegangen zu sein. Trotzdem konnte er sich keinen Reim darauf machen. Was jedenfalls gar nicht ging, war das Verhalten von Joe.

»Was sollte das eben?«, fragte er den jungen Stallburschen, der gerade mit einer frisch geleerten Schubkarre zurückkam und sich die nächste Box zum Ausmisten vorknöpfen wollte.

»Was sollte was?« Joe sah ihn aufrichtig ahnungslos an und war sich offensichtlich keinerlei Schuld bewusst.

»Wie du mit Hailey umgesprungen bist«, half Sean ihm auf die Sprünge.

»Meine Güte, das war doch nur Spaß.« Joe zuckte mit den Schultern, schnappte sich Mistgabel und Schaufel aus der Schubkarre und wollte die nächste Box betreten, doch Sean stellte sich ihm in den Weg.

»Spaß? Wie sieht das dann aus, wenn du jemanden ernsthaft bedrohst?«, knurrte er.

»Was ist dein Problem, Alter? Ich hab niemanden bedroht. Ich habe nur das ausgesprochen, was vermutlich alle Männer in Kirkby denken. Zumindest die, die am Samstag auf der Party waren.«

»Das hat sich für mich aber ganz anders angehört, und ich glaube, Hailey hatte wirklich …« Sean zögerte. Er war nicht besonders gut darin, Körpersprache zu analysieren und Subtext zu entschlüsseln. Aber seiner Meinung nach war Hailey mindestens erschrocken gewesen, wenn nicht gar entsetzt und ängstlich. Doch das behielt er besser für sich.

»Hailey hatte am Samstag zu viel getrunken«, nahm Joe den Faden auf. »Und hat all ihren Fans eine kleine Show geliefert. Dafür kann man sie doch wohl ein bisschen verarschen, oder?«

»Nicht wenn ihr das so unangenehm ist«, beharrte Sean, wurde zugegebenermaßen aber immer neugieriger darauf, was genau am Samstagabend vorgefallen war. Vielleicht sollte er doch mal in den sozialen Medien nachsehen? Aber sein Handy lag bei ihm zu Hause auf dem Küchentisch – eben damit er nicht ständig auf die Idee kam, nach gewissen Personen Ausschau zu halten.

»Hör zu, ich weiß nicht, warum du dich zu Haileys Beschützer aufschwingen willst, aber ich kann dir versichern, dass es unnötig ist. Hailey ist meine Chefin, und ich würde mir niemals rausnehmen …«

»Du hast dir bereits Dinge rausgenommen, die unverzeihlich sind und die in jedem anderen Job mindestens eine Abmahnung, wenn nicht eine fristlose Kündigung zur Folge hätten«, behauptete Sean, ohne es wirklich zu wissen. Aber es klang in seinen Ohren plausibel, und auch Joe schien einigermaßen beeindruckt zu sein.

»Ja, das war daneben«, nuschelte er. »Kommt nicht wieder vor.«

»Das will ich hoffen, denn sonst werde ich höchstpersönlich dafür sorgen, dass Rupert davon erfährt – und dass der sich mit Reden aufhält, wenn es um seine Tochter geht, wage ich zu bezweifeln.« Auch diese steile These war vermutlich reine Fiktion, aber seiner Idealvorstellung nach kümmerten sich Väter auch dann noch um ihre Töchter, wenn die längst erwachsen und selbstständig waren. Nicht dass er damit viel Erfahrung hatte, doch seine beschissenen Eltern konnten kein Maßstab sein. Und Rupert tickte ganz sicher anders.

»Ich hab's kapiert!«, betonte Joe noch einmal zähneknirschend. »Lässt du mich jetzt vorbei, damit ich meine Arbeit machen kann? Sonst hat der Boss nämlich einen echten Grund, mich rauszuschmeißen.« Mit diesen Worten drängelte er sich in die Box und begann, sie auszumisten.

Sean sah ihm noch einige Sekunden lang zu und überlegte, was er tun sollte. Er war sich sicher, dass die Message angekommen war, aber ob sich Joe deswegen besser benehmen würde? Andererseits ging es ihn ja nichts an. Hailey hatte ziemlich deutlich gemacht, dass sie sich keine Einmischung von ihm wünschte. Nun ja, vielleicht konnte er nachher noch kurz mit ihr sprechen.

Er wandte sich um und ging zurück zu Ednas Box. Ein gemütlicher Ausritt vor dem Showkampf-Training würde ihnen beiden guttun. Allein schon, um etwas Dampf abzulassen nach dem bewegungsarmen Sonntag. Nach seinem Spaziergang war er gestern nämlich nicht im Stall gewesen, sondern hatte direkt seine Werkstatt angesteuert und mit ersten Studien für seine Reiterskulptur begonnen. Zunächst war ihm die ätzende Bemerkung von Meribeth ständig im Kopf herumgespukt, aber dann hatte er sich so lange eingeredet, dass sie keine Macht mehr über ihn haben sollte, bis er es geglaubt hatte. Oder beinahe geglaubt hatte.

Edna hatte den ungeplanten Stehtag zweifellos stoisch ertragen, doch jetzt freute sie sich sichtlich, als er ihr einen schönen Ausritt durch den Wald versprach. Wenn er an das chaotische Training mit Adley und Lennox letzten Montag dachte, war es vermutlich kein Fehler, das Pferd vorher ausführlich zu bewegen.

Der Aprilmorgen war ein bisschen nebelig. Letzte Nacht hatte es reichlich geregnet, und nun hingen die feuchten Schwaden über den Wiesen. Vielleicht würde später die Sonne rauskommen und den Frühling auch im schottischen Hochland anfeuern. Seine Stute schien sich über solche Dinge jedoch keine Gedanken zu machen. Sie schritt munter voran und genoss es sichtlich, sich wieder strecken zu können. Sean wollte es gemütlich angehen, doch er merkte, wie Edna ungeduldig wurde. Sie wollte rennen und sich wieder richtig auspowern. »Ruhig, meine Schöne«, redete er auf sie ein. »Wir wollen es nicht übertreiben. Wir brauchen später noch ein bisschen Energie, wenn wir mit den anderen trainieren.«

Das Pferd schlug unwirsch mit dem Kopf.

»Na schön, du hast mich überzeugt.« Als sie die letzte Koppel passiert hatten, bog er nach links ab, wo ein Feldweg in sanftem Anstieg zum Wald führte. Das war eine der beliebtesten Galoppstrecken bei Mensch und Tier, und Edna brauchte keine weitere Aufforderung. Er gab ihr die Zügel, lehnte sich nach vorn und genoss ihre explosive Kraft und den frischen Wind im Gesicht.

Entgegen seinem Plan ließ er Edna laufen, bis der Wald so dicht und der Weg so eng wurde, dass es gefährlich werden konnte. Das Pferd schnaubte und trottete dann in gemächlichem Schritt weiter, bis sich auch Seans Atem und Puls wieder beruhigten und er sich mehr und mehr entspannte.

Der blöde Samstagabend wich immer mehr aus seinem Kopf. Zumindest sein eigener Samstagabend, der von Hailey beschäftigte ihn immer noch ein bisschen. Was war da bloß vorgefallen? Er kannte Hailey nicht besonders gut, hatte sie aber bei zwei oder drei Gelegenheiten schon mal auf Dorfpartys erlebt. Dort war sie immer fröhlich und extrovertiert gewesen, hatte aber sicher nie die Kontrolle verloren. Warum hatte sie so viel getrunken, dass sie die schmutzigen Wichsfantasien von Typen wie Joe angeheizt hatte? Zumindest hoffte Sean, dass es Fantasien waren und die Typen nur bei sich selbst Hand angelegt hatten und nicht bei ihr.

»Ich weiß nicht, warum du dich zu ihrem Beschützer aufschwingst«, hatte Joe gesagt – und Sean hätte gerne behauptet, dass er das für jede Frau tun würde, die von anderen Männern belästigt wurde. Doch er wusste, dass es nicht die Wahrheit war. Meribeths entsetzter Blick kam ihm wieder in den Sinn. Er hatte ihre Angst nicht erkannt – weil sein Verstand von seinem gebrochenen Herzen benebelt gewesen war. Aber er hatte nicht einmal dann eingegriffen, als sie klar um Hilfe gerufen hatte. »Scheiße«, murmelte er schockiert und brachte die überraschte Edna ziemlich abrupt zum Stehen. Diese Szene, die zu den düstersten seines Lebens gehörte, hatte er jahrelang ziemlich erfolgreich verdrängt. Stattdessen hatte sein Hirn – oder seine Seele? – ein alternatives Narrativ gesponnen, in dem er deutlich positiver dastand. Oder wenn schon nicht wirklich positiv, dann doch wenigstens eindeutig in der Opferrolle und nicht als Monster. Warum bloß kam die ganze Wahrheit jetzt hoch?

Er saß ab und führte Edna zu einer kleinen Waldlichtung, wo es eine versteckte Quelle gab, um die sich allerhand Mythen und Legenden rankten. Die romantischste lautete, dass man, wenn man an dieser Quelle seine wahre Liebe küsste, für immer mit ihr zusammenblieb. Eine andere besagte, dass man hier die Chance auf Wahrheit und Klarheit hatte. War er deshalb hergekommen? Er hatte die letzten Jahre mit seiner Version der Wahrheit ganz gut gelebt – warum sollte er jetzt eine andere suchen?

Sean fixierte Ednas Zügel so, dass sie sich nicht darin verheddern konnte, und ließ sie grasen. Er setzte sich auf einen großen, beinahe glatt polierten Felsbrocken, auf dem offensichtlich schon sehr viele Ratsuchende Platz genommen hatten, und starrte in den kleinen Quellteich.

Es gab Menschen, die daran glaubten, dass in dieser Quelle Nymphen lebten. Pfarrer McTavish sprach von einer vorchristlichen Andachtsstelle. Doch selbst für jemanden, der sich wie Sean als durch und durch rationalen Menschen empfand, war die Magie, die von diesem Ort ausging, spürbar.

Er lachte leise auf. Rationalität war eine Eigenschaft, mit der er sich zwar vordergründig gerne schmückte – weil man sich erstklassig dahinter verstecken konnte –, die aber nichts mit seinem wahren Wesen zu tun hatte. Er war empfindsam, kreativ und mit viel zu viel Fantasie gesegnet. Oder verflucht. Alles Wesenszüge, die seine Eltern als schwächlich und abstoßend empfanden, weil sie nicht die Kraft und Stärke darin erkannten, sondern nur Gefahr witterten. Himmel, warum dachte er jetzt auch noch an seine Eltern?

Wie vom Blitz getroffen sprang er von dem Felsbrocken auf. Das war eindeutig zu viel Erkenntnis für einen frühen Montag, der noch nicht wusste, zu welcher Art von Tag er sich entwickeln wollte. Genervt kickte er einen Stein ins Wasser und hatte sofort das Gefühl, ein Sakrileg begangen zu haben. »Sorry«, murmelte er, an niemand Bestimmten gewandt. »Ich bin nur auf mich selbst sauer.« Dann fiel sein Blick auf ein Büschel Klee, das sich neben den Felsbrocken durch den bemoosten Boden gebohrt hatte. Einem Impuls folgend ging er davor in die Hocke und sah sich die zarten Pflänzchen genauer an. Unter ungefähr einem Dutzend sattgrüner dreiblättriger Kleeblätter entdeckte er auch ein vierblättriges. Selbstverständlich war er nicht abergläubisch, aber dem Glücksbringer konnte er dann doch nicht widerstehen. Vorsichtig pflückte er das Kleeblatt, kramte nach einem sauberen

Taschentuch, um es hineinzulegen, und steckte es dann in die Brusttasche seiner gesteppten Reiterweste.

Es war vollkommen irrational, aber irgendwie fühlte er sich jetzt ein bisschen besser. »Weiter?«, fragte er Edna, die nach wie vor zufrieden graste und womöglich schon etliche Glücksbringer verzehrt hatte.

Sie stupste ihn freundschaftlich an, und er saß wieder auf. Diesmal war sein Gedankenkarussell zum Stehen gekommen. Genau genommen dachte er an gar nichts, sondern nahm einfach mit allen Sinnen seine Umgebung wahr. Die glitzernden Wassertropfen auf den frühjahrsfrischen Blättern, das satte Aroma des Waldbodens, den warmen, soliden Körper seines Pferdes, das Zwitschern der Vögel und … Moment, was war das für ein Geräusch? Auch Edna schien es gehört zu haben, denn sie spitzte die Ohren und sah nach rechts.

Wieder ertönte der Laut. Es klang wie ein schwächliches Maunzen oder nach einem ganz leisen, erschöpften Baby. »Mäh.«

Diesmal blieb Edna von ganz allein stehen, und er sprang von ihrem Rücken. Egal, was da hinter dem Busch war, es schien Hilfe zu brauchen. Sean ging vorsichtig um das Gestrüpp herum und konnte zunächst gar nichts entdecken. Doch dann war da wieder der kaum wahrnehmbare, aber verzweifelte Ruf. Er stolperte fast über eine Wurzel und sah plötzlich in einer flachen Senke zu seinen Füßen ein dunkles Schaf liegen. Ein eindeutig totes Schaf. Und offenbar eines, das kurz vor seinem Tod noch Mutter geworden war. Ein Lamm lag leblos zwischen den Hinterbeinen der Mutter, in einer großen Blutlache. »Mäh.«

»Oh mein Gott«, entfuhr es Sean. Da war noch ein zweites Lamm, das dreck- oder blutverschmiert an den mütterlichen Bauch gepresst dalag und um Hilfe rief. Ohne nachzudenken, hob er das kleine Tier vorsichtig hoch und schob es sich unter den Pullover. Es war nass und kalt, und er fühlte sein Zittern an seinem Bauch. Für die Mutter und das andere Lamm konnte er nichts mehr tun, aber vielleicht war der kleine Unglückswurm hier noch zu retten. Vorsichtig stieg er auf, darauf bedacht, das neugeborene Tier nicht zu zerquetschen, und ritt zurück zum Stall. Das tote Muttertier hatte eine Ohrenmarke gehabt, doch da sein Handy in der Küche lag, hatte er sie nicht fotografieren können. Er war sich jedoch sicher, dass er die Stelle auch so gut würde beschreiben können.

Als er auf den Hof ritt, kam gerade Joe aus dem Stall.

»Kannst du bitte Edna nehmen und sie in ihre Box bringen?«, bat Sean den Stallburschen und drückte ihm auch gleich die Zügel in die Hand. »Und weißt du, ob zufällig der Tierarzt da ist?«

Joe starrte ihn fragend an, und Sean meinte auf dem etwas einfältigen Gesicht seines Gegenübers zu erkennen, dass da ein dummer Kommentar im Werden war, daher sprach er weiter.

»Ich habe ein totes Schaf im Wald entdeckt und ein Lamm, das gerade noch so lebt.« Er deutete auf die Beule an seinem Bauch, die er schützend mit einer Hand bedeckte.

»Kendrick ist im Gästestall«, erwiderte Joe knapp und führte Edna dann ohne weitere Diskussion ab. Das Lämmchen zitterte immer noch, wenn auch nicht mehr ganz so schlimm wie vorher. Sean hoffte, dass das ein gutes Zeichen war und nicht bedeutete, dass es sich völlig aufgegeben hatte.

Er fand Kendrick im Gespräch mit den Brüdern Rupert und Marlin Fraser, die sich offenbar über einen orthopädischen Beschlag für ein Pferd unterhielten. »Ich hab ein Lamm gefunden«, platzte er dazwischen und zog das Tierchen vorsichtig unter Weste und Pullover hervor. »Seine Mutter und sein Geschwisterchen sind tot. Sie liegen im Wald.«

»Scheiße«, fluchte Marlin leise. »Ich glaub, ich weiß, wer die Mutter ist. Oder war. Ein dunkelgraues Schaf? Das ist seit zwei Tagen verschwunden.«

Sean nickte. »Ich kann dir genau beschreiben oder zeigen, wo es liegt, aber erst sollten wir uns um das Lamm kümmern.«

Kendrick hatte es ihm bereits abgenommen und auf einen Strohballen gelegt. »Ich muss schnell meine Tasche holen.« Rupert nahm die Pferdedecke, die an einer benachbarten Boxentür hing, und deckte das Lamm damit zu.

Einen Moment später war Kendrick zurück und begann mit seiner Untersuchung. »Atemwege sind frei, der Herzschlag ist schwach, aber regelmäßig«, erklärte er nach einer knappen Bestandsaufnahme. »Der junge Mann ist jedoch eindeutig unterkühlt und dehydriert. Ich würde ihm gerne eine Infusion geben und ihn unter eine Wärmelampe legen.«

»Körperwärme ist besser«, befand Marlin und begann bereits, seinen Overall aufzuknöpfen.

»Ich nehme ihn gern wieder«, sagte Sean jedoch. »Ich hatte ihn auch auf dem Rückweg unter meinem Pulli. Erst hat er wahnsinnig gezittert, dann ist es besser geworden.«

»Sehr gut«, lobte Kendrick. »Anders hätte er es nicht überlebt.« Er schien kurz zu überlegen. »Lasst uns in die Trocknungsbox gehen. Wir machen die Wärmelampen auf mittlerer Stufe an, und du setzt oder legst dich auf einem Strohballen darunter. Der Kleine kommt dann auf deinen Bauch, und wir decken ihn mit einem leichten Tuch ab. So hat er Wärme von oben und vor allem Körperwärme von dir, und ich kann ihm die Infusion legen.«

Noch während er sprach, war Rupert bereits zur Tat geschritten, hatte einen Strohballen in die halb offene Box gehievt, eine Pferdedecke darüber ausgebreitet und die Lampen angestellt. Sean schlüpfte aus seiner Weste und dem Pullover und legte sich nur im T-Shirt, das verdreckt und blutverschmiert war, darauf.

»Zieh das besser auch noch aus«, bat Kendrick und deutete auf das schmutzige, feuchte Shirt. »Es ist ohnehin ruiniert, und für den Kleinen ist es besser, wenn er direkt auf der Haut liegt. Das macht man bei Menschenbabys genauso.«

Ohne zu zögern, streifte sich Sean also das T-Shirt vom Leib und knüllte sich die Weste als Kopfkissen zurecht. Dann legte Kendrick das Lämmchen auf ihn und deckte es mit einem Handtuch zu, sodass nur noch der Kopf herausschaute. Der kleine Kerl bewegte sich gar nicht mehr, nur das flache Heben und Senken seines Brustkorbs bewies, dass er noch lebte.

»Halt durch, mein Kleiner!«, beschwor ihn Sean und streichelte ihn mit zwei Fingern am Kopf.

»Jetzt kommt die Infusion«, erklärte Kendrick und legte dem Tierchen einen Zugang am Hals. Zweifellos wusste er, was er tat, doch das Lamm zuckte panisch zusammen und stieß einen Klagelaut aus, der Sean mitten ins Herz traf. »Schon vorbei«, beruhigte Kendrick seinen Patienten. »Durch die Infusion erhält er Flüssigkeit und Elektrolyte. Das sollte ihn fit genug machen, dass er fressen kann. Marlin, kannst du Schafmilch besorgen? Und eine Flasche? Wir müssen ihn wohl erst mit der Flasche päppeln, ehe wir es mit einer Amme versuchen können.«

»Bin schon unterwegs«, sagte Marlin und verschwand aus Seans Sichtfeld.

»Ist dir warm genug?«, erkundigte sich Kendrick bei Sean. »Das wird jetzt ein Weilchen dauern, weil wir die Flüssigkeit ja ganz sachte in den kleinen Körper bringen müssen.«

»Alles bestens«, versicherte Sean. Die Lampen strahlten eine angenehme Wärme aus, sodass er kein bisschen fröstelte.

»Gut. Dann kümmere ich mich noch um meine anderen Patienten hier, schau aber zwischendurch immer mal wieder vorbei. Wenn dir etwas seltsam vorkommt, ruf einfach. Ich bin in der Nähe.«

»Ich auch«, bestätigte Rupert und klopfte Sean mit einer seltsam väterlichen Geste aufs Bein.

»Danke, wir kommen klar.« Sean hörte, wie sich die beiden Männer entfernten und dabei gedämpft unterhielten. Der junge Schafbock auf seinem Bauch schien inzwischen zu schlafen. Sean hatte den Eindruck, dass seine Atemzüge tiefer und kräftiger wurden und dass der Kleine von Minute zu Minute wärmer wurde. Er legte schützend beide Hände über den zarten Körper und schloss die Augen. All seine Gedanken und seine positive Energie sollten jetzt für das tapfere Kerlchen da sein. Womöglich war das Glückskleeblatt ein Vorzeichen gewesen?

»Huch, was ist denn hier los?«

Eine überraschte weibliche Stimme und ein aufgeregtes Schnauben rissen Sean wenig später aus dem Schlaf. War er tatsächlich eingeschlummert? Er öffnete die Augen und sah Hailey mit einem eleganten Rappen vor der Wärmebox stehen. Doch ehe er zu einer Erklärung ansetzen konnte, kam Rupert herbeigeeilt.

»Sean hat im Wald ein halb totes Lamm gefunden«, begann er. »Wir versuchen gerade, es zu retten. Bring Snowdon in die Trocknungsbox im großen Stall, oder leg ihm einfach eine warme Decke drüber. So verschwitzt ist er ja nicht.« Der auf den ersten Blick so grobschlächtig wirkende Pferdeflüsterer streichelte sehr sanft über Hals und Widerrist des schicken Tiers. »Wie hat er sich denn heute beim Training angestellt?«

»Recht gut«, entgegnete Hailey. »Ich denke, wir sind in einer, spätestens zwei Wochen so weit, dass wir ihn nach Hause schicken können. Ich telefoniere später mit seiner Besitzerin, damit sie die Tage mal vorbeikommt und ihn selbst reitet.«

»Gute Arbeit«, lobte Rupert, und Sean sah, wie sich Überraschung und Hoffnung auf Haileys Gesicht abzeichneten.

»Danke«, sagte sie und klang sogar ein bisschen verlegen. »Ähm, Dad …«, sprach sie weiter. »Was am Samstag passiert ist …«

»Hat nichts mit deiner Arbeit zu tun«, erwiderte Rupert knapp. »Und das müssen wir auch nicht hier und jetzt besprechen.«

Sean hörte diesem Austausch nur mit halbem Ohr zu. Der ominöse Samstagabend erschien ihm nicht mehr wichtig. Sein Ziel war nur noch, das kleine Schaf zu retten, das auf seinem Bauch lag. Rupert, Hailey und das Pferd verschwanden wieder aus seinem Gesichtsfeld, doch wenige Minuten später war Hailey zurück und hockte sich neben ihn.

»Sorry, dass ich dich vorhin so angeblafft habe«, sagte sie und klang reichlich zerknirscht.

»Schon gut, ich hab's nicht persönlich genommen«, entgegnete er und lächelte sie an. »Wir haben alle mal schlechte Tage.«

»Nicht so schlecht wie der von diesem kleinen Kerl.« Sie streckte die Hand aus und streichelte dem Lamm vorsichtig über das Köpfchen. Dabei berührte sie Sean versehentlich kurz an der Brust, was sich für ihn wie ein Stromstoß anfühlte und ihr reichlich Farbe ins Gesicht jagte. Sie räusperte sich verlegen und nahm ihre Hand wieder weg.

»Ich hoffe, seine Tage werden mit sofortiger Wirkung besser als sein Start ins Leben.«

»Ich drück ihm die Daumen. Ähm, wegen nachher …«

»Ich schätze, ihr müsst heute ohne mich trainieren«, erklärte er und deutete auf das Lamm. »Der hier hat gerade Priorität.«

»Natürlich. Und noch mal: Es tut mir leid wegen vorhin.« Damit stand sie auf und ging.

Nun begann das Lamm, sich leicht zu regen.

»Na, kehren die Lebensgeister zurück?«, fragte Sean.

»Das gefällt mir schon viel besser«, befand Kendrick, der wie aufs Stichwort wieder zu ihnen gekommen war. »Schnauze und Ohren werden schon leicht rosig. Das ist ein gutes Zeichen. Darf ich?«, fragte er und zupfte das Handtuch weg, mit dem das Schäfchen zugedeckt war. Dann nahm er sein Stethoskop und hörte den Patienten erneut ab. »Deutlich kräftigerer Herzschlag als vorhin.« Er lächelte zufrieden. »Ich denke, jetzt könnten wir langsam mit dem Füttern beginnen. War Marlin schon wieder hier?«

»Keine Ahnung, ich habe ein bisschen geschlafen«, gab Sean zu.

»Er wird schon kommen. In der Zwischenzeit können wir ihn etwas sauber machen. Seine Mutter hat es nicht mal mehr geschafft, ihn sauber zu lecken, die Ärmste. Und den Nabel will ich mir jetzt auch ansehen.« Kendrick hatte einen Eimer mit warmem Wasser und einige Handtücher mitgebracht. Einen Frotteelappen tauchte er ins Wasser, wrang ihn leicht aus und nahm dann das Lamm von Seans Bauch, um es sanft, aber gründlich abzurubbeln. Dem kleinen Kerl schien das nicht besonders zu gefallen, denn er protestierte aus Leibeskräften, was Kendrick jedoch nur zum Lachen brachte. »Sehr gutes Zeichen. Wer sich so gegen Körperpflege wehren kann, ist auf einem guten Weg.«

KÄMPFERNATUREN

DAS TRAINING MIT ADLEY UND LENNOX war erstaunlich gut gelaufen, befand Hailey und verabschiedete sich von den beiden. Bis zu ihrem nächsten Termin hatte sie anderthalb Stunden Zeit, die sie sinnvoll nutzen wollte. Dafür, sich mit Kristie auszusprechen, reichte es vielleicht nicht, und womöglich sollte sie ihrer Schwester auch erst Gelegenheit geben, sich ein bisschen zu beruhigen, aber mit ihren Eltern konnte sie anfangen. Also wusch sie sich in der Sattelkammer die Hände und ging dann die wenigen Meter zu dem Haus, in dem sie aufgewachsen war und eine ziemlich unbeschwerte Kindheit verbracht hatte.

Sie schlüpfte durch den Garteneingang in die Küche, in der es wie eigentlich immer lecker roch, doch von ihrer Mutter war keine Spur zu sehen. Ihr Vater saß am Esstisch und las Zeitung.

»Hi, Dad«, grüßte sie ihn mit leichter Befangenheit und schaute sich um. »Wo ist Mum?«

»Die ist im Herrenhaus, weil sie mit Heather und Colleen irgendwelchen Hochzeitskram bespricht.«

»Okay …« Sie wusste nicht so recht, wie sie das Gespräch auf den Samstagabend bringen sollte. Vorhin hatte ihr Vater alles abgetan, aber sicher nur, weil sie da nicht allein gewesen waren. »Es tut mir leid, wie ich mich auf Kristies Party benommen habe. Ich weiß, dass ich mich in erster Linie bei ihr entschuldigen muss – und das habe ich auch vor –, aber ich …« Sie brach ab, weil er seine Zeitung weggelegt hatte und sie nun erstaunlich milde und mitfühlend betrachtete.

»Du warst nicht die erste Fraser und wirst nicht die letzte sein, die sich öffentlich danebenbenimmt«, sagte er und lächelte leicht in seinen struppigen Bart. »Alkohol ist ein mieser Ratgeber.«

»Ich weiß. Und ich kann mir auch nicht erklären, warum genau ich so über die Stränge geschlagen habe. Ich meine, Robin hat mich schon ein bisschen dazu angestachelt, aber ich bin alt genug, um meine eigenen Grenzen ziehen zu können. Sollte man jedenfalls meinen. Es tut mir wahnsinnig leid, falls ich dich in Verlegenheit gebracht habe.«

»Um mich in Verlegenheit zu bringen, braucht es ein bisschen mehr als eine geöffnete Bluse auf der Tanzfläche. Selbst wenn meine Tochter in dieser Bluse steckt. Und wie gesagt, andere Fraser-Familienmitglieder haben schon viel schlimmere Schoten geliefert. Dagegen war dein Auftritt harmlos. Das habe ich auch deiner Mutter gesagt – auch wenn die nicht ganz so verzeihend drauf ist. Bei uns musst du dich jedenfalls nicht entschuldigen. Kristie wird das allerdings anders sehen.«

»Ich weiß. Sie hat mich gestern rausgeschmissen. Ich bin in der Stallwohnung untergeschlüpft«, antwortete Hailey reichlich zerknirscht. »Dabei kann ich mich an fast kein Detail des Abends erinnern.«

»Ist vielleicht besser.« Rupert lachte leise. »Also nicht der Rauswurf, sondern die Erinnerungslücken.«

»Dafür gibt's ja blöderweise Videos, die im Internet kursieren. Oh Mann, es ist so unglaublich peinlich.«

»Ach was. Du hast deinen Fanclub vergrößert, das ist alles. Vielleicht ist ja irgendwann Mr Right dabei?«

»Dieser Satz aus deinem Mund?« Hailey schüttelte den Kopf. »Wenn Mum das sagt, ist es ja eine Sache, aber du?«

»Warum? Ich würde mich einfach freuen, wenn meine Kinder endlich ihr Glück finden. Natürlich kann man auch allein ein gutes Leben führen – zumindest behauptet ihr beiden das seit Jahren. Aber wenn ich mir meine Nichten und Neffen ansehe, scheinen die doch erheblich glücklicher zu sein, seit sie ihre Partner haben.«

»Bei Robin klang das am Samstag etwas anders …«

Es klopfte an der Tür, und im nächsten Moment steckte Robin ihren Kopf in die Küche.

»Sieh mal einer an. Gerade haben wir von dir geredet«, bemerkte Rupert und winkte seine älteste Nichte herein.

»Echt? Und will ich wissen, was?« Robin nickte Hailey zu und nahm dann ebenfalls am Tisch Platz.

»Es ging um Samstag«, erklärte Hailey.

»Das habe ich befürchtet.« Robin seufzte und schielte dann zwischen dem leer gefutterten Teller vor Rupert und dem Ofen hin und her. »Ich wollte mich entschuldigen, weil ich dich da mit reingezogen habe. Aber das würde mit gefülltem Magen besser gehen.« Sie lächelte schief.

»Ich hab auch noch nichts gegessen. Dad, magst du noch einen Nachschlag?«, fragte Hailey und stand auf.

»Eine kleine Portion bitte noch.« Rupert klopfte sich unwillkürlich auf den Bauch. »Wirklich nur eine ganz kleine!«

Rasch füllte Hailey drei Teller mit dem köstlichen Shepherd's Pie ihrer Mutter und kehrte zum Tisch zurück. Dieses Seelenfutter hatte schon über viele Krisen hinweggeholfen und würde hoffentlich auch heute seine Magie entfalten.

»Du brauchst dich nicht zu entschuldigen«, sagte sie, als sie ihrer Cousine den Teller vor die Nase stellte. »Ich bin alt genug, um mich selbst unter Kontrolle zu halten. Dachte ich jedenfalls. Aber offenbar ist dein Elend auch bei mir auf fruchtbaren Boden gefallen.«

»Du glaubst gar nicht, was ich schon für Einläufe bekommen habe. Von meiner Mutter, von Grandpa und natürlich von Sky. Dabei waren die beiden Letzteren gar nicht vor Ort und können streng genommen nicht mitreden.« Robin schob sich eine volle Gabel in den Mund und schloss genüsslich die Augen. »Ehrlich, damit im Magen wird alles erträglich. Obwohl, wenn Tante Alice wüsste, dass ich gerade ihren

Auflauf esse, würde sie mich vermutlich vierteilen. Sie hat vorhin auch nicht gerade mit Spitzen und fiesen Bemerkungen gespart.«

»Ich glaube, ich muss Alice mal an die Hogmanay-Party vor fünfunddreißig Jahren erinnern«, brummte Rupert zwischen zwei Bissen.

»Gibt's davon Fotos und Videos im Internet?« Hailey sah ihren Vater fragend an.

»Noch nicht«, entgegnete er mit einem spitzbübischen Grinsen, das sie ihm gar nicht zugetraut hätte.

»Echt? Du hast kompromittierendes Material, mit dem du deine eigene Frau anschwärzen könntest?« Robin klang beeindruckt.

»Nicht nur meine eigene Frau. Auch meine Schwester und meine verstorbene Schwägerin Bonnie.« Sein Grinsen wurde breiter. »Ich musste schwören, dass ich das Video und die Fotos niemals jemandem zeige, und bisher habe ich mich daran gehalten.«

»Daddy, du bist der Knaller!«, rief Hailey. Sie wusste, dass ihr Vater diese Bilder – so sie denn tatsächlich existierten – niemals veröffentlichen würde, doch schon dass er die Möglichkeit in den Raum stellte, sorgte dafür, dass sie sich besser fühlte. »Aber dein Versprechen musst du trotzdem halten«, beschwor sie ihn.

»Vermutlich. Aber ich kann sie gelegentlich an diesen Abend erinnern. Vielleicht lässt sie dich dann schneller vom Haken.«

»Ich wäre jetzt ja ziemlich gespannt, was auf diesem Material drauf ist«, überlegte Robin schmatzend.

»Hm. Ich bin mir gar nicht so sicher, ob ich das wissen will«, erwiderte Hailey und seufzte dann. »Aber Mum ist ja auch mein geringstes Problem. Ich muss mir überlegen, wie ich Kristie dazu bringe, mir zu verzeihen.«

»So schwierig sollte das nicht werden, denn einer der Videoclips von dir ist eigentlich die perfekte Werbung für ihre Tanzschule. Du supersexy in deinem stylishen, modernen Outfit und mit traditionellen Tanzmoves. Das ist Highland Dancing 2.0.«

»Ich fürchte, da ist Kristie anderer Ansicht.«

»Möglich, aber sie wird dir noch dankbar sein, wenn sie sich demnächst vor Anmeldungen gar nicht retten kann.«

Hailey konnte den Optimismus ihrer Cousine nicht ganz teilen. »Wir werden sehen. Aber nun zu dir. Warum warst du am Samstag so mies drauf? Und hast du jetzt Stress wegen der Videos?«

»Bei den Videos hatte ich Glück, ich bin auf kaum einem im Bild. Wahrscheinlich war ich den Leuten einfach nicht heiß genug. Und ganz ehrlich, ich bin nicht die Queen oder eine politische Führungskraft. Ich darf notfalls ein ausschweifendes Privatleben haben und feiern.«

»Du weichst der eigentlichen Frage aus.«

»Tu ich nicht, ich weiß nur nicht, was ich dir sonst noch sagen soll. Die harten Fakten habe ich dir am Samstag schon erzählt. Grandpa würde mich am liebsten nur als Marionette nutzen, und Sky weiß hier nichts mit sich anzufangen und gibt mir mal mehr, mal weniger direkt die Schuld daran. Es ist ein verdammter Abnutzungskrieg an zwei Fronten.«

»Das hört sich wirklich übel an«, befand Rupert, der sich ansonsten gern aus familiären Problemen heraushielt. »Für den alten Angus ist es schwer, sich zurückzuziehen. Die Kanzlei ist sein Leben. Aber der Herzinfarkt hätte doch ein Warnschuss für ihn sein müssen. Und was deinen Mann betrifft, was treibt er eigentlich den ganzen Tag?«

»Gute Frage«, seufzte Robin. »Aus meiner Sicht spräche nicht das Geringste dagegen, dass er sich hier oder meinetwegen auch in Inverness ein Büro für seine NGO einrichtet. So sitzt er mit dem Laptop auf dem Sofa rum und koordiniert die Mitarbeiter in San Francisco, Kapstadt und Addis Abeba. Aber alles nur halbherzig. Ich habe Angst, dass die gute Sache so völlig versandet. Er sagt, dass er sich um die Kinder kümmern muss, doch das ist wirklich Quatsch. Ayana ist im Kindergarten, und auf Monroe Manor gibt es genügend Leute, die sich um Alex reißen.«

»Ich finde es immer noch verwirrend, dass ihr euren Sohn nach unserem Cousin Alex benannt habt«, warf Hailey ein.

»Er ist ja nicht nach ihm benannt. Alexander ist einfach ein schöner Name. Wir wollten einen Jungennamen haben, der mit A anfängt und in allen Sprachen funktioniert. Da gibt es gar nicht so viele. Außerdem fühlt sich Cousin-Alex extrem geschmeichelt.« Sie grinste. »Wir mussten ihn ja sogar zum Zweitpaten machen.«

»Aber wir können jetzt zusehen, dass wir ständig ›Großer Alex‹ und ›Kleiner Alex‹ sagen, um sie auseinanderzuhalten.« Hailey lachte.

»Ihr schafft das.« Robin schluckte den letzten Bissen hinunter und lehnte sich dann zurück.

»Zurück zu Sky. Ich habe ihn, seit ihr hier seid, vielleicht zweimal im Dorf gesehen. Seine zauberhafte Nana dagegen treffe ich fast täglich. Die ist vielleicht umtriebig.«

»Ich hoffe, sie geigt ihrem Enkel mal zügig die Meinung, denn ich bin mit meiner Geduld langsam am Ende. Es scheint so, als wäre er in ein ganz tiefes Loch gefallen, aus dem er nur schwer wieder rauskommt.«

»Gebt dem armen Kerl doch mal etwas Zeit. Ich kann mir schon vorstellen, dass es für ihn eine schwierige Umstellung ist. Da zieht ihr mehr oder weniger von einem Tag auf den anderen von San Francisco in die schottische Wildnis, das ist schon ein Kulturschock. Während du hier zu Hause bist und dich mit allem auskennst, ist für ihn alles neu. Du hast deinen Job, er hat gar nichts. Statt nur mit dir und den Kindern zusammenzuwohnen, muss er sich jetzt das muffige Riesengemäuer mit etlichen Menschen teilen, die er kaum kennt. Natürlich ist das ein bisschen viel.«

»Daddy!« Hailey starrte ihren Vater völlig baff an. So kannte sie ihn überhaupt nicht.

»Das stimmt fast alles, Rupert«, entgegnete Robin. »Aber es erklärt nicht, warum er sich so einigelt. Mal abgesehen davon, dass wir uns jederzeit ein eigenes Haus kaufen könnten. Ich bin mir auch nicht sicher, ob ich ewig auf Monroe Manor bleiben will – auch wenn es verdammt angenehm ist, nicht selbst kochen und waschen zu müssen. Aber daran sollte es nicht scheitern.«

»Er wird Kirkbys besonderem Charme auch noch erliegen«, behauptete Rupert und klopfte dann auf den Tisch. »Ich muss jetzt zurück in den Stall.«

»Was ist denn mit deinem Vater los?«, wollte Robin wissen, als Rupert verschwunden war.

»Ich habe keine Ahnung. Vielleicht wurde er von Aliens ausgetauscht. So viel Text auf einmal habe ich von ihm noch selten gehört.«

»Oder er plant eine alternative Karriere. Neben Pferdeversteher auch noch Männer- und Tochterversteher.« Robin grinste. »Hey, das hat jetzt echt gutgetan. Dampf abzulassen ist zwischendurch so wichtig. Aber bevor ich gleich wieder zur nächsten Zoom-Konferenz zurückmuss, will ich jetzt wirklich wissen, wie es dir geht.«

»Hm.« Hailey löste gedankenverloren ihren Zopf und fuhr sich mit allen zehn Fingern durch ihre lange, rotblonde Mähne, ehe sie die Haarmassen wieder zusammenflocht. Robin musterte sie aufmerksam, und schließlich sprach sie weiter: »Ich schäme mich dafür, dass ich am Samstag derart die Kontrolle verloren habe. Und ich gräme mich zutiefst, weil ich Kristie damit verletzt habe. Auch wenn ich vielleicht sogar einen höheren Preis dafür zahlen muss als sie. Heute früh hat mich einer unserer Stallburschen saublöd angebaggert. Es war echt unangenehm. Er behauptet, ich hätte ihm am Samstag meine Brüste ins Gesicht gedrückt. Wenn das stimmt, mag ich mir gar nicht ausmalen, wie betrunken ich war und was ich sonst noch alles gesagt oder getan habe. Aber am meisten beschäftigt mich, was mir Kristie gestern vorgehalten hat. Ihrer Meinung nach stehe ich in unserer Familie immer im Mittelpunkt, während sie das Mauerblümchen ist, das immer übersehen wird, das nichts kann und nichts wert ist. Sie scheint das ehrlich zu glauben, dabei ist doch eher das Gegenteil der Fall. Zumindest meiner Einschätzung nach. Sie ist so viel hübscher, größer, schlanker, klüger und kreativer als ich, dass alle nur auf sie schauen. Sie hat sich mit der Bäckerei selbstständig gemacht, als ich noch bei Alex die Cottages geputzt und nebenbei für Dad gearbeitet habe. Jetzt hat sie auch noch diese Tanzschule gegründet, während ich zwar keine Zimmer mehr sauber mache, aber dafür locker fünfzig Stunden pro Woche im Stall ackere und trotzdem nicht viel zu melden habe. In der Beziehung ist es vielleicht ähnlich wie bei dir und Onkel Angus.«

Robin runzelte die Stirn. »Da sehe ich kaum eine Parallele. Während ich faktisch alle Geschäfte der Kanzlei verantwortlich führe und sich Grandpa nur noch wichtigmacht, ist dein Dad doch noch voll im Geschirr. Meiner Wahrnehmung nach führt ihr das Geschäft gemeinsam, und irgendwann wird er dir die Zügel ganz in die Hand legen, um im Bild zu bleiben. Natürlich wenden sich die meisten eurer Kunden zuerst an ihn – einfach, weil sie ihn kennen und ihm vertrauen und er das Gesicht des Betriebs ist. Aber du hast die Gelegenheit, deine eigene Reputation aufzubauen, und wirst im Laufe der Zeit garantiert reichlich Anfragen von Leuten erhalten, die wegen deiner spezifischen Fähigkeiten zu euch kommen wollen.«

»Ja, mag sein. Ein paar Leute sind da schon«, gab Hailey zu. »Aber gerade bei meinem Engagement für die Highland Games habe ich das Gefühl, dass mir alle nur Knüppel zwischen die Beine werfen. Dabei wäre die Schwertkampf-Show das absolute Highlight. Vermutlich ist Kristie deshalb auch so angepisst – weil es spektakulärer wäre als ihre Tanzaufführungen.«

»Das kann ich mir nicht vorstellen. Kristie ist sauer, weil du ihr am Samstag nach allen Regeln der Kunst die Show gestohlen hast.« Robin schüttelte den Kopf. »Rückschläge gehören dazu. Es wäre doch blöd, wenn immer alles einfach wäre. Stell dir vor, wie süß dein Triumph sein wird, wenn du all die Hindernisse überwunden hast. Und nur weil deinem Vater die Fantasie dafür fehlt, heißt das doch nicht, dass du mit der Reiterszene keine tolle Leistung abliefern kannst.«

So hatte Hailey das noch nie betrachtet. Bislang hatte sie sich immer als Opfer der Umstände gesehen, doch dieser Blickwinkel war viel besser – und lange nicht so destruktiv. »Du hast recht«, erwiderte sie und merkte, wie die Last auf ihrer Seele ein bisschen leichter wurde. »Ich bin vollkommen überzeugt davon, dass es toll wird, da sollte ich mich nicht mit Zweifeln aufhalten.«

»Sag ich doch.« Robin grinste. »Und, gibt es eine Geschichte?«

»Was für eine Geschichte?«

»Na irgendeine Story, mit der die Zuschauer mitfiebern können. Einfach nur Schwerterschwingen ist doch langweilig. Es muss doch um irgendwas gehen, der Kampf muss einen Grund haben.«

Hailey konnte buchstäblich fühlen, wie bei ihr der Groschen fiel. Das war der Aufhänger, den sie unbewusst wohl die ganze Zeit gesucht hatte. Vielleicht fiel ihr eine Geschichte ein, in die man auch die anderen Pferde-Events einbetten konnte. »Ein Clan-Chief sucht einen Ehemann für seine einzige Tochter, und die Bewerber müssen sich in allerhand Wettbewerben messen. Am Ende bleibt einer übrig, doch die Tochter ist sich nicht sicher, ob sie ihn wirklich gut findet, und fordert ihn höchstpersönlich zum Kampf heraus«, spann sie laut vor sich hin und strahlte ihre Cousine an.

»Genau, ein Kampf um Leben oder Liebe.«

»Robin, du bist genial! Dann brauchen wir noch einen Erzähler, der dem Publikum die Geschichte nahebringt. Wenn ich so drüber nachdenke, könnte man die kompletten Highland Games unter so ein Motto stellen, alle Wettbewerbe und überhaupt auch das komplette Eventgelände. Ich muss unbedingt so bald wie möglich mit Collum darüber reden.«

»Das scheint mir auch so.« Robin lächelte vergnügt. »Ich bin übrigens ein wenig enttäuscht, dass du mich nicht gefragt hast, ob ich mitmachen will. So eine miese Reiterin bin ich nun wahrlich nicht, nur etwas eingerostet.«

»Du hättest ernsthaft Interesse daran?« Hailey traute ihren Ohren nicht. »Ich hab dich nur nicht gefragt, weil du mit deinem Job und deiner Familie ja sowieso schon viel zu stark eingespannt bist und die Sache wirklich trainingsintensiv ist.«

»Ich hätte totale Lust darauf, aber vermutlich hast du recht. Zeitlich kriege ich das kaum auf die Reihe. Ich mag mir gar nicht ausmalen, wie Sky reagieren würde, wenn ich mich auch noch dafür engagiere.« Sie stieß einen resignierten Seufzer aus.

»Oh Mann, das klingt echt übel. So viel zum Thema ›Meine Nichten und Neffen sind alle viel glücklicher, seit sie Partner haben‹.«

»Was?«

»Das war die steile These meines Vaters, kurz bevor du hier aufgekreuzt bist. Er ist wohl der Meinung, dass Kristie und ich endlich auch mal …« Sie schüttelte den Kopf. »Als ob das so einfach wäre. Ich kenne alle Singlemänner der Region. Da ist keiner dabei, den ich haben wollte. Oder der mich haben wollte.«

»Das kann ich mir kaum vorstellen.« Robin runzelte die Stirn. »Aber andererseits habe ich auch um die halbe Welt reisen müssen, um Sky zu treffen.«

»Das wird bei mir wohl eher nicht passieren.« Hailey sah aus dem Fenster, als ob ihr noch unbekannter Herzensmann dort überraschend auftauchen könnte. Plötzlich dachte sie an Sean, und irgendwas an ihrem Gesichtsausdruck schien sie zu verraten.

»Ach?« Robin grinste sie breit an. »Es gibt also doch einen Kandidaten?«

»Nicht wirklich«, entgegnete sie. »Ich habe nur an meinen Reitpartner gedacht. Derjenige, der beim Schwertkampf mit mir die Hauptrolle spielen wird.«

»Also der schneidige Highlander, der um das Herz der Clan-Prinzessin kämpfen muss?«

»Sozusagen. Auch wenn ich keine Ahnung habe, wie er diese Geschichte finden wird. Vermutlich sollte ich es vor ihm geheim halten, sonst steigt er doch noch aus, und das wäre wirklich eine Katastrophe.«

»Warum?«

»Weil er der Einzige in ganz Kirkby ist, der gut genug reitet, der ein Pferd hat, das ihm vollkommen vertraut, und der tagsüber Zeit fürs Training hat.«

»Verstehe. Und wieso kenne ich diesen Wunderknaben noch nicht? Wahrscheinlich weil ich in den letzten Jahren so selten hier war, aber bislang ist mir kein Sean begegnet.«

»Er macht sich sehr rar. Sean ist der Keramikkünstler, der seine Töpferei auf dem alten Hof am

Waldrand hat. Noch ein ganzes Stück hinter der Destillerie. Lennox hat seine Remise als Übungsraum gemietet.«

Robin legte einen Finger an ihre Lippen und schien nachzudenken. »Ich glaube, Sky hat ihn gestern kennengelernt. Ayana hat was von einem Mann geplappert, der sie auf den Zaun bei Shonas Alpaka-Koppel gesetzt hat, und als ich nachgefragt habe, hat Sky einen Töpfer erwähnt. Offenbar haben sich die beiden über Lehmgebäude in Afrika unterhalten.«

Hailey zuckte mit den Schultern. »Kann sein. Ich weiß nicht, was er normalerweise macht, wenn er nicht im Stall oder in seiner Werkstatt ist.«

»Und? Wie sieht er aus? Wie ist er sonst so?«

»Er ist recht groß, breitschultrig, hat dunkle, fast schulterlange Haare, die er meist zu einem Knoten oder Zopf bindet, einen kurzen, gepflegten Bart. Dunkle Augen. Nach objektiven Maßstäben ist er wirklich gut aussehend, aber er hat etwas Düster-Melancholisches an sich, das jeden auf Abstand hält«, beschrieb ihn Hailey.

»Dich offensichtlich nicht.«

»Keine Ahnung. Ich war offen gestanden überrascht, dass er zugesagt hat. Aber vermutlich nicht halb so überrascht wie er selbst. Üblicherweise hält er sich aus allen Gemeinschaftsprojekten und Dorfaktivitäten raus. Er ist auch immer im Morgengrauen im Stall, damit er möglichst niemanden trifft. Keine Ahnung, was ihn dazu gebracht hat, mitzumachen.«

»Vielleicht findet er dich auch gut?«, mutmaßte Robin.

»Was heißt ›auch‹? Ich habe nicht gesagt, dass ich ihn gut finde. Ich kenne ihn ja praktisch gar nicht.«

»Aber deine Augen glänzen, wenn du von ihm sprichst. Außerdem interessiert dich doch ganz bestimmt sein Geheimnis.«

»Welches Geheimnis?«

»Na, der Grund für seine düstere Melancholie«, half ihr Robin auf die Sprünge und schien das alles wahnsinnig witzig zu finden.

»Ich bin mir nicht sicher, ob ich das so genau wissen will. Mir geht es im Moment nur darum, dass ich meine Pferdeshow hinbekomme. Über die Befindlichkeiten von irgendwelchen Männern werde ich mir anschließend Gedanken machen. Oder eben auch nicht. Ich weiß nämlich wirklich nicht, ob er mich genug interessiert.«

Das war eine Lüge, das wusste Hailey genauso gut wie Robin, die für den Moment jedoch dankenswerterweise schwieg und stattdessen mit einem feinen Lächeln ihre Fingernägel betrachtete. Ordentliche, hübsch manikürte Nägel, von denen Hailey nur träumen konnte. Ihre Hände hatten Schwielen, und unter ihren kurzen Nägeln fanden sich fast immer dunkle Ränder. Arbeitshände halt. Unwillkürlich dachte sie an Seans Hände. Er war im engsten Wortsinn ein Handwerker, und das sah man ihm auch an. Die Art und Weise, wie er neulich den Pizzateig geknetet und wie er vorhin das kleine Lamm festgehalten hatte …

»Es ist wirklich spannend, dir zuzuschauen, während du darüber nachdenkst, wie gut du den mysteriösen Ton-Meister tatsächlich findest«, sagte Robin schließlich. »Aber leider muss ich jetzt los und arbeiten. Wenn du einen Tipp von deiner alten Cousine haben willst, dann nutz die Gelegenheit, sobald sie sich bietet, und verschiebe nichts in eine ungewisse Zukunft. Für Liebe und wahre Gefühle ist immer Platz – auch zwischen Schwertkämpfen.«

»So wie bei dir und Sky?« Robin zuckte leicht zusammen, und Hailey tat ihre Bemerkung sofort wieder leid. »Sorry, so war's nicht gemeint.«

»Aber es stimmt. Ja, so wie bei Sky und mir. Momentan läuft es etwas unrund, aber das hat nichts mit unseren Gefühlen zu tun, sondern nur mit der blöden Situation, in die wir hineingeraten sind und mit der Sky schlechter zurechtkommt als ich. Aber das wird sich auch wieder geben, da bin ich mir sicher. So ist es eben in einer Beziehung – es ist nie alles rosig.«

»Einfach ist es offensichtlich ebenfalls nicht«, bemerkte Hailey.

»Hat das jemand behauptet? Einfach und rosig sind die Dinge nur im Märchen. Im wahren Leben gibt es immer auch Dornen und unvorhergesehene Wendungen. Aber das macht es lebenswert.«

»Wenn du das sagst … Aber ehe ich mich um diese Art von Dornen und Wendungen kümmere, sollte ich lieber zusehen, dass ich die Wogen mit Kristie wieder glätte. Außerdem hat Sean gerade auch andere Probleme. Er hat vorhin im Wald ein neugeborenes, halb totes Lamm gefunden und scheint es wieder aufpäppeln zu wollen.«

»Dabei kann er bestimmt eine helfende Hand brauchen. Babys sind sehr arbeitsintensiv. Ich muss jetzt wirklich.« Damit stand Robin auf, umarmte Hailey noch einmal und verschwand dann durch die Gartentür.

Hailey starrte ihr ein Weilchen hinterher. Über arbeitsintensive Babys, gleich welcher Spezies, wollte sie lieber nicht nachdenken. Stattdessen nahm sie sich noch eine Portion von dem Shepherd's Pie, schaufelte sie in sich hinein und räumte anschließend das Geschirr in die Spülmaschine. Bloß Muttern keinen weiteren Grund zum Ärgern geben. Und dann war es auch schon Zeit, in den Stall zurückzukehren und sich wieder in die Arbeit zu stürzen.

• • •

»Der kleine Kerl ist vollkommen auf dich fixiert«, bemerkte Marlin halb frustriert, halb belustigt.

»Vermutlich denkt er, dass ich seine Mama bin«, sagte Sean und kam sich bei diesem Gedanken nicht mal mehr besonders blöd vor.

Er hatte das Lamm gestern mit nach Hause genommen und es seitdem regelmäßig mit der Flasche gefüttert. Nach ein paar Versuchen hatte der Kleine den Dreh rausgehabt und trank seitdem gierig das angebotene Fläschchen leer. Eben war Marlin gekommen, um Sean etwas Milchnachschub zu bringen, und hatte versucht, den Winzling selbst zu füttern. Doch keine Chance.

»Er ist wirklich voll auf dich geprägt«, stellte der ältere Mann fest und strich sich nachdenklich über seinen kurzen Bart.

»Ist das ein Problem?«, wollte Sean wissen und nahm das Tier wieder auf den Schoß. Inzwischen war der Kleine kräftig genug, dass er sogar hinter seinem zweibeinigen Retter herlief, aber er genoss die innigen Kuscheleinheiten sichtlich.

»Kommt drauf an. Wenn er sich nicht von anderen Menschen füttern lässt, musst du das alles übernehmen. Und das bedeutet zumindest heute noch: alle zwei Stunden ein Fläschchen. Tag und Nacht. Wenn er so kräftig bleibt, können die Fütterintervalle ab morgen etwas ausgedehnt werden, und auch nachts muss dann nicht ständig gefüttert werden. Doch du musst präzise darauf achten, dass er die richtige Menge Milch mit der richtigen Temperatur kriegt. Das ist auf Dauer anstrengend.«

»Aber es ist ja nicht auf Dauer, sondern nur für ein paar Tage, oder?«, entgegnete Sean.

»Das kann aufreibend genug sein. Aber wenn du es dir zutraust, soll es mir recht sein. Alternativ können wir versuchen, ihn einem anderen Mutterschaf unterzuschieben. Manche lassen sich gerne als Ammen einspannen. Allerdings ist er sehr klein und zart, und die anderen Lämmer sind ziemliche Rabauken. Am Ende hätte er da keine Chance.«

Sean sah Marlin entsetzt an. »Das werde ich auf keinen Fall zulassen. Und wenn ich ihn die nächsten Monate alle zwei Stunden füttern muss.«

»Von Monaten sprechen wir nicht, nur noch von heute, maximal auch morgen. Mit acht bis zehn Wochen werden sie ohnehin von der Milch entwöhnt und fressen dann ausschließlich Gras. Aber das ist nicht das Hauptproblem. Schwieriger ist, dass sich reine Handaufzuchten ohne Kontakt zu Artgenossen später ganz schlecht vergesellschaften lassen und dann wirklich lästig werden. Wenn der Zwerg hier erst mal ein pubertierender Widder ist, willst du sicher nicht mehr so gern mit ihm kuscheln.«

Sean fand, dass das ein Problem für später war. Jetzt ging es doch erst mal darum, seinem Schützling eine Chance zu geben. Nach dem schrecklichen Lebensstart hatte er ein kleines Verwöhnprogramm verdient.

»Außerdem ist es nicht artgerecht. Schafe sind Herdentiere, und Menschen sind auf Dauer keine guten Sozialpartner. Er braucht Artgenossen, um glücklich zu sein«, sprach Marlin ärgerlicherweise weiter.

Sean seufzte. »Okay, anders gefragt: Was müsste ich tun, damit … oh Mann, langsam braucht er einen Namen.« Er sah sich in seiner Küche um. Auf dem Fensterbrett stand ein großer Topf mit Basilikum. »Basil! Ich werde ihn Basil nennen.«

Marlin grinste. »Um deiner Frage vorzugreifen: Unser kleiner Basil hier braucht so bald wie möglich Kontakt zu anderen Schafen, damit er keine Verhaltensauffälligkeiten entwickelt. Idealerweise auch mit anderen Jungtieren, mit denen er spielen kann. Du hast auf deinem Hof doch Platz genug. Wenn du willst, zäunen wir ein Areal ein, und ich bring dir ein paar von meinen Tieren. Ich habe eine alte Schafdame, die tatsächlich noch einmal gelammt hat. Ihre Zwillinge sind zwei Wochen älter als der Kleine. Zusätzlich könnte ich noch ein anderes Mutterschaf mit seinen Lämmern und ein, zwei Jährlinge dazuholen. Dann könnte Basil zunächst unter Aufsicht Kontakt haben und später dauerhaft in der kleinen Herde bleiben.«

»Das klingt nach einem guten Plan«, gab Sean zu. »Und dann würde er in die große Herde zurückkehren?« Basil war streng genommen Marlins Eigentum, auch wenn das Sean mit einem Mal seltsamerweise ziemlich störte.

»So stelle ich mir das vor«, bestätigte Marlin auch prompt.

»Aber ich möchte nicht, dass er geschlachtet wird und …« Es war albern, das wusste Sean selbst, aber er fühlte einen so starken Beschützerinstinkt gegenüber dem Lamm, dass er den Gedanken unerträglich fand.

»Basil ist ein Merinoschaf. Der wird nicht wegen seines Fleisches geschlachtet, sondern soll jahrelang Wolle produzieren«, beruhigte ihn Marlin mit einem nachsichtigen Lächeln. »Ich bin ein bisschen überrascht, dass du dich so für den Kleinen ins Zeug legst, aber du musst dir keine Sorgen machen.«

»Okay, das beruhigt mich etwas.« Basil hatte seinen Kopf vertrauensvoll in Seans Armbeuge gelegt und war eingeschlafen. »Würdest du ihn mir verkaufen? Und die Gesellschaftsschafe auch?«

»Warum?«, wollte Marlin wissen.

»Na, damit Basil hierbleiben kann. Du hast selbst gesagt, dass ich Platz genug habe. Warum sollte ich keine Schafe halten?« Vor ein paar Tagen hatte er über einen Hund oder eine Katze nachgedacht, aber warum nicht Schafe als Haustiere? Oder zumindest als Hoftiere. Pippa hatte auch drei Schafe, einen Esel und ein paar Hühner – und sicher weniger Platz als er.

Marlin sah ihn mit seinen blaugrauen Augen prüfend an. »Du meinst das wirklich ernst mit dem Lamm, was?«

»Natürlich. Ich fühle mich für ihn verantwortlich.« War das nicht normal? Er hatte den kleinen Kerl schließlich gefunden. Schlimm genug, dass er für seine Mutter und seinen Zwilling nichts mehr hatte unternehmen können, aber für Basil wollte er da sein. Wollte den Unterschied ausmachen.

»Du musst mir das Lamm nicht abkaufen. Es verdankt dir sein Leben. Ich schenke es dir. Und ich stelle dir gerne ein paar Tiere für deine Miniherde zur Verfügung – ebenfalls kostenlos. Solltest du demnächst Geschmack an der Schäferei finden, können wir noch mal sprechen, aber mir scheint, im Moment geht es dir nur um ein sicheres und artgerechtes Umfeld für den kleinen Basil, und das kann ich dir zusichern. Wegen der Wolle habe ich übrigens einen Deal mit Harriet von der Weberei gemacht. Sie nimmt mir alle Rohwolle ab und lässt sie verspinnen. Du kannst dir ja überlegen, ob du ihr seine Wolle ebenfalls verkaufen möchtest oder etwas anderes damit planst.«

»Das ist sehr großzügig von dir. Aber das mit der Wolle muss ich ja wohl noch nicht gleich entscheiden, oder?« Sean fühlte sich ein bisschen überfordert.

»Nein, das hat Zeit. Er wird erst nächstes Jahr zum ersten Mal geschoren. Jetzt ist sein Job, zu wachsen und zu gedeihen. Ich komme heute Nachmittag mit der nächsten Milchlieferung, einem Elektrozaun und den Schafen zurück. Bis dann.«

Als Marlin gegangen war, betrachtete Sean das kleine weiche Bündel in seinem Arm. Basil wog keine vier Kilo, war winzig und doch schon eine echte Persönlichkeit, außerdem eine wahre Kämpfernatur. Und er hatte Saiten in Sean zum Klingen gebracht, die er noch nie an sich wahrgenommen hatte. Er fühlte eine merkwürdige Sehnsucht, die er nicht in Worte fassen konnte – und er hatte große Angst, ernsthaft darüber nachzudenken.

KLEINE UND GROSSE GESTEN

»SO GEHT DAS NICHT, JUNGER MANN!«, sagte Sean streng zu Basil. Eine Woche war inzwischen vergangen, und aus dem schwächlichen, halb toten Lamm war ein properes wollweißes Schäfchen geworden, das sich als extrem dickköpfig entpuppte.

Marlin hatte neulich Wort gehalten, war mit Sack und Pack und einem Elektrozaun bei ihm angekommen und hatte ein Stück seines verwilderten Gartens in Windeseile in eine Schafweide verwandelt. Hinter Seans Haus lebten nun also das alte Mutterschaf mit seinen putzigen Zwillingen, deren Niedlichkeitsfaktor aber nicht ansatzweise mit dem von Basil mithalten konnte, zwei übermütige Jährlinge und ein dreijähriger Hammel, wie die kastrierten Widder genannt wurden. Sean fühlte sich nach diesen wenigen Tagen immer noch ein bisschen fremd in der Welt der wolligen Wiederkäuer, aber langsam gewöhnte er sich das Fachvokabular an. Den Hammel hatte er Pope genannt, weil ihn sein langes Gesicht an den aktuellen Papst erinnerte und er ein ausgesprochen friedfertiges Gemüt hatte. Die anderen Tiere waren noch namenlos, aber das war bestimmt nur eine Frage von Tagen. Eher von Stunden.

Basil mochte seine kleine Herde und spielte gern und ausgelassen mit den Zwillingen, aber noch viel lieber verbrachte er Zeit mit Sean. Genau genommen blieb er nur dann auf der Weide, wenn Sean auch dabei war. Ging der ins Haus oder in die Werkstatt, lief Basil hinterher. Der simple Elektrozaun bot kein Hindernis für das zutrauliche Lamm. Es lief einfach unter dem Draht durch – laut und empört mähend –, wenn Sean sich ohne Vorankündigung nach drinnen begeben wollte.

Das wurde langsam zum Problem, denn erstens war Basil nicht wirklich stubenrein, und zweitens war nichts vor seinem neugierigen Mäulchen sicher. Gerade hatte Sean das Lamm für maximal zwei Minuten in der Werkstatt allein gelassen, weil er kurz auf die Toilette gegangen war, und als er zurückkam, hatte Basil mitten auf der Drehscheibe gestanden und war mit seinen winzigen Hufen auf der flachen Schale herumgetrampelt, die eigentlich als Käseplatte für Islas Restaurant gedacht war.

»Bist du noch zu retten?«, schimpfte er weiter, aber Basil blieb unbeeindruckt. In diesem Moment klingelte Seans Handy und kündigte einen Videocall von Dominic, seinem in Kanada lebenden älteren Bruder, an.

»Hi, Nicky, was gibt's?«, fragte er und klemmte sich das Lamm unter den Arm.

»Hi, Sean … was um alles in der Welt ist das?« Dominics Gesicht wurde immer größer.

»Du als IT-Profi müsstest wissen, dass es nichts bringt, näher an deine Kamera zu kommen, wenn du etwas erkennen willst, was am anderen Ende der Leitung zu sehen ist.«

»Und du müsstest wissen, dass Klugscheißer eine kürzere Lebenserwartung haben als normale Menschen «, knurrte Dominic. »Was hast du da im Arm? Ein Plüschtier?«

Sean hielt sein Handy so, dass die Kamera eine schöne Porträtaufnahme von Basil einfing, der nun laut mähte. »Darf ich vorstellen, das ist Basil. Mein Schaf.«

»Und ich habe gedacht, Pippa übertreibt.« Dominic schüttelte fassungslos den Kopf.

»Wieso? Weil ich ein Schaf habe?« Sean fand es ziemlich witzig, wie sein Bruder um Fassung rang. Schon Pippa hatte vorgestern halb amüsiert, halb irritiert reagiert, als er ihr Basil vorgestellt hatte. Offenbar hatten die beiden in der Zwischenzeit miteinander gesprochen.

»Auch.« Dominic kratzte sich am Kinn und verschwand dann kurz aus dem Sichtfeld der Kamera. »Ada, Archie, kommt mal!«, hörte er ihn rufen, und gleich darauf erschienen die dunklen Lockenköpfe der Kinder von Dominics Freundin Esther.

»Hallo, ihr zwei!« Sean lächelte den Kids zu. Er fühlte sich ihnen gegenüber immer ein bisschen befangen. Sie waren von Geburt an gehörlos, trugen jedoch Implantate und waren versiert im Lippenlesen.

Aber er hatte sie noch nicht persönlich getroffen und wusste nie so recht, wie er mit ihnen umgehen sollte.

»Hallo, Onkel Sean«, sagte die kleine Ada, die ungefähr im Alter von Ayana und Rufus sein musste, und grinste ihn breit an. »Ist das ein echtes Schäfchen?«

»Ein ganz echtes, quicklebendiges Lamm«, bestätigte Sean und hob Basil ein Stückchen höher, sodass sein Kopf neben seinem war. Der kleine Frechdachs nutzte die Gelegenheit und leckte ihm die Wange ab.

»Oh, ist der süüüüüüß!«, rief Ada entzückt, und auch Archie bekam leuchtende Augen. »Bekommen wir auch ein Schäfchen, Dada?«, wollte Ada wissen.

»Wir haben doch einen Hund und ganz viele Wale und Delfine im Meer«, begann Dominic mit einer Abwehrrede.

»Und Bären im Wald«, ergänzte Sean, der die Geschichte von der legendären Bärenbegegnung seines Bruders im letzten Jahr noch lebhaft im Kopf hatte. »Aber vielleicht wollt ihr mich ja mal besuchen kommen? Dann könnt ihr Basil kennenlernen. Und Edna, mein Pferd.«

»Au ja!« Ada strahlte begeistert. »Wir kommen ganz bald!«

»Ihr müsst jetzt erst mal in den Kindergarten. Mommy wartet schon«, sagte Dominic und scheuchte die Kleinen aus dem Raum. »Zurück zu dir«, wandte er sich dann wieder an Sean. »Seit wann ziehst du Schafe auf und lädst deine Familie zu dir ein? Ist alles in Ordnung bei dir?«

»Seit ich das Lamm letzte Woche halb tot im Wald gefunden habe, und ja, bei mir ist alles bestens. Und ich meine es ernst. Wäre doch wirklich schön, wenn wir uns mal wiedersehen. Vielleicht zusammen mit Pippa, Harry und Rufus. Ich würde deine Esther und ihre süßen Zwerge gern mal persönlich kennenlernen. Ada und Rufus müssten doch fast gleich alt sein, oder?« Sean lächelte seinen Bruder an, der diese Worte offenbar erst einmal verkraften musste. Dabei meinte er jedes Wort ernst. Die Vorstellung, dass seine Geschwister mit ihren Familien zu Besuch kamen und sie gemeinsam ein paar schöne Tage verbrachten, fand er außerordentlich reizvoll. Er wollte, dass sie an seinem Leben teilhatten – und er an ihrem. Er wollte mit den Kindern mit Ton basteln und allen zeigen, wie und wo er lebte. Basil strampelte in seinem Arm, und er drückte dem Lamm unwillkürlich einen kleinen Kuss auf den Kopf, ehe er es auf den Boden setzte, wo es gleich wieder ungestüm durch die Gegend flitzte.

»Ich habe wirklich Schwierigkeiten, deine Worte und deine Gesten mit deinem bisherigen Verhalten in Einklang zu bringen«, bemerkte Dominic schließlich.

»Warum? Pippa und du, ihr predigt mir seit einem Jahr, dass ich …« Sean wusste nicht genau, wie er es formulieren sollte. »Dass ich offener werden soll. Wir haben uns doch bei Frannys Beerdigung geschworen, dass wir nie wieder den Kontakt zueinander verlieren. Und es ist toll, dass wir regelmäßig telefonieren und skypen. Aber es geht doch nichts darüber, sich auch im echten Leben zu treffen.«

»Ja, schon, aber …«

»Ich will euch unbedingt auch auf Vancouver Island besuchen. Vielleicht im Herbst? Im Moment kann ich nicht weg, weil ich mit ein paar anderen Leuten eine Reiterszene für die Highland Games einstudiere. Aber danach würde es klappen. Vielleicht Mitte September?«

»Du bist hier jederzeit herzlich willkommen«, brachte Dominic hervor. »Und du hast vollkommen recht damit, dass wir uns unbedingt mal sehen müssen. Ich spreche mit Esther. Vielleicht können wir im Sommer doch mal für eine Woche kommen. Ich wünsche mir auch, dass sie und die Kinder meine alte Heimat kennenlernen. Und meine Familie.« Er räusperte die Rührung weg, die ihm deutlich ins Gesicht geschrieben stand. »In den Sommermonaten ist bei uns auf der Insel allerdings Hauptsaison mit den Walbeobachtungstouren. Aber vielleicht können wir für ein paar Tage einen Ersatz organisieren.«

»Das würde mich echt freuen. Die Highland Games finden übrigens am letzten Augustwochenende statt. Vielleicht wäre das ja der passende Anlass?«

»Ich rede mit Esther«, versprach Dominic. »Und Sean?«

»Ja?«

»Ich habe zwar keine Ahnung, was deinen Sinneswandel motiviert hat, aber ich finde es gut. Bleib auf diesem Weg.«

• • •

Hailey wühlte, nur mit einem Handtuch bekleidet, in ihrem spärlich bestückten Kleiderschrank. Mist, ihre Sportleggins hatte sie nicht mitgenommen, als sie vor einer guten Woche Hals über Kopf aus ihrem eigenen Haus geflüchtet war, weil Kristie ihre Anwesenheit nicht mehr ertragen hatte. Sie hatte ohnehin nur selten Bedarf an Sportklamotten – wenn man von ihren Reithosen mal absah, aber die liefen vielleicht unter Arbeitsbekleidung.

Sie grunzte unwirsch, weil diese Überlegungen nichts brachten. Tatsache war, dass sie gleich zu Annas Yogastunde gehen wollte, die Kristie so liebte. Und idealerweise sollte sie dabei auch irgendwas anhaben. Unschlüssig betrachtete sie ihre ausgebeulte Jogginghose. Die war wenigstens bequem und bot Bewegungsfreiheit. Zusammen mit einem T-Shirt würde es vielleicht gehen. Hailey hatte nicht ernsthaft Lust auf Yoga und wenig konkrete Vorstellungen davon, was sie erwartete, aber sie wollte Kristie klarmachen, dass sie sich für ihre Vorlieben interessierte und dass sie gern wieder an ihrem Leben teilhaben wollte. Vor allem wollte sie liebend gern wieder zu Hause einziehen. Sie vermisste ihr gemütliches Zimmer mit dem großen, bequemen Bett. Sie vermisste die Badewanne, die sie nach einem langen Tag im Sattel gerne mal zum Entspannen nutzte, und sie vermisste die Gesellschaft ihrer Mitbewohnerinnen. Auch wenn Ainslee, Kristie und sie selbst ziemlich unterschiedliche Arbeitszeiten und Interessen hatten, trafen sie sich meist irgendwann im Laufe des Abends in ihrem Cottage, saßen dann noch ein Stündchen oder zwei zusammen und sprachen über alles, was sie so beschäftigte. Ainslee wohnte zwar erst seit ein paar Wochen bei ihnen, doch sie und ihr putziger Pudel hatten sich ganz geschmeidig in die Wohngemeinschaft eingefügt.

Hailey hatte fast die ganze letzte Woche damit verbracht, alle möglichen Leute um Verzeihung zu bitten. Die meisten hatten den Partyvorfall lachend abgetan. Shona teilte sogar Robins kühne Meinung, dass Haileys »extravagant-sexy Interpretation von klassischen Highland-Dance-Moves« bestimmt viele Anmeldungen in der Tanzschule zur Folge haben würde. Im Dorf zerriss man sich also kaum noch das Maul über sie, und selbst Joe behandelte sie seit ihrer Ansage mit fast höflicher Zurückhaltung. Kristie schien jedoch unversöhnlich zu sein und hatte sich bisher mit dürren Ausreden vor jeder Aussprache gedrückt. Gestern war Hailey schon zur Chorprobe gegangen, die Kristie eigentlich nie verpasste, doch seltsamerweise war sie nicht da gewesen. Also stand heute Yoga auf dem Programm, denn diese Stunde war ihrer jüngeren Schwester heilig.

Hailey flocht ihre Haare zu einem Zopf und schlüpfte in Jogginghose und T-Shirt, zog ihre Jeansjacke drüber und lief dann die Treppe hinunter in den Stall. Aus den Boxen war überall zufriedenes Kauen zu hören, nur Edna schien unruhig zu sein. »Alles klar, meine Hübsche?«, fragte sie leise, und die sonst so friedfertige Stute schlug unwirsch mit einem Huf gegen die Holzwand. »Wenn dein Zweibeiner morgen nicht aufkreuzt und dir angemessen Bewegung verschafft, werde ich ihn mir vorknöpfen«, versprach Hailey dem Pferd und klopfte ihm kurz den Hals.

Sie hatte eigentlich viel mehr Lust, zu Sean zu fahren und ihn gleich zur Rede zu stellen. Er war, seit er gestern vor einer Woche das verwaiste Lamm gefunden hatte, nicht mehr im Stall gewesen. Edna hatte ihre Tage auf der Koppel verbracht, was sie aber offensichtlich nicht wirklich auslastete. Wollte Sean sich etwa auf diesem Weg vor dem gemeinsamen Training drücken? Indem er Hailey ghostete und sein Pferd vernachlässigte? Nein, das war albern. Zumindest Edna war ihm wichtig, das wusste sie. Und es konnte auch keine Rede von Ghosting sein, denn dafür hätten sie ja vorher reichlich Kontakt haben müssen. Vermutlich war er einfach mit dem Lamm beschäftigt, obwohl Onkel Marlin dafür extra eine kleine Herde zu Seans Hof gekarrt hatte. Nun ja, heute würde sie dieses Problem nicht mehr lösen. Jetzt sollte sie sich auf ihre eigentliche Mission konzentrieren: Yoga mit Kristie und anschließende Aussprache.

Gut anderthalb Stunden später war Hailey komplett am Ende. Wieso hatte ihr niemand gesagt, wie anstrengend dieses Yoga war? Und wie idiotisch diese Übungen hießen – herabschauender und hinaufschauender

Hund, Taube, Krokodil, Baum. Sie war nicht ansatzweise mitgekommen und hatte eher das Alternativprogramm aus »gestrandeter Wal« und »Wildsau in der Suhle« praktiziert. Zumindest hatte es sich so angefühlt. Kristie und Ainslee dagegen hatten geschmeidig alles mitgeturnt, was Anna ihnen vorgemacht hatte. Bisher hatte sie die Landärztin für eine liebevolle und besonnene Frau gehalten, doch diesen Eindruck musste sie nun revidieren. Yoga war die schiere Folter, da halfen auch die sanften und aufmunternden Worte nichts. Ihre Cousine Isla und die alte Betty Murray waren zwar längst nicht so elegant und biegsam wie das Streber-Trio, aber doch um Welten besser als Hailey. Nun lagen sie alle zur sogenannten Endentspannung auf dem Boden, und während die anderen ihren Geist frei machten und über das Glück ihrer Existenz reflektierten, wie Anna herumschwurbelte, fragte sich Hailey ernsthaft, wie sie jemals wieder aufstehen sollte. Ihr tat alles weh, jeder einzelne Muskel ihres Körpers. Und das, obwohl sie täglich mehrere Stunden auf Pferden saß und sich nicht für komplett unsportlich hielt. Sie hatte Mühe, den Worten von Anna zu folgen, die etwas von »weißem Licht in jeder Zelle eurer Körper« fabulierte. Stattdessen fühlte sie nur bleierne Schwere, von den Augenlidern bis zu den Zehen.

»Aufwachen, Schlafmütze.«

Hailey schreckte hoch und sah eine lächelnde Anna neben sich hocken. »Sorry«, murmelte sie groggy. War sie tatsächlich eingepennt?

»Kein Problem. Es ist ein gutes Zeichen, wenn man bei der Endentspannung einschläft. Aber jetzt würde ich gerne den Rest zusammenräumen und …«

»Sind die anderen schon weg?« Hailey blickte sich alarmiert im Raum um. Sämtliche Teilnehmerinnen, Yogamatten, Meditationskissen, Korkblöcke und die anderen Folterinstrumente waren verschwunden. Dabei hatte sie doch unbedingt mit Kristie sprechen wollen.

»Die sind schon in den Pub vorausgegangen«, sagte Anna und legte ihr beruhigend eine Hand auf die Schulter. »Das ist inzwischen fast zur Tradition geworden, dass wir nach der Yogastunde noch ein bisschen zusammensitzen.«

»Und Kräutertee trinken?«, fragte Hailey, während sie sich mühsam erst auf alle viere, dann in eine aufrechte Position brachte. Scheiße, das würde morgen einen Höllenmuskelkater geben.

»Eher Gin Tonics«, entgegnete Anna, und aus ihrem sanften Lächeln wurde ein verschmitztes Grinsen. »Aber Isla versichert, dass die Kräuter, die sie für den Gin verwendet, therapeutische Wirkung haben. Wenn du darauf bestehst, serviert dir Jon jedoch sicher gern auch einen Kräutertee.« Sie rollte in Windeseile Haileys Yogamatte auf.

»Ähm … nein. Obwohl ich mich vielleicht besser doch vom Alkohol fernhalte«, überlegte Hailey, faltete die Kuscheldecke zusammen und folgte Anna in den Nebenraum, wo die Utensilien aufbewahrt wurden.

»Das wäre ja was Neues«, gab Anna amüsiert zurück, und Hailey zuckte getroffen zusammen.

»Ich will die Chance nutzen und mich mit Kristie aussprechen. Dafür wäre ein klarer Kopf bestimmt besser«, sagte Hailey düster.

»Verstehe.« Anna sah sie nachdenklich an. »Das ist dann auch der Grund für dein plötzliches Interesse an Yoga gewesen, was?«

»Sie weicht mir komplett aus. Reagiert nicht auf meine Nachrichten, schützt Termine und andere Verpflichtungen vor. Gestern war sie noch nicht mal beim Singen, als ob sie geahnt hätte, dass ich dabei sein würde. Aber ich will das endlich klären. Ich verstehe total, dass sie wütend auf mich ist, und ich habe ihren Ärger mehr als verdient, aber …«

»Ich glaube nicht, dass sie immer noch wütend ist, eher enttäuscht. Und vermutlich denkt sie auch, dass du es verdient hast, ein wenig zu schmoren. Aber ich glaube, sie sehnt sich genauso nach dir wie du dich nach ihr«, erklärte Anna tröstend. »Aus ärztlicher Sicht kann ich dir übrigens versichern, dass *ein* Gin Tonic nicht schaden wird. Wenn du willst, verschreibe ich ihn dir als Therapeutikum. Er wird dich ein bisschen entspannen, aber deine Sinne nicht so vernebeln wie … was auch immer du dir bei der Party in großen Mengen reingekippt hast.«

»Whisky«, gab Hailey zerknirscht zu.

»Das habe ich befürchtet. Ich muss dir wohl nicht sagen, dass das auch aus medizinischer Perspektive keine gute Idee war. Und Verschwendung obendrein. Einen guten Whisky muss man in kleinen Schlucken genießen und nicht …«

»Ich weiß, ich weiß«, unterbrach Hailey sie. »Ich habe seitdem keinen Tropfen Alkohol mehr getrunken und trinke ja überhaupt nicht viel, aber … ist ja auch egal. Ich hoffe jedenfalls, dass Kristie gleich ein bisschen offener sein wird.« Sie schlüpfte in Schuhe und Jacke und wartete dann, bis Anna die Räume abgeschlossen hatte.

»Das wird schon wieder.«

Gemeinsam gingen sie die kurze Strecke von der alten Schule bis zu *The Wise Pelican.* Der Pub strahlte hell am Dorfplatz und zog selbst an einem gewöhnlichen Dienstagabend reichlich Gäste an. Als Anna und Hailey den Gastraum betraten, der das Kunststück fertigbrachte, gleichzeitig stylish und gemütlich zu wirken, wurden sie von angeregtem Stimmengewirr und vereinzeltem Gelächter begrüßt. Beinahe jeder Tisch war besetzt. Hailey erspähte viele bekannte Gesichter, doch von der Yogatruppe war keine Spur zu sehen. Die Enttäuschung hielt aber nicht lange an, denn Anna lotste sie in die heimelige Kaminecke, wo tatsächlich ein munteres Feuer prasselte. Davor saßen Betty, Isla, Ainslee und Kristie und prosteten sich soeben mit ihren frischen Drinks zu.

»Da seid ihr ja«, sagte Isla fröhlich und deutete auf die beiden freien Sessel und die noch unangetasteten

Getränke auf dem Tischchen. »Wir waren so frei und haben schon für euch mitgeordert.«

Hailey nahm Kristie gegenüber Platz und schnappte sich ein Glas. »Danke«, murmelte sie und prostete dann der Runde zu. »Slàinte mhath!«

»Slàinte«, schallte es vielstimmig zurück. Auch Kristie trank einen Schluck, vermied es allerdings, ihre Schwester anzuschauen.

»Na, wie ist dir deine erste Yogastunde bekommen?«, wollte Betty wissen.

»Es ist ein Wunder, dass ich wieder aufstehen konnte.« Hailey verdrehte die Augen. »Vermutlich brauche ich morgen einen Lastenkran, um ein Pferd besteigen zu können. Wieso reden alle ständig davon, wie wahnsinnig entspannend Yoga ist, und niemand sagt einem, welche Torturen man erleiden muss?«

»Vermutlich, weil wir es nicht als Tortur empfinden«, erwiderte Kristie eisig.

»Also ich schon«, widersprach Isla, und auch Betty nickte heftig. »Ich bin jetzt seit über einem Jahr dabei und verfluche jeden einzelnen Termin. Aber …« Isla machte eine Pause und schaute Hailey eindringlich an. »Es lohnt sich trotzdem. Meine Rückenschmerzen sind so gut wie weg, ich habe eine bessere Haltung und werde nach zehn Stunden Stehen in der Küche nicht mehr zum Monster. Also ja, Yoga ist eine Tortur, aber eine, die sich wirklich lohnt. Sicher auch für dich. Beim Reiten wird zwar auch der ganze Körper beansprucht, aber auf ganz andere Art. Wahrscheinlich könntest du von Yoga sogar ganz besonders profitieren. Körperlich und seelisch. Ich jedenfalls bin wirklich viel gechillter, seit ich mich einmal pro Woche von Anna quälen lasse.«

»Könntest du das als Testimonial für meine Kurse aufschreiben?« Anna lachte. »Gechillt durch Yoga-Tortur – das spricht garantiert eine ganz neue Zielgruppe an.«

»Du könntest das Kompliment auch einfach annehmen, statt es ins Lächerliche zu ziehen«, gab Isla zurück und verschränkte die Arme vor der Brust.

»Ich versteh dich schon richtig.« Anna streckte eine Hand aus und tätschelte Islas Knie. »Und ich freu mich wirklich, dass es dir so guttut.«

»Vielleicht probiere ich es noch ein paarmal«, sagte nun Hailey und suchte Kristies Blick. »Wenn ihr euch einig seid, dass da so viel dran ist.«

»Es funktioniert aber nur, wenn man es wirklich regelmäßig praktiziert«, versetzte Kristie. »Und wir beide wissen, dass eine derartige Verpflichtung nicht dein Ding ist. Also warum die Mühe?«

Hailey schloss kurz die Augen. Eine solche Feindseligkeit war absolut untypisch für Kristie, die sonst immer ein freundliches Wort für jeden hatte, die nachsichtig war und die Menschen motivieren konnte wie keine Zweite. Sie musste noch schlimmer verletzt sein als befürchtet. Und es stimmte schlicht nicht, dass sie selbst sich vor Verpflichtungen drückte. Ganz im Gegenteil. Seit sie voll im Reitsportzentrum eingestiegen war, türmten sich die Verpflichtungen zu einem fast unüberschaubaren Berg – und sie war stolz darauf, allen gerecht zu werden. Auch in den Jahren davor, als sie lediglich Reitstunden gegeben und gelegentlich mit einzelnen Pferden trainiert hatte, war sie immer pünktlich und zuverlässig gewesen. Das wusste auch Kristie, und es gab keinen anderen Grund, sie so anzufauchen, als ihren Frust. Doch Hailey entschied, sich nicht provozieren zu lassen. Sie trank noch einen Schluck und hoffte auf die von Anna prognostizierte Entspannung.

»Ich würde es tatsächlich gerne versuchen«, hörte sie sich dann zu ihrer eigenen Überraschung sagen und wollte sich am liebsten direkt ohrfeigen. Wie um alles in der Welt sollte sie auch noch eine wöchentliche Yogastunde in ihren übervollen Terminkalender packen? »Auch wenn ich mich die meiste Zeit wie ein gestrandeter Wal gefühlt habe, sehe ich euch doch an, wie gut Yoga funktioniert«, sprach sie weiter. Und Tatsache war, dass Isla und Kristie mindestens genauso viel arbeiteten wie sie. Wenn die beiden es regelmäßig zum Yoga schafften, sollte ihr das doch auch möglich sein.

»Das glaube ich erst, wenn ich es sehe«, brummte Kristie.

»Ich finde, wir sollten Hailey lieber motivieren«, warf Ainslee ein und schaute ein wenig nervös zwischen den Schwestern hin und her. Es war offensichtlich, dass sie den Konflikt zwischen ihren Mitbewohnerinnen unangenehm fand und es hasste, in der Mitte gefangen zu sein.

»Wenn Hailey eins nicht braucht, dann Motivation dafür, im Mittelpunkt zu stehen.« Kristies Augen funkelten wütend, doch ihre Stimme wirkte brüchig.

»Ich wüsste nicht, wie es mir gelingen sollte, beim Yoga im Mittelpunkt zu stehen«, widersprach Hailey mit fester Stimme. »Und auch sonst ist das, entgegen deiner Wahrnehmung, so gut wie nie mein Ziel. Ich verstehe, dass du sauer auf mich bist. Dass du enttäuscht bist, frustriert und dich vermutlich sogar von mir betrogen fühlst. Ich schäme mich zutiefst dafür, wie ich mich bei deiner Party benommen habe, und werde dich gern noch tausend weitere Male um Verzeihung bitten, aber leider kann ich es nicht mehr rückgängig machen. Und glaub mir, nichts würde ich mir mehr wünschen.«

»Davon kann ich mir auch nichts kaufen«, grollte Kristie leise und vermied es, Hailey in die Augen zu blicken.

»Ich weiß. Aber ein dauerhafter Zorn ist doch auch nicht schön, sondern total kontraproduktiv und zerstörerisch. Was kann ich noch tun, damit du mir glaubst, dass ich dir nicht schaden wollte?«

»Ich weiß es nicht!«, rief Kristie verzweifelt. »Ich weiß es wirklich nicht. Ich weiß nur, dass schöne Worte nicht helfen. Ich fühle mich von meiner eigenen Schwester verraten. Von dem Menschen, der mir am wichtigsten ist.« Sie schluckte, und Hailey sah, dass sie mit den Tränen kämpfte.

Hailey wusste nicht, was sie darauf noch sagen sollte. Es brach ihr fast das Herz, ihre Schwester so zu erleben. Sie standen sich trotz aller Unterschiede so nah, fast wie Zwillinge. Immer waren sie unzertrennlich gewesen und hatten Probleme und Sorgen zuerst einander anvertraut und nicht etwa ihren Eltern oder Freundinnen. Hailey vermisste diese Nähe so sehr, dass es fast körperlich wehtat. Sie hätte mit Kristie so gern über Joes eklige Anbaggerei gesprochen, über Seans Ritterlichkeit. Über ihre Angst, dass sie die Schwertkampf-Show doch nicht auf die Beine gestellt bekam. Über ihre ständig in Seans Richtung streunenden Gedanken. Sie wollte mit ihr den nächsten Kino-Ausflug nach Inverness planen und über die Hochzeit von Colleen und Alex reden. Ja, sie vermisste es sogar, über alltägliche Ärgernisse wie fehlendes Klopapier und einen leeren Kühlschrank mit ihr zu streiten. Genauso wollte sie von Kristies Sorgen hören, von denen es garantiert auch eine Menge gab, mit der Tanzschule und der Bäckerei und der schier unglaublichen Doppelbelastung. Das alles quälte sie, und das wollte sie Kristie auch sagen, doch in diesem Moment brachte sie kein Wort heraus.

Die Stille, die sich nun in ihrer kuscheligen Kaminecke ausbreitete, war beinahe dröhnend. Schließlich ergriff Betty das Wort: »Ich schätze, dass da ganz viel emotionaler Ballast hochgespült wurde. Vielleicht ist es der richtige Zeitpunkt dafür, einen Schritt von den ganzen Gefühlen zurückzutreten und stattdessen die Fakten zu betrachten.« Sie sah in die Runde. Ainslee und Isla nickten.

»Gute Idee«, fand Anna.

»Aus einer neutralen Position betrachtet war die Eröffnungsparty deiner Tanzschule doch ein großer Erfolg, Kristie«, sprach Betty weiter. »Die Leute hatten Spaß, und die Lokalpresse hat sehr positiv berichtet und konkret auch die Tanzvorführungen lobend erwähnt. Mit keiner Silbe haben sie Haileys extravagante Einlage kommentiert. Ich finde, das kann man schon mal sehr positiv bewerten.«

Kristie nickte schmallippig, sagte aber nichts.

»Auf der anderen Seite gab es eine Reihe von Social-Media-Beiträgen, in denen vorwiegend amüsiert Haileys Performance kommentiert wurde. Ich habe bestimmt nicht alle Posts gesehen, aber in keinem habe ich eine böse oder geschäftsschädigende Formulierung gegen dich entdeckt.« Betty sah Kristie eindringlich an. »Wenn überhaupt, wurde ein bisschen Häme über deine Schwester ausgeschüttet. Oder ist mir da etwas Grundlegendes entgangen?«

»Nein«, antwortete Kristie leise. »Allerdings wurde ich indirekt herabgesetzt, indem mir einige schrieben, dass ich froh sein sollte, so eine ›heiße‹ oder ›scharfe‹ Schwester zu haben.« Sie setzte die Adjektive in Luftgänsefüßchen und verzog verächtlich das Gesicht. »Ich weiß wirklich nicht, warum ich mir immer von allen anhören muss, was für eine tolle Schwester ich habe.«

Hailey konnte an dieser Stelle nicht mehr schweigen. »Warum findest du das denn so schlimm? Ich freu mich jedes Mal, wenn jemand sagt, was für eine großartige Schwester ich habe. Und ich höre das ständig. Die Vormittagsmütter, die nach einem Frühstück bei dir zum Reiten kommen, schwärmen mir regelmäßig vor, was für eine Backstubenkönigin du doch bist. Zwei Teenie-Mädchen haben mir unter Tränen mitgeteilt, dass sie mit dem Reiten aufhören müssen, damit sie genügend Zeit zum Tanzen haben, weil der Unterricht bei dir so wahnsinnig toll ist. Ich bin dann jedes Mal irre stolz auf dich. Ehrlich gesagt hoffe ich immer, dass sich ein bisschen was von deinem Glanz auf mich überträgt. Das Gleiche gilt übrigens für Shona und Isla – wenn die gelobt werden, bin ich auch ganz stolz, dass diese tollen Frauen meine Cousinen sind. Warum nur ist das ein Problem für dich?«

»Das ist eine wirklich gute Frage«, bemerkte Betty.

Kristie starrte ins Leere und wischte erst eine, dann ein paar weitere Tränen von ihren Wangen, die sich trotz aller sichtlichen Mühe den Weg aus ihren Augen gebahnt hatten. »Weil ich mich immer unsichtbar fühle, wenn du im Raum bist«, erwiderte sie schließlich kläglich und schniefte.

»Ich … ich …«, fing Hailey an, wusste aber nicht weiter. Was sollte sie dazu sagen? Kristie war als Kind wahnsinnig scheu und schüchtern gewesen und erst in den letzten ein, zwei Jahren etwas aufgetaut. Hailey wusste bis heute nicht, woher diese Schüchternheit kam und warum sich ihre Schwester als so wenig wertvoll betrachtete.

»Kristie, das ist schrecklich«, warf Anna ein und griff nach ihrer Hand. »Blöderweise hilft es vermutlich gar nichts, wenn wir dir alle versichern, dass das nicht stimmt. Dass du sehr wohl sichtbar bist. Dass Kirkby ohne dich nicht halb so lebenswert wäre, wie es ist.«

»Das behauptest du doch nur, weil du süchtig nach meinen Croissants bist. Die könnte aber jeder backen. Du siehst also nur das Gebäck und nicht mich. Jedenfalls nicht die wahre Kristie!«

Falls Anna Kristies heftigen Ausbruch verwunderlich fand, ließ sie sich nichts davon anmerken. Sie hielt weiter ihre Hand und sagte dann: »Vielleicht liegt das daran, dass du niemandem die wahre Kristie zeigst?«

»Die will ja doch keiner sehen«, entgegnete Kristie und klang dabei so verzweifelt wie ein verwundetes Tier.

»Ich würde sie sehr gerne sehen«, widersprach Hailey und fühlte sich ziemlich erschüttert. Sie hatte eigentlich gedacht, dass sie ihre Schwester so gut kannte wie sich selbst. Doch offenbar war das ein Irrtum gewesen. »Was verheimlichst du denn vor uns?«

Kristie schüttelte den Kopf. »Ihr würdet es nicht verstehen.« Der mutlose Klang ihrer Stimme war schrecklich.

Hailey wechselte betroffene Blicke mit Isla und Betty. Ainslee wirkte, als wäre sie am liebsten ganz weit weg, nur Anna blieb gelassen und unerschütterlich an Kristies Seite.

»Manchmal fühlt es sich so an«, sagte die Ärztin sanft. »Aber Gefühle sind keine Tatsachen. Gefühle sind Gefühle. Wenn du genau draufschaust, können sie dir nicht wehtun. Wir müssen aber nichts erzwingen, ich finde, du hast heute einen riesigen Schritt in die richtige Richtung gemacht.«

»Ach ja?« Kristie konnte das offenbar nicht glauben, und auch Hailey kamen die letzten Minuten eher wie ein Rückschritt vor. So hatte sie sich ihr Zu-Kreuze-Kriechen ganz sicher nicht vorgestellt.

»Natürlich. Du hast dir selbst und uns allen gestanden, dass du dich nicht wirklich gesehen fühlst. Ich wette, dir war das bis eben selbst nicht vollständig klar, stimmt's?«

»Hm.«

»Und dir ist auch klar geworden, dass du einen wichtigen Teil von dir verbirgst. Nicht nur vor uns und allen andern Menschen, sondern auch vor dir selbst. Das kann eine verdammt erschreckende Erkenntnis sein.«

»Allerdings«, hauchte Kristie kaum hörbar.

»Aber jetzt, wo du es ausgesprochen hast, kannst du es nicht mehr verstecken. Zumindest nicht mehr vor dir selbst. Und sobald du diesen Teil von dir anerkannt hast und bereit bist, ihn uns zu zeigen, wird die Heilung einsetzen, davon bin ich zutiefst überzeugt.«

Hailey konnte die Zuversicht der Ärztin nicht ganz teilen, aber auch sie hoffte es von Herzen. Sie hatte keine Ahnung, was Kristie verbarg, doch es schien etwas Großes und Düsteres zu sein. Zu all den verwirrenden Gefühlen der letzten Zeit kam nun auch noch die Erkenntnis hinzu, dass sie ihre Schwester, mit der sie seit über dreißig Jahren ihr Leben teilte und die sie liebte, gar nicht richtig kannte. Sie selbst dagegen war ein absolut offenes Buch. Es gab keine Geheimnisse, keine Schatten, die sie lieber verbarg. Jeder, der es darauf anlegte, erfuhr alles von ihr, was es zu wissen gab.

»Es fällt mir schwer, das zu glauben«, sagte Kristie nun zu Anna. »Aber eins ist mir zumindest klar geworden: dass ich im Grunde nicht auf Hailey sauer bin, sondern auf mich selbst, weil ich mich nicht traue, mich so zu zeigen, wie ich wirklich bin.«

HOCHZEITSGLOCKEN – FÜR EINIGE

ES WAR VERMUTLICH KEINE GUTE IDEE, dass Basil am nächsten Morgen mit zum Stall fuhr, doch Sean hatte auch keine bessere. Das Lamm wollte partout nicht ohne ihn bei seinen Artgenossen auf der Weide bleiben, und im Haus oder in der Werkstatt allein lassen konnte er es auch nicht. Also lag Basil nun in einer mit Stroh gefüllten Holzkiste auf dem Beifahrersitz und schlummerte zufrieden und mit vollem Bäuchlein.

Am Reiterhof angekommen, nahm Sean die Kiste kurzerhand mit in den Stall und stellte sie zunächst vor Ednas Box. Seine Stute war außer sich vor Freude, ihn zu sehen, und strotzte geradezu vor Energie und Tatendrang. Kein Wunder nach einer guten Woche ohne ernsthafte Betätigung. Er wusste, dass sie ihre Tage mit anderen Pferden auf der Weide verbracht hatte und daher sicher keinen Lagerkoller im eigentlichen Wortsinn hatte, doch sie war es gewohnt, fast jeden Tag mindestens ein oder zwei Stunden geritten zu werden. Das schien ihr jetzt genauso zu fehlen wie ihm.

»Tut mir leid, meine Süße«, raunte er ihr ins Ohr, als sie ihren großen Kopf gegen seine Brust presste und die Streicheleinheiten genoss. »Ich hab dich nicht vergessen, aber wir haben doch ein neues Familienmitglied, um das ich mich kümmern musste.«

Edna schnaubte und untersuchte seine Jackentasche auf Fressbares.

Gehorsam zog Sean ein Stück Möhre hervor und schob es ihr zwischen die weichen Lippen. Von draußen war ein zaghaftes »Mäh« zu hören, und Edna spitzte die Ohren. Offenbar war das müde Schäfchen erwacht und fragte sich, wo es hier war. »Ich hol den Kleinen mal rein, ja?«

Sean holte die Holzkiste mit Basil und stellte sie unter Ednas Heuraufe, sodass sie nicht einfach drauftrampeln konnte. »Mäh! Määääh! Mäh!«, rief der Kleine, und Edna beugte sich neugierig nach unten und schnupperte an dem Lamm, das im Vergleich zu ihrem mächtigen Schädel noch viel winziger wirkte als ohnehin schon.

»Edna, das ist der kleine Unglückswurm, den wir letzte Woche im Wald gerettet haben. Basil, das ist deine große Schwester Edna.« Er musste selbst über den Unsinn lachen, den er da erzählte, aber er hatte sich das von Pippa abgeschaut, die fast ohne Ironie von sich als Mama von Rufus, Esel Alfie, ihren Schafen und vor allem dem Hund Scotty sprach. Wochenlang hatte er sich darüber lustig gemacht – bis er sich zum ersten Mal dabei ertappt hatte, wie er von sich selbst als Ednas Dad sprach. Für den kleinen Basil war er ohnehin so etwas wie Muttersatz und Vaterfigur in Personalunion. Da war es nur konsequent, dass Pferd und Lamm sich als Geschwister betrachteten. Er hoffte allerdings inständig, dass das niemand sonst mitbekam.

Falls Basil von dem riesigen Geschöpf beeindruckt war, das nun vorsichtig und erstaunlich zärtlich an ihm schnüffelte, ließ er es sich nicht anmerken. Er wirkte fröhlich und aufgeschlossen und begann seinerseits, an Ednas Nüstern zu schnuppern und zu lecken. »Mögt ihr euch?«, fragte Sean und merkte, wie sein Herz sich öffnete. Es war wirklich zu süß, wie die beiden sich annäherten. Schnell zog er sein Handy aus der Westentasche und schoss ein paar Fotos. Die würde er nachher Pippa und Dominic schicken. Aber nun musste erst mal Edna ausgehfein gemacht werden.

Sean war früh dran und wollte sein Pferd mindestens eine halbe Stunde intensiv bewegen, bevor Hailey zum Training kam. Er hatte sie seit über einer Woche nicht mehr gesehen. Genauer gesagt seit dem Moment, als er mit Basil auf dem Bauch unter den Wärmelampen gelegen und ihre Hand einen Stromstoß bei ihm ausgelöst hatte. Und sosehr er in der Zwischenzeit beschäftigt gewesen war – vor allem mit dem Lamm und etwas weniger intensiv mit seiner Arbeit –, hatte er doch erstaunlich oft an sie gedacht. An ihren wütenden Ausbruch in der Stallgasse, ihren verwunderten Blick, als sie ihn mit Basil entdeckt hatte, und ihre Entschuldigung. Inzwischen hatte er auch seine Social-Media-Abstinenz wieder aufgegeben und war seiner Neugier gefolgt. Er hatte ein paar Videos von der Party entdeckt. Auf einem hatte er Meribeth erspäht – sie war also tatsächlich da gewesen –, aber vor allem hatte Hailey im Fokus gestanden, die sich ziemlich lasziv und sehr gekonnt auf der Tanzfläche bewegt hatte. Ihm war bis dahin nicht klar gewesen, dass Highland Dancing so sexy sein konnte. Nun ja, jedenfalls dann, wenn eine barocke Highland-Queen wie Hailey sich mit offener Bluse auf der Tanzfläche bewegte. Das war ein Anblick, den er nicht so schnell vergessen würde, und in der Rückschau konnte er beinahe Verständnis für Joe aufbringen. Live war das sicher ein noch viel intensiveres Erlebnis gewesen.

Er musste sich mit aller Macht zur Vernunft rufen und sich auf das gründliche Striegeln seines Pferdes konzentrieren, damit er das Bild wieder aus dem Kopf bekam – oder vielmehr aus dem Schritt, denn bei Gott, er war auch nur ein Mann.

Basil hüpfte munter und vollkommen angstfrei in der Box umher, was Edna glücklicherweise stoisch wie immer ertrug. Sie genoss es sichtlich, dass sie mal wieder gründlich geputzt wurde.

»Was machen wir jetzt mit dir?«, fragte er den wolligen kleinen Kobold, als Edna fertig gesattelt und gezäumt dastand. Er überlegte kurz, ob er Basil einfach in der Box einsperren sollte, doch das erschien ihm doch zu grausam. Außerdem würde sein angstvolles

Geschrei bestimmt die anderen Pferde nervös machen. Und dass Joe oder sonst jemand von der Stallcrew beim Ausmisten auf das Lamm achten würde, wagte er auch zu bezweifeln.

Basil lief wie selbstverständlich neben ihm und Edna in Richtung Reithalle und machte große Augen, als Sean schließlich aufsaß und eine erste Runde auf der Stute drehte. »Mäh! Määäääh!«, rief der Kleine aufgebracht und rannte Edna hinterher. Nach wenigen Minuten hatte er jedoch kapiert, dass sich »Schwester« und »Papa« nie weit von ihm entfernten, und begann neugierig, die Halle zu erkunden.

Sean achtete bei den Lektionen darauf, das Lamm nicht in Gefahr zu bringen, doch vermutlich wäre das gar nicht nötig gewesen, denn auch Edna hatte den Kleinen stets im Blick und würde ihn nicht verletzen.

Es dauerte fast eine Stunde, ehe sich das Hallentor öffnete und Hailey mit dem schicken Hengst Macbeth hereinkam. Der wieherte schrill und stieg erschrocken, als er das übermütige, mit wilden Bocksprüngen umherhüpfende Lamm sah, und Hailey hatte einige Mühe, ihn wieder zu beruhigen.

»Guten Morgen«, rief Sean vom anderen Ende der Halle und lenkte Edna in die Mitte. »Und sorry für unseren Gast, aber ich wusste nicht, wohin mit ihm. Basil folgt mir auf Schritt und Tritt.«

Hailey und Macbeth näherten sich langsam dem Lamm, das die beiden mit fröhlichem Blöken begrüßte.

»Du bist ja süß«, sagte Hailey zu Basil und streichelte dabei beruhigend den Hals ihres Pferdes. »Warum hast du ihn Basilikum genannt?«, wollte sie dann von Sean wissen. Täuschte er sich, oder bewegte sie sich ein wenig steif?

»Das war eine spontane Eingabe, und inzwischen hat er schon etliche Blätter von meinem Basilikum abgezupft. Scheint also zu passen.«

»Ich dachte, Onkel Marlin hat dir ein paar seiner Schafe gebracht, damit der Kleine eine Herde und Spielgefährten hat.«

»Das stimmt, und er findet die auch super, aber nur solange ich ebenfalls auf der Koppel stehe. Wenn ich ins Haus oder in die Werkstatt gehen will, rennt er mir sofort hinterher. Keine Ahnung, wie ich ihm das abgewöhnen soll. Das ist auch der Grund, warum er heute dabei ist. Ich musste mich entscheiden: Training mit Basil oder kein Training.«

»Verstehe …« Es war klar, dass Hailey nicht ganz folgen konnte, doch glücklicherweise vertiefte sie es nicht weiter. »Wollen wir dann anfangen?«

»Gern. Ich hab Edna schon warm gemacht und bin ein paar der Übungen mit ihr durchgegangen. Voller Galopp und abrupter Stopp und Schlangenlinien.« Er klopfte seiner Stute stolz den Hals, die diese Lektionen willig und tadellos absolviert hatte. »Hast du dich jetzt endgültig für Macbeth entschieden?«, wollte er wissen. »Ich dachte, dein Vater will ihn im Sommer verkaufen.«

Sie seufzte. »Ich habe es letzten Mittwoch noch mal mit Airgead versucht. Mit ihr allein funktioniert es einwandfrei, und vermutlich wäre auch die Kombination mit Edna in Ordnung, aber wenn Adley und Lennox dabei sind, wird's schon schwierig, egal auf welchen Pferden sie reiten. Und mit Publikum …« Sie schüttelte den Kopf. »Realistisch gesehen ist sie einfach noch nicht so weit. Macbeth dagegen ist genauso alt, wirkt aber schon viel reifer. Ich habe mit Dad gesprochen. Er ist zwar nicht begeistert, aber er scheint es in Erwägung zu ziehen, ihn erst im Herbst oder auch im nächsten Jahr zu verkaufen. Vielleicht sogar zu einem deutlich höheren Preis, wenn wir zeigen können, wie leichttrittig und nervenstark er ist.«

»Das klingt gut«, befand Sean. »Und optisch ist es auch attraktiver. Meine helle Edna und der dunkle Macbeth sind ein spannenderer Kontrast als Edna und die ähnlich helle Airgead. Wollen wir dann loslegen?«

Hailey nickte zustimmend. Ob zum ästhetischen Aspekt oder zum Trainingsbeginn, konnte Sean allerdings nicht erkennen. Doch dann ächzte sie, als sie versuchte, ihren Fuß in den Steigbügel zu bugsieren. Macbeth war nicht größer als Airgead und stand zudem viel ruhiger, aber Hailey hatte keine Chance. »Fuck«, fluchte sie leise und verzog das Gesicht. »Gottverdammtes Yoga!«

»Was?« Sean war sich nicht sicher, ob er richtig gehört hatte. »Kann ich dir vielleicht helfen?«

»Ich war gestern zum ersten Mal beim Yoga und habe jetzt den Muskelkater aus der Hölle«, gestand sie und schüttelte dann den Kopf. »Ich versuch's mit der Aufsteighilfe.«

Sean verkniff sich einen Kommentar und unterdrückte mannhaft ein Grinsen. Stattdessen lenkte er Edna wieder in die andere Ecke der Halle und ritt ein paar Volten im Trab und Galopp.

Hailey begann mit Aufwärmübungen, und auch wenn sich Macbeth wegen des Lamms anfangs noch ein wenig skeptisch zeigte, war er bald richtig bei der Sache. »Wollen wir mal probieren, ob wir die beiden im versammelten Galopp aufeinander zulaufen lassen können?«, schlug Hailey schließlich vor. Auch ihre Muskeln schienen nun aufgewärmt genug zu sein, denn sie wirkte viel lockerer.

Basil hatte sich neben einem Hindernis zusammengerollt und schlief. Das viele Herumgehopse schien ihn endgültig ermüdet zu haben.

»Klar, warum nicht?« Sean lenkte Edna an das hintere Ende der Reithalle und wartete, bis Hailey auf Position war und das Signal gab. Er galoppierte kontrolliert an und lenkte Edna genau auf Macbeth zu. Er spürte Ednas Zögern und den Impuls, auszuweichen, doch er schaffte es, sie auf Spur zu halten. Macbeth verlor jedoch die Nerven, machte eine Vollbremsung und stieg so heftig, dass Hailey aus dem Sattel flog und Seans erschrockene Stute einen riesigen Satz zur Seite machte, sodass auch er um ein Haar den Halt verloren hätte. »Bist du verletzt?«, rief er, als sich Hailey mühsam wieder aufrichtete und die Späne von ihrer Reithose klopfte.

»Nur meine Ehre«, murmelte sie, als sie den Hengst wieder einfing. »Das lag am verdammten Muskelkater, sonst wäre ich nie im Leben ›abgestiegen‹.«

»Entscheidend ist, dass du dir nicht wehgetan hast«, entgegnete Sean. »Sollen wir vielleicht für heute aufhören?«

»Im Leben nicht. Der junge Herr soll nicht glauben, dass er damit durchkommt!« Sie klang grimmig, als sie Macbeth wieder zur Aufsteighilfe führte und mühsam auf seinen Rücken kletterte. Vor dem nächsten Versuch übten sie zunächst wieder einige Schlangenlinien und abrupte Wendemanöver im Trab und Galopp. »Lass es uns im Trab noch mal versuchen«, schlug Hailey vor, und sie begaben sich erneut auf Position. »Idealerweise weichst du im letzten Moment aus, und wir kommen dann direkt zum Stehen. Denn dann wird der eigentliche Schwertkampf kommen. Dafür müssen wir sie eng nebeneinanderbringen.«

Sean nickte und trabte auf ihr Signal hin an. Edna schnaubte und schien keine Lust auf eine Wiederholung des Spektakels zu haben, doch Sean versuchte sie mit seiner Stimme und klaren Hilfen einzunorden. Macbeth hatte die Ohren angelegt und schüttelte unwirsch den Kopf, aber diesmal war Hailey vorbereitet. Sean wich knapp aus, ehe die Pferde aufeinandertrafen, und brachte Edna dann abrupt zum Stehen. Auch

Macbeth hatte angehalten, tänzelte jedoch aufgeregt herum, sodass Haileys und Seans Knie immer wieder aneinanderstießen. Wie konnte es sein, dass so eine flüchtige, teils sogar schmerzhafte Berührung für ein derart erotisches Kribbeln in ihm sorgte?

»Das gefällt ihnen nicht, aber sie machen mit«, keuchte Hailey, die sichtlich Mühe hatte, den Hengst zu bändigen.

»Ich finde auch, dass das gar nicht schlecht ist.« Sean räusperte sich und musste mit Mühe seine Gedanken auf Spur bringen. »Sollen wir es noch ein paarmal probieren, damit sie sich daran gewöhnen? Vielleicht können wir dann nächste Woche schon mal mit Stöcken üben?« Mit anderen als dem in seiner Hose. Er lenkte Edna rasch zur Seite und trabte dann zurück zur Schmalseite der Halle. Was um alles in der Welt war heute mit seiner Fantasie los?

Hailey nickte zustimmend, und so wiederholten sie die Übung einige Male, bis die Pferde wussten, was die Reiter von ihnen wollten. Im Trab funktionierte es schon ganz gut. »Lass es uns noch einmal im Galopp versuchen«, schlug Hailey schließlich vor. »Und streck mal den Arm aus, so als würdest du schon das Schwert halten.«

Sie galoppierten langsam aufeinander zu, Sean wich wie vereinbart nach links aus und streckte seinen rechten Arm zur Seite. Hailey tat es ihm gleich, doch Macbeth hatte keine Lust mehr. Statt anzuhalten, rempelte er erst Edna an und lief dann weiter – ohne seine Reiterin, denn die hing Sean plötzlich am Hals. Instinktiv hatte er einen Arm um ihre Taille geschlungen, und für einen kurzen Augenblick hielt er ihren weichen Körper an sich gepresst, ehe sie langsam an Ednas Seite runter auf den Boden der Tatsachen glitt.

Es war eine Sache von Sekunden, wenn überhaupt, doch Sean nahm alles wie in Zeitlupe wahr. Seine Nervenzellen waren hyperfokussiert, und so fühlte sich der kurze Zusammenstoß ihrer beider Körper wie ein extrem intensives Naturereignis an, für das er keinen passenden Referenzrahmen hatte. Er wusste nur, dass er sie am liebsten niemals wieder loslassen wollte.

»Das kann ja wohl nicht dein Ernst sein«, rief Hailey empört – meinte jedoch glücklicherweise nicht Sean, sondern ihr Reittier, das noch ein paar Meter weitergelaufen und schließlich stehen geblieben war. »Ich kann mich nicht erinnern, wann ich zuletzt zweimal hintereinander vom Pferd gefallen bin.« Sie schüttelte fassungslos den Kopf, und in Sean formte sich der irrationale Wunsch, dass ihre roten Wangen nicht etwa Ausdruck ihres Ärgers auf Macbeth waren, sondern sie ähnliche Dinge empfunden hatte wie er selbst.

»Vielleicht sollten wir das ins Programm einbauen«, schlug er vor und wunderte sich kaum, dass seine Stimme wie ein Krächzen klang.

Sie musterte ihn mit einem sehr merkwürdigen Blick, den er überhaupt nicht einordnen konnte, sagte jedoch nichts. Stattdessen wandte sie sich ab und lief steif zu ihrem unkooperativen Pferd. »Ich glaube, wir sollten es für heute dabei belassen«, befand sie schließlich. »Es ist schon spät, und ich habe gleich noch ein anderes Training.«

Er nickte nur und sah zu, wie Hailey und Macbeth die Halle verließen. »Mannomann, was war das?«, murmelte er zu sich selbst, als das Tor ins Schloss gefallen war.

Edna schnaubte, und er hätte schwören können, dass es amüsiert klang.

»Du findest das wohl witzig, was?« Sean entfuhr ein kleines Lachen. Er hatte keine Ahnung, was da geschehen war, aber er fühlte sich wie elektrisiert und lebendiger als irgendwann in den letzten Jahren. Erstaunlich. Wirklich außerordentlich erstaunlich.

• • •

Zehn Tage später freute sich Hailey vor allem über eine Sache: dass ihr ausnahmsweise nichts wehtat. Das war insofern erwähnenswert, als Yoga auch in der zweiten Woche nicht leichter war und sie beim letzten Einzeltraining mit Sean am Mittwoch wieder gestürzt war und sich die Hüfte geprellt hatte. Das war eine fatale Kombi. Dienstagabends Yogakurs, mittwochmorgens Showtraining – dafür sollte sie eigentlich im Vollbesitz ihrer körperlichen Kräfte sein, wenn sie Macbeth dauerhaft im Griff haben wollte. Andererseits wollte sie auch auf die Yogastunde nicht verzichten. Nicht, weil es ihr so viel Spaß machte – praktisch war das absolute Gegenteil der Fall –, sondern weil Kristie dabei war. Die hatte zwar bislang ihr großes Geheimnis nicht offenbart, war ihrer Schwester gegenüber aber wieder deutlich zugänglicher.

Hailey war noch am Abend ihrer ersten Yogastunde zurück ins Cottage gezogen und versuchte seitdem, so viel Zeit wie möglich mit Kristie zu verbringen. Doch wenn sich das Yoga weiterhin so negativ auf ihre reiterlichen Fähigkeiten auswirkte, würde das zum Problem werden.

Wenn sie ganz ehrlich war, stellte jedoch nicht nur ihr Dauermuskelkater eine Herausforderung dar, sondern vor allem die reine Anwesenheit von Sean. Zehn Tage war es her, dass sie einen Atemzug lang an ihm gehangen hatte wie eine Ertrinkende an einem Stück Holz, und wäre die verdammte Schwerkraft nicht gewesen, hätte es viel länger dauern können. Zumindest wenn es nach ihrem verräterischen Körper gegangen wäre, der den Kontakt mit Seans solider, breiter Brust viel zu sehr genossen hatte. Nicht einmal die Schutzwesten, die sie beide getragen hatten, hatten die Gefühlslawine verhindern können, die über sie hinweggerollt war und sie mit ihrer Wucht hilflos unter sich begraben hatte.

Sie war schon immer ein physischer Mensch gewesen und liebte und brauchte Berührungen, aber noch nie hatte sie sich so roh, so verletzlich und gleichzeitig so voller Verlangen gefühlt wie in diesem kurzen

Moment. Es war sicher auch nicht hilfreich, dass sie genau wusste, was sich bei Sean unter der Schicht aus Sweatshirt und Weste befand. Den Anblick des halb nackten Mannes unter den Pferdewärmelampen, nur notdürftig von einem Handtuch bedeckt und mit einem hilflosen Lamm auf dem Bauch, würde sie nie wieder vergessen. Genauer gesagt verfolgten sie diese Bilder seitdem bis in den Schlaf, und sie hatte schon mehr als einmal davon geträumt, wie sich seine muskulösen Arme genauso zärtlich um sie legten, wie sie es bei dem Schäfchen getan hatten.

Streng genommen müsste er bei ihr gar nicht mal so zärtlich sein, sondern könnte ruhig ein bisschen fester zupacken. Mit seinen starken Händen, die Ton so virtuos in die unterschiedlichsten Formen brachten und Hefeteig zur besten Pizza machten, die sie jemals gegessen hatte. Was könnten diese Finger wohl mit ihr anstellen? Mit ihren Brüsten, mit …

»Bad ist frei!«, rief in diesem Moment Kristie aus dem Flur und riss Hailey aus ihren immer erotischer werdenden Fantasien. »Und beeil dich, wir müssen vor der Trauung ja noch die Pferde vorbereiten.«

»Bin schon unterwegs.« Hailey nahm seufzend und unverrichteter Dinge ihre Hand aus der Pyjamahose und stand auf. Es stimmte doch nicht ganz, dass ihr nichts wehtat. Das Sehnen schmerzte auch ein bisschen. Doch daran ließ sich jetzt nichts ändern, denn heute war Alex' und Colleens großer Tag, und die beiden wünschten sich eine Hochzeit hoch zu Ross. Was bedeutete, dass nicht nur das Brautpaar reiten würde, sondern auch der Pfarrer, die Trauzeugen und etliche Gäste.

Hailey huschte ins Bad, legte ein dezentes Make-up auf und steckte ihre rotblonde Mähne hoch. Ihr Kleid hing noch gut geschützt im Kleidersack, das würde sie erst im letzten Moment anziehen, sobald alle benötigten Pferde bereit waren. Jetzt schlüpfte sie in Jeans und eine Bluse und lief dann runter in die Küche. Kristie, die ähnlich gekleidet war wie sie selbst, zog gerade ein Blech frisch gebackener Scones aus dem Ofen. Ihre Bäckerei hatte heute genauso geschlossen wie der Pub und Islas Restaurant, und auch der samstägliche Wochenmarkt würde dürftiger ausfallen als üblich. Aber so war das eben, wenn sich zwei so prominente Dorfbewohner, die gefühlt mit dem halben Ort verwandt waren, das Ja-Wort gaben.

Zusätzlich zu ihren sonstigen Aufgaben hatte Hailey in den letzten Tagen auch noch mit Pfarrer Jack McTavish geübt, der den Hochzeitssegen vom Pferderücken aus erteilen sollte. Nun hoffte sie, dass der kugelrunde, durch und durch unsportliche ältere Herr dieses Abenteuer gut und unfallfrei überstehen würde. Sie hatte ihm Mella, Tante Heathers lammfromme alte Stute, zugewiesen, die sich durch nichts aus der Ruhe bringen ließ und fast so bequem war wie ein gemütliches Sofa.

Kristie dagegen war in den letzten Wochen und vor allem den letzten Tagen vollauf mit der riesigen

Hochzeitstorte beschäftigt gewesen, und mit den zauberhaften Naschkörbchen, die das Brautpaar für all seine Gäste bei ihr geordert hatte. Sie wirkte ein wenig übermüdet, aber ansonsten ganz fröhlich.

»Hast du alles geschafft?«, wollte Hailey wissen.

»Ja. Betty hat mir bei der Torte geholfen, und wir haben sie gestern in Einzelteilen nach Monroe Manor gebracht und dort bis spätabends zusammengebaut. Ich bin wirklich ziemlich stolz darauf, wie sie geworden ist, und sehr gespannt, was Colleen und Alex dazu sagen werden.«

»Die werden sicher begeistert sein«, entgegnete Hailey lächelnd und griff dann hungrig nach einem ofenwarmen Scone, den sie halbierte und dick mit Clotted Cream bestrich, bevor sie reichlich Erdbeermarmelade darauf verteilte.

»Ich hoffe es.« Kristie biss ihrerseits in einen Scone. »Und wie lief's bei dir? Wird Jack die Herausforderung meistern?«

»Ich bin milde optimistisch.« Hailey grinste. »Die größte Hürde ist, ihn aufs Pferd zu bugsieren und ihn später unfallfrei wieder runterzubekommen. Ich hab aber vor der Kirche und vor Monroe Manor zwei Strohrampen gebaut, das sollte also klappen.«

»Nach der Trauung reiten wir alle zum Herrenhaus und stellen die Pferde dort auf eine improvisierte Weide, richtig?«

»Ja. Dad und Onkel Marlin haben gestern ein Areal auf dem Grundstück mit Elektrozäunen abgesteckt, und wir haben zwei Hänger dort geparkt, in die wir Sättel und Zaumzeug packen können. Joe wird die Pferde im Laufe des Tages nach und nach in den Stall bringen. Ich bin ja nur froh, dass das Wetter mitspielt.« Sie schielte aus dem Fenster. Der frühe Maimorgen zeigte sich von seiner besten Seite, mit strahlendem Sonnenschein und klarem hellblauen Himmel. »Stell dir mal vor, wir müssten das im strömenden Regen durchziehen.«

»Dann würden wir's in der Reithalle machen«, entgegnete Kristie mit einem Schulterzucken. »Die beiden sind echt irre mit ihren Pferden. Wenn du auf so eine Idee kommen würdest, könnte ich das ja noch verstehen, aber Colleen und Alex?«

»Sollte ich jemals heiraten, dann ganz bestimmt nicht mit Pferden. Das wäre ja so, als würdest du jemandem in deiner Backstube das Jawort geben.« Sie schüttelte sich. »Das würde sich dann viel zu sehr nach Arbeit anfühlen.«

»Ich dachte, Pferde sind deine Leidenschaft.« Kristie hob eine Braue.

»Sind sie ja auch, aber … Also, für den unwahrscheinlichen Fall, dass ich mal jemanden finde, den ich heiraten will – und er mich –, würde das in Las Vegas passieren oder irgendwo am Strand oder sonst was Verrücktes, aber sicher nicht auf Pferden.« Kurz blitzte vor ihrem inneren Auge eine Vision davon auf, wie sie mit Sean vor einem betrunkenen Elvis-Imitator in Las Vegas stand. Das funktionierte überhaupt nicht. Nicht mal in ihrer Fantasie. Stattdessen sah sie sich und ihn ganz deutlich auf Macbeth und Edna … Sie schluckte.

»Du, barfuß am Strand?« Kristie lachte. »Das will ich erleben. Du kriegst ja schon zu viel, wenn das Thermometer im Sommer mal länger als drei Tage über fünfundzwanzig Grad steigt. Und ich erinnere mich mit Grauen an den Mallorca-Urlaub, den wir vor zehn Jahren gemeinsam gemacht haben.«

»Hast ja recht«, gab Hailey augenrollend zu. »Das passt nicht zu mir. Aber vielleicht zu meinem zukünftigen Ehemann. Doch darüber muss ich mir glücklicherweise keine Gedanken machen, denn ich werde vermutlich ohnehin nie heiraten. Die Hochzeitsglocken läuten immer nur für die anderen.«

Kristie sagte dazu nichts, sondern blickte ein wenig betroffen auf ihr angebissenes Gebäckstück.

»Ist nicht schlimm. Ganz ehrlich, ich habe mich damit abgefunden, dass es niemanden gibt, mit dem ich auf Dauer zusammenbleiben mag.« Hailey klang nonchalant, aber tief in ihrem Inneren wusste sie, dass das eine dicke Lüge war. »Und was ist mit dir?«

»Mit mir?« Kristie starrte sie an wie vom Donner gerührt und brauchte ein paar Atemzüge, bis sie sich wieder im Griff hatte. »Ich werde auch nicht heiraten«, sagte sie schließlich und bestrich dann einen weiteren Scone mit Clotted Cream und Erdbeermarmelade.

»Na dann werden sich Mum und Dad damit abfinden müssen, ohne Schwiegerkinder und Enkel auszukommen.«

»Für Enkel braucht man keine Schwiegersöhne«, entgegnete Kristie, und Hailey sah sie überrascht an. Solche Töne war sie von ihrer eher konservativen Schwester wirklich nicht gewohnt.

»Richtig, aber ehrlich gesagt hätte ich lieber einen Mann als ein Kind, insofern …« Sie sprach den Satz nicht zu Ende, sondern ließ ihre Gedanken schweifen, die prompt wieder bei der Szene mit Sean und dem Lamm auf seinem nackten Bauch landeten. Ob Sean Kinder haben wollte? Hastig stopfte sie sich den letzten Bissen in den Mund und spülte mit einer halben Tasse Tee nach. Für den Rest des Tages sollte sie ihre unkooperativen Gedanken besser hart an die Kandare nehmen und nur noch über harmlose Dinge nachdenken. Wenn überhaupt. »Ich denke, wir sollten uns dann langsam mal auf den Weg machen.«

• • •

So einen Trubel hatte Sean an einem frühen Samstagmorgen noch nie im Stall erlebt. Aufgeregte, feierlich gekleidete Menschen rannten hin und her, und überall wurden Pferde auf Hochglanz gestriegelt. Er brauchte einen Moment – und zugegebenermaßen eine dumme Frage an Joe –, bis ihm einfiel, was der Zauber sollte. Heute war die Hochzeit von Bed-&-Breakfast-Betreiber Alex Fraser und Kirkbys Eventkoordinatorin Colleen Murray. Joe hatte ihn bei seiner Frage angesehen, als hätte er den Verstand verloren, denn offenbar wurde in Kirkby seit Wochen über kaum etwas anderes gesprochen als den großen Tag. Da Sean sich im Ort aber nach wie vor rarmachte, hatte er das schlicht nicht auf dem Schirm gehabt. Hailey, Adley und Lennox hatten bei den gemeinsamen Trainingseinheiten nie etwas erwähnt, und auch Marlin und Rupert hatten mit ihm stets über andere Dinge gesprochen. Offenbar gingen sie alle davon aus, dass Sean sich für Hochzeiten nicht sonderlich interessierte. Das war zwar einerseits die Wahrheit, aber andererseits fühlte er sich zum ersten Mal, seit er in Kirkby lebte, wie ein echter Außenseiter. Nicht wie ein Einsiedler, der das selbst gewählt hatte, sondern wie jemand, den man bewusst außen vor ließ. Er war auch nicht zur Hochzeit eingeladen – nicht, dass er das erwartet hätte, schließlich hatte er mit dem Brautpaar nicht wirklich viel Kontakt, aber dass nicht mal Hailey was gesagt hatte?

Sie hatte ihn vorhin flüchtig und etwas überrascht begrüßt. Offensichtlich hatte sie nicht damit gerechnet, dass er an diesem Tag und um diese Zeit im Stall sein würde. Das hätte er auch ganz sicher vermieden, wenn ihm klar gewesen wäre, was hier heute abging. Trotzdem hatte er sich gefreut, sie zu sehen. Sie bot einen zauberhaften Anblick mit ihrer Hochsteckfrisur und war leicht geschminkt, was ihr ausgesprochen gut stand. Andererseits war sie immer eine Erscheinung – egal, ob sie mit ihrem üblichen Reitlook samt Zopf und völlig ohne Make-up aufkreuzte oder mit offener Wallemähne und ausdrucksstark geschminkt wie auf dem

Video von der Tanzschulparty, das er sich noch ein paarmal angeschaut hatte. Ihre Schwester Kristie war heute ebenfalls im Stall und half mit, die Pferde des Brautpaars und ihr eigenes Reittier fertig zu machen. Offenbar würde Hailey heute auf ihrer Airgead antreten und Kristie auf Kenzie. Fast alle übrigen Mitglieder der Fraser- und der Stewart-Sippe schienen sich ebenfalls auf Pferde zu schwingen. Ein kompletter Irrsinn.

Eigentlich hatte er vorgehabt, auf den Reitplatz zu gehen, doch das kam bei diesem Trubel nicht infrage. Stattdessen wollte er ausreiten, wusste jedoch nicht, was er mit Basil anfangen sollte, der ihm nach wie vor auf Schritt und Tritt folgte wie ein Hündchen. Inzwischen spielte der kleine Kerl zwar schon ausdauernder mit den beiden anderen Lämmern auf der Wiese hinter der Werkstatt, und Sean konnte mal eine Stunde allein arbeiten, doch sobald er sich seinem Auto näherte, kam das Lamm angerannt und wollte mit. Basil hatte zugelegt und wog inzwischen gut sieben Kilo, aber er war sicher noch nicht fit genug, um einem Pferd bei einem Ausritt zu folgen. Kurz entschlossen packte Sean das Lamm also in eine Baumwolltasche mit langen Trägern und hängte sie sich um. So konnte Basil wenigstens nicht abstürzen.

»Mäh«, machte der Kleine und versuchte, sich in der Tasche in eine halbwegs komfortable Position zu bringen. »Määääh!« Angst schien er jedoch nicht zu haben, sondern streckte den Kopf mit einem abenteuerlustigen Blick über den Beutelrand.

»Schön drinbleiben«, ermahnte ihn Sean, während er Edna erst aus der Box und dann im Zickzack durch die Stallgasse nach draußen führte. Dort warteten bereits die prächtig geschmückten Pferde des Brautpaars. Die zierliche Fuchsstute Tilly hatte weiße Blüten in ihrer geflochtenen Mähne, der stattliche Rappe Dorian weiße Bänder. Hailey inspizierte die beiden gerade noch einmal, als ihr Blick auf Sean fiel und sie in ungläubiges Gelächter ausbrach. »Das ist jetzt nicht dein Ernst, oder?«

»Was?«

»Du hast dein Lamm in einen Jutebeutel gestopft und willst es zu einem Ausritt mitnehmen?«

»Von Wollen kann keine Rede sein, aber was ist die Alternative? Ich will ihn nicht allein in der Box lassen, und Reitplatz und Halle sind heute auch keine Option. Also nehme ich ihn mit. Kannst du ihn mal halten?« Er drückte ihr die Tasche mit der wertvollen Fracht in die Hand und saß auf. Hailey hatte die Tasche nicht an den Henkeln genommen, sondern hielt das Lamm im Arm wie ein Baby und kraulte es am Kopf. Basil schien das zu gefallen, und er leckte mit seiner kleinen rosa Zunge über Haileys Nase. »Gott, bist du süß!«, rief sie verzückt und drückte ihm einen kleinen Kuss auf die Stirn.

»Ähm … ich würde ihn jetzt wieder nehmen«, sagte Sean rau. Der Anblick, wie Hailey sein Schaf herzte, hatte ihn schon wieder vollkommen aus dem Konzept gebracht. Es war rührend und zum

Eisblöckeschmelzen niedlich, doch er dachte nur daran, dass sie sich ihre Küsse bitte für ihn aufsparen und nicht an Basil vergeuden sollte.

»Habt einen schönen Ausritt«, wünschte sie und reichte Sean vorsichtig den Beutel.

»Danke. Und du eine schöne Hochzeit.«

Sie zuckte mit den Schultern. »Ist ja nicht meine. Hochzeitsglocken läuten nur für andere.«

Über diesen Satz dachte er in der nächsten Minuten länger nach. Hochzeitsglocken läuteten nur für andere – warum hatte sie dabei so resigniert geklungen? Er selbst war bisher vielleicht auf drei oder vier Hochzeiten gewesen, und bis auf die letzte waren das ziemlich steife Veranstaltungen gewesen, sodass er inzwischen meist absagte, wenn eine Einladung kam. Nicht dass viele kamen, denn dafür musste man ja wohl entweder eine große Familie haben oder einen halbwegs aktiven Freundeskreis. Und während er immerhin noch zwei lebende Geschwister hatte, war die restliche Familie nicht der Rede wert. Von zahllosen Cousins oder Cousinen, wie Hailey sie hatte, keine Spur. Die letzte Hochzeit, zu der er gegangen war, war erst im Dezember gewesen. Seine Schwester Pippa hatte ihren Freund Harry geheiratet. Die beiden liebten sich zweifellos, aber geheiratet hatten sie nur, damit sie unkompliziert den kleinen Rufus, den Sohn von Pippas und Seans verstorbener Schwester Frances, adoptieren konnten. Die Zeremonie war kurz und schmucklos gewesen, das Fest auf der kleinen Scilly-Insel Tresco dagegen eine wirklich witzige Party. So konnte man also auch heiraten – ganz ohne großes Brimborium, einfach mit einer Handvoll Freunden. Es war gar nicht so leicht gewesen, überhaupt hinzukommen, denn in den Wintermonaten gab es keinen regelmäßigen Personenfährverkehr zu der abgelegenen Inselgruppe. Doch er hatte sich einen Hubschraubertransfer nach Tresco gegönnt, was sein lebendiges Geschenk – der Airedale-Terrier-Welpe namens Scotty – erfreulicherweise ähnlich stoisch ertragen hatte wie Basil den Reitausflug in der Stoffeinkaufstasche.

Edna hatte es heute zum Glück nicht eilig und schien damit zufrieden zu sein, gemächlich über die Wege zu schreiten. Am Waldrand traf Sean den schick gekleideten Sky mit seinen beiden Kindern. Seit der Begegnung an der Alpaka-Weide hatte er das Trio nicht mehr gesehen.

»Seid ihr auf dem Weg zur Hochzeit?«, erkundigte er sich und hielt Edna an.

»Ja, im Herrenhaus war uns zu viel Hektik – dort drehen alle durch wegen der Fete, die nachher steigt, und im Stall ist auch zu viel los, daher machen wir einen kleinen Spaziergang, bis es richtig losgeht.«

»Kann ich gut verstehen«, sagte Sean und saß ab. »Ich begleite euch ein bisschen.«

»Was hast du da?«, fragte das kleine Mädchen neugierig und deutete auf seinen Beutel. Bis eben hatte sie fasziniert, aber mit deutlicher Zurückhaltung

Edna angestarrt. Dieses Kuscheltier, obwohl wirklich sehr freundlich zu allen, war ihr offenbar eine Nummer zu groß. Doch Basil steckte schon wieder seinen Kopf aus der Tasche und mähte fröhlich vor sich hin.

Sean hob das Lamm heraus und stellte es auf den Boden, wo es prompt in wilden Bocksprüngen herumhüpfte. »Das ist Basil, mein Lamm.«

Ayana ging in die Hocke und lockte das Schäfchen, das sofort ankam und sich von ihr streicheln ließ. »Du bist aber lieb«, lobte sie es.

Sean spürte Skys Frage, also schob er sofort eine Erklärung hinterher. »Ich habe ihn vor fast drei Wochen halb tot im Wald gefunden und ihn dann aufgepäppelt. Inzwischen hab ich zwar eine kleine Schafherde mit zwei weiteren Lämmern zu Hause, aber im Moment verbringt Basil seine Zeit lieber noch mit mir.«

»Aha«, sagte Sky, und es war klar, dass er nicht recht wusste, wie er das kommentieren sollte.

»Ich weiß, wie schräg das klingt, aber so ist es im Moment, und ich weiß nicht, wie ich es ändern soll.«

»Ich finde das schön«, fügte Sky nun rasch hinzu. »Ich habe als Kind in Äthiopien mal eine Ziege mit der Hand aufgezogen. Die ist mir auch dauernd hinterhergelaufen.« Er lächelte schief.

»Und wie ist es ausgegangen?«

»Ähm … das war …« Es war offensichtlich, dass er nicht mit der Wahrheit herausrücken wollte. Jedenfalls nicht vor seinen Kindern. Sean nahm an, dass das Tier früher oder später auf dem Grill gelandet war.

»Vermutlich hat sie irgendwann andere Freunde gefunden, mit denen sie lieber zusammen war«, mutmaßte er daher. »Das wird mit Basil sicher auch passieren. Irgendwann wird er sich gar nicht mehr für mich und Edna interessieren, sondern nur noch für seine Schafkumpels.«

»So ungefähr ist es gelaufen. Ich musste dann auch wieder ins Internat und konnte mich nicht mehr um sie kümmern.« Sky warf ihm einen dankbaren Blick zu und wuschelte durch die Locken seiner Tochter, die ihre Konzentration wieder voll auf Basil gerichtet hatte.

»Hast du viel zu tun?«, wollte Sean nun wissen.

»Hm. Ein bisschen, aber nicht übermäßig«, gab Sky zu. »Warum?«

»Weil ich mich gefragt habe, warum du noch nicht bei mir in der Werkstatt vorbeigekommen bist. Das hattest du doch vor.« Sean wusste selbst nicht so genau, warum er den anderen Mann an sein Versprechen erinnerte. Vermutlich hatte Sky neulich nur aus schierer Höflichkeit zugesagt und hatte gar kein wirkliches Interesse daran, vorbeizuschauen. Auch wenn sich das im Gespräch anders angefühlt hatte.

»Ich wollte nicht stören«, erklärte Sky jedoch und klang ein wenig defensiv.

»Aber …«, begann Sean irritiert, doch Sky redete schon weiter.

»Ich habe mich ein bisschen erkundigt, und alle haben gesagt, dass du der Dorfeinsiedler bist, zurückgezogen lebst und keinen Wert auf Kontakte legst.

Ich dachte, du hast die Einladung nur aus Höflichkeit ausgesprochen.«

»Da habe ich mir ja einen schönen Ruf erarbeitet.« Sean seufzte. »Ich habe es wirklich ernst gemeint, und ich würde mich sehr freuen, wenn du mich besuchst. Allein oder mit den Kindern«, betonte er. »Ich bin normalerweise jeden Tag ab spätestens zehn in der Werkstatt. Vorher reite ich meistens.«

»Wenn das so ist, komme ich nächste Woche vorbei. Vielleicht gleich am Montag?« Skys Lächeln wirkte mit einem Mal viel gelöster.

»Sehr gern, ich freu mich drauf.«

EINSAM IM GETÜMMEL

PFARRER JACK WAR NICHT VOM PFERD GEFALLEN, Airgead hatte sich nicht danebenbenommen, und auch sonst war alles wie am Schnürchen gelaufen. Selbst das Fotoshooting mit der berittenen Hochzeitsgesellschaft war gut über die Bühne gegangen. Jetzt würde Hailey noch dafür sorgen, dass die Pferde allesamt gut versorgt auf ihrer Interimskoppel am Herrenhaus untergebracht waren und das Sattelzeug ordentlich verstaut wurde, und dann ging die Feier auch für sie richtig los.

Sie musste allerdings zugeben, dass ihr ein wenig die Motivation fehlte. Die letzte Party hatte Spuren hinterlassen, das war der eine Grund, aber vor allem war ihr schmerzhaft bewusst, dass Kristie und sie bei dieser Hochzeitsfeier praktisch die einzigen Singles aus ihrer Generation waren. Normalerweise störte sie so was kein bisschen, aber neuerdings kam es ihr wie ein Makel vor. Sie dachte an das Gespräch mit ihrem Vater neulich, als er angedeutet hatte, dass er sich für seine Töchter ebenfalls glückliche Partnerschaften wünschte. Dabei war sie sich gar nicht sicher, ob sie überhaupt das Zeug dazu hatte, dauerhaft mit einem

Mann glücklich zu werden. Wenn sie ihre bisherigen Erfahrungen zugrunde legte, wohl eher nicht. Als Teenie waren Jungs für sie vor allem Spaß gewesen. Während sich ihre Freundinnen schon mit fünfzehn oder sechzehn reihenweise in schrecklich anstrengende Beziehungsdramen gestürzt hatten, war sie einen anderen Weg gegangen. Aus lockeren Freundschaften mit den Jungs waren manchmal experimentierfreudige Bettgeschichten entstanden, die sie meist spätestens dann beendet hatte, wenn es zu gefühlig wurde – sei es von ihrer oder von der Seite des Jungen aus. In ihren Zwanzigern hatte sich daran wenig geändert, nur dass aus den Jungs langsam echte Kerle geworden waren. Doch nun lag ihr dreißigster Geburtstag sogar schon ein Weilchen hinter ihr, ohne dass sie jemals eine richtige Beziehung geführt hatte, was objektiv betrachtet ein ziemliches Armutszeugnis war, oder?

Auf der Plusseite konnte sie höchstens verbuchen, dass sie wenigstens kein gebranntes Kind war wie viele andere in ihrer Altersklasse. Die Narben, die einige ihrer Freundinnen und Verwandten auf der Seele hatten, von toxischen Beziehungen, traumatischen Ehen oder der Herausforderung, ein alleinerziehender Elternteil zu sein, waren ihr erspart geblieben. Darüber sollte sie sich freuen. Warum nur fühlte es sich dann trotzdem so hohl an?

Als die Pferde alle versorgt und Sättel und Zaumzeug gewissenhaft verstaut waren, ging sie langsam zurück zum Herrenhaus, das an diesem sonnigen

Maitag regelrecht lieblich und fast wie ein Märchenschloss wirkte. Für Alex und Colleen schien tatsächlich ein Märchen wahr geworden zu sein. Zwei Menschen, die – soweit Hailey es beurteilen konnte – einiges an Narben aus ihrer Vergangenheit mitbrachten, hatten sich gefunden und waren zu einer harmonischen Einheit zusammengewachsen. Alex' Sohn Aidan betete Colleen regelrecht an, und Roya, die kleine gemeinsame Tochter, die an Weihnachten geboren worden war, hatte ihr Glück perfekt gemacht. Das klang unfassbar kitschig, aber selbst bei kritischster Betrachtung wirkten die beiden harmonisch und glücklich. Nicht, weil sie wie im Märchen die Erlösung für den jeweils anderen sein wollten, sondern weil sie ein Team waren, das alle Herausforderungen gemeinsam anpackte. Und weil Colleen über Nerven wie Stahlseile verfügte und daher spielend mit den störrischen Fraser-Männern zurechtkam. Denn neben Alex und Aidan lebte auch noch Marlin Fraser mit im Haus, und Haileys Onkel, sosehr sie ihn auch liebte, war wahrlich nicht der einfachste Zeitgenosse.

Colleen und Alex, das passte einfach, und Hailey freute sich wirklich von ganzem Herzen, dass die beiden vorhin auch ihre Traumtrauung hatten erleben können: auf dem Rücken ihrer Pferde und unter strahlend blauem Himmel. Die Feier würde bestimmt genauso schön werden. Trotzdem wuchs mit jedem Schritt, mit dem sie sich dem Haus näherte, der Widerstand in ihr. Sie wollte nicht reingehen und so tun, als sei sie ein glücklicher Single. Obwohl sie verdammt noch mal einer war! Wirklich. Nur war es viel einfacher, ein glücklicher Single zu sein, wenn es um einen herum viele weitere Alleinstehende gab, und die wurden immer rarer. Selbst Bürgermeister Collum McDonald hatte sein Glück gefunden – was einem mittleren oder schon eher größeren Wunder gleichkam. Er war derart verliebt in seine Harriet, dass Hailey sich fast schütteln musste, wenn sie die beiden zusammen sah.

Sie hatte den Eingang zum Westflügel des Herrenhauses erreicht, in dem der große Ballsaal lag und aus dem schon fröhliche Stimmen und Musikfetzen zu hören waren. Kurz schloss sie die Augen, um sich zu sammeln und sich endgültig zusammenzureißen. Auch dieser Tag würde irgendwann zu Ende sein, und außerdem ging es heute definitiv nicht um sie, sondern um Colleen und Alex. Da würde auch niemand blöde Fragen stellen, weil sie mal wieder ohne Begleitung erschienen war. Nun ja, hoffen durfte man wohl.

Energisch wandte sie sich zur Tür und prallte gegen einen Mann, der gerade herauskam.

»Verzeihung«, murmelte sie.

»Meine Schuld, ich hab nicht aufgepasst«, sagte der Mann, der sich bei näherer Betrachtung als Paul Starling herausstellte, Marlin Frasers neuer Sohn. Wobei »neu« nicht stimmte, denn er war ungefähr Mitte dreißig, aber beide Männer wussten erst seit ein paar Monaten, dass Marlin Pauls leiblicher Vater war.

»Kein Problem, ich habe auch nicht damit gerechnet, dass jemand panisch das Fest verlässt, ehe es richtig losgeht.« Sie grinste ihn frech an.

»Sieht man mir das an?«, gab er etwas verlegen zurück und schüttelte dann den Kopf. »Ich bin natürlich nicht panisch, nur etwas …« Er suchte nach dem richtigen Wort.

»Überwältigt?«, schlug sie vor und fühlte sich selbst gleich ein bisschen besser.

»Ziemlich.« Er kratzte sich am Kinn und sah sie dann genauer an. »Ich weiß, dass wir uns kennen und dass wir verwandt sind, wie ich ja offensichtlich mit so gut wie jedem hier in Kirkby verwandt bin. Aber ich kann mich gerade nicht an deinen Namen erinnern. Tut mir leid.«

»Nicht schlimm. Ich bin Hailey, eine Tochter von Rupert und somit deine Cousine.«

»Schön, dich mal richtig kennenzulernen, Hailey«, sagte er und streckte ihr seine Hand entgegen. »Bist du die Pferdefrau oder die Bäckerei-und-Tanzschulen-Cousine?«

Sie lachte, weil sie seine etwas unbeholfenen Nachfragen irgendwie süß fand. Offenbar versuchte er, sich seine brandneue Verwandtschaft anhand von markanten Merkmalen einzuprägen. »Ich fürchte, ich bin die Pferdefrau«, entgegnete sie.

»Ach, da gibt es doch schlimmere Schicksale. Ich mag Pferde«, bekannte er. »Auch wenn ich eher der Hundetyp bin.«

»Dann komm doch mal beim Stall vorbei und lern unsere Clydesdales richtig kennen. Kannst du reiten?«

»Ein bisschen. Als Kind und Jugendlicher bin ich manchmal auf Ponys geritten, aber jetzt schon ewig nicht mehr. Vermutlich habe ich alles verlernt und bin vollkommen eingerostet.«

»Das ist wie Fahrradfahren, das verlernt man nicht«, behauptete sie und stellte fest, dass es ihr Spaß machte, mit ihrem neu entdeckten Cousin zu plaudern. Zumal er wohl ebenfalls alleinstehend war, wie sie von Colleen erfahren hatte. Nicht, dass sie etwas von ihm wollte – das wäre ja wie eine Affäre mit Lennox oder Alex, ging also gar nicht –, aber es tat gut, mit einem Gleichgesinnten zu sprechen. Selbst wenn sich die Gemeinsamkeiten nur auf den Familienstand erstreckten. »Du kannst es jederzeit mal ausprobieren. Wir haben ein paar lammfromme Tiere, auf denen jeder reiten kann.«

»Selbst der Pfarrer.« Nun machte sich ein vergnügtes Lächeln auf Pauls Gesicht breit, und Hailey mochte ihn gleich noch ein bisschen lieber.

»Genau. Und wenn Jack McTavish das schafft, dann ganz sicher auch du. Wollen wir reingehen?«

Sein Blick verdüsterte sich augenblicklich wieder. »Eigentlich wollte ich etwas Luft schnappen«, gab er zu. »Da drin herrscht für meinen Geschmack …« Wieder unterbrach er sich. »Sorry, das sollte ich nicht einmal denken. Es ist schließlich deine Familie. Und meine irgendwie auch, aber …«

»Zu viele glückliche Paare, was?« Sie nickte wissend. »Warum, glaubst du, habe ich mir so viel Zeit gelassen?«

»Ich habe nichts gegen glückliche Paare«, beeilte er sich zu betonen. »Doch wenn man selbst gerade nicht dazugehört, ist es manchmal ziemlich hart.«

»Frag mich mal. Aber trotzdem müssen wir da jetzt rein. Allein schon wegen des Essens, das deine Schwester Isla gezaubert hat, und wegen der Hochzeitstorte, die aus der Backstube meiner Schwester Kristie stammt.«

»Und notfalls gibt es noch Alkohol von meiner anderen Schwester Shona«, fügte er hinzu. »Meine Güte, ich hab immer noch nicht wirklich begriffen, dass ich plötzlich so viel mehr Familie habe. Dabei hat mir die, die ich bisher kannte, vollkommen ausgereicht.« Er seufzte, lächelte dann aber wieder. »Du hast recht, wir schaffen das.« Damit öffnete er galant die Tür für sie und begleitete sie in den Saal.

Der Ballsaal war zauberhaft dekoriert, und Hailey schaute sich lächelnd um. Das Brautpaar stand vor einem der beiden Kamine, die mit riesigen Blumenbouquets geschmückt waren, und nahmen die Glückwünsche seiner Gäste entgegen. Alex sah aus wie ein schottischer Landedelmann in seinem Ausgehkilt, polierten Schuhen und einem gut geschnittenen Sakko. Colleen trug einen cremefarbenen, ausladenden Prinzessinnentraum mit einer Tartanschärpe. Das Kleid wirkte makellos und hatte seinen Auftritt hoch zu Ross genauso gut überstanden wie die strahlende Braut. Es würde später noch genügend Gelegenheit geben, den beiden zu gratulieren, also ging Hailey zunächst zu der Tafel, auf der die Tischordnung angezeigt wurde. Ihr Herzklopfen war unbegründet, denn die Auswahl ihrer Tischgenossen war erfreulich. Statt neben uralten, ihr kaum bekannten Tanten platziert zu werden, durfte sie mit Kristie, Paul, ihrem Neffen Aidan, der keine Lust auf den Ehrentisch des Brautpaars hatte, Bürgermeister Collum, dessen Freundin Harriet, Anna und Lennox sowie mit Shona und ihrem Tierarzt Kendrick an einem runden Zehnertisch zusammensitzen. Das versprach einen amüsanten Tag und Abend. »Wir hätten es schlimmer treffen können«, bemerkte sie an Paul gewandt, der immer noch in ihrer Nähe war. »Das ist eindeutig der coolste Tisch der ganzen Feier.«

»Wenn du das sagst, dann glaube ich dir.« Er runzelte leicht die Stirn, doch das schien nicht ihrer Aussage zu gelten, sondern Aidans Jack-Russell-Terrier Tito, der Polly, die lackschwarze Neufundländer-Hündin von Isla und Jon, lautstark bellend zum Spielen aufforderte.

»Ich dachte, du bist eher der Hundetyp?«, fragte Hailey.

»Bin ich auch. Aber meine Ivy sitzt im Auto, weil die Sitterin keine Zeit hatte und ich dachte, dass ich sie nicht mit zur Hochzeitsfeier nehmen kann. Bei der Trauung waren ja auch keine Hunde dabei.«

»Was?« Hailey war regelrecht schockiert. »Oh Mann, lieber Cousin, du musst wirklich noch viel über diese Familie lernen. Worauf wartest du, hol sie her! Im Auto.« Sie schüttelte den Kopf. »Das arme Tier.«

»Es steht im Schatten, und das Fenster ist auf«, verteidigte er sich. »Aber ja, ich hol sie. Sie benimmt sich eigentlich auch sehr gut.«

»Das wäre eine angenehme Abwechslung zur restlichen Meute. Die übrigens bei der Trauung nur deswegen nicht dabei war, weil Pfarrer Jack darauf bestanden hat. Nicht dass er was gegen Hunde hätte, überhaupt nicht. Bei der Hochzeit von Ian und Luci vor fast anderthalb Jahren war Lucis Bluthund sogar der Ringträger in der Kirche. Aber ich schweife ab«, unterbrach sie sich, als sie Pauls verwirrten Gesichtsausdruck sah. Bei den vielen Namen kam er offensichtlich nicht mehr mit. »Jack hatte die nicht ganz unberechtigte Sorge, dass die Hunde die Pferde nervös machen könnten, und deshalb durften sie erst zur Party auftauchen.«

»Hat euch schon mal jemand gesagt, dass ihr ein ziemlich irrer Haufen seid?«, fragte Paul mit einem leicht ungläubigen Lächeln.

»Gelegentlich. Aber man gewöhnt sich dran. Und jetzt befreie bitte deine arme Hündin.« Sie legte ihm eine Hand auf die Schulter und schob ihn regelrecht weg.

»Bin schon unterwegs.«

»Vertreibst du unseren Cousin?«, wollte Kristie wissen, die gerade zur Tafel mit der Sitzordnung kam.

»Nein. Ich habe ihm nur gesagt, dass er bitte seinen Hund aus dem Auto retten möge.«

»Vielleicht sollten wir uns ebenfalls Hunde anschaffen, dann hätten wir auch eine Begleitung«, entgegnete Kristie und klang uncharakteristisch düster.

Hailey runzelte die Stirn. Heute früh zu Hause und auch bei den Vorbereitungen im Stall war Kristie ganz fröhlich gewesen, doch nun schien sie von einem ähnlichen Frust getrieben zu sein wie sie selbst. »Ich möchte keinen Hund als Begleitung«, erwiderte sie nachdenklich.

»Ich auch nicht«, gab Kristie zu. »Ich will nicht mal einen Mann. Den vielleicht sogar noch weniger.«

Hailey lachte. »Geht mir ähnlich. Die Kerle machen doch nur Stress.«

Kristie schwieg und wirkte mit einem Mal seltsam versteinert. Zugegeben, Haileys Kommentar war nicht der originellste gewesen, doch Kristie hatte damit angefangen, und … »Oh. Du hast das wörtlich gemeint?« Sie schluckte.

Kristie nickte zaghaft, und ihre Unterlippe bebte.

»Du magst also keine Männer?«, fragte Hailey nach, um ganz sicher zu sein, dass sie den kleinen Hinweis richtig verstanden hatte. Oh Gott, das würde so vieles erklären.

»Ich habe nichts gegen Männer«, sagte Kristie jedoch leise. »Ich will nur nicht …«

»Mit ihnen ins Bett gehen?«

»Ja«, bekannte Kristie tonlos, und das Zittern breitete sich von ihrer Unterlippe auf den ganzen Körper aus.

»Nicht hier.« Hailey legte ihrer Schwester resolut einen Arm um die Taille und lotste sie, so schnell es ging, aus dem Ballsaal und die Treppe hinauf. Im ersten Stock gab es ein paar Suiten, aber im zweiten Stock, wo die Weberei von Harriet und Ainslee untergebracht war, sollten sie ungestört sein. Hailey drückte erleichtert die nicht verschlossene Tür auf und schob Kristie in die gemütliche Sitzecke. »Warum hast du denn nie etwas gesagt?«, fragte sie, nachdem Kristie eine gefühlte Ewigkeit lang einfach nur geschwiegen und ins Leere gestarrt hatte.

»Weil …«, begann Kristie, doch ihre Stimme erstarb sofort wieder.

»Denkst du wirklich, hier würde dich jemand verurteilen, weil du auf Frauen stehst? Also, du stehst doch auf Frauen, oder?«

Kristie nickte und schüttelte dann gleich wieder den Kopf.

»Ich versteh dich nicht.« Hailey war verwirrt. »Magst du nun Frauen, oder hast du etwa ganz andere Vorlieben?« Sie wollte sich gar nicht so genau ausmalen, in welche Richtung das gehen könnte.

»Ich mag Frauen«, gab Kristie schließlich mit halbwegs fester Stimme zu. »Aber mir ist das selbst erst vor Kurzem klar geworden.«

»Echt?« Hailey konnte das nicht so recht glauben. Wusste man nicht schon früh, wo die eigenen Interessen lagen? Sie selbst war schon zu einem sehr frühen Zeitpunkt sicher gewesen, dass sie auf Männer stand, spätestens seit sie in der Schule aus reiner Neugier auch mal mit einem Mädchen geknutscht hatte.

»Nein. Vermutlich wusste ich es schon immer, aber ich wollte es mir nicht eingestehen«, sagte Kristie so leise, dass es kaum zu verstehen war.

»Aber warum? Da ist doch wirklich nichts dabei. Niemand von uns hat sich ausgesucht, wer oder was uns anmacht. Bist du vielleicht bi?«

»Nein!« Das kam resolut. »Allein die Vorstellung widert mich an. Ich habe noch nie mit einem Mann geschlafen und werde es auch nicht tun!«

»Okay, ist ja gut.« Hailey machte eine beruhigende Geste. »Musst du ja auch nicht. Aber wenn du schon immer wusstest, dass Männer sexuell nichts für dich sind, warum hast du dann nicht …« Sie wusste nicht, wie sie es formulieren sollte.

»Ich hab mich nicht getraut. Hier gibt es doch keine lesbischen Frauen«, behauptete Kristie kläglich.

»Also das wage ich ernsthaft zu bezweifeln. Und wenn es in Kirkby und Umgebung tatsächlich keine gibt, dann ganz bestimmt in Inverness oder Edinburgh. Warum bist du nicht einfach in die Stadt gegangen, um jemanden kennenzulernen?«

»Weil ich es nicht wollte, verstehst du das nicht?«, rief Kristie aufgebracht. »Ich wollte nicht weg von hier, und ich wollte keine Frau lieben. Ich wollte immer nur normal sein.«

»Aber es ist doch nicht unnormal, wenn man als Frau auf Frauen steht.«

»Das sagst du, weil es dich nicht betrifft. Aber denk doch nur daran, wie sich letztes Jahr alle das Maul zerrissen haben, als sich Kendricks Ex-Freundin in seine Schwester verliebt hat. So etwas will ich mir nicht anhören müssen«, sagte Kristie verzweifelt.

»Aber da war der Kern des Tratsches doch ein ganz anderer. Kendrick hat sich doppelt betrogen gefühlt – von seiner Schwester und seiner Freundin, die das aber sicher nicht gemacht haben, um ihn zu verletzen, sondern weil sie einfach starke Gefühle füreinander entwickelt haben. Und das Maul hat man sich erst dann zerrissen, als sie ihn als Samenspender auserkoren haben. Das war gefühlt fünf Minuten lang das Thema schlechthin. Doch verliert heute noch einer ein Wort darüber? Nein, weil es für die meisten in Ordnung ist. Weil es auch für Kendrick und Shona in Ordnung ist.«

»Das wird sicher noch mal anders, sobald das Kind auf der Welt ist«, behauptete Kristie.

»Und wenn schon. Das Kind kann sich dann freuen, dass es so viele Eltern hat. Aber lenk nicht ab. Das hat nichts mit dir zu tun. Wie hast du es denn gemacht, wenn du nie weg warst?«

»Was gemacht?«

»Na, Sex!« Für Hailey war das offensichtlich.

»Gar nicht.«

»Wie, gar nicht?«

»Was ist daran nicht zu verstehen? Ich hatte nie Sex.« Nun reckte Kristie trotzig das Kinn nach vorn. »Ich weiß, das ist für jemanden wie dich nur schwer zu verstehen, aber es gibt Menschen, die haben auch mit über dreißig noch keinen Sex gehabt.«

Hailey hatte tatsächlich einige Mühe, das nachzuvollziehen, doch wahrscheinlich durfte sie sich selbst nicht als Maßstab nehmen. »Aber wie kannst du dann sicher wissen, dass du auf Frauen stehst, wenn du es nie ausprobiert hast?«, fragte sie – und ahnte in derselben Sekunde, dass dies die denkbar blödeste Frage überhaupt war.

»Hast du erst in dem Moment gewusst, dass du auf Männer stehst, in dem du den ersten Penis in dir hattest?«, rief Kristie aufgebracht und mit einem regelrecht angewiderten Gesichtsausdruck. Ob wegen der Penis-Vorstellung oder der schwesterlichen Ignoranz, war Hailey jedoch nicht ganz klar.

»Nein, natürlich nicht«, gab sie zu. »Sorry, das war blöd formuliert. Aber man bekommt doch irgendwann Lust und will wissen, wie es sich anfühlt. Oder etwa nicht?« Sie legte Kristie mit einer entschuldigenden Geste eine Hand aufs Knie.

»Offenbar war meine Lust nie so stark ausgeprägt wie deine. Und längst nicht so stark wie meine Scham.« Kristie wischte sich ungehalten eine Träne aus dem Augenwinkel.

»Das finde ich wirklich traurig«, sagte Hailey sanft. »Es ist nämlich schön, mit einem anderen Menschen Intimitäten auszutauschen.«

»Ach ja? Und das weißt du so genau, weil du ein Profi in Liebesdingen bist?«, schnappte Kristie, und Hailey zuckte getroffen zusammen.

»Nein. Nicht in Liebesdingen, aber was Sex betrifft. Das eine hat nämlich nicht zwangsläufig was mit dem anderen zu tun.«

»Für mich schon. Ich könnte mich nie einer Frau hingeben, die ich nicht liebe. Und ich bin überzeugt davon, dass wahre Intimität erst durch Liebe entsteht – und erst dann wird es richtig schön.«

»Hm.« Mehr konnte Hailey dazu nicht sagen. Liebe? Was war das schon? Sie liebte ihre Familie, ihren Job und ihre Pferde. Reichte das nicht? Tatsächlich hatte sie nie einen ihrer Bettpartner geliebt. Gemocht hatte sie alle – oder fast alle –, aber tiefere Gefühle hatte sie immer vermieden. Wahrscheinlich war sie auf ihre Art mindestens so verkorkst wie ihre Schwester.

»Ich war einmal in ein Mädchen verliebt«, sagte Kristie nach einer Weile.

»Und?«

»Nichts und. Es ist nichts passiert. Das war in der Schule, und es war total klar, dass sie auf Jungs steht. Ich habe meine Gefühle nie offenbart, konnte meine Empfindungen für sie aber auch nie vergessen.«

»Auch wenn sie einseitig waren?« Hailey blieb skeptisch. Sosehr sie sich auch bemühte, wirklich nachvollziehen konnte sie das alles nicht. Also, die Tatsache, dass Kristie auf Frauen stand, schon. Damit hatte sie kein Problem, wohl aber mit der Gefühlsduseligkeit.

»Warst du wirklich noch nie verliebt?«, konterte Kristie mit einer Gegenfrage.

»Was heißt schon verliebt? Ich war schon oft sehr interessiert und sehr scharf auf den ein oder anderen Kerl, aber verliebt?«

Kristie seufzte. »Wie soll ich's dir dann erklären? Das Gefühl, dass man Herzklopfen bekommt, wenn die andere Person mit im Raum ist oder wenn man nur an sie denkt. Dass man sich vollständig fühlt, wenn man etwas miteinander unternimmt. Dass man sich nach ihrer Nähe sehnt, dass Schmetterlinge im Bauch flattern.«

»Doch, das kenne ich. Das ist Geilheit, oder nenn es meinetwegen Verlangen oder Begehren, wenn dir das feiner erscheint.«

Kristie schüttelte den Kopf. »Nein, das meine ich nicht. Es ist eher so, dass man selbst ein etwas besserer Mensch wird durch die Liebe zu der anderen Person.«

»Ganz ehrlich? Wenn ich jahrelang unerwidert in meinen Schulschwarm verknallt gewesen wäre, hätte ich wohl irgendwann eher Rachegedanken gehabt. Das ist doch unnatürlich.«

»Unnatürlich?«, rief Kristie entsetzt. »Da erzählst du die ganze Zeit, wie tolerant du, unsere Familie und ganz Kirkby angeblich sind, und dann sagst du, dass meine Empfindungen unnatürlich sind. Wundert es dich da, dass ich es bisher niemandem erzählt habe?«

»Hör auf, mir die Worte im Mund umzudrehen. Ich habe nicht gesagt, dass deine Empfindungen unnatürlich sind. Und schon gar nicht meine ich damit deine Neigung zu Frauen. Aber es ist jedenfalls nicht gesund, einen anderen Menschen derart zu idealisieren. Ja, mag sein, dass du in das Mädchen verliebt warst, aber diese Liebe war doch nie real. Sie fand ausschließlich in deinem Kopf statt. Ich habe mir früher ausgemalt, dass Prinz Harry mich mal heiraten würde – das war genauso wenig real. Das meinte ich mit ›unnatürlich‹.«

Kristie presste die Lippen aufeinander und verschränkte ihre Arme vor der Brust.

»Kristie, du bist meine Schwester und der wichtigste Mensch in meinem Leben. Ich liebe dich von ganzem Herzen, aber ich bleibe dabei, das ist total irre! Ja, mag sein, dass ich nicht viel Ahnung von romantischer Liebe habe, aber wenn ich mir allein unsere glücklich liierte Verwandtschaft ansehe, habe ich den Eindruck, dass die alle einen vielleicht etwas rosaroten, aber doch weitgehend realistischen Blick auf ihre Liebsten haben. So unerträglich es manchmal scheint, sie alle agieren als Teams und gleichberechtigte Partner, ohne den jeweils anderen auf ein Podest zu stellen. Denkst du nicht, dass das gesünder wäre? Hör auf, deiner Jugendliebe nachzuweinen, und probier dich mal mit einer echten Frau aus. Ich denke, das wird dir guttun.« Hailey sah Kristie eindringlich an und hoffte, dass ein wenig von ihren Worten bei ihrer Schwester ankam.

Kristie schwieg eine Weile, wandte schließlich den Blick ab und starrte aus dem Fenster. Hailey, die die ganze Zeit vor ihr auf dem Boden gekauert hatte, setzte sich nun in einen anderen Sessel und wartete. Es war ihr egal, ob man sie unten im Ballsaal allmählich vermisste. Das hier war wichtiger.

»Es ist schon passiert«, sagte Kristie nach einer gefühlten Ewigkeit.

»Was?«

»Ich habe eine Frau gefunden und …« Ihre Wangen wurden schlagartig knallrot, und ihre Augen begannen zu glänzen.

»Und ihr habt es getan?«

»Ja.« Nun rötete sich auch ihr Dekolleté.

»Und du bist verliebt in sie?«

»Oh ja!« Noch mehr Glanz in Kristies Augen, die Gefahr einer spontanen Selbstentzündung stand eindeutig im Raum.

»Sie auch in dich?« Hailey wagte kaum, diese Frage zu stellen. Sie hatte Angst vor der Antwort. Eine weitere unerwiderte Liebe würde Kristie womöglich nicht aushalten, eine erwiderte dagegen hätte zweifellos Auswirkungen auf das schwesterliche Verhältnis. Sie waren immer eng miteinander gewesen, und der schlimme Streit von neulich hatte sie in ihren Grundfesten erschüttert. Was, wenn es plötzlich einen wichtigeren Menschen für Kristie gab als sie?

»Ich denke schon«, sagte Kristie und lächelte.

»Das ist toll«, krächzte Hailey und räusperte sich. »Wirklich! Wo und wann habt ihr euch denn kennengelernt?«

»Sie war bei meiner Einweihungsparty«, erklärte Kristie und wich erneut ihrem Blick aus.

»Warte mal …« In Haileys Kopf ratterte es, und schließlich fiel der Groschen. »Sag bloß, das war die Frau, die am Morgen nach der Party bei uns in der Küche saß?« Sie hatte keine besonders deutliche Erinnerung mehr an diese Fremde, außer dass sie sie nicht besonders höflich oder sympathisch gefunden hatte. Das sollte Kristies Flamme sein?

»Ja, Meribeth. Sie ist wundervoll.«

»Sie kann mich nicht leiden.« Langsam kamen die Erinnerungen zurück, an ein sehr graziles Geschöpf mit langen, hellblonden Haaren und großen braunen Rehaugen, die sie mit eisigen Glanz gemustert hatten.

»Das stimmt nicht. Sie kennt dich ja gar nicht, und sie wollte mich lediglich verteidigen. Du warst ja ziemlich …«

»Neben der Spur, ich weiß. Aber ich habe mich tausend Mal bei dir entschuldigt, und ich dachte, wir hätten die Sache zwischen uns geklärt.«

»Haben wir ja auch. Ich bin dir echt nicht mehr böse. Aber dass Meribeth so für mich in die Bresche gesprungen ist, ist ja eigentlich schon der perfekte Liebesbeweis.«

Hailey musste mit aller Gewalt einen heftigen Würgereiz unterdrücken. Ihre Schwester war einfach viel zu naiv. »Oder einfach nur der Beweis dafür, dass sie mich nicht ausstehen kann«, bemerkte sie und winkte dann ab. »Aber das spielt jetzt ja keine Rolle. Habt ihr etwa in dieser Nacht …?«

»Ja.« Noch mehr Feuer im Gesicht und Glanz in den Augen, und Kristie könnte überall an der Küste als Leuchtturm anheuern.

»Deinen glänzenden Augen entnehme ich, dass es schön war.« Kristie nickte mit einem seligen Lächeln, doch Hailey war noch nicht fertig mit ihrer Analyse. »Du hattest also in der Nacht nach deiner Einweihungsparty, die ich dir angeblich so nachhaltig versaut habe, dein erstes Mal. Mit deiner großen Liebe?« Erneutes Nicken. »Und trotz dieses zweifellos großartigen Erlebnisses hattest du am nächsten Morgen nichts Besseres zu tun, als mich mit deinem schier rasenden Zorn zu überschütten und mich rauszuwerfen?«

»Nun ja«, druckste Kristie herum. »Wenn du es so formulierst, klingt es seltsam, aber tatsächlich besteht zwischen diesen Ereignissen kein Zusammenhang.«

»Also wenn ich guten Sex hatte und voller Endorphine bin, habe ich am nächsten Morgen großartige Laune und würde es vermutlich nicht mal schaffen, die nötige Energie für so viel wütenden Groll aufzubringen.« Hailey rieb sich die Schläfen, als könnte diese Geste ihr Denkvermögen beschleunigen. »Nicht dass ich den Groll nicht verdient hatte, aber das ergibt doch keinen Sinn.«

Kristie sah betreten zu Boden. »Vielleicht wollte ich sie ein bisschen beeindrucken.«

»Was?«, fuhr Hailey auf. Das wurde ja immer besser.

»Meribeth hat mir vor Augen geführt, was du mir angetan hast, und sie war der Meinung, dass ich dich nicht ungeschoren davonkommen lassen darf. Ich …«

»Ich weiß nicht, was ich dazu sagen soll«, entgegnete Hailey fassungslos. Das Gespräch hatte eine derart krasse Wendung genommen, dass sie langsam nicht mehr mitkam. Eins war jedoch ganz deutlich: Diese Meribeth war ihr schon bei der ersten Begegnung unangenehm aufgefallen, und sie sammelte auch jetzt keine Sympathiepunkte. Wenn das die Frau im Leben ihrer Schwester werden sollte, dann … Sie holte ein paarmal tief Luft, um ihr Temperament zu zügeln. Nein, so kam sie nicht weiter. Sie wollte keine voreiligen Schlüsse ziehen und sich keine Meinung bilden, ohne Meribeth in klarem Zustand getroffen und gesprochen zu haben. Bis dahin würde sie ihre Vorbehalte schön diskret behandeln.

»Es tut mir leid«, sagte Kristie nun und klang zerknirscht. »Meine Reaktion war wohl etwas übertrieben.«

»Schon gut.« Hailey versuchte, aufmunternd zu lächeln. »Aber wie ging es dann weiter mit euch? Habt ihr euch seitdem noch mal gesehen?«

»Nein, aber sie kommt ab Montag zu meinem Workshop. Und wir haben jeden Tag telefoniert und …«

»Ich kann's mir lebhaft vorstellen. Dann wird Meribeth also wieder bei uns zu Gast sein?«

»Ja, ich hab sie eingeladen. Ich hoffe, das ist okay für dich? Dann lernt ihr euch endlich besser kennen und … vielleicht verstehst du mich dann ja?«

Alles in Hailey sträubte sich gegen diese Ankündigung, doch was sollte sie sagen? Dass es nicht okay war? Jahrelang war ein steter Strom von Männern bei ihr ein und aus gegangen. Da konnte sie ihrer Schwester ja wohl kaum deren Damenbesuch madig machen. »Natürlich ist das in Ordnung«, log sie also tapfer. »Ich freu mich drauf.«

Kristie tastete mit ihrer Hand nach Haileys und drückte sie fest. »Das bedeutet mir viel. Bitte verrat aber niemandem was. Das würde ich gern selbst tun, sobald ich so weit bin, ja?«

»Natürlich.« Das war keine Lüge. Hailey würde sich lieber an ihrer eigenen Zunge verschlucken, als das Geheimnis ihrer Schwester mit anderen Familienmitgliedern zu diskutieren. »Aber vielleicht sollten wir jetzt langsam mal wieder runtergehen und die Hochzeitsparty genießen. Für dich die letzte als offizieller Single.«

»Vielleicht ja auch für dich. Wer weiß, womöglich ist deine große Liebe auch schon ganz nah?«

WIE TON IN SEINEN HÄNDEN

SEAN WAR SEHR ERLEICHTERT, als er nach einem turbulenten Vormittag endlich in seiner Werkstatt saß und mit der Arbeit begann. Das Training heute war ganz gut gelaufen, vor allem, weil die Pferdefrage nun auch bei Adley und Lennox final geklärt schien. Adley hatte sich in Grizela verliebt, eine Halbschwester der wilden Airgead, aber ganz anders im Charakter. Vermutlich war es nur noch eine Frage der Zeit, bis sie die schicke graue Stute auch kaufte. Lennox hatte mit Tosia ein Team gebildet. Diese Stute war noch recht neu im Stall. Rupert hatte sie aus den USA importiert, um in den nächsten Jahren mit einer frischen Blutlinie züchten zu können. Doch für den Moment konnte sie ihr Können auch auf dem Reitplatz beweisen. Hailey selbst war endgültig auf Macbeth fixiert, und zusammen mit Seans Edna bildeten sie eine ziemlich harmonische Truppe.

Trotzdem war es anstrengend gewesen – auch weil es im Stall kaum ein anderes Thema gab als die Hochzeit von Alex und Colleen, die wohl recht bemerkenswert gewesen war. Zu seiner Überraschung hatte sich Hailey diesbezüglich etwas einsilbig geäußert. Wie sie überhaupt leicht gedämpft wirkte. Doch er wollte da nicht zu viel hineininterpretieren. Dafür hatte ausgerechnet Lennox in einer für ihn eher uncharakteristischen Weise geschwärmt.

Nach dem Training war Sean noch kurz einkaufen gewesen, um seine Vorräte aufzustocken. Währenddessen war Klein Basil, offenbar vor lauter Langeweile, aus seiner Holzkiste gesprungen, durch den gesamten Innenraum des Autos gehüpft und hatte auf den Fahrersitz gepinkelt. Wirklich erstaunlich, wie viel Flüssigkeit in so einem kleinen Tier steckte. Als Sean fluchend die Sauerei beheben wollte, hatte ihm eine besorgte Tierschützerin auch noch lautstark eine Lektion zur artgerechten Haltung von Schafen aufgedrückt. Beziehungsweise sein totales Versagen im konkreten Fall herausgestellt.

Basils Anhänglichkeit wurde langsam zum Problem, doch Sean hoffte immer noch, dass es sich mit der Zeit verwachsen würde. Gerade jetzt war das Lamm tatsächlich mit seinen Artgenossen auf der Weide, aber vermutlich war es nur eine Frage von Minuten, bis der kleine Kerl wieder blökend in der Werkstatt stehen würde. Die Zeit bis dahin wollte Sean nutzen und seinen Händen und seinem Unterbewusstsein das Zepter übergeben. Er schnitt einen handlichen Klumpen von seinem feinen, hellen Ton und legte ihn auf die Drehscheibe. Dann tauchte er seine Hände in die Wasserschüssel und begann, den Klumpen ein wenig zu kneten, um ihn elastisch und bereit für alles Weitere zu machen. Schließlich schaltete er die Scheibe ein, machte seine Hände erneut nass und schloss die Augen.

Das vertraute Gefühl von Ruhe und Gelassenheit, das sich in dieser Phase seiner Arbeit fast immer einstellte, wartete schon an der Bewusstseinsschwelle, doch irgendwie kam er nicht ganz darüber. Stattdessen forderten die unterschiedlichsten Gedankenfetzen seine Aufmerksamkeit: Szenen vom heutigen Training, Haileys geistesabwesender Blick, Basils Pinkelattacke auf sein Auto, Haileys blasses Gesicht. Hatte er Hefe gekauft oder sie wieder vergessen? War der neue Basilikumtopf noch im Auto, oder hatte er ihn vorhin in die Küche getragen? Warum war Hailey heute so in sich gekehrt gewesen? Und sein Galerist Miguel wartete immer noch auf einen Rückruf wegen der nächsten Ausstellung. Richtig viel Lust hatte er allerdings nicht – weder auf den Anruf noch auf die geforderten zwanzig Exponate. Ob er Hailey mal wieder zum Essen einladen sollte? Aber dafür bräuchte er Hefe.

»Verdammt«, knurrte er und schaltete die Scheibe wieder aus. Warum kam er nicht zur Ruhe? Und warum tauchte Hailey heute die ganze Zeit vor seinem inneren Auge auf? Letzteres war nicht so schwer zu beantworten, denn Hailey beherrschte seit einer ganzen Weile sein Tun und Denken, wie es schon lange keine Frau mehr geschafft hatte – und das wirkte sich nachteilig auf seine Produktivität aus.

»Ist es gerade ungünstig?« Sky stand unschlüssig auf der Schwelle der geöffneten Werkstatttür.

»Im Gegenteil«, sagte Sean und lächelte seinen überraschenden Besucher freundlich an. Er hatte nicht ernsthaft damit gerechnet, dass Sky heute wirklich kommen würde, doch er freute sich sehr. »Du rettest mich gerade vor mir selbst.«

»Ja?« Sky grinste schief. »Das ist toll. Ich wünschte, das würde auch mal jemand für mich tun.« Er kam in die Werkstatt und ließ seinen Blick neugierig über all die wundersamen Dinge gleiten, die es dort gab.

Nicht, dass sie für Sean wundersam waren, aber er hatte gelernt, dass Laien häufig völlig verzaubert und fasziniert waren. »Deswegen bist du doch heute hier, oder?«, entgegnete er dann. »Wir könnten uns gegenseitig retten.«

»Bin ich deswegen hier?«, fragte Sky leise, doch die Frage schien er sich selbst zu stellen und keine Antwort zu erwarten. Stattdessen betrachtete er mit eindeutigem Interesse die sehr unterschiedlichen Werkstücke im Trocknungsregal. »Vielleicht ist das so. Vielleicht wollte ich aber nur mein Versprechen einlösen.«

»Warum auch immer du hier bist, ich freue mich«, sagte Sean. »Kann ich dir irgendwas anbieten? Kaffee? Tee? Wasser?«

Sky schüttelte den Kopf.

»Bier? Whisky?«

»So schlimm ist es noch nicht. Hoffe ich jedenfalls.« Sky lachte. »Bekomme ich eine Führung?«

»Klar, gerne.« Sean stellte sich neben ihn vor das Regal. »Das hier ist eigentlich schon der vorletzte Arbeitsschritt. In diesem Regal lagere ich die Stücke, die ich später brennen werde.«

»Hast du einen eigenen Brennofen?«, wollte Sky wissen.

»Selbstverständlich. Zwei sogar. Aber die sind hinter der Werkstatt im Garten. Ein großer, den ich mit Holz beheize, und ein kleiner elektrischer. Den nutze ich aber nur ganz selten, für Gegenstände, die eine wirklich präzise Brenntemperatur brauchen.«

»Spannend. Aber vielleicht fangen wir wirklich vorne an.«

»Hier lagere ich die unterschiedlichen Tonsorten«, begann Sean und führte Sky zu den großen Kunststofftonnen. Er öffnete einen der Deckel. »Es ist wichtig, dass das Rohmaterial möglichst luftdicht abgeschlossen ist und feucht gehalten wird – auch wenn Ton theoretisch unendlich lang hält. Selbst völlig eingetrocknete Stücke kann man wieder reaktivieren, aber das ist ein ziemlicher Aufwand, und für meine Arbeit ist es besser, wenn der Grundstoff optimal gelagert wird, damit ich direkt loslegen kann.«

»Verstehe«, sagte Sky nickend. »Und es gibt so viele unterschiedliche Sorten?«

»Es gibt sogar noch viel mehr. Schließlich macht es einen Unterschied, ob man zartes Bone-China-Porzellan herstellen möchte oder rustikales Steingut. Der Ton, den ich für meine Skulpturen verwende, muss etwas andere Eigenschaften haben als der, den ich für Gebrauchsgegenstände nutze«, dozierte er weiter. »Aber das sind Feinheiten, die vermutlich nur für Profis spannend sind.«

»Gar nicht«, widersprach Sky. »Ich habe bislang nur nicht darüber nachgedacht. Aber es ist absolut einleuchtend. Ich glaube nicht, dass in der Töpferei in Tapua unterschiedliche Sorten verwendet werden, daher bin ich gar nicht auf die Idee gekommen.«

»Was wird dort denn vorwiegend hergestellt?«, wollte Sean wissen.

»Verschiedene Sachen. Es begann als soziales Projekt, um mehr Menschen in eine Beschäftigung zu bringen, doch im Laufe der Jahre hat es sich verselbstständigt. Hauptsächlich machen sie dort Geschirr und Gebrauchsgegenstände, und so langsam setzt sich die Erkenntnis durch, dass Keramikteller nicht nur schöner sind als das billige Plastikgeschirr, das es auf dem afrikanischen Kontinent wirklich massenhaft gibt, sondern auch nachhaltiger und viel besser für die Umwelt.«

»Wieso gibt es so viel Plastikgeschirr?«, fragte Sean überrascht. Darauf wäre er nie gekommen.

»Es ist halt sehr billig, bunt und scheinbar innovativ. Afrika hat ein riesengroßes Plastikproblem, das weiß man hier im Westen gar nicht, aber es gibt glücklicherweise immer mehr Projekte, die wenigstens punktuell gegensteuern. Lange galt die traditionelle Keramik als rückständig, und für viele Äthiopier waren Plastikteller ein Symbol für Aufbruch und Modernität. Ganz ähnlich wie hierzulande ja auch, nur mit einigen Jahren oder Jahrzehnten Verzug. Wie problematisch viele Kunststoffe und Mikroplastik für die Umwelt und den ganzen Planeten sind, wissen wir ja auch erst seit vergleichsweise kurzer Zeit.« Sky seufzte. »Sorry, wenn ich so ins Schwafeln komme, aber das ist eines der Themen, die mir wirklich am Herzen liegen.«

»Mir auch, daher interessiert es mich wahnsinnig. Und du scheinst dich wirklich gut auszukennen.«

Sky zuckte mit den Schultern. »Meine Eltern waren notorische Idealisten und Weltverbesserer, und sie haben das nicht unerhebliche Vermögen meines Vaters in ein kleines Entwicklungshilfeprojekt in Äthiopien gesteckt. Ich bin in Tapua und mit diesem Projekt aufgewachsen. Leider sind sie sehr früh bei einem Autounfall ums Leben gekommen. In der Zeit war ich in Südafrika im Internat. Meine Großmutter, die meine einzige lebende Verwandte ist, hat mich dann zu sich nach San Francisco geholt, doch da habe ich mich überhaupt nicht wohlgefühlt. Nach dem Schulabschluss bin ich sofort wieder zurück nach Afrika gegangen, habe in Kapstadt studiert und nebenbei versucht, das Projekt meiner Eltern am Leben zu erhalten. Wir waren einige Jahre recht erfolgreich, doch dann …« Er schloss kurz die Augen und winkte ab. »Ich will dich nicht mit Details langweilen, aber lass es mich so formulieren: Es ist einiges schiefgegangen.

Das komplette Vermögen war futsch, und die Organisation wurde von einer größeren übernommen, die unsere Projekte aber glücklicherweise einigermaßen seriös weiterführt. Ich habe inzwischen eine neue NGO gegründet, STEADFAST heißt sie, die vor allem auf Aufklärung und Korruptionsbekämpfung setzt, weniger auf lokale Einzelprojekte. Deshalb kann ich das mit einem Netzwerk von engagierten Menschen auch von hier aus managen und muss nicht vor Ort sein.«

Sean war der niedergeschlagene Tonfall seines Gegenübers nicht entgangen. »Das klingt aber so, als wärst du lieber vor Ort und nicht hier.«

»Ich mag aussehen wie ein blonder, weißer Amerikaner, aber ich fühle mich wie ein Afrikaner – und hier einigermaßen fremd. Ich habe tatsächlich oft großes Heimweh und würde mir wünschen, dass meine Kinder mehr von Äthiopien mitbekommen. Speziell Ayana, deren leibliche Mutter Äthiopierin war, sollte ihre Wurzeln kennenlernen.« Er seufzte erneut. »Aber mir ist auch klar, dass das im Moment nicht möglich ist.«

»Wegen deiner Frau?«, mutmaßte Sean.

»Ja. Sie empfindet zwar grundsätzlich wie ich und hat sich ebenfalls in Äthiopien und Südafrika verliebt, aber eher auf die romantische Touristenart. Auch wenn sie mich für diesen Spruch vermutlich vierteilen würde.« Er lachte kurz auf. »Aber ich merke auch, wie sie aufblüht, seit wir hier in Schottland sind. Das ist ihre Heimat – genau wie Äthiopien meine ist. Aber weil sie nun diesen verantwortungsvollen Job in der Kanzlei hat, können wir nicht mehr durch die Weltgeschichte gondeln, wie wir es während der letzten zwei Jahre gemacht haben. Von den Konfliktherden vor Ort mal ganz abgesehen.«

»Das Herumgondeln ist unter Nachhaltigkeitsgesichtspunkten aber auch nicht gerade brillant«, wandte Sean ein.

»Natürlich. Und glaub nicht, dass mir das nicht ebenfalls Kopfzerbrechen bereitet. Rein objektiv betrachtet ist es absolut sinnvoll, dass wir hier unsere Basis haben und eben nicht mehr so viel reisen. Für meine Arbeit macht es keinen Unterschied, wo ich sitze.«

»Für deine Seele aber schon, oder?« Sean war fasziniert von Skys Geschichte und konnte die fast greifbare Sehnsucht des anderen Mannes so gut nachvollziehen – auch wenn sein eigenes Sehnen ganz andere Ursachen hatte.

»Absolut«, gab Sky zu. »Ich versuche zwar, sie mit logischen Argumenten zu überzeugen, aber das funktioniert nicht wirklich gut.«

»Glaub mir, ich weiß, was du meinst …« Die beiden schwiegen, und Sean sah aus dem Fenster auf die Schafweide, wo Basil tatsächlich immer noch mit seinen Kumpels herumtobte. Dann überraschte er sich und seinen Gast mit den Worten: »Manchmal habe ich aber auch das Gefühl, dass ich meine Sehnsucht nur kultiviere, um mich vor einer viel tiefer sitzenden Angst abzulenken.«

Sky starrte ihn verblüfft an und schien das erst einmal verarbeiten zu müssen.

Sean ging es nicht anders. Er hatte keine Ahnung, woher diese Worte gekommen waren. Von seinen Stimmbändern und aus seinem Mund, so weit war es klar. Doch was hatte ihn dazu bewogen, einen Satz auszusprechen, den er gar nicht wirklich verstand? Was genau war seine Sehnsucht? Selbst diese Frage konnte er nicht richtig beantworten, aber die Sache mit der Angst war noch rätselhafter. Es war wie beim meditativen Töpfern, wenn seine Hände von seinem Unterbewusstsein geleitet wurden und er danach keine Ahnung hatte, wie er es fertiggebracht hatte.

»Kann es sein, dass du entweder ein sehr weiser Mann bist oder …«

»Oder einen an der Klatsche habe?« Sean rieb sich sein bärtiges Kinn. »Vermutlich eine Mischung aus beidem. Aber zurück zu dir. Ich bin sicher, ihr werdet einen Kompromiss finden, wenn ihr das wirklich wollt. Und falls du mal Freiwillige für eins deiner Projekte brauchst, dann gib bitte Bescheid. Es klingt, als würde ich mich gerne dafür einsetzen. Ich würde auch wahnsinnig gerne mal das Dorf und die Töpferei besuchen.«

»Ich hoffe, du bereust diesen Vorschlag nicht«, sagte Sky mit einem nun wieder sehr breiten Lächeln. »Ich mag derzeit ein wenig down und frustriert sein, aber ich bin sehr gut darin, andere Menschen für die gute Sache einzuspannen.«

»Ich meine es absolut ernst. Vor allem, weil ich noch nie in Afrika war und den Kontinent gerne mal kennenlernen möchte.«

Sky blieb noch den halben Nachmittag über, und sie quatschten über alle möglichen Dinge, die sie beschäftigten. Über Alltäglichkeiten genauso wie über die seltsame Dorfdynamik von Kirkby, die sie beide nur von außen kannten. Als sich sein Gast schließlich verabschiedete, weil er seine Tochter vom Kindergarten abholen wollte, hatte Sean zum ersten Mal seit sehr langer Zeit das Gefühl, einen neuen Freund gefunden zu haben.

»Mäh!« Plötzlich stand Basil wieder in der Werkstatt.

Sean grinste. »Hattest du einen schönen Nachmittag?«, fragte er das Lamm und sah dann auf die Uhr. »Verstehe, du hast Hunger.« Es war Zeit für nächste Flasche, und Sean ging folgsam in die Küche, um die Milch zu erhitzen. Marlin hatte ihm dafür einen Fläschchenwärmer für Babys gebracht, den er sehr praktisch fand.

»Mäh! Määääh!«, rief Basil mit wachsender Ungeduld.

»Sorry, es geht nicht schneller. Ein bisschen musst du dich gedulden.« Er bückte sich und streichelte den kleinen Bock.

»Mäh!« Offenbar sah Basil das anders.

»Mau!«

Sean und Basil fuhren herum. Kater Elvis war zur Tür hereinspaziert, und offensichtlich war er empört darüber, dass sich der Zweibeiner mit einem anderen Felltier abgab.

»Mau!« Elvis schlug seinen buschigen Schwanz hin und her – ein deutliches Zeichen zunehmender Missbilligung.

»Darf ich vorstellen? Elvis, das ist Basil, Basil, das ist Elvis. Vertragt euch.«

»Mau.«

»Du magst hier zwar die älteren Rechte haben, aber Basil gehört hierher«, klärte er den Kater auf – insgeheim heilfroh, dass kein menschliches Ohr mitbekam, wie intensiv er sich mit den Tieren unterhielt. »Wärst du in den letzten Wochen hier gewesen, wüsstest du längst davon.«

Diese Aussage würdigte der Kater nicht einmal mehr mit einem Kommentar. Stattdessen setzte er sich auf den Küchenboden und ließ seinen Bernsteinblick zwischen Mann und Lamm hin- und herschweifen. Basil dagegen hatte seinen akuten Hunger verdrängt und näherte sich neugierig dem Kater, der noch ein Stückchen größer war als er selbst.

»Sei vorsichtig«, warnte Sean, betrachtete das Schauspiel jedoch fasziniert. Zentimeter für Zentimeter näherte sich das Lamm dem wie eine Statue dasitzenden Elvis. Als sich ihre Nasen fast berührten, hielt Sean den Atem an und war bereit, jederzeit einzugreifen, sollte der Kater seine Krallen ausfahren und Basil attackieren. Doch zu seiner Überraschung blieb alles friedlich und freundlich. Elvis schnupperte nur und rieb dann sogar seinen Kopf an Basils. Sean tastete nach seinem Handy und schoss rasch ein paar Fotos, die bei Rufus garantiert wieder für Entzücken sorgen würden.

Der Fläschchenwärmer piepte und versprach Abendessen für das Lamm. Damit auch Elvis nicht zu kurz kam, griff Sean in die Dose, in der er Katzenleckerlis aufbewahrte, und warf ihm eine Handvoll davon hin. Dann nahm er das Fläschchen, setzte sich auf den Boden und hielt es Basil vor die Nase. Der dockte sofort an und nuckelte rasant die ganze Milch weg.

»Du kleiner Fresssack«, sagte Sean liebevoll und wollte dem Lamm das Milchmäulchen sauber wischen, doch Elvis war schneller. Der Kater hatte seinen Snack ebenfalls im Rekordtempo verdrückt und gönnte sich nun ein Dessert, indem er liebevoll und gründlich Basils Schnauze ableckte. Sean fühlte sich bis auf die Knochen gerührt von diesem Anblick. Es war herzerwärmend, dass zwei so unterschiedliche Lebewesen derart wohlwollend und freundlich miteinander umgingen. Davon könnten sich die meisten Menschen wahrlich eine Scheibe abschneiden.

Wirklich produktiv war er heute noch nicht gewesen, doch statt direkt in die Werkstatt zurückzukehren, checkte Sean seine Lebensmittelvorräte. Er hatte

Hefe gekauft, und auch das neue Basilikumpflänzchen hatte es bis in die Küche geschafft. Vielleicht sollte er heute mal wieder Pizza machen? Seit Haileys Überraschungsbesuch vor ein paar Wochen hatte er keine mehr gegessen. Einfach weil er sich seitdem nicht mehr vorstellen konnte, je wieder allein Pizza zu essen. Doch da es extrem unwahrscheinlich war, dass Hailey erneut einfach so bei ihm aufkreuzte, und er sich seltsamerweise scheute, sie einzuladen, hatte er in den letzten Wochen auf sein Lieblingsgericht verzichtet. »Gordon, du bist komplett bescheuert«, schimpfte er mit sich selbst und fing dann an, den Pizzateig zusammenzurühren. Außerdem konnte er nachher einfach Lennox fragen, ob er mitessen wollte. Der schien – im Gegensatz zu ihm selbst – wirklich fleißig zu arbeiten, denn gelegentlich hörte man auf die Distanz ein besonders hartes Gitarrenriff.

Als der Teig so weit fertig war, dass er gehen konnte, legte Sean ein sauberes Küchentuch über die Schüssel und scheuchte Lamm und Katze hinaus. Basil hatte sich mit vollem Bauch müde zusammengerollt, und Elvis hatte sich solidarisch danebengekuschelt. Doch so niedlich dieser Anblick war, unbeaufsichtigt sollten die beiden besser nicht in der Küche bleiben. Es wäre nicht das erste Mal, dass sich der Kater ein Geschirrtuch schnappte oder schlimmere Dinge anstellte.

Also achtete Sean darauf, dass die Tür fest geschlossen war, und setzte sich endlich wieder an seine Drehscheibe. Der Tonbrocken von vorhin war bereits leicht angetrocknet, ließ sich aber mit nassen Händen rasch wieder geschmeidig kneten. Diesmal funktionierte es viel besser mit der intuitiven Arbeit. Er schloss die Augen, blendete weitgehend die Geräusche aus, die Basil und Elvis erzeugten, weil sie jetzt offensichtlich ausgeschlafen genug und in Spiellaune waren, und ließ seine Finger über den elastischen Ton tanzen. Minutenlang gab er sich der meditativen Routine hin und ignorierte sogar ein lautes Scheppern und dass sich Elvis an seine Beine schmiegte. Doch dann klopfte es erst zaghaft, kurz darauf etwas vehementer an der Tür, und schließlich öffnete sie sich auch, ohne dass er seinen Besucher hereingebeten hätte.

»Ähm«, hörte er eine Frauenstimme. »Ich hoffe, ich störe nicht.«

Es war nicht einfach irgendeine Frauenstimme, es war Hailey, und die Erkenntnis brachte Sean derart aus dem Konzept, dass er sein Tonwerkstück ein bisschen zu fest anpackte und es dabei von der Scheibe löste. Das Ding wurde von der Fliehkraft durch den Raum geschleudert wie ein UFO und landete auf Hailey. Auf ihrem Oberkörper, um es genauer zu sagen. Ganz präzise: auf ihrer Brust. Bloody hell!

• • •

»Huch!« Hailey wich zurück, buchstäblich getroffen. Was um alles in der Welt war da auf ihr gelandet? Sie pflückte den kühlen, feuchten, ziemlich schweren

Klumpen von ihrer Bluse. Von ihrer Lieblingsbluse, wenn sie es genau nahm, denn anders als bei ihrem ersten Besuch vor fünf Wochen hatte sie sich die Mühe gemacht, geduscht und ordentlich gekleidet bei Sean aufzuschlagen. Wenn auch genauso planlos wie damals.

»Es tut mir wahnsinnig leid«, beteuerte Sean, der zu ihr gehastet war und nach dem Klumpen greifen wollte. Von seinen lehmnassen Fingern tropften weitere Schmutzspritzer auf ihr weißes Hemd, und er ließ die Hände rasch sinken. »Sorry.«

»Was ist das?«, fragte sie und betrachtete das etwas deformierte Flugobjekt.

»Ehrlich gesagt weiß ich es nicht«, gab er zu.

Sie sah ihn verwirrt an. Wie konnte er nicht wissen, woran er gerade gearbeitet hatte?

»Ich arbeite oft intuitiv mit geschlossenen Augen und schaue mir das Ergebnis erst an, wenn meine Hände meinen, dass es fertig ist. Noch war ich nicht so weit.«

»Aha.« Sie hatte nicht die leiseste Ahnung, wovon er sprach, aber das wollte sie nicht zugeben. Stattdessen schaute sie sich in der Werkstatt um und runzelte die Stirn. »Warum Äste, Steine und Zapfen auf dem Boden herumkullern, weißt du dann wohl auch nicht, was?«

Er drehte sich um und schien das Chaos zum ersten Mal wahrzunehmen. »Das war also das Geschepper vorhin«, stellte mit einem verlegenen Lächeln fest.

»Ich war so in meiner Konzentration, dass ich Störgeräusche völlig ausgeblendet habe. Ich schätze, das war das Werk von Basil und Elvis.«

»Mäh!«, rief das Lamm empört, und der Kater fauchte von einem hohen Regalbrett herunter.

Bin ich hier in der Klapsmühle gelandet?, dachte Hailey konsterniert und wusste nicht, ob sie lachen oder lieber so schnell wie möglich das Weite suchen sollte. Stattdessen sagte sie: »Deshalb hast du auch nicht auf mein Klopfen reagiert, oder?«

»Wie kommst du darauf?«

»Na wegen der Konzentration und der Störgeräusche«, half sie ihm auf die Sprünge. »Tut mir wirklich leid, wenn ich dich aus deiner … ähm … Kunst gerissen habe.«

»Das ist überhaupt kein Problem – mir tut's leid, dass ich erschrocken bin und dann das Ding da auf dir gelandet ist.«

»Ich lebe ja noch«, entgegnete sie großmütig und hoffte, dass er nicht nachfragen würde, warum sie gekommen war. Die Antwort kannte sie nämlich selbst nicht. Sie hielt den Tonklops in der linken Hand und strich mit den Fingern ihrer rechten über seine Oberfläche. Eine Oberfläche, die bis vor wenigen Augenblicken von Seans Händen liebkost worden war. Sie schluckte. »Will ich wissen, warum Annas Kater und dein Schaf hier durch die Werkstatt toben?« Das war nicht ganz die Frage, die sie eigentlich hatte stellen wollen, aber die perfekte Ablenkung.

»Keine Ahnung. Wenn sie es dir verraten, kannst du mich ja in ihr Geheimnis einweihen, ich weiß es nämlich auch nicht.« Er sah ihr nicht in die Augen, sondern starrte abwechselnd auf den feuchten Schmutzfleck auf ihrer Bluse und ihre Hände, die nun angefangen hatten, an dem Ton-Ding herumzukneten.

»Sorry, ich hoffe, ich habe da nichts kaputt gemacht«, sagte sie hastig und streckte ihm den Klumpen entgegen.

»Man kann da gar nichts kaputt machen«, antwortete er mit einer Stimme, die plötzlich ein wenig heiser klang. Und irgendwie verdammt sexy.

»Okay …«

»Willst du es mal versuchen?«

»Was?«

»An der Drehscheibe etwas aus diesem Klumpen zu formen. Ich finde, es ist ein deutliches Zeichen, dass er deine Nähe gesucht hat.«

Täuschte sie sich, oder redete er nur noch Unsinn? Doch eigentlich war es Hailey egal, was genau er sagte, Hauptsache, er sprach mit ihr, denn sein Timbre kam ihr gerade besonders sexy vor. Er hatte ihr eine Frage gestellt, oder? Sie konnte sich nicht mehr erinnern. »Entschuldige, was hast du gesagt?«

»Ich habe dich gefragt, ob du mal dein Glück an der Töpferscheibe versuchen willst«, wiederholte er.

»Ich habe aber keine Ahnung, wie das geht«, gab sie zu.

»Das macht nichts, dafür bin ja ich da. Ich erkläre dir ganz genau, was du tun musst.« Sean lotste sie zu dem Hocker, der vor der sogenannten Töpferscheibe stand, und deutete darauf, damit sie Platz nahm. Dann rückte er einen weiteren Hocker näher und platzierte ihn direkt hinter ihr. »Warte kurz«, raunte er ihr ins Ohr, und sie bekam noch mehr Gänsehaut. Er verschwand kurz hinter der Tür, die, wie sie wusste, zu seiner Küche führte, und kehrte gleich darauf mit einer Schürze zurück, die er ihr umhängte. »Damit du dich nicht noch mehr einsaust.«

»Ich glaube, da ist ohnehin schon alles zu spät.« Sie linste an sich hinunter, doch der dunkle Fleck auf ihrer Brust war nun von der rot-weiß karierten Schürze verdeckt.

»Leg den Ton genau in die Mitte der Scheibe, und drück ihn etwas fest«, begann er mit seinen Anweisungen. »Dann tauch deine Hände in diese Schüssel hier, und umfasse den Ton. Ich stelle jetzt die Scheibe an.«

Hailey war sich nicht sicher, was genau sie tun musste, doch als die Töpferscheibe Fahrt aufnahm und der Tonklops anfing herumzueiern, packte sie beherzter zu, um ihn nicht erneut durch die Gegend fliegen zu lassen. Dann merkte sie, wie Sean hinter ihr auf dem anderen Hocker Platz nahm, sie mit seinen Beinen umschloss und noch näher rückte. Sein Bauch schmiegte sich an ihren Rücken, und seine Arme umfingen die ihren. Hailey schnappte überrascht nach Luft, und kurz flackerte die Erinnerung an eine

Filmszene durch ihren Kopf, doch sie bekam sie nicht zu fassen. Sean griff nach ihren Händen und führte sie um den braunen Klumpen, der sich in Windeseile zu einem hohen, zylindrischen … ähm … Dingens verformte, dessen Anblick sie schlagartig an ganz andere Sachen denken ließ.

»Lass deine Hände sich mit dem Ton vertraut machen«, sagte er leise, und sein warmer Atem prickelte an ihrem Hals. Dann nahm er ihre rechte Hand und drückte den Tonphallus wieder platt. »Versuch es mal mit unterschiedlichem Druck von oben und von der Seite, und achte darauf, was passiert.«

Oh, es passierte gerade einiges, was Hailey auffiel – und es hatte durchaus auch mit Druck zu tun, allerdings sehr wenig mit dem Tonknödel in ihren Händen. Sean spritzte ein wenig Wasser über ihre Finger und den Ton.

»Es ist wichtig, dass es schön feucht und glitschig ist.«

Hailey schluckte und unterdrückte mit aller Macht ein Stöhnen. Sein bärtiges Gesicht an ihrem Hals, sein Oberkörper an ihrer Rückseite, seine Finger, verschlungen mit ihren – sie hatte keine Ahnung, wie sie diese Situation überstehen sollte. Nicht, dass sie wollte, dass es vorbeiging, aber …

»Hör auf, so viel zu denken«, hauchte er ihr ins Ohr. »Mach die Augen zu, und lass deine Hände die Arbeit machen. Ich bin mir sicher, sie wissen ganz genau, was zu tun ist.«

»Oh Gott«, japste sie atemlos und schloss die Augen. Wenn das eine Art Vorspiel war, war es verdammt effektiv.

»Druck geben und Druck nehmen, das ist das Geheimnis bei der Arbeit mit Ton«, sprach er weiter – offenbar selbstvergessen und ohne jede Ahnung davon, welche Wirkung seine Worte auf sie hatten. »Wenn du willst, kannst du im Kopf einen Wunsch dazu formulieren, was aus diesem Stück Ton werden soll. Eine Tasse, eine Schale, ein Teller, eine Vase – alles ist möglich. Oder du kannst es einfach geschehen lassen.«

»Okay«, krächzte sie rau und hoffte, dass er ihre Erregung nicht mitbekam. Oder nein, er sollte es dringend mitbekommen und idealerweise etwas dagegen tun. Etwas, das nichts mit feuchtem Ton zu tun hatte. Hailey hatte das Gefühl, am ganzen Körper zu vibrieren und zu zittern, doch die solide Präsenz hinter ihr schien davon unbeeindruckt zu bleiben.

Langsam verlor sie jedes Gefühl für Raum und Zeit und hätte nicht sagen können, ob Sekunden, Minuten oder Stunden vergangen waren, als die Drehbewegung der Scheibe sich verlangsamte, schließlich ganz zum Stillstand kam und Sean das nächste Mal sprach. Wieder direkt an ihrem Ohr. »Mach die Augen auf.«

Sie blinzelte ein paarmal, bis sich ihre Augen an das Licht der Werkstatt gewöhnten und sie selbst wieder im Hier und Jetzt landete. Dann fiel ihr Blick auf das, was ihre Hände hergestellt hatten. »Was ist das?«

Sean beugte sich ein wenig seitlich nach vorn und betrachtete das seltsame Objekt. »Es könnte eine Vase sein«, befand er und klang amüsiert.

»Hm.« Hailey war sich nicht so sicher. Das Ding sah aus wie eine Art Kolben. Eine rundliche Basis, aus der ein langer, schmaler Hals wuchs, der oben allerdings nur wenige Zentimeter tief eingedrückt war, sodass allerhöchstens zwei Gänseblümchen darin Platz finden würden. »Definitiv keine Vase«, sagte sie. »Es sieht eher aus wie ein Penis.«

Sean gab ein seltsames Geräusch von sich. Ein Lachen? Ein Grunzen?

»Könnte auch ein Knüppel sein. Jedenfalls keine Vase. Vielleicht hätte ich doch einen präzisen Wunsch formulieren sollen.«

»Vielleicht hast du das ja getan?« Seine leise geraunten Worte fühlten sich wie glühende Lava an, die ihren Rücken hinunterlief und in ihrem Unterleib hochstieg. Hatte ihn das Ganze also doch nicht kaltgelassen?

»Vielleicht.« Sie schloss erneut die Augen und fühlte im nächsten Moment seine Lippen an ihrem Hals. Dann drehte er ihren Hocker, sodass sie sich gegenübersaßen. Zumindest schien das sein Plan zu sein, faktisch verhedderten sich Knie und Beine dermaßen, dass Hailey schließlich ihren Hocker wegkickte und sich rittlings auf seinen Schoß setzte.

Sie sah ihm kurz in die Augen, doch in der glasigen Dunkelheit seiner weit aufgerissenen Pupillen konnte sie nicht erkennen, ob er auf gute oder schlechte Art überrascht war. Auf gute, beschloss sie optimistisch und senkte dann den Blick, bis seine Lippen in ihr Blickfeld gerieten. Erstaunlich sinnliche Lippen, die in dem dunklen Bart gar nicht so gut zur Geltung kamen und die sich nun immer weiter annäherten.

»Du machst mich absolut verrückt, Hailey«, krächzten diese Lippen plötzlich. Sie fühlte eine kräftige Hand an ihrem Hinterkopf, und die letzten Zentimeter Distanz waren plötzlich Geschichte.

»Du mich auch«, brachte sie noch hervor, ehe ihre Münder sich ungestüm trafen, so vehement, dass die Zähne aneinanderknallten. Es war kein Filmkuss mit raffinierter Dramaturgie, sondern ein rohes, raues Aufeinanderprallen ungezügelter Leidenschaft. Beinahe wie die ersten Kampfübungen auf ihren Pferden, als Macbeth gestiegen und sie runtergefallen war.

»Aua«, rief sie, als sie hart auf dem Boden aufschlug und er sie unter sich begrub. Offensichtlich hatten sie das Gleichgewicht verloren.

»Hast du dir …«, begann er, doch sie vergrub ihre Hände in seinen Haaren und küsste ihn erneut.

Ihr tat nichts weh – ganz im Gegenteil. Die Empfindung seiner Lippen auf ihren und seiner Zunge in ihrem Mund war so berauschend, dass ihr wie vorhin jedes Zeitgefühl abhandenkam – bis etwas anderes an ihrem Ohr kitzelte.

»Mäh!«

Sie fuhr erschrocken hoch und prallte dabei voll mit der Nase gegen seine Stirn. »Aua«, rief sie erneut.

»Basil, du hast einen ganz schlechten Sinn für Timing«, schimpfte Sean mit dem Schäfchen, das nun aufgeregt neben ihnen herumhopste.

»Mäh! Määääh!«, rief der kleine Kerl vergnügt.

Die Situation war derart abstrus, dass Hailey haltlos zu kichern begann und schließlich den Kopf in den Nacken warf und lauthals lachte. Die ganze aufgestaute Spannung der letzten Tage verpuffte im Gelächter. Leider auch die heiße Erregung.

Sean sah etwas ratlos zwischen dem meckernden Lamm und der lachenden Hailey hin und her, dann rappelte er sich schmunzelnd auf und hielt ihr seine Hand hin. »Hast du Hunger?«, fragte er und fügte erläuternd hinzu: »Auf Pizza!«

»Oh ja. Auch auf Pizza«, sagte sie, immer noch grinsend. »Im Moment vor allem auf Pizza.«

»Ich hab mal irgendwo gehört, dass Lämmer als Symbol für Reinheit und Jungfräulichkeit gelten, aber mir war nicht klar, dass Basil diesen Job so ernst nimmt.«

»Für Reinheit und Jungfräulichkeit ist es wohl ohnehin längst zu spät.«

Sean grinste und schnitt dann den seltsamen Ton-Knüppel-Kolben-Penis von der Scheibe. »Soll ich es für dich brennen?«, fragte er und betrachtete das Ding ein wenig skeptisch. »Kann aber gut sein, dass es dabei reißt und kaputtgeht.«

»Vielleicht solltest du lieber etwas Schönes draus machen«, schlug Hailey vor.

»Oder du wagst bald einen neuen Versuch?«

»Ich denke, ich habe bewiesen, dass ich mit Ton absolut talentfrei bin«, entgegnete sie.

»Und ich sage, dass du für einen ersten Versuch schon Außergewöhnliches geleistet hast. Aber vielleicht liegt dir skulpturale Arbeit mehr.« Er warf ihr noch einen prüfenden Blick zu, dann presste er ihr Werk zu einem Ball und packte es in eine der Rohstofftonnen.

»Ich schätze, meine Stärken liegen eindeutig woanders«, behauptete sie jedoch und ging zu dem Regal, in dem ganz andere Stücke zum Trocknen lagen als beim letzten Mal. »Wow«, rief sie beeindruckt, als sie einen fein modellierten Pferdekopf sah. »Der ist ja toll.«

Sean, der gerade die herumfliegenden Äste und Steine einsammelte, kam zu ihr. »Danke. Das ist ein erster Versuch. Ich würde gerne eine Art Reiterskulptur machen, aber ich muss testen, ob es sich gut brennen lässt.«

»Kann es wirklich sein, dass die Stücke beim Brennen kaputtgehen?«, fragte sie.

»Ja, gar nicht mal so selten. Bei Geschirr weniger, das hat ja in der Regel eine gleichmäßige und ausgewogene Form, aber bei Skulpturen kann es manchmal problematisch werden. Beim Brennen geht die Elastizität des Tons verloren – was ja genau Sinn der Sache ist, aber dabei kann es zu strukturellen Spannungen kommen. Gerade bei massiven Stücken.«

»Und dann ist die ganze Arbeit futsch?«

»Wenn es richtig blöd läuft, dann ja«, entgegnete er schulterzuckend. »Es kann auch passieren, wenn die Temperatur zu hoch oder zu niedrig ist oder das Stück noch zu viel Feuchtigkeit im Kern hat. Meine praktische Abschlussarbeit musste ich drei Mal machen, weil die ersten beiden Durchgänge im Ofen verendet sind.«

»Das klingt ziemlich drastisch«, sagte sie.

»Ja, aber es ist Teil des Prozesses. Das gehört dazu. Und im Nachhinein bin ich froh darüber, denn der dritte Durchgang war der beste. Beim Brennen rächt es sich, wenn man vorher nicht gut genug gearbeitet hat.«

»Das klingt so abgeklärt. Ich wette, ich wäre da nicht so cool.«

»Glaub mir, ich bin auch nicht immer cool. Wenn eine Ausstellung ansteht und ich meinem Galeristen ein Dutzend neuer Stücke versprochen habe, und dann geht was schief – das ist Horror.«

Hailey nickte, obwohl sie es nicht vollständig nachvollziehen konnte. Das war eine absolut fremde Welt für sie. »Wie fühlt sich das an, seine Werke in Ausstellungen zu sehen?«

»Anfangs war es sehr aufregend. Ich hatte das Glück, schon während des Studiums eine Galerie zu finden, die sich für meine Sachen interessiert hat und mit der ich bis heute zusammenarbeite. Die erste Ausstellung war nervenaufreibender als der erste Sex.«

»Ach?« Sie lachte ungläubig.

»Doch. Und letztlich auch befriedigender. Ich wurde nämlich von Kritikern und Publikum hymnisch gefeiert. Das kann ich von meinem ersten Mal nicht behaupten.« Er verzog das Gesicht und wirkte gleichzeitig verwegen und verlegen.

Eine atemberaubende Mischung, wie Hailey fand. »Das kann ich mir ehrlich gesagt nicht vorstellen.«

»Was? Dass ich ein talentierter Künstler bin oder dass ich mies im Bett war?« Nun grinste er eindeutig verwegen.

»Dass du ein talentierter Künstler bist, weiß ich, und nach dem Vorgeschmack von eben scheinst du auch im Bett zu wissen, was du tust.«

KÜNSTLER IN VIELEN BEREICHEN

IHR GEPLÄNKEL HATTE DAS ZEUG DAZU, wieder zu mehr zu werden, und Sean war drauf und dran, sich erneut mitreißen zu lassen. Doch irgendwas hielt ihn davon ab. So fantastisch sich ihre Küsse angefühlt hatten und so großartig auch alles andere mit Hailey sein würde, dafür war jetzt nicht der richtige Zeitpunkt. »Vermutlich war das ein ziemlich blöder Vergleich«, relativierte er daher. »Ausstellungen sind wichtig und ein guter Indikator dafür, wie es um meinen Marktwert bestellt ist.«

Haileys Augen blitzten. »Um deinen Marktwert brauchst du dir keine Sorgen zu machen – zumindest nicht bei mir.«

Das klang schon wieder verdammt zweideutig. Oder eigentlich nicht, es war absolut eindeutig, wie sie es gemeint hatte, doch Sean tat so, als hätte er es nicht mitbekommen. »Mein Galerist macht mir gerade etwas Stress, weil er eine neue Ausstellung terminieren möchte, ich derzeit aber nicht viele Stücke habe, die ich ihm zur Verfügung stellen kann.«

»Weil du zu viel Geschirr machst?«, wollte Hailey wissen und schien sich tatsächlich auf den neuen Gesprächsverlauf einzulassen.

»Nein, nicht nur. Es ist eher so, dass ich gern eine etwas andere Richtung einschlagen würde, aber noch nicht sicher bin, wohin genau.«

»So wie bei der geplanten Reiterskulptur?«

»Ja, vielleicht. Ich habe die Skizze dazu neulich bei Instagram eingestellt, und die Resonanz war ziemlich positiv. Allerdings wäre das eine radikal neue Richtung. So figürlich war ich bislang nie.«

»Ist das gut oder schlecht?«

»Das ist die Frage aller Fragen.« Sean lächelte schief. »Ich weiß es offen gestanden nicht. Ich merke nur, dass ich darauf derzeit am meisten Lust habe. Und es ist schön, von meinen Instagram-Fans positives Feedback zu bekommen, doch man muss auch ganz klar sagen, dass die eher nicht die Käufer meiner Sachen sind.«

»Wie kannst du das wissen?«, fragte Hailey, nun aufrichtig interessiert.

»Ich selbst weiß es gar nicht, aber Miguel, mein Galerist, hat das herausgefunden. Meine Käufer sind vorwiegend wohlhabende Kunstsammler und Kuratoren von Museen, die sich nicht von Instagram-Feeds inspirieren lassen. Da tummeln sich eher jüngere Menschen, Kunststudierende und Leute, die meine Kunst zwar gut finden, sich die Stücke aber vermutlich nie leisten könnten. Und Kollegen.« Er dachte an den ätzenden Kommentar von »Clay is female«, dem Account, hinter dem Meribeth steckte. »Was ich damit sagen will, ist, dass ein Trend auf Instagram nicht zwangsläufig auf die wahre Kunstwelt übertragbar ist.« Er versuchte mit aller Macht, den galligen Geschmack im Mund herunterzuwürgen, der bei dem Gedanken an Meribeth hochgekommen war.

»Das hört sich ziemlich elitär an«, befand Hailey mit einem leichten Stirnrunzeln.

»Mag sein. Die Kunstwelt ist eine sehr eigene und durchaus elitäre Clique. Aber ich will mich nicht beklagen, schließlich lebe ich gut davon, dass genug Menschen bereit sind, viel Geld für meine Stücke zu zahlen. Daher ist es eben schon ein paar Gedanken wert, in welche Richtung ich mich entwickeln sollte.«

»Vielleicht bin ich naiv, aber ich dachte ehrlich gesagt, dass Künstler genau die Dinge erschaffen, die sie erschaffen wollen, und nicht das, was die Käufer verlangen.« Hailey sah ihn mit großen Augen an.

»Tja, das ist einerseits richtig, andererseits …« Er seufzte, stellte die letzten Sachen an ihren Platz zurück und deutete dann in Richtung Küche. »Wollen wir unser Gespräch an einen anderen Ort verlagern?«

Sie nickte. »Was machen wir mit den Tieren?«

»Elvis, Zeit für dich, nach Hause zu gehen«, wandte er sich an den großen Kater, der auch sofort zur Werkstatttür hinaushuschte. »Basil hat in der Küche eine Kiste, in die er sich bestimmt gleich legen wird«, fuhr Sean fort und öffnete die Tür zu seiner heimeligen Wohnküche.

Tatsächlich schien das Lamm von den ausgedehnten Spieleinheiten mit seinen Artgenossen und Elvis so erschöpft zu sein, dass es sich gleich in die mit

Stroh ausgestopfte Holzkiste legte, die Augen schloss und umgehend einschlief. »Ich würde mir schnell etwas anderes anziehen«, sagte Sean und deutete auf seinen Arbeitsoverall. »Wenn du dir die Hände waschen möchtest, das Gästebad ist die erste Tür links im Flur.«

Sie nickte, und er lief rasch die Treppe hoch in die erste Etage, wo er in seinem Bad rasch aus dem verdreckten Anzug schlüpfte und ihn direkt in die Waschmaschine steckte. Dann wusch er sich gründlich die Hände und kurz sein Gesicht. Im Schlafzimmer nahm er eine saubere Jeans und sein liebstes Langarmshirt aus dem Schrank. Sein Blick fiel aufs Bett, das wie immer ungemacht war, das er gestern aber wenigstens frisch bezogen hatte. Nicht, dass das irgendwie relevant war, aber ... Er schüttelte den Kopf über seine wirren Gedanken und schnappte sich kurz entschlossen noch ein graues Sweatshirt. Gleich darauf war er wieder unten in der Küche, wo Hailey lächelnd in die Kiste schaute, in der Basil schlief.

»Der Kleine ist wirklich zuckersüß«, sagte sie.

Nicht halb so süß wie du, schoss es ihm durch den Kopf. »Das ist er«, entgegnete er jedoch und hielt ihr das Sweatshirt hin. »Falls dir kalt ist.« Hailey hatte die Schürze abgelegt, und sein Blick wurde wieder wie magisch von dem immer noch leicht feuchten Fleck auf ihrer Bluse angezogen. Beziehungsweise von dem, was darunter lag, üppige, zweifellos sehr weiche Brüste, deren runde Ansätze der tiefe Ausschnitt sehr schön in Szene setzte. Nein, das war nicht gut! Er legte den

Pulli auf den Tisch, drehte sich abrupt um und trat zur Arbeitsfläche, wo die bedeckte Teigschüssel stand.

»Ich mach dich doch nicht etwa nervös?«, fragte sie mit einem amüsierten Glucksen in der Stimme.

Er ging nicht darauf ein, sondern verteilte etwas Mehl auf der Arbeitsfläche und holte den tadellos aufgegangenen Pizzateig aus der Schüssel. »Als ich noch im Studium war, habe ich meine ersten Werkstücke vollkommen intuitiv hergestellt. Ich habe mich von meinen Instinkten leiten lassen und all die Dinge ausgedrückt, die mich damals beschäftigt und belastet haben«, nahm er den Gesprächsfaden von vorhin wieder auf. »Zu diesem Zeitpunkt habe ich nicht über Trends und Vermarktbarkeit nachgedacht, sondern genau das gemacht, was ich wollte. Ein paar Teile sind in der Semesterwerkschau der Uni gelandet, wo mich Miguel entdeckt und direkt unter Vertrag genommen hat. Meine Sachen haben sich erstaunlicherweise wahnsinnig schnell und zu unglaublichen Preisen verkauft. Damit hätte ich im Leben nicht gerechnet. Das war und ist natürlich toll. Für mich bedeutete es Unabhängigkeit und Freiheit. Zumindest so lange, bis mir klar wurde, dass ein zu radikaler Stilwechsel schwierig werden könnte.«

»Hm« war alles, was Hailey dazu einfiel, und Sean war sich nicht sicher, ob diese kleine Silbe ihre Ratlosigkeit in Bezug auf ihn oder auf die Mechanismen der Kunstwelt ausdrücken sollte.

»Wenn Kunstsammler einen für sie neuen Künstler entdecken, verlieben sie sich meist in ein, zwei spezifische Stücke. Die stehen dann in ihren Augen für den Stil dieses Künstlers. So entsteht eine gewisse Erwartungshaltung«, versuchte er ihr zu erklären, wie der Markt funktionierte. »Wenn du beispielsweise einen Thrillerautor für seine superspannenden Geschichten liebst, wärst du bestimmt irritiert, wenn sein nächstes Buch ein Fantasy-Epos oder ein Liebesroman wäre«, fügte er noch hinzu.

»Ich weiß nicht.« Sie klang skeptisch. »Bei Büchern ist das vielleicht was anderes. Ich meine, ich habe von Kunst echt nicht viel Ahnung, aber Picasso zum Beispiel hatte im Laufe seines Lebens doch auch viele unterschiedliche Phasen – und die Leute sind verrückt nach all seinen Bildern.«

Sean lächelte leise und knetete weiter den Pizzateig. »Das stimmt natürlich. Aber erstens spiele ich nicht ansatzweise in Picassos Liga, und zweitens bezweifle ich ganz stark, dass die Leute wirklich alles von ihm mögen. Es gibt Menschen, die lieben seine frühen Werke, andere mögen nur die ganz abstrakten Gemälde, und wieder andere stehen auf seine berühmten plakativen Bilder.«

»Trotzdem finde ich, dass Künstler das erschaffen sollen, was sie wollen, und nicht das, wonach sich die Käufer sehnen. Sonst ist es doch keine Kunst mehr, sondern reines Handwerk oder eine Dienstleistung.«

Er drehte sich zu ihr um und stellte fest, dass sie das Kinn energisch vorgereckt hatte und ihre Hände in die Hüften stemmte. In dieser Pose sah sie aus wie eine furchtlose Kämpferin für die Kunstwelt – und unfassbar sexy. »Das ist ein echt interessanter Gedanke«, sagte er und wandte sich dann wieder dem Teig zu, den er nun zu zwei gleichmäßigen runden Scheiben formte. »Aber ich fürchte, er geht ein wenig an der Realität vorbei.« Er seufzte, denn exakt diese Diskussion hatte er schon etliche Male mit Kollegen und natürlich auch mit seinem Galeristen geführt.

»Aber das ist doch total bescheuert, oder? Ich meine, wenn du immer nur dieselben oder ähnliche Dinge machst, nur weil die sich gut verkaufen, wird es doch erstens irgendwann langweilig, und zweitens …«

»Und zweitens verkümmert die Kreativität«, ergänzte er. »Könnte man jedenfalls denken. Andererseits gibt es schon noch viele Aspekte zu bearbeiten. Meine Stücke haben sich im Laufe der Jahre durchaus weiterentwickelt. Nicht nur, was die Formsprache betrifft – ich mache Skulpturen, Reliefs und gelegentlich sogar Mosaike –, sondern auch inhaltlich. Die Motive verändern sich langsam.«

»Wie meinst du das?« Sie war zu ihm getreten und musterte ihn aufmerksam. So nah, dass er ihre Wärme spüren konnte.

Er schluckte. Das war jetzt ganz dünnes Eis, aber er hatte das Gefühl, dass er ihr eine Erklärung schuldig war. Zumindest einen Erklärungsversuch. »Ich hatte keine besonders glückliche Kindheit«, begann er also. »Im Internat hat mich eine Kunstlehrerin zum Ton gebracht, und irgendwie konnte ich damit meinen Schmerz und meine Trauer ausdrücken. Zu diesem Zeitpunkt habe ich nicht groß darüber nachgedacht. Auch im Studium war es zunächst komplett intuitiv. Natürlich habe ich da versucht, die verschiedenen Techniken umzusetzen, die wir im Unterricht gelernt hatten, aber ich habe mir keine Gedanken über ›mein Thema‹ gemacht, wie es viele Kommilitonen taten. Die meisten sind konzeptuell ans Werk gegangen, haben sich ein politisches oder gesellschaftliches Thema gesucht – Krieg, Umweltverschmutzung, Feminismus, solche Sachen – und sich daran abgearbeitet. Da sind spannende Dinge rausgekommen, aber das war nie mein Ansatz. Ich glaube, für mich war es immer mehr Therapie als echte Kunst.« Er wich ihrem Blick aus, drehte sich zum Kühlschrank und holte ein paar Sachen für den Belag hervor.

»Und doch bist du ein berühmter und erfolgreicher Künstler geworden, und die anderen …?«

»Nicht ganz so«, gab er zu.

»Kann es sein, dass die Menschen merken, dass die Empfindungen echt sind, die du mit deinen Werken transportierst?«, mutmaßte sie.

Sean nickte, völlig verblüfft von ihrer Scharfsinnigkeit und Sensibilität, die er ihr in Kunstdingen ehrlicherweise nicht zugetraut hatte.

»Wenn es also Authentizität ist, was die Menschen so anzieht, solltest du wohl besser auf dein Unterbewusstsein hören und genau die Dinge schaffen, die dir im Moment wichtig sind. Ansonsten wäre es doch unehrlich – und das merkt man dann vielleicht auch, oder?«

Er betrachtete sie plötzlich mit ganz anderen Augen. »Vielleicht solltest du demnächst die Verhandlungen mit meinem Galeristen führen. Du hast es nämlich voll erfasst und deutlich besser ausgedrückt, als ich es bisher konnte.«

Hailey lächelte, und ihre Wangen färbten sich zartrosa. »Schmeichler«, sagte sie leicht abwehrend, doch er war sicher, dass sie sich über das Kompliment freute. »Ich habe wirklich keine Ahnung von Kunst, aber im Umgang mit Pferden oder überhaupt allen Tieren ist es doch genauso: Sie merken es, wenn man nicht ehrlich ist. Dann vertrauen sie einem nicht mehr. Und warum sollte ein Pferd, das seinem Reiter nicht vertraut, mit ihm über einen Parcours gehen oder im Dressurviereck Höchstleistungen bringen?« Sie zuckte unwillkürlich mit den Schultern. »Vermutlich hinkt der Vergleich total, aber so stelle ich es mir eben vor. Wenn deine Werke nicht mehr ehrlich sind, warum sollte jemand dann viel Geld dafür ausgeben?«

Sean nahm spontan ihre Hand und drückte sie gegen sein Herz. »Du hast vollkommen recht«, sagte er mit ziemlich belegter Stimme, denn es war die Wahrheit. Mit wenigen Worten und einigen etwas schrägen Vergleichen hatte sie das Unbehagen entlarvt, das ihn in letzter Zeit belastete und das er bisher nicht vollumfänglich hatte benennen können.

Zwischenzeitlich hatte er sich sogar eingeredet, blockiert zu sein, doch das stimmte nicht. Er war nicht blockiert, sondern nur in einer vermeintlichen Sackgasse. Der Ausweg war einfach: Er musste sich nur umdrehen und seinem Herzen folgen. Einem Herzen, das in seinem Brustkorb heftig polterte und gegen ihre Hand donnerte.

»Wehr dich nicht gegen das, was du wirklich willst«, raunte sie und trat noch einen Schritt näher.

Sean wusste nicht, ob sie damit seine Kunst meinte oder seine Gefühle für sie – falls es da überhaupt einen Unterschied gab. Er wusste auch nicht, wer den folgenden Kuss initiierte, und es war egal. Schon vorhin in der Töpferstube, als er hinter ihr an der Drehscheibe gesessen hatte, war er kaum noch in der Lage gewesen, sich der immer größer werdenden Spannung zu entziehen. Jetzt war es vollkommen unmöglich. »Lass uns hochgehen«, sagte er schließlich keuchend und stellte überrascht fest, dass sie beide schon nackte Oberkörper und offene Hosen hatten. Wann war das passiert?

»Gute Idee«, raunte sie gegen seine Brust und knetete mit einer Hand seinen Hintern. Himmel, diese kräftigen Finger fühlten sich einfach himmlisch an.

Seans Erregung schmerzte fast, als sie die Treppe hinaufstolperten, und wie durch einen Zaubertrick waren sie beide vollständig nackt, als sie sein Schlafzimmer erreichten. Er hatte keine Ahnung, wie das geschehen war. Er dirigierte Hailey aufs Bett und betrachtete sie einen Moment lang voller Ehrfurcht und Verwunderung, ehe sie ihre Hand nach ihm ausstreckte und ihn zu sich zog.

Es war wie sein meditatives Töpfern – nur so viel besser. Er erkundete ihren weichen Körper, der doch so viel Stärke ausstrahlte, liebkoste ihre zarte Haut und kostete ihren heißen Nektar, bis sie vor Erregung wimmerte und schließlich laut seinen Namen schrie.

Ihr »Gegenangriff« folgte prompt, und es war mehr als offensichtlich, dass sie ganz genau wusste, was sie tat. Ein Glück, denn er selbst hatte nichts mehr unter Kontrolle. Sie streifte ein Kondom über seinen zum Bersten gespannten Penis, und für einen kurzen Moment hatte er nur noch den einen Wunsch: an ihre üppigen Brüste geschmiegt zu sterben. Doch Hailey hatte andere Pläne. Sie drückte ihn auf die Matratze, nahm ihn tief in sich auf und ritt ihn buchstäblich in den Sonnenuntergang. Er sah Sterne blitzen, als sie mit einem gutturalen Laut erneut kam und ihn derart mitriss, dass er sich heftig ergoss.

»Das war …«, begann sie mit schwerem Atem, als sie vorsichtig von ihm herunterrollte und sich an seine Seite schmiegte.

Er fand keine passenden Worte, sondern angelte nach der Decke und zog sie über sie beide.

»Also, wenn deine Ausstellungen wirklich besser sind als das hier, ist Picasso ein trauriger Waisenknabe neben dir.« Sie bohrte ihr Gesicht in seine Halsbeuge und inhalierte seinen Duft.

»Das war nicht ich, das warst alles du«, sagte er nach einer ganzen Weile. »Kein Wunder, dass die Pferde alles tun, was du von ihnen verlangst. Deine Schenkel sind die pure Magie. Genau wie deine Hände, deine Haut …«

»Und deine Zunge«, fügte sie hinzu und hauchte ihm einen Kuss gegen den Hals. »Aber ich hoffe, du unterstellst mir nicht, dass ich mit den Pferden …«

»Um Himmels willen!«, unterbrach er sie. »Was ich damit ausdrücken will, ist, dass du einfach durch und durch echt bist. Und dass alles an dir diese Ehrlichkeit ausstrahlt.«

»Ich bin mir nicht sicher, ob das ein Kompliment ist«, brummte sie, und die Vibration ihrer Lippen an seinem Hals jagte einen Schauer über seinen ganzen Körper.

»Du weißt genau, wie verführerisch, unwiderstehlich und absolut sexy du bist«, sprach er jedoch weiter und streichelte ihre ausladenden Kurven. »Aber es sind deine Willensstärke und deine Ehrlichkeit, die mich komplett um den Verstand bringen. Und das Gefühl, wenn du kommst.« Er fuhr sich mit der Zunge über die Lippen, an denen immer noch ihr einzigartiger Geschmack haftete, und seine Finger tasteten sich wie auf Autopilot über ihren weichen Bauch und zwischen ihre Beine. In diesem Schoß hatte er vor wenigen Minuten einen der intensivsten Orgasmen seines Lebens gespürt. Zärtlich und fast ehrfürchtig fuhr er mit den Fingern über ihren Venushügel, und sie öffnete prompt bereitwillig die Beine. Sie war immer noch nass – oder schon wieder?

»Oh ja«, stöhnte sie leise, als er flüchtig über ihren Kitzler strich, und er merkte, wie ihre Hand zuckte, als wollte sie seine dirigieren.

»Lass mich bitte«, bat er und zog sie mit dem anderen Arm enger an sich. Er vergrub sein Gesicht in ihrem duftenden Haar, schloss die Augen und konzentrierte sich ganz darauf, wie sich ihr erhitztes Fleisch unter seinen Fingern anfühlte. Er ließ seine Hand auf Forschungsreise gehen, genau wie er es oft mit dem Ton machte, und ähnlich wie der Werkstoff zu seinen Fingern zu sprechen schien, stellte nun auch Haileys Körper Fragen, äußerte Wünsche und Forderungen.

Während vorhin alles wie ein Rausch gewesen war, bei dem unwichtige Details wie verlorene Klamotten, Raum und Zeit in den Hintergrund traten, nahm er jetzt alles wahr. Ihren abgehackten Atem, ihr leichtes Zittern, ihren rasenden Herzschlag und vor allem ihre gierige Vulva. Er knetete leicht ihre äußeren Schamlippen, drückte sie zusammen und spreizte sie auseinander, dann fuhr er federleicht an den inneren entlang und freute sich über ihr Stöhnen.

»Ich brauche mehr«, keuchte sie.

»Du bekommst alles, was du willst«, antwortete er leise. »Aber noch nicht sofort.«

»Du machst mich wahnsinnig«, japste sie halb verzweifelt.

»Du bist schon zweimal gekommen, so dringend kann es gar nicht sein«, entgegnete er und merkte doch, wie sich sein Schwanz ebenfalls schon wieder regte. Das dürfte ein Erholungsrekord für ihn sein. Seine Lust war allerdings zweitrangig. Er war noch längst nicht fertig damit, Hailey zu erforschen. Er ließ seine Finger in gleichmäßigen, kreisenden Bewegungen um ihren Hügel gleiten, achtete aber darauf, dass er ihre Klitoris nicht berührte.

Sie bebte, und er konnte ihre Ungeduld immer deutlicher spüren, bis sie die Beine schließlich noch ein Stückchen weiter spreizte, eine Ferse in die Matratze stemmte und ihre freie Hand in ihr Knie krallte, als kostete es sie eine schier unmenschliche Überwindung, sich nicht selbst Erlösung zu verschaffen.

»Bitte«, flehte sie. »Bitte.«

Sean verlagerte sein Gewicht etwas mehr auf die Seite und suchte mit seinem Mund den ihren. Als sich ihre Lippen berührten, führte er Zeige- und Mittelfinger in sie ein und begann mit dem Daumen über ihre hoch aufgerichtete Perle zu reiben. Er krümmte die Finger in ihr in Richtung Bauchdecke und massierte die raue Stelle, fasziniert von den Geräuschen, die sie von sich gab, und von der Nässe, die seine Finger immer mehr umhüllte. Viel zu schnell für seinen Geschmack krampfte sich ihre Vagina zusammen. Für einen kurzen Augenblick hielt sie den Atem an, dann bebte sie haltlos und schrie ihre Erlösung in seinen Mund.

• • •

»Ich hab dich nie gefragt, warum du heute zu mir gekommen bist«, sagte Sean nach einem Weilchen und riss Hailey damit aus ihrer schläfrigen Glückseligkeit.

»Darüber bin ich sehr froh«, entgegnete sie und gähnte herzhaft. Gleich darauf gab ihr Magen ein lautes Geräusch von sich.

»Vielleicht weil du Appetit auf meine sensationelle Pizza hattest?«, schlug er mit einem frechen Grinsen vor.

»Appetit war auf jeden Fall ein Faktor. Auch der auf Pizza, aber …« Sie strich mit den Fingerspitzen über seinen muskulösen Arm.

»Sag nicht, dass du noch mal willst.« Er riss ungläubig die Augen auf.

»Du etwa nicht? Zumindest wollte ich mich jetzt um dich kümmern, ehe wir uns auf die Pizzen stürzen.« Sie fuhr mit der Hand tiefer, doch ehe sie endgültig in interessanten Regionen landete, hielt er sie auf.

»Das hat Zeit«, behauptete er, drückte ihr einen flüchtigen Kuss auf den Mundwinkel und schwang sich aus dem Bett. »Ich habe wirklich keine Ahnung, wo unsere Klamotten abgeblieben sind«, meinte er kopfschüttelnd. »Ins Schlafzimmer hat es jedenfalls kein Kleidungsstück geschafft.«

»Dann haben wir alles richtig gemacht.« Sie kicherte leise über seinen verwunderten Gesichtsausdruck.

»Offensichtlich.« Er öffnete die Tür und bückte sich nach seinen Boxershorts. »Soll ich dir deine Sachen zusammensuchen und bringen?«, bot er ritterlich an.

»Nicht nötig«, entgegnete sie, warf die Decke zurück und stand ebenfalls auf. Erfreut stellte sie fest, dass Seans Augen gleich wieder glasig wurden und sein bestes Stück in Habachtstellung sprang. Gleichzeitig wirkte er fast ein wenig verlegen, so als sei er es nicht gewohnt, dass nackte Frauen in seinem Haus herumhüpften. Wahrscheinlich war es auch so. »Darf ich kurz ins Bad?«, fragte sie.

»Natürlich.« Sein Adamsapfel bebte. »Gleich hier nebenan. Nimm dir alles, was du brauchst. Frische Handtücher liegen im Regal.«

Sie zwinkerte ihm zu und gab ihm einen spielerischen Klaps, dann verschwand sie im Bad, wo sie sich rasch frisch machte. Als sie ihre glänzenden Augen und ihre leicht geschwollenen Lippen im Spiegel betrachtete, fragte sie sich, ob es nachher wohl noch ein Dessert geben würde. So gut hatte sie sich schon lange nicht mehr gefühlt, und so wohl in ihrer Haut. Sie mochte Sex und ihren Körper und Männer, die Sex und ihren Körper mochten. Dass sie jedoch bei einem ersten Mal so unbefangen war, hatte sie noch nie erlebt. Sie hatte sich bei Sean komplett fallen lassen können, ohne den Wunsch, die Kontrolle zu übernehmen, und dass ein Mann sie derart mühelos dreimal hintereinander auf drei verschiedene Arten zum Orgasmus brachte, war auch noch nie vorgekommen. Sie hätte auch nichts gegen einen vierten oder fünften, und vor allem würde sie rasend gern seinen Körper erforschen, wie er es zuletzt mit ihr gemacht hatte, doch seltsamerweise wollte er das offenbar nicht.

War es ihm dann doch zu viel gewesen? Hatte sie ihn überrumpelt und überfordert? Wollte er am Ende, dass sie direkt ging? So mühelos ihre Körper miteinander kommunizierten, so kompliziert war der Rest. Aber das würde sie jetzt herausfinden. Sie entwirrte mit den Fingern ihre lange Mähne und flocht die Haare zu einem lockeren Zopf, dann verließ sie das Badezimmer. Unmittelbar davor hatte Sean ihre Klamotten abgelegt – alles fein säuberlich gefaltet. Hailey war sich nicht sicher, ob sie diese Geste rührend finden oder als Aufruf, zu gehen, interpretieren sollte, und sie fragte sich, warum sie plötzlich so unsicher war. Rasch schlüpfte sie in ihre Sachen, zog ein Haargummi aus der Hosentasche, mit dem sie ihren Zopf sicherte, und stieg dann die Treppe hinunter. Kurz überlegte sie, ob sie einfach durch die Haustür verschwinden sollte, um sich so eine peinliche Abschiedsszene zu ersparen, doch dann öffnete sich mit einem Schwung die Küchentür, und Sean stand ihr gegenüber.

»Gut, da bist du ja«, sagte er erfreut. »Ich wollte wissen, was du auf deine Pizza haben möchtest. Ich habe Mozzarella, Thunfisch aus der Dose, Schinken, Salami und alles Mögliche an Gemüse«, zählte er auf.

Das klang jetzt nicht so, als wolle er sie um jeden Preis loswerden, dachte sie erleichtert und folgte ihm in die angenehm warme Küche. »Die Margherita vom letzten Mal war toll«, sagte sie. »Aber wenn ich die Wahl habe, würde ich heute mal Thunfisch nehmen.«

»Gute Entscheidung«, befand er. »Mit oder ohne Zwiebeln?«

»Ist das eine Fangfrage?«

»Warum?« Er sah sie aufrichtig verwundert an.

»Na ja, es könnte ja sein, dass du keine Zwiebeln magst und dass, wenn ich mich als Zwiebelfan oute, du anschließend keine Lust mehr hast, mich zu küssen oder so.«

Sean starrte sie an, als hätte sie einen Dachschaden. »Ich kann mir bei aller Fantasie und Kreativität, die mir zur Verfügung stehen, keine Umstände vorstellen, unter denen ich dich nicht küssen wollen würde«, sagte er mit fester Stimme. »Und nur fürs Protokoll: Ich mag Zwiebeln auf der Thunfisch-Pizza. Sollten sie für dich aber ein No-Go sein, werde ich gerne darauf verzichten.«

»Ich mag sie auch«, erwiderte sie. *Wie ich überhaupt alles an dir mag*, fügte sie in Gedanken hinzu, sprach es aber nicht aus. Weil es nichts mit Pizza zu tun hatte und sie allein von ihren Gedanken schon heillos überfordert war.

»Sehr gut.« Falls er befangen war, ließ er sich nichts anmerken. Er schnitt gekonnt eine rote Zwiebel in hauchfeine Scheiben, strich dann etwas von dem leckeren Tomatensugo auf die Pizzarohlinge, verteilte Thunfisch darauf, streute die Zwiebeln darüber und belegte alles mit Mozzarella. Das Ganze geschah in Windeseile und wirkte wahnsinnig routiniert.

»Ich glaube, ich hab's schon mal erwähnt, aber du könntest auch als Pizzabäcker dein Auskommen haben, sollte es mit der Kunst mal nicht mehr so gut laufen.«

»Um Edna zu versorgen, müsste ich aber verdammt viele Pizzen backen«, entgegnete er und schloss die Ofentür. »Aber ich habe tatsächlich mal ein Weilchen in einer Pizzeria gejobbt und mir ein paar Tricks abgeguckt. Ist dir kalt?«, fragte er dann besorgt, weil sie sich unwillkürlich über die Arme gerieben hatte.

»Ja. Nein. Also, nicht wirklich.«

»Das scheint ein schwieriger Fall zu sein«, bemerkte er und zog sie in seine Arme.

Gleich fühlte sie sich wieder vollkommen geborgen und kuschelte sich an seine breite, solide Brust.

»Ich …«, setzte sie an.

»Ich wollte …«, begann er gleichzeitig und sah sie lächelnd an. »Du zuerst«, bat er.

Hailey wusste nicht genau, was sie eigentlich sagen wollte – oder sollte. Doch da Sean vorhin ihre Ehrlichkeit so gepriesen hatte, beschloss sie, dass Offenheit vermutlich der beste Weg war. »Ich fühle mich ein bisschen verunsichert«, erklärte sie also. »Ich meine, es ist offensichtlich, dass wir uns extrem anziehend finden und im Bett unglaublich gut harmonieren.

Aber …« Ihre Stimme erstarb. Sie wusste wirklich nicht weiter. Es war nämlich nicht nur so, dass sie hervorragend Sex miteinander haben konnten, auch ihre Gespräche über Kunst und Pferde waren gut, und sie konnte mit Fug und Recht behaupten, dass sie ihn mochte. Sehr mochte. Und sich erheblich mehr mit ihm vorstellen konnte.

»Aber?«, fragte er sachte nach.

»Ich kenn mich nicht aus mit Beziehungen. Ich weiß echt nicht, wie das geht. Ich hatte noch nie eine. Also nicht, dass ich unterstellen wollte, dass du eine Beziehung mit mir haben möchtest, aber es fühlt sich halt auch nicht so an wie … nun ja … wie das Übliche.«

»Wie das Übliche?« Eine kleine senkrechte Falte bildete sich zwischen seinen Brauen.

»Was ich halt sonst so mit Männern habe.«

»Ich weiß nicht, was du sonst so mit Männern hast, Hailey. Und ehrlich gesagt interessiert mich auch nicht besonders, was du mit anderen Männern machst.« Die Falte wurde steiler und tiefer.

»Das ist auch total unerheblich, weil mich kein anderer Mann interessiert! Du hast mich gefragt, warum ich heute zu dir gekommen bin, und ich habe dir bisher keine richtige Antwort gegeben. Weil ich sie nicht wirklich kenne. Einerseits wollte ich nicht zu Hause sein, wenn meine Schwester ihre …« Sie zögerte und formulierte es dann anders. »Kristie bekommt ab heute Besuch von einer Tänzerin, die bei ihr einen Workshop belegt, und diese Frau kann mich nicht leiden – und ich sie nicht. Aber das ist auch egal. Der wahre Grund, warum ich hier bin, ist diese Sehnsucht, die ich nach dir habe. Ich will bei dir sein, mit dir Zeit verbringen. Mit dir schlafen und über Kunst reden. Ich will dich kennenlernen und alles über dich erfahren, und gleichzeitig fühle ich mich davon komplett überfordert und habe Angst, dass du mich nicht bei dir haben willst.« Sie holte tief Luft und suchte seinen Blick. »Macht das irgendwie Sinn?«

»Du hattest ernsthaft noch nie eine Beziehung?«, wollte er verwundert wissen. »Eine so tolle Frau wie du?« Er schien es nicht glauben zu können.

»Nein, noch nie. Und ich weiß auch nicht, warum. Ich hatte jedenfalls nie das Bedürfnis, mit den Kerlen zusammen zu sein. Also, so richtig. Spaß haben, ausgehen – das war okay, aber mehr musste es nicht sein.«

»Wow«, sagte er schlicht und steckte sich eine dunkle Haarsträhne hinters Ohr. »Du weißt ja, dass ich ein ziemlicher Eigenbrötler bin«, sprach er nach einer Weile weiter. »Diesen Ruf habe ich mir hart erarbeitet, aber das war nicht immer so. Auch wenn ich sicher kein Beziehungsexperte bin, habe ich schon ein paar gehabt. Die letzte jedoch war der Grund dafür, dass ich nach Kirkby gezogen bin und seitdem wie ein Eremit gelebt habe.«

»Oh.« Hailey schluckte. »Bedeutet das, dass du, seit du hier lebst, keinen Sex mehr hattest?«

Er lachte leise. »Zumindest nicht unter Beteiligung eines anderen Lebewesens und überhaupt noch nie so wie vorhin.«

»Krass«, murmelte sie, und er lachte noch mehr.

»Es wundert mich überhaupt nicht, dass du das nicht nachvollziehen kannst«, stellte er fest, und statt der steilen Stirnfalte bildeten sich nun Lachfältchen um seine Augen. »Du glaubst gar nicht, wie befreiend ich das finde. Und du musst dir wirklich keine Sorgen machen, dass ich dich nicht hierhaben möchte. Das absolute Gegenteil ist der Fall. Am liebsten würde ich dich nie wieder gehen lassen. Auch wenn sich das jetzt vielleicht creepy anhört. So ist es aber nicht gemeint.«

»Es hört sich kein bisschen creepy an, sondern wundervoll.« Sie schloss die Augen und schmiegte sich erneut an ihn. »Genauso wundervoll wie der Duft, der da aus deinem Ofen kommt«, meinte sie dann. »Bitte sag, dass die Pizza fertig ist.«

»Die Pizza ist fertig.« Er küsste sie und ließ sie dann zu ihrem Bedauern los, um das Abendessen aus dem Ofen zu holen. »Setz dich schon mal.« Er deutete mit dem Kinn auf seinen Küchentisch, den er in der kurzen Zeit, in der sie im Bad gewesen war, offensichtlich gedeckt hatte.

Sie öffnete die wartende Rotweinflasche und goss ihnen je ein Glas ein. »Auf den begnadetsten Pizzabäcker aller Zeiten«, toastete sie, als er mit den Tellern zum Tisch kam.

»An meinen anderen Fähigkeiten muss ich wohl noch arbeiten, wenn du nur meine Kochkünste so herausstellst.« Er stieß mit seinem Glas gegen ihres und trank einen Schluck.

»Ich habe die Erfahrung gemacht, dass situativ angepasstes Lob am besten funktioniert. Wenn ich mein Pferd beim Dressurreiten dafür lobe, dass es sich so brav die Hufe auskratzen lässt oder angstfrei in jeden Hänger steigt, macht das keinen Sinn«, entgegnete sie keck.

»Ich bin aber kein Pferd«, gab er zu bedenken.

»Das nicht, aber ein Mann. Da gelten ähnliche Regeln. Guten Appetit, du Pizzaguru.« Damit biss sie in ihr erstes Stück Pizza und schloss genießerisch die Augen. Sie fühlte sich fast so euphorisch wie vor einer halben Stunde im Bett. Wenn das ein Indiz für alles Weitere war, dann sah sie den nächsten Tagen, Wochen und der Ewigkeit optimistisch entgegen.

VOM GIPFEL IN DEN ABGRUND

HAILEY FÜHLTE SICH BLENDEND, als sie am nächsten Morgen in ihr Auto stieg und nach Hause fuhr. Hätte sie ihren »Überfall« auf Sean gestern gründlicher geplant, hätte sie vielleicht auch ihre Reitklamotten mitgenommen oder sie wenigstens ins Auto gepackt, doch so vorausschauend war sie nicht gewesen. Oder anders gesagt: zu abergläubisch! Denn das hätte ja impliziert, dass sie sich mehr mit Sean vorstellen konnte. Was zwar stimmte, aber bis gestern Abend hatte sie sich nicht sicher sein können, dass er genauso für sie empfand. Sie musste über ihre wirren Gedanken grinsen. So einen Kopf hatte sie sich in Männerdingen bislang noch nie gemacht. Das hatte bestimmt etwas zu bedeuten, oder?

Fröhlich vor sich hin summend parkte sie ihren Wagen und lief durch den Regen zum Haus. Sie erwartete nicht, dort jemanden zu treffen. Es war kurz nach halb sieben, und um diese Zeit war Kristie schon längst in der Backstube und Ainslee meist noch im Reich der Träume. Als sie zur Tür hineinschlüpfte, war auch alles ruhig. Sie wollte nur rasch hoch in ihr Zimmer und sich umziehen und dann direkt zum Stall fahren, doch da hörte sie Stimmen aus der Küche.

Neugierig trat sie näher und sah Kristie und ihre hellblonde Freundin am Tisch sitzen. Mist, daran hatte sie gar nicht mehr gedacht. Diese Woche fand ja der Tanzworkshop ihrer Schwester statt, und sie hatte Besuch. Genau genommen war das einer der Gründe gewesen, warum sie gestern Abend zu Sean gefahren war. Wie hatte sie das vergessen können? Für einen Rückzug war es zu spät, denn die hübsche Blondine hatte sie bereits entdeckt – und war offensichtlich ähnlich begeistert wie Hailey selbst. Die eben noch lächelnden vollen Lippen wurden zu einem schmalen Strich, und in die warmen braunen Augen trat ein hartes Funkeln.

»Guten Morgen«, sagte Hailey jedoch betont munter und mit einem Strahlen, das kaum gespielt war. Dafür musste sie ja nur an Sean denken.

»Wo kommst du denn her?«, fragte Kristie mit einem misstrauischen Stirnrunzeln.

Darüber wollte Hailey vor der anderen Frau keine Auskunft geben, daher antwortete sie schlicht: »Ich hatte ein Date. Ist noch Kaffee da?« Sie zog eine Tasse aus dem Küchenschrank und goss sich die paar Schlucke ein, die noch in der Kanne waren.

»Ein Date?« Kristie durchbohrte sie mit einem intensiven Blick, der deutlich mehr aussagte als die Zwei-Wort-Frage: *Mit wem? Warum weiß ich nichts davon? Vorgestern auf der Hochzeit war noch kein Mann in Sicht. Zumindest nicht offiziell. Ich hab mir Sorgen gemacht, weil du nicht da warst.*

»Ja, wir haben gemeinsam gegessen und uns dann verplaudert«, entgegnete Hailey leichthin und hoffte, dass ihre eigenen unausgesprochenen Worte ihrerseits bei Kristie ankamen: *Mach dir keine Sorgen, es ist alles gut. Vielleicht sogar sehr gut. Ich würde gern mit dir darüber reden, aber nicht vor deiner neuen Freundin.*

»Und euch im Dreck gewälzt?«, erkundigte sich die blonde Frau und deutete auf Haileys ruinierte Bluse.

Hailey musste sich einen bissigen Kommentar mit aller Macht verbeißen, aber sie wollte Kristies mutmaßliche große Liebe nicht vergraulen, daher sagte sie mit einem hoffentlich freundlichen Lächeln: »Ich war nur etwas tollpatschig. Schön, dass du wieder hier bist. Vielleicht haben wir ja diesmal die Gelegenheit, uns besser kennenzulernen? Du bist Meribeth, nicht wahr?« Hailey streckte ihr die Hand entgegen, doch Meribeth nickte nur.

»Ist das Narrativ von der ungeschickten Frau immer noch nicht ausgestorben?«, fragte sie mit einem affektierten Seufzer. »Ich finde es traurig, wenn dieses Klischee selbst in einem komplett weiblichen Umfeld noch gefüttert wird. Aber hier auf dem Land ist man mit dem Feminismus offenbar noch nicht so weit.«

Hailey war für den Moment zu verblüfft, um überhaupt zu reagieren, aber sie sah, wie Kristie rot wurde und Meribeth eine Hand auf den Arm legte.

»Hailey ist vieles, aber sicher nicht tollpatschig und ungeschickt«, verteidigte sie ihre Schwester.

»Warum erzählt sie dann so etwas?« Meribeth ließ nicht locker.

»Weil mir die Wahrheit zu privat ist.« Hailey trank den lauwarmen Kaffeerest und stellte ihre Tasse in die Spülmaschine. »Ich muss mich jetzt umziehen und in den Stall, wenn ihr mich also entschuldigen würdet. Viel Spaß beim Workshop.« Sie war schon aus der Küche, als sie sich noch einmal umdrehte und zu ihrer Schwester sagte: »Wenn du Unterstützung brauchst, dann gib Bescheid. Heute Abend hab ich Zeit, und morgen Nachmittag könnte ich auch ein paar Stunden erübrigen.« Das hatte sie Kristie bereits bei der Hochzeit angeboten, und auch wenn sie nicht damit rechnete, dass ihre Hilfe erwünscht war, wollte sie wenigstens erneut ihre Bereitschaft signalisieren.

»Heute Abend ist doch Yoga«, erinnerte sie Kristie.

»Für dich würde ich darauf verzichten.« Hailey zwinkerte ihrer Schwester zu. »Sag einfach Bescheid. Bis dann.«

»Meine Fresse«, murmelte sie, als sie in ihrem Zimmer angekommen war. Das war ja noch schlimmer als befürchtet. Was war diese Meribeth nur für eine biestige, freudlose Person? Und in so eine Frau hatte sich Kristie Hals über Kopf verliebt? Hailey konnte das beim besten Willen nicht nachvollziehen. Mal abgesehen davon, dass es nicht besonders berauschend gewesen sein konnte, was die beiden letzte Nacht erlebt hatten, sonst wären sie doch viel entspannter, oder?

So wie sie und Sean. Ein Lächeln stahl sich auf ihre Lippen, als sie an vorhin dachte. Dabei war der Morgen recht unspektakulär gewesen. Sie hatten Rührei und Kaffee gefrühstückt und den kleinen Basil gefüttert – und sich mit einem intensiven Kuss und dem wortlosen Versprechen auf mehr voneinander verabschiedet. Zweifellos würden sie sich gleich im Stall sehen.

Aber durfte sie ihr eigenes Erleben als Maßstab für Kristie nehmen? Vermutlich nicht. Und zugegebenermaßen hatte sie bei der ersten Begegnung mit Meribeth einen ziemlich schlechten Eindruck hinterlassen. Womöglich war es sogar als durch und durch positiv zu sehen, dass Meribeth ihr so feindselig gegenübertrat – weil sie ihre große Liebe beschützen wollte? Das war in Haileys Weltbild zwar ziemlich weit hergeholt und eine verdammt kühne These, aber ganz von der Hand zu weisen war es eben auch nicht. Also beschloss sie, dieser Frau noch eine weitere Chance zu geben. Notfalls auch mehrere. Für Kristie.

• • •

Sean konnte sich nicht erinnern, wann er sich das letzte Mal so unbeschwert gefühlt hatte. Womöglich noch nie in seinem Leben, denn dieses Gefühl kam ihm total fremd vor. Gleichzeitig genoss er es sehr und war bester Dinge, als er Edna gründlich putzte und für einen Ausritt vorbereitete. Leider hatte Hailey keine Zeit, ihn zu begleiten, weil sie heute Vormittag drei Pferde zu bereiten hatte. Keines davon war weit genug, dass sie einen Ausritt mit ihm wagen konnte.

»Wo ist denn dein ständiger Begleiter?«

Sean fuhr herum und sah sich Rupert Fraser gegenüber, der vor der Box stand und seinen Blick umherschweifen ließ. Einen irrationalen Moment lang war er sich sicher, dass sich Rupert nach seiner Tochter Hailey erkundigte, doch dann fiel ihm das Lamm ein. »Du meinst Basil?« Er lachte erleichtert. »Der wollte heute tatsächlich lieber bei seiner Herde bleiben.«

»Das ist ein gutes Zeichen«, entgegnete der alte Pferdeflüsterer. »Dann wird er vermutlich doch noch ein echtes Schaf werden.«

»Ist er doch schon. Aber er hat sich ein wenig Extra-Aufmerksamkeit verdient nach seinem schwierigen Start ins Leben.« Sean ächzte, als Edna ihr Gewicht auf das Bein verlagerte, das gerade auf seinem Knie ruhte, weil er den Huf auskratzte. »He, Madame, das ist unfair!«

»Das hat er. Und du hast ihn wirklich gut gepäppelt. Hätte ich dir gar nicht zugetraut.« Rupert tippte Edna nur ganz leicht auf die Schulter, und die Stute entlastete umgehend das Bein.

Sean war immer wieder fasziniert davon, wie gut Rupert mit Pferden umgehen konnte und wie subtil die Kommunikation ablief. Er wünschte, er hätte diese Intuition ebenfalls. Doch dass Rupert ihm nicht zutraute, sich adäquat um ein Lamm zu kümmern, kränkte ihn nun schon ein bisschen. »Warum?«, fragte er daher.

»Hm. Ich weiß auch nicht, war nur so ein Gefühl. Vielleicht liegt es daran, dass dich kaum jemand wirklich kennt und du nicht den Eindruck machst, als würdest du dich für Nachwuchs in welcher Form auch immer interessieren.«

»Bitte?« Sean entließ Ednas Bein und sah Rupert konsterniert an. Es war schon ungewöhnlich genug, dass sein Gegenüber mit so viel Text aufwartete, aber dann auch noch mit diesem Inhalt? »Was hat denn das eine mit dem anderen zu tun?«

»Offensichtlich nichts«, gab Rupert zu. »Vergiss meine Bemerkung. Die war wirklich unangemessen, denn allein wenn man sieht, wie gut du dich um Edna kümmerst, ist eigentlich schon alles klar.«

»Aha.« Sean wandte sich dem nächsten Huf seines Pferdes zu und war gespannt, ob von Rupert noch ein weiterer Kommentar kommen würde.

»Wie läuft es eigentlich mit Hailey?«

»Was?«, entfuhr es Sean nun so scharf, dass Edna zur Seite zuckte und kurz die Ohren anlegte. Woher konnte Rupert wissen, dass Hailey und er …? Es war doch brandneu, und streng genommen hatte er sich selbst noch gar nicht vollständig an den Gedanken gewöhnt.

»Na, das Training für die Highland Games. Jedes Mal, wenn ich sie frage, sagt sie, dass alles perfekt läuft, aber …«

Sean atmete geräuschvoll aus. »Aber was? Es läuft wirklich gut«, betonte er dann.

»Schön, das freut mich.« Der Pferdeflüsterer räusperte sich leicht. »Es täte mir nämlich sehr leid, wenn sich Hailey damit …« Er suchte nach den richtigen Worten.

»Blamiert?«, schlug Sean ungehalten vor. »Keine Sorge, das wird nicht passieren.«

»Übernimmt, wollte ich sagen. Sie arbeitet so hart, da fände ich es traurig, wenn sich ihr Einsatz nicht so auszahlt, wie sie sich das vorstellt.«

»Ich schätze, es steht dir jederzeit frei, sie zu unterstützen«, gab Sean zurück, der das Gespräch zunehmend merkwürdig fand.

Rupert schüttelte den Kopf. »Nein, das ist allein ihre Aufgabe. Sie wollte das unbedingt auf die Beine stellen, und nachdem alle dagegen waren, will sie uns jetzt zweifellos beweisen, dass sie es trotz allem schafft.«

»Das wird sie!«, beharrte Sean.

»Gut. Das erleichtert mich.« Rupert klopfte ihm kurz auf die Schulter. Eine Geste, die Sean fast väterlich vorkam, nur dass er Vergleichbares bei seinem eigenen Vater nie erlebt hatte. Fast hatte sich Rupert schon zum Gehen gewandt, als er sich noch einmal umdrehte und Sean fragte: »Was hast du denn eigentlich gedacht, wonach ich mich erkundige?«

Mist. Sean hatte gehofft, dass sein Ausbruch unbemerkt geblieben war. Offensichtlich nicht. »Ich weiß auch nicht, ich war in dem Moment abgelenkt und habe an etwas anderes gedacht.«

»Schade.«

»Wie meinst du das?«, fragte Sean wider besseres Wissen nach. Eigentlich wollte er nämlich ganz und gar nicht wissen, was Rupert gerade durch den Kopf ging.

»Ich hab mir nur gedacht, dass Hailey und du auch sonst ganz gut … ähm … harmonieren könntet. Aber das geht mich natürlich nichts an, also vergiss es.« Damit lief er rasch die Stallgasse entlang und verschwand aus Seans Blickfeld.

»Fandest du das auch seltsam?«, fragte er Edna, die ihn daraufhin an der Schulter anstupste. Vielleicht hatte Rupert aber auch ein besonders sensibles Gespür, und das nicht nur für Pferde. Sean stand immer noch ein wenig ratlos in der Box, als Lennox auftauchte.

»Willst du ausreiten?«, fragte der.

»Ja, das ist der Plan.«

»Was dagegen, wenn ich mitkomme?«

»Überhaupt nicht, aber was machst du um diese Zeit hier im Stall?« Sean wusste, dass Lennox normalerweise erst am späteren Vormittag zum Reiten kam.

»Ich hab schon einen halben Arbeitstag hinter mir. Kristie hat doch ihren Tanzworkshop, und ich übernehme in der Zeit für sie die Backstube. Ich habe von kurz nach vier bis eben gebacken. Den Verkauf machen jetzt andere.« Er gähnte herzhaft. »Ich hab überlegt, ob ich mich noch mal für ein paar Stunden aufs Ohr hauen soll …«

»… oder den gepflegten schottischen Landregen für einen Ausritt nutzen«, vervollständigte Sean den Satz. Er mochte Lennox. In vielerlei Hinsicht tickten sie ganz ähnlich. Sie waren beide sensible Künstlernaturen, die aber durchaus auch pragmatische und handfeste Seiten hatten. Dass Lennox für seine Cousine in der Backstube einsprang, imponierte Sean jedenfalls sehr, doch Familie ging den Frasers ja ohnehin über alles.

»Ganz genau. Gepflegter schottischer Landregen ist in Begleitung meines eigenbrötlerischen Vermieters nämlich ganz besonders nett.« Lennox grinste. »Außerdem muss ich noch deutlich mehr Zeit mit Tosia verbringen, damit wir wirklich ein harmonisches Team werden.«

»Dann beeil dich. Edna ist schon fast ausgehfein.«

»Bin gleich so weit«, behauptete Lennox und ging langsam in Richtung Sattelkammer. »Und in der Zwischenzeit kannst du dir eine schlüssige Ausrede dafür überlegen, dass das Auto von Hailey die ganze Nacht auf deinem Hof stand.«

Während sich Lennox mit provozierendem Pfeifen in die Sattelkammer verzog, lehnte Sean seine Stirn gegen Ednas Hals. »Ertappt«, murmelte er, fühlte sich sonderbarerweise aber wie befreit. Es musste ja kein Geheimnis sein, dass Hailey die Nacht bei ihm verbracht hatte – die erste von sehr, sehr vielen, wenn es nach ihm ging. Sie hatten vorhin nicht besprochen, wie sie damit umgehen wollten, aber hätte Hailey gewollt, dass es ein Geheimnis blieb, hätte sie bestimmt etwas gesagt – und ihr Auto nicht so geparkt, dass jeder es sehen konnte, der zufällig vorbeikam. Gut, an seinem abgelegenen Hof kam eigentlich niemand zufällig vorbei – nicht einmal das aufreizende neue Ortsschild von Kirkby hatte daran etwas geändert. Und wer gezielt vorbeischaute, wollte in der Regel nicht zu ihm, sondern zu Lennox in seine Musik-Scheune.

Offenbar hatte sein Mieter die Nacht in der Remise verbracht, wo er auf der Galerie ein Bett stehen hatte. Sean wusste, dass Lennox dort häufig übernachtete, wenn er lange probte oder, wie im Moment, in der Backstube aushalf und seine Freundin Anna nicht mitten in der Nacht wecken wollte. Insofern war es keine große Überraschung, dass er etwas gemerkt hatte.

»Weinst du dich jetzt bei deinem Pferd aus, weil ich dein kleines Geheimnis aufgedeckt habe?«, fragte Lennox amüsiert, als er mit Tosias Sachen und dem Putzzeug wieder bei ihm vorbeikam.

»Höchstens darüber, dass ich einem derart dem Klatsch hörigen Wesen meine Remise vermietet habe«, konterte Sean, konnte ein Grinsen aber nicht verbergen. »In Kirkby bleibt wohl nichts lange ein Geheimnis.«

»Kommt drauf an, wie ernst man es meint«, entgegnete Lennox und betrat die Box schräg gegenüber von Ednas. »Mein Vater hat sein Geheimnis mehrere Jahrzehnte lang gehütet – aber der ist ein Vollprofi. Von dem können wir alle noch viel lernen.«

»Muss nicht sein. Ich habe nicht vor, irgendwas zu verbergen«, behauptete Sean.

»Nicht? Das sind aber ganz neue Töne von dir. Bislang hätten dich die meisten im Ort ganz anders eingeschätzt. Es gibt sogar eine geheime Wettrunde, in der spekuliert wird, wie viele Leichen du im Keller hast.«

»Ernsthaft?« Sean vergrub erneut sein Gesicht in Ednas Mähne.

»Na ja, da die Leute nichts Substanzielles von dir wissen, machen sie sich eben ihren eigenen Reim auf dich und dein Leben.« Lennox bürstete mit energischen Strichen das Fell der dunklen Tosia glatt, und da Edna bereits fertig war, kam Sean dazu, machte Tosias Hufe sauber und zupfte Strohhalme aus Mähne und Schweif.

»Die Leute sollten sich lieber um ihren eigenen Kram kümmern.«

»Nicht in Kirkby. Ehrlich, ich rechne damit, dass irgendwann ein Filmproduzent kommt und eine Serie über uns macht. Da können die *Desperate Housewives* einpacken.« Lennox lachte dreckig. »Ich hab das früher gehasst, aber irgendwie macht es mir inzwischen auch Spaß.«

»Wie gesagt, ich hätte wohl besser auf die Persönlichkeit meines Mieters achten sollen, da wäre mir viel Elend erspart geblieben.« Sean reichte Lennox den Sattel, ging dann zurück zu Edna und legte ihr noch die Trense an. Danach schlüpfte er in seine Wachsjacke und stand kurz darauf vor dem Stall, um auf Lennox zu warten. Er beobachtete, wie Hailey ein sichtlich nervöses Tier aus dem Gästestall in die kleine Reithalle führte. Das war vermutlich ihr erstes Berittpferd des heutigen Tages. Kurz überlegte er, ob er ihr etwas zurufen sollte, ließ es dann aber sein.

»Und da entschwand die Holde im Höllenschlund«, sagte Lennox, als das Reithallentor mit einem satten Geräusch zufiel, und lachte sich halb kaputt.

»Du hast eine Meise.« Sean zog Ednas Sattelgurt fester und saß auf.

»Und du hast Herzchen in den Augen.«

»Bist du fünf oder was?« Langsam bereute Sean, dass er einem gemeinsamen Ausritt mit Lennox zugestimmt hatte.

»Ich freu mich nur, dass du dich in meine Cousine verknallt hast«, erklärte Lennox beschwichtigend. »Das ist richtig cool, wenn auch überraschend.«

»Inwiefern?«

»Nun ja, ich hätte nicht gedacht, dass sie dein Typ ist. Und umgekehrt.«

»Und wer oder was sollte sonst mein Typ sein?«, wollte Sean wissen. »Vermutlich gibt es dafür auch eine Wettrunde im Pub, was?«

»Selbstverständlich. Und nicht wenige glauben, dass du schwul bist. Ich habe sogar schon gerüchteweise gehört, dass jemand denkt, Anna, du und ich hätten eine Dreiecksbeziehung.« Lennox schien das unglaublich witzig zu finden.

Sean nicht so sehr. »Falls ich es noch nicht erwähnt habe, die Leute in Kirkby brauchen ein neues Hobby.«

»Opfer, meinst du.« Lennox lachte und ließ Tosia dann richtig laufen.

Sean brauchte einen Augenblick, um den Opfer-Kommentar zu verkraften, dann jagte er mit Edna hinterher. Er hatte nicht vor, sich von dem dreisten Musiker abhängen zu lassen.

Als sie wieder in Schritt fielen und durch den regennassen Frühlingswald ritten, sprach Lennox jedoch nahtlos weiter. »Aber mach dir keine Sorgen, du bist nicht der Einzige hier, um den sich Spekulationen ranken. Spätestens wenn die Sache mit Hailey offiziell ist, bist du kurzfristig ohnehin vom Haken, weil uninteressant – bis es wieder etwas Berichtenswertes gibt.«

»Wie beruhigend«, entgegnete Sean sarkastisch, fragte aber lieber nicht nach, was als berichtenswert galt und was nicht. »Will ich wissen, über wen sonst noch so getratscht wird?«

»Thema Nummer eins ist eindeutig der Stand der Ehe meiner Cousine Robin«, plapperte Lennox auskunftsfreudig. »Sie arbeitet die ganze Zeit, während sich Sky um die Kinder kümmert und sich im Ort rarmacht.«

»Letzteres gilt ja als Kapitalverbrechen, wie ich mitbekommen habe«, sagte Sean und seufzte. »Ehrlich, was ist so schlimm daran, wenn man nicht ständig im Pub herumhängt und …«

»Und unter die Leute geht?« Lennox warf ihm einen kurzen Seitenblick zu. »Nichts. Es ist aber schöner, wenn man in einer so kleinen Gemeinschaft wie Kirkby das Gefühl hat, Teil dieser Familie zu sein. Ich habe mich, wie du weißt, ja auch lange dagegen gesträubt, aber es geht mir wirklich viel besser, seit ich offener geworden bin. Und was Sky betrifft …«

»Er hat Heimweh«, unterbrach ihn Sean harsch, weil er keine Lust auf abenteuerliche Spekulationen hatte.

»Heimweh?«, kam es prompt verblüfft zurück.

»Ich sollte das vielleicht nicht ausplaudern, weil Sky bestimmt nicht will, dass man es an die große Glocke hängt, aber wir haben gestern lange gequatscht, und da hat er mir erzählt, dass er sich nach Afrika sehnt, konkret nach Äthiopien. Wusstest du, dass er dort geboren und aufgewachsen ist?«

Lennox schüttelte den Kopf. »Nein. Also ja, ich wusste, dass er irgendwelche Wurzeln in Afrika hat, aber ich wundere mich, dass ausgerechnet du das weißt.«

»Ausgerechnet ich? Ehrlich, Mann, langsam könnte ich die Kommentare von dir und auch deinem Onkel persönlich nehmen. Der traut mir nicht zu, dass ich ein Lamm aufziehen kann, und du wunderst dich, dass ich mit anderen Menschen zivilisierte Gespräche führe.«

»Und Sex mit meiner Cousine hast, nicht zu vergessen.«

»Den vergesse ich sicherlich nicht, aber das ist jetzt nicht das Thema. Ich habe Sky ein paarmal getroffen, und wir fanden uns sympathisch. Das ist alles. Er hat hier kaum Kontakte, was mich ehrlich gesagt nicht wundert, bei der herzlichen Übergriffigkeit von Kirkbys Bewohnern. Er hat sich interessiert zu Keramik geäußert, und daher habe ich ihn in die Töpferei eingeladen.«

»Aha. Und dabei hat er dir verraten, dass er Heimweh nach Afrika hat?« Lennox schien das tatsächlich vollkommen abwegig zu finden.

»Nicht mit diesen Worten, aber unterm Strich ja. Ich schätze mal, dass er einfach ein bisschen Zeit braucht, um hier richtig anzukommen und sich einzugewöhnen. Aber das, was er mir von dem Dorf erzählt hat, in dem er aufgewachsen ist und in dem er später auch als Entwicklungshelfer gelebt und gearbeitet hat, klang wirklich sehr spannend. Die bauen da Wein an und versuchen, Nachhaltigkeit und Umweltschutz als Einkommensquelle zu etablieren. Es gibt beispielsweise auch eine große Töpferei, die vorwiegend Geschirr und Alltagsgegenstände herstellt, damit die Plastikflut eingedämmt wird.« Er fand das nach wie vor unglaublich faszinierend und hatte große Lust, sich das alles mal vor Ort anzuschauen.

»Okay«, kam es gedehnt von Lennox. »Davon hatte ich tatsächlich keine Ahnung.«

»Sky weiß, dass es derzeit keine Option ist, dauerhaft in Äthiopien zu leben, aber dieses Dorf liegt ihm sehr am Herzen, genau wie seine kleine NGO, die sich dem Kampf gegen Korruption in Afrika verschrieben hat.«

»Das dürfte eine krasse Herkulesaufgabe sein.«

»Auf jeden Fall. Er konzentriert sich dabei wohl konkret auf die Missstände, unter denen Hilfsorganisationen zu leiden haben. So ganz genau habe ich das auch nicht verstanden. Aber ja, es muss sich wie ein Kampf zwischen David und Goliath anfühlen.«

»Vor allem wenn der David plötzlich meilenweit vom Goliath entfernt ist und nicht mal sieht, wohin er seinen Stein schleudern soll«, bemerkte Lennox ziemlich scharfsinnig.

»Genau. Das macht ihm zu schaffen. Vielleicht könnte man ihm da irgendwie helfen? Ich meine, in Kirkby gibt es doch wegen jedem Furz ein Fest, warum nicht mal ein Event für Afrika?«

»Das ist eine großartige Idee.« Lennox schien tatsächlich Feuer und Flamme zu sein. »Vielleicht wird sich Collum sogar um eine Städtepartnerschaft bemühen oder so.«

»Das wäre toll! Du könntest ein Benefizkonzert geben, und ich könnte eine meiner Skulpturen für eine Auktion stiften. Oder auch eine gemeinschaftliche Ausstellung mit einem der äthiopischen Künstler machen.«

Lennox schwieg ein paar Atemzüge lang. Anscheinend musste er all diese brandneuen Ideen erst mal verarbeiten, und Sean konnte es ihm nicht verübeln.

Ihm ging es genauso. Doch dann lachte Lennox und sagte: »Herzlichen Glückwunsch! Du bist jetzt offiziell in Kirkby angekommen.«

»Inwiefern?«

»Weil du Freundschaften geschlossen hast und planst, die Community für deine großartigen Ideen einzuspannen.«

Sean sah zu seinem Kumpel, um herauszufinden, ob er ihn veralbern wollte oder seine Worte ernst meinte. Doch Lennox nickte ihm aufmunternd zu.

»Ich meine es genau so. Und jetzt hast du die Wahl: Entweder erzählst du mir, was genau da zwischen dir und meiner Cousine läuft, oder …«

»Oder?«

»Oder du verrätst mir den wahren Grund dafür, dass du nach Kirkby gezogen bist und hier jahrelang ein Eremitendasein geführt hast, denn eines ist mir jetzt klar geworden: Das entspricht nicht deiner wahren Natur.«

Sean ließ diese Aussage erst einmal sacken. Lennox hatte präzise wie ein Chirurg den Finger in die Wunde gelegt. Seine selbst gewählte Einsamkeit war eine reine Schutzmaßnahme gewesen, die nichts mit seinen echten Bedürfnissen zu tun hatte. Doch er war sich nicht sicher, ob er darüber sprechen konnte. Oder wollte. Andererseits hatte sich Lennox als guter Freund erwiesen, der ihn akzeptierte, wie er war. Oder wie er sich nach außen hin gab. Vielleicht hatte er einen Blick hinter die Kulissen verdient?

»Du musst es mir nicht sagen, wenn du nicht willst«, bemerkte Lennox nach einer Weile. »Ich will dich ganz bestimmt nicht unter Druck setzen, aber ich ahne, dass mehr dahintersteckt und dass das ›mehr‹ keine Leichen im Keller sind, wie im Pub spekuliert wird, sondern andere Dinge, die an dir nagen. Die womöglich an deiner Seele nagen.«

Sean nickte unwillkürlich, erwiderte jedoch immer noch nichts. Im Grunde wunderte es ihn nicht, dass Lennox ihn so gut lesen konnte. Verletzte Seelen erkannten einander, auch wenn der Schmerz ein ganz anderer war.

»Ich bin da, wann immer du jemanden zum Quatschen brauchst.«

»Der Grund war eine Frau«, sagte Sean zu seiner eigenen Überraschung.

»Hat sie dir das Herz gebrochen?«, fragte Lennox mit aufrichtigem Mitgefühl in der Stimme.

»Auch. Aber vor allem hat sie mich zu einem Monster gemacht. Einem Monster, das zu allem fähig ist«, brachte er krächzend die Wahrheit hervor. Eine Wahrheit, die er in dieser Form noch nie ausgesprochen hatte. Eine Wahrheit, für die er sich bis ans Ende seiner Tage schämen würde und für die er kein Verzeihen fand. Weder für sich selbst noch für sie.

»Das klingt krass«, meinte Lennox, der vermutlich etwas anderes erwartet hatte.

»War es auch.« Seans Stimme zitterte leicht. »Ist es immer noch.« Diese Erkenntnis erschreckte ihn zutiefst. Er hatte das alles verdrängt, aber offensichtlich immer noch nicht verarbeitet, und nun brachen Schmerz und Scham so drastisch hervor, als wäre es erst gestern geschehen. Er war sich nicht sicher, ob er Lennox das alles erzählen sollte, aber er hatte auch keine Ahnung, wie er es auch nur eine Minute länger für sich behalten sollte.

»Du musst es mir nicht sagen«, wiederholte Lennox, nun mit einem seltsamen Gesichtsausdruck, der gleichzeitig Mitgefühl und Panik zeigte.

Sean lachte bitter auf. »Ich fürchte, ich muss. Sorry.« Er schloss kurz die Augen und konzentrierte sich auf das beruhigende Schaukeln auf dem Pferderücken. Dann begann er mit seinem Bericht. »Ich war eine Zeit lang mit einer Frau zusammen, von der ich dachte, sie sei meine ganz große Liebe. Wir haben mit einigen anderen Leuten in einer Art Künstlerkommune in London gelebt. Sie hat auch mit Keramik gearbeitet, war aber Autodidaktin, während ich am Central Saint Martins College studiert hatte und schon ziemlich etabliert war. Mein Galerist ist bereits in meinem ersten oder zweiten Semester auf mich aufmerksam geworden, und so hatte ich zu diesem Zeitpunkt einige sehr lukrative Ausstellungen hinter mir. Meribeth hat diesen Umstand immer wieder schnippisch kommentiert und mir unterstellt, ich würde die wahren Künstlerwerte verraten.«

Lennox schnaubte. »Die Sprüche kenn ich. Ein Künstler ist nur was wert, wenn er am Hungertuch nagt. Was für ein Unsinn. Ich wette, sie war schlicht eifersüchtig, weil sie für eigenen Erfolg entweder nicht gut genug war oder ihr der Geschäftssinn fehlte.«

»Vermutlich eine Mischung aus beidem«, gab Sean zu. »Aber das war mir damals nicht klar. Sie hatte eine sehr hohe und dogmatische Meinung davon, was Kunst zu sein hat: politisch, unerschrocken – und weiblich! Männer hätten seit Jahrhunderten oder Jahrtausenden die Vorherrschaft in allen Bereichen, jetzt seien die Frauen dran. Versteh mich nicht falsch, das ist eine These, die nicht von der Hand zu weisen ist. Frauen hatten viel zu lange das Nachsehen – und haben es zum Teil immer noch. Aber es ist auch nicht meine Schuld, wenn ich über mehr Talent und eine deutlich bessere Ausbildung verfüge.«

Er winkte ab, weil er gar nicht so tief in die Materie eindringen wollte. Das hatte nämlich nur am Rande mit seiner Geschichte zu tun.

»Ich habe jedenfalls versucht, sie nach Kräften zu unterstützen«, fuhr er fort. »Sie hatte tolle, kühne Ideen, aber nicht das nötige Handwerkszeug, um sie umzusetzen. Doch meine Hilfe empfand sie als ›patriarchale Übergriffigkeit‹ und meinen Galeristen, der kein Interesse an ihren Werken hatte, als ›reaktionäres Arschloch‹. Was sie ihm übrigens direkt ins Gesicht gesagt hat.«

»Charmant«, befand Lennox kopfschüttelnd.

»Allerdings. Vor allem vor dem Hintergrund, dass ich bis heute der einzige eindeutig männlich gelesene

Künstler bin, den er vertritt. Er selbst ist schwul und hat ansonsten nur weibliche oder non-binäre Menschen unter Vertrag. Nicht zuletzt dank meiner Zusammenarbeit mit Miguel bin ich schon lange sehr sensibilisiert, was marginalisierte Gruppen betrifft.«

»Das ehrt dich«, behauptete Lennox.

»Finde ich nicht. Ich bin wirklich der Meinung, dass wir alle ein bisschen offener sein sollten. Doch zurück zu Meribeth. Sie sah das natürlich alles anders – was ihr gutes Recht ist – und hat versucht, mich entsprechend zu manipulieren. Das ist mir jedoch lange nicht wirklich aufgefallen, sondern kam erst Stück für Stück raus. Sie hat mir eingeredet, dass meine Arbeit nicht gut sei und ich nur wegen meiner männlichen Privilegien so erfolgreich.«

»Ernsthaft?« Lennox schien es nicht glauben zu können.

»Ernsthaft. Sie ist sehr subtil vorgegangen und hat ganz geschickt meine Unsicherheiten ausgenutzt. Ich komme aus einer ziemlich wohlhabenden, wenn auch komplett toxischen Familie. Zu meinen Geschwistern hatte ich kaum Kontakt, weil uns meine Eltern alle mit jeweils fünf Jahren in unterschiedliche Internate gesteckt haben.«

»Was?«, unterbrach ihn Lennox erneut schockiert. »Wer tut denn so was?«

»Gute Frage, die müsstest du meinen Eltern stellen. Inzwischen habe ich zu meinen älteren Geschwistern Philippa und Dominic übrigens ein deutlich besseres

Verhältnis. Aber erst seit letztes Jahr unsere jüngste Schwester Frances ums Leben gekommen ist. Die übrigens Malerin war. Zu meinen Eltern habe ich seitdem auch jeden Kontakt abgebrochen. Vor sechs, sieben Jahren, als ich mit Meribeth zusammenkam, war die Familienproblematik jedoch noch ganz akut. Ich habe mich unverstanden und ungeliebt gefühlt – auch wenn ich das so deutlich nicht zugegeben hätte – und war süchtig nach jeder Form von Anerkennung.«

»Das kommt mir bekannt vor«, murmelte Lennox.

»Dann weißt du auch, dass es egal ist, wie viel Anerkennung man von außen kriegt, wenn einem die vorenthalten wird, nach der man sich wirklich sehnt. Von der eigenen Familie und den Menschen, die man liebt. Anerkennung und Erfolg, auch finanzieller, helfen nichts gegen innere Unsicherheit. Tief in mir drin war ich tatsächlich überzeugt, dass ich es nicht wert war. Und auf dieser Klaviatur hat Meribeth hervorragend gespielt.«

»Wie grauenvoll und grausam.«

»Allerdings. Aber wie das so ist mit manipulativen Persönlichkeiten – die funktionieren nur, wenn sie auf jemanden stoßen, der sich auch manipulieren lässt. Und sagen wir's so, bei mir hat es hervorragend geklappt.«

»Das klingt aber nicht danach, dass du ein Monster bist, sondern eher, als ob sie eins wäre«, gab Lennox zu bedenken.

»Ja, das habe ich mir in den letzten Jahren auch recht erfolgreich eingeredet. Wenn ich an diese Zeit zurückgedacht habe, was ich übrigens in der Regel vermeide, dann war ich das Opfer und sie die Täterin. Doch so klar sind diese Rollenzuweisungen blöderweise nicht. Es stellte sich nämlich heraus, dass auch vermeintliche Monster sehr hilflos sein können und in Opfern reichlich Monstrosität steckt.«

»Das ist wohl eine universelle Wahrheit. Es gibt kein eindeutiges Schwarz oder Weiß.«

»In der Theorie ist mir das natürlich auch klar, aber glaub mir, in der Realität fühlt es sich ziemlich scheiße an, wenn einem das bewusst wird. Nicht dass ich mich in meiner Opferrolle besonders wohlgefühlt habe, aber ein Monster zu sein ist noch schlimmer.« Er presste unwillkürlich die Lippen aufeinander, wie um die nächsten Worte daran zu hindern, ausgesprochen zu werden.

»Was ist passiert?«, bohrte Lennox sachte nach.

»Irgendwann habe ich verstanden, was sie mit mir angestellt hat. Freunde haben es monatelang mit mehr oder weniger dezenten Hinweisen versucht. Miguel hat mich eindringlich ins Gebet genommen, und auch die Mitbewohner in unserer Kommune haben auf mich eingeredet. Ich wollte es nicht wahrhaben. Ich war in diese wunderschöne Frau verliebt und habe nur ihre guten Seiten gesehen. Die Ursachen für unsere Probleme mussten bei mir liegen, da war ich mir sicher, und ich war bereit, alles dafür zu tun, sie nicht zu verlieren. Vermutlich hätte ich für sie sogar auf meine Kunst verzichtet.«

»Mannomann.« Lennox stieß geräuschvoll Luft aus.

»Doch alles, was ich tat oder nicht tat, war falsch für Meribeth. Ich war nie genug für sie und ihre Visionen. Schließlich hat sie mich abserviert, und ich war vollkommen zerstört.«

»Verständlich. Auch wenn du froh sein kannst, dass du diese Horrorfurie los bist.«

»Bin ich, glaub mir, aber damals hat es sich anders angefühlt. Doch mitten im Herzschmerz sickerte langsam die Erkenntnis ein, was sie alles mit mir angestellt hatte. Wie sehr sie mich kontrolliert und manipuliert hatte – in kleinen Details genauso wie in den großen Fragen. Und so kam zum schlimmsten Liebeskummer meines Lebens auch noch Wut dazu. Vor allem auf mich selbst, weil ich das mit mir hatte machen lassen, aber auch auf sie, weil hinter den hellblonden Engelslocken und den großen sanften Rehaugen ein berechnender, eiskalter Mensch steckte.«

»Klingt wirklich gruselig, aber immer noch nicht monströs – also jedenfalls nicht auf deiner Seite.«

»Ungefähr drei Monate nach der Trennung habe ich mich von Freunden in einen Club mitschleppen lassen. Sie war mit anderen Leuten da und hat den Nerv gehabt, mich anzuquatschen, als wären wir alte Freunde. Ich weiß nicht mehr, was ich zu ihr gesagt habe, nur dass es recht unsouverän war und sie zu ein paar verächtlichen Bemerkungen inspiriert hat, ehe sie auf die Tanzfläche abgezogen ist. Ich habe versucht, meine Gefühle mit Bier zu ertränken. Natürlich nicht besonders erfolgreich, da wären härtere Sachen besser gewesen. Irgendwann musste ich aufs Klo, und als ich wieder rauskam, sah ich sie mit einem Typen rummachen.«

»Wollte sie dich eifersüchtig machen?«, wollte Lennox wissen. »Hast du ihm eine reingehauen?«

»Nein und nein, und Letzteres verzeihe ich mir bis heute nicht. Es war in der Rückschau betrachtet nämlich keine einvernehmliche Sache. In ihrem Blick lag nackte Panik, und sie hat eindeutig versucht, von ihm wegzukommen. Aber mein leicht benebelter Verstand und mein nach wie vor gebrochenes Herz haben es als weiteren Manipulationsversuch interpretiert. Ich habe ihr also den Stinkefinger gezeigt und bin weitergegangen, selbst als sie eindeutig um Hilfe geschrien hat.« Die letzten Worte würgte er fast hervor, doch irgendwie fühlte er sich erleichtert dabei, es endlich ausgesprochen zu haben.

»Scheiße«, hauchte Lennox. »Das ist …«

»Monströs. Ich weiß. Ich, der sensible Frauenversteher, der Künstler und LGBTQ-Freund, habe eine hilflose Frau in ihrer Not verhöhnt und sie ihrem Schicksal überlassen. Über diese Schuld werde ich wohl nie hinwegkommen.« Er schluckte ein paarmal hart. »Das ist der Grund, warum ich hier lebe und kaum Kontakte zu anderen Menschen habe. Ich trau mir einfach selbst nicht mehr über den Weg.«

Lennox warf ihm von Tosias Rücken aus einen prüfenden Blick zu. »Du hast einen Fehler gemacht. Einen wirklich beschissenen Fehler, der unverzeihlich erscheint. Aber mir hat mal ein ziemlich weiser Mann gesagt, dass es keine unverzeihlichen Fehler gibt und …«

»Ich schätze, Frauen würden das anders interpretieren«, unterbrach ihn Sean. »Meribeth ist glücklicherweise nichts Schlimmeres zugestoßen. Ein paar Kerle mit mehr Eiern in der Hose als ich haben ihr geholfen und den Typen festgehalten, bis die Polizei kam. Aber das tut nichts zur Sache. Ich weiß, dass ich ihr meine Hilfe verweigert habe, und das *ist* unverzeihlich.«

»Du warst betrunken und verletzt«, beharrte Lennox jedoch. »Ohne eure Vorgeschichte hättest du niemals so reagiert.«

»Vielleicht. Aber wenn ich das glaube, verhöhne ich das Opfer ja noch ein weiteres Mal. Dann unterstelle ich, dass sie selbst schuld war.«

Lennox schüttelte den Kopf. »Ich verstehe, was du meinst. Und vermutlich hast du recht. Aber …« Er streckte seinen Arm in Richtung Sean aus, der ihm schon wieder ins Wort fallen wollte. »Aber ein einzelner Fehler darf nicht dein ganzes weiteres Leben beeinflussen. Du hast erkannt, wo das Problem lag, und ich wette, dass dir etwas Derartiges nie wieder passieren wird. Vielleicht kann dir Meribeth nicht verzeihen, aber du musst lernen, dir selbst zu vergeben.«

Sean sah seinen Freund überrascht an. Er hatte mit keiner spezifischen Reaktion gerechnet, aber dass Lennox es so auf den Punkt brachte, verwunderte ihn etwas. Irgendwo tief in seinem Unterbewusstsein wusste er, dass es die Wahrheit war. Aber er hatte keine Ahnung, ob er dazu in der Lage sein würde.

»Ich habe diese Lektion kürzlich ebenfalls lernen müssen«, fuhr Lennox ungerührt fort. »Du hast vorhin festgestellt, dass Anerkennung von außen nicht dasselbe ist wie Anerkennung von den Nächsten und Liebsten. Ich würde noch einen Schritt weiter gehen. Auch die Anerkennung von Familie und Partnern ist unwichtig, wenn man selbst nicht fühlt, dass man diese Anerkennung verdient hat. Das Gleiche gilt fürs Vergeben. Wenn du glaubst, einen unverzeihlichen Fehler begangen zu haben, wirst du nie deinen Frieden mit dir und der Situation machen können.«

Sean fühlte beinahe körperlich, wie die Worte seines Freundes in ihn hineinsickerten. Ähnlich wie der Regen, der sich unbarmherzig seinen Weg durch die schlecht imprägnierten Stellen an seiner Jacke suchte. Das mit der Anerkennung stimmte. Inzwischen war es ihm vollkommen egal, ob seine Eltern und Geschwister sich für seine Kunst interessierten oder nicht. Er hatte die innere Sicherheit und Überzeugung, dass er sie verdiente. Er war nicht mehr süchtig nach Lobpreisungen seines Galeristen oder irgendwelcher Kunstexperten und auch nicht mehr zerstört, wenn diese mal ausblieben. Er wusste, dass seine Kunst gut war. Und er ahnte, dass er nicht wirklich das Monster war, für das er sich hielt, doch von Gewissheit in diesem Bereich war er meilenweit entfernt. Stellte sich die Frage, ob er sich vor diesem Hintergrund auf eine Beziehung mit Hailey einlassen durfte.

ZWEIFEL VON UNERWARTETER SEITE

HAILEYS GUTE LAUNE ÜBERTRUG SICH auch auf die Pferde, die sie heute Vormittag trainieren musste. Die Einheiten liefen alle erfreulich unkompliziert ab, was nicht unbedingt zu erwarten gewesen war. Als sie das zweite Pferd, eine angehende Dressurhoffnung mit dem absurden Namen Lady Gaga, zurück in den Gästestall brachte, verfolgte sie, wie Sean und Lennox triefnass von ihrem Ausritt zurückkehrten. Nachdem die junge Dame versorgt war, lief Hailey schnell in den Hauptstall, um Sean wenigstens kurz zu sehen, doch erstaunlicherweise war er schon wieder weg. Edna stand mit einer Decke auf dem Rücken in ihrer Box und mampfte Heu. Seltsam.

»Hattet ihr einen schönen Ausritt?«, erkundigte sie sich bei Lennox, der gerade mit einer Decke für Tosia aus der Sattelkammer kam.

»Er war nass und ereignisreich«, sagte er kryptisch.

»Inwiefern?«

»Es regnet«, entgegnete er lapidar und warf die Decke über die dunkle Stute, die ihren Kopf ebenfalls in der Heuraufe vergraben hatte.

»Ist mir gar nicht aufgefallen.« Hailey verdrehte die Augen. »Was war das Ereignisreiche?«

»Das sollte dir dein Liebster wohl besser selbst erklären.«

»Mein Liebster?« Sie merkte, wie ihr die Farbe in die Wangen schoss. »Wie kommst du …«

»Dein Auto stand die ganze Nacht auf Seans Hof. Außerdem hat er alles zugegeben, du musst dir also keine Ausrede ausdenken, die ich dir ohnehin nicht glauben würde.« Lennox klopfte der Stute zum Abschied den Hals und schloss dann die Schiebetür der Box hinter sich.

Sean hatte Lennox freimütig erzählt, dass sie letzte Nacht bei ihm gewesen war? Hailey war sich nicht ganz sicher, wie sie das finden sollte. Er machte kein Geheimnis daraus, das war ein gutes Zeichen, oder? Andererseits hatten sie nicht darüber geredet, wie sie damit umgehen würden. Himmel, es war eine Nacht gewesen! Zugegeben, eine Nacht, die sich erheblich verbindlicher angefühlt hatte als all ihre Affären und lockeren Liebschaften zuvor, aber trotzdem. Allerdings hatte Sean es Lennox vielleicht auch nicht ganz freiwillig erzählt, sondern weil er keine andere Chance gehabt hatte.

»Hat's dir die Sprache verschlagen, Cousinchen?«, fragte Lennox grinsend, als sie weiterhin in ihren Gedanken versunken war.

»Ähm … nein«, antwortete sie schließlich. »Ich muss nur gleich zurück in den Gästestall und ein Rennpferd longieren, das kürzlich einen Unfall hatte. Sean ist schon weg?« Sie schaute sich um, als wäre es nicht vollkommen unmöglich, dass er plötzlich aus irgendeiner anderen Box hervorspringen könnte.

»Ja, er wollte nach dem Lamm sehen, das heute zum ersten Mal allein bei der Herde geblieben ist.«

»Verstehe.« Hailey biss sich nachdenklich auf die Unterlippe. Das klang nach einer logischen Erklärung und nicht so, als wollte er ihr unbedingt aus dem Weg gehen. »Ich muss auch wieder arbeiten«, sagte sie dann und wandte sich zum Gehen.

»Hailey?«, rief ihr Lennox hinterher, als sie schon fast an der Stalltür angekommen war.

»Ja?«

»Du und er – das finde ich richtig gut.«

Lennox' Worte hallten auch eine halbe Stunde später noch in ihren Ohren wider, als sie mit Hailstorm in der kleinen Reithalle arbeitete. Das sensible Vollblut hatte sich bei einem Trainingsrennen in der Startbox verletzt, als kurz vor dem Start ein heftiges Gewitter losgegangen war. »Hagelsturm« war Haileys Meinung nach ein vollkommen unpassender Name für das freundliche, aber ziemlich ängstliche Rennpferd, und sie hoffte, dass ihm eine weitere Karriere auf der Rennbahn erspart bleiben würde und er stattdessen ein Leben als heiß geliebtes Freizeitpferd führen durfte. Doch bei seinen offenbar vielversprechenden Erbanlagen und der Gier des Investorenteams, das ihn besaß, dürfte das ein frommer Wunsch bleiben. Das gehörte zu den unangenehmen Seiten ihres Jobs:

wenn sie Pferde für etwas fit machen sollte, wofür sie ihrer Meinung nach ungeeignet waren. Sie konnte leider nicht jedes Tier retten, sondern nur an die Vernunft der Besitzer appellieren.

Während Hailstorm brav seine Runden an der Longe drehte, dachte sie über Lennox' Aussage nach. Das mit Sean fühlte sich richtig gut an, und auch wenn die Bestätigung ihres Cousins nicht wirklich wichtig war, gab sie ihr noch ein bisschen mehr Sicherheit. Konnte Sean der Mann sein, der ihr Herz eroberte? Wem machte sie etwas vor? Faktisch war das längst geschehen, und die letzte Nacht war nichts weiter als der Beweis dafür, dass ihre Gefühle nicht einseitig waren, sondern von ihm erwidert wurden. Das warme, wohlige Gefühl in ihrem Bauch, das sie schon den ganzen Vormittag über spürte, verstärkte sich wieder. Konnte das tatsächlich Liebe sein? Und falls ja, war sie bereit dafür?

Ihre Gedanken drifteten ab zu der seltsamen Begegnung mit Kristie und ihrer Freundin heute Morgen in der Küche. Die Frau, die Kristie als ihre große Liebe bezeichnet hatte, verursachte Hailey Gänsehaut – und nicht auf die gute Art. Sie kam mit den meisten Menschen, die sie traf, gut aus und fand selbst mit schwierigen und uneinsichtigen Pferdebesitzern irgendwann eine gemeinsame Basis. Doch gegenüber dieser blonden Schönheit mit den eiskalten Rehaugen verspürte sie eine fast körperliche Abneigung. Sollte sie die ignorieren? Oder musste sie irgendwie handeln?

Sie parierte Hailstorm zum Halten durch und ließ ihn dann in andere Richtung antraben. Seine Bewegungen waren flüssig, und er wirkte schmerzfrei. Kendrick hatte gestern festgestellt, dass die Schwellung am rechten vorderen Sprunggelenk komplett zurückgegangen war. Vielleicht konnte sie morgen schon mal kurz mit ihm auf die Strecke gehen? »Braver Junge«, lobte sie ihn und versuchte das nagende Unbehagen zu ignorieren, das mit dem warmen Gefühl der Liebe in ihrem Bauch konkurrierte. Es würde sich alles finden. Hoffentlich.

Ich komm heute Abend gern vorbei und assistiere dir!, tippte Hailey in ihr Handy, nachdem Hailstorm wieder gut versorgt in seiner Box stand.

Nicht nötig, aber danke fürs Angebot. Geh ruhig zum Yoga. Kristies prompte Antwort war mit einem Herzchen-Smiley versehen, doch Hailey verspürte einen irrationalen Stich. Ihre Schwester brauchte sie nicht und wollte sie nicht bei sich haben, das war klar und tat seltsam weh.

»Hast du Hunger?«, unterbrach ihr Vater ihre Gedanken.

»Hm?«

»Deine Mutter wollte heute Mittag ein Kartoffelgratin machen«, sagte Rupert. »Kommst du mit?«

Hailey sah auf die Uhr. Sie hatte eine gute Stunde, ehe sie mehrere Einzelreitstunden hintereinander geben musste. »Ja, gerne.« Sie zwang sich zu einem Lächeln, das sich irgendwie falsch anfühlte. Eigentlich hatte sie vorgehabt, ihre Mittagspause bei Sean zu verbringen, doch sie wollte ihn nicht erneut überfallen, und da sie nichts Konkretes vereinbart hatten, war Mittagessen mit ihren Eltern wohl nicht die blödeste Alternative.

Auf dem kurzen Weg zu ihrem Elternhaus schilderte sie Rupert ihre Eindrücke vom Training heute Vormittag. »Ich wünschte, Hailstorm müsste nicht mehr auf die Rennbahn«, schloss sie ihren Bericht, als sie sich in der großen Wohnküche am Spülbecken nebeneinander die Hände wuschen.

»Das liegt nicht in unserer Hand«, entgegnete Rupert, doch sie hörte das Mitgefühl in seiner Stimme. »Ich würde dem kleinen Kerl auch eine andere Zukunft wünschen, denn ihm fehlt völlig der nötige Killerinstinkt für eine erfolgreiche Rennkarriere, aber das müssen seine Besitzer selbst erkennen.«

»Ich darf ihnen aber meine Einschätzung mitteilen, oder?«

»Ja, aber ändern wird sich wohl trotzdem nicht viel.« Rupert seufzte und ließ sich dann am Esstisch nieder.

»Apropos Einschätzung«, nahm Alice den Gesprächsfaden auf, ehe Hailey noch etwas erwidern konnte. »Was ist mit Kristie los?«

Hailey verteilte Teller und Besteck auf dem Esstisch, um Zeit zu schinden. »Was meinst du?«, fragte sie ihre Mutter.

»Sie ist seit ihrer Eröffnungsparty irgendwie komplett neben der Spur«, sagte Alice stirnrunzelnd, während die Salat in kleine Schälchen füllte und sich dann zum Ofen wandte, in dem das sahnige, käsige Kartoffelgratin wartete. »Erst dachte ich, es ist deinetwegen, doch dein unmögliches Verhalten hat sie dir ja offensichtlich verziehen.«

»Hat sie«, brummte Hailey und warf ihrem Vater einen Hilfe suchenden Blick zu, woraufhin der jedoch nur mit den Schultern zuckte. »Das haben wir geklärt, und ich hoffe, dass du auch irgendwann aufhörst, mir die Sache ständig unter die Nase zu reiben.«

»Ich reibe gar nichts, ich sorge mich«, behauptete Alice jedoch und wuchtete die heiße Auflaufform auf den Tisch. »Was ist los mit ihr? Weißt du mehr?«

Hailey ließ die Gabel mit dem Salat wieder sinken. Sie wusste mehr. Deutlich mehr. Aber sie war wohl kaum diejenige, die ihren Eltern von Kristies Liebesglück erzählen sollte. Oder?

»Raus mit der Sprache«, forderte ihre Mutter.

»Das sollte sie dir besser selbst sagen.« Hailey stopfte sich hastig Salat in den Mund, um nicht weitersprechen zu müssen. Dabei fiel ihr wieder Lennox' Kommentar ein, dem zufolge der Ausritt mit Sean nicht nur nass, sondern auch ereignisreich gewesen war – und dass er nicht hatte verraten wollen, in welcher Hinsicht.

»Sie sagt mir aber nichts«, beharrte Alice frustriert, und Hailey schob rasch einen Bissen Gratin hinterher.

»Ich hab gehört, dass das Training für deinen Showkampf gut läuft«, sprang Rupert in die Bresche und überraschte damit sowohl seine Frau als auch seine Tochter.

»Was hat das jetzt mit Kristie zu tun?«, wollte Alice wissen, und Hailey fragte sich, woher ihr Vater diese Information hatte. Von Sean oder von Lennox? Oder war es schlicht ein Rettungsversuch?

»Sean hat mir heute Morgen erzählt, dass ihr gut vorankommt, das freut mich sehr«, sprach er unbeirrt weiter und klärte damit wenigstens eine Frage auf.

»Ja, das stimmt«, gab sie zurück, nachdem sie runtergeschluckt hatte. »Er ist ein toller Reiter, und Lennox und Adley machen sich auf Tosia und Grizela ebenfalls sehr gut. Das wird toll. Es ist zwar noch viel Arbeit, aber wir haben ja auch noch gut drei Monate Zeit.«

»Zurück zu Kristie«, beharrte Alice jedoch. »Irgendwas ist da doch im Busch. Ich mach mir wirklich Sorgen.«

Ich mir auch, dachte Hailey, antwortete aber: »Musst du nicht. Kristie ist verliebt.«

»Verliebt?«, rief Alice entzückt aus. »Aber das ist ja wundervoll! Warum sagt sie nichts? Wir würden uns doch mit ihr freuen und den jungen Mann voller Begeisterung in unsere Familie aufnehmen.«

»Ähm …«, begann Hailey.

»Wer behauptet denn, dass es ein junger Mann ist?« Rupert sah seine Frau kurz an und schob sich dann ein weiteres Stück Gratin in den Mund.

»Oh.« Alice schien kurzfristig aus dem Konzept gebracht zu sein, und Hailey bewunderte ihren Vater für dessen Scharfsichtigkeit. Er war wirklich ein verdammt guter Beobachter von Tier und Mensch.

Sie schwieg und schaufelte sich weiter die heiße Köstlichkeit in den Mund.

»Nun ja.« Alice rieb sich nachdenklich das Kinn. »Auch eine junge Frau würden wir gerne kennenlernen.«

»Die nicht«, entfuhr es Hailey, ehe sie sich bremsen konnte.

»Du kennst sie?« Alice durchbohrte ihre Tochter mit ihrem Blick, und auch Rupert schaute sie fragend an.

»Flüchtig«, gab Hailey zu. »Wir hatten nicht den besten Start miteinander, daher kann ich mir kein wirkliches Urteil erlauben. Aber Kristie scheint sehr verliebt zu sein.«

»Das ist doch das Wichtigste«, sagte Rupert rasch, ehe Alice weiter nachhaken konnte. »Und was ist mit dir und Sean?«

Hailey verschluckte sich und hustete heftig. »Wie …?«, krächzte sie und fragte sich, ob ihr Vater ebenfalls ihr Auto auf Seans Hof hatte stehen sehen.

»Ha, ertappt!«, freute sich ihr Vater. »Ich habe mich heute früh mit Sean unterhalten, und da hatte ich plötzlich den Eindruck, dass wir von unterschiedlichen Dingen sprechen. Du hast es jetzt bestätigt.«

»Ich habe gehustet«, entgegnete Hailey, immer noch etwas atemlos. »Sonst nichts.«

»Schon gut. Ich verstehe schon. Unsere Töchter wollen ihre Geheimnisse noch ein bisschen länger bewahren.« Rupert zwinkerte Alice vergnügt zu, die jedoch missbilligend die Stirn runzelte und ihm die Kelle aus der Hand nahm, mit der er sich gerade noch mehr Gratin auflegen wollte.

»Du hast schon genug. Iss lieber mehr Salat«, sagte sie zu ihm und wandte sich dann an Hailey. »Du und Sean Gordon? Das kann ich mir überhaupt nicht vorstellen.«

Hailey ballte ihre Hand zur Faust und unterdrückte mit aller Macht einen Kommentar. Was war daran so unvorstellbar?

»Du kennst ihn doch gar nicht«, wandte Rupert mit milder Verwunderung in der Stimme ein. »Ich kann mir das sehr gut vorstellen. Die beiden passen hervorragend zusammen.«

Das machte es nicht besser, dachte Hailey und kratzte mit der Gabel die letzten Gratinreste auf ihrem Teller zusammen. Um einen Nachschlag würde sie auf keinen Fall bitten, der vielsagende Blick ihrer Mutter auf ihre Kurven war ihr nicht entgangen.

»Wenn du meinst«, erwiderte Alice gedehnt. »Aber zurück zu Kristie. Wer ist die Frau, in die sie sich verliebt hat? Woher kommt sie? Und warum hattest du einen schlechten Start mit ihr?«

»Ich weiß wirklich fast nichts über sie, Mum«, erklärte Hailey mit einem frustrierten Seufzen. »Bitte hör auf, herumzubohren.«

»Bist du etwa eifersüchtig?«

Eifersüchtig? Hailey war so fassungslos, dass sie nichts sagen konnte. Wie kam ihre Mutter bitte auf so eine Idee? »Ich muss zurück in den Stall. Danke fürs Essen.« Damit stand sie hastig auf und rannte beinahe aus der Küche.

Eifersüchtig? Das war absolut absurd. Aber warum nagte es nun so an ihr?

Glücklicherweise verlief der Nachmittag derart turbulent, dass sie nicht groß zum Nachdenken kam, sondern ihre volle Konzentration auf die anspruchsvollen Pferde-Reiter-Kombinationen richten musste. Zu Hause sprang sie rasch unter die Dusche und überlegte dann, ob sie zum Yoga oder lieber zu Sean gehen sollte. Ihr Herz gab eine eindeutige Antwort, doch da sie erstens den ganzen Tag lang nichts von ihm gehört hatte und zweitens die Yogastunde die Chance bot, einen Blick auf den Tanzworkshop in der Aula zu werfen, entschied sie sich dafür.

Ich hab heute Yoga-Unterricht, schrieb sie Sean. *Ich hoffe, dein Tag war okay und Basil geht es gut.*

Basil taucht nur noch für die Milchration und kurze Kuscheleinheiten bei mir auf. Ansonsten bin ich völlig abgemeldet. Kommst du nach dem Yoga zu mir?

Haileys Herz machte einen kleinen Hüpfer. Rasch antwortete sie: *Gerne. Aber normalerweise gehen wir erst noch zusammen in den Pub. Ist das dann zu spät? Ich könnte so gegen zehn, halb elf bei dir sein.*

Sie fragte sich, warum sie auf dem Pubbesuch beharrte. Um niemandem eine Erklärung schuldig zu sein? Oder …

Das passt sehr gut. Ich muss dringend noch ein paar Sachen fertig machen. Viel Spaß und bis später.

»Erfreuliche Nachrichten?«, erkundigte sich Ainslee, die am Türrahmen erschienen war – schon in ihrem schicken Yoga-Outfit.

»Ich muss mir dringend auch mal schöne Sportklamotten kaufen«, wich Hailey aus und deutete auf ihre ausgeleierte Jogginghose.

»Darauf kommt es doch nicht an«, behauptete ihre Mitbewohnerin lächelnd und ließ das andere Thema glücklicherweise auf sich beruhen.

Yoga stellte sich an diesem Abend als besondere Herausforderung dar, denn zur körperlichen Qual kam auch noch die Ablenkung dazu, die der Tanzworkshop in Form von lauter Musik, trampelnden Füßen und ausgelassenem Gelächter bot. Kristie und ihre Teilnehmerinnen hatten die Hälfte der Schulaula belegt, und das alte Gemäuer bot erschreckend wenig Schallschutz in den darüberliegenden Räumen.

Anna schien völlig unbeeindruckt zu sein und gab gewohnt ruhig und entspannt ihre Anweisungen, doch nicht nur Hailey wurde zunehmend unruhiger. Auch Betty und Ainslee wirkten längst nicht so souverän wie sonst, und Isla verlor schließlich die Nerven.

»So macht das wirklich keinen Sinn«, beklagte sie sich, als rhythmisches Trampeln und Klatschen sie aus dem Gleichgewicht brachte. »Machen die Hupfdohlen denn gar keinen Feierabend?« Sie ließ sich auf ihre Matte sinken.

Hailey tat es ihr gleich. »Soweit ich weiß, hat Kristie zwei Gruppen gebildet, die sie nacheinander betreut.«

»Wie auch immer, es ist jedenfalls nervtötend. Ich kann mich nicht auf die Yoga-Übungen konzentrieren, und ganz sicher werde ich keine Sekunde lang meditieren und zur Ruhe kommen können«, schimpfte Isla weiter.

»Geht mir ähnlich«, gab Hailey zu, und auch Betty und Ainslee nickten zustimmend.

»Dann machen wir heute wohl früher Schluss«, sagte Anna freundlich, doch Hailey hätte gewettet, dass die Ärztin insgeheim *Es ist noch ein weiter Weg für diese Truppe* dachte.

»Gute Idee«, fand Betty. »Dann kriegen wir schneller was in den Magen.« Die weißmähnige Frau sprang behände wie eine Fünfundzwanzigjährige auf und rollte in Windeseile ihre Matte zusammen.

»Ich glaube, wir müssen mal an unserer Einstellung arbeiten«, bemerkte Anna mit einem resignierten Seufzer.

»Ich schätze, mit *deiner* Einstellung ist alles in Ordnung, aber *wir* müssen an unserer arbeiten«, korrigierte Isla, plötzlich wieder blendend gelaunt, und deutete auf Betty, Ainslee, Hailey und sich selbst. »Das tun wir bei Fischeintopf und Gin Tonic.«

»Oder so.« Anna lachte leise und rollte ihre eigene Matte auf.

Sie saßen fröhlich zusammen und hatten schon gegessen, als sich die Tür öffnete und zehn lachende Frauen in Sportklamotten in den Pub kamen. Angeführt von Kristie, die mit Meribeth Händchen hielt und das Kunststück fertigbrachte, gleichzeitig verlegen, glücklich und stolz zu wirken.

»Hab ich was verpasst?«, fragte Isla, als die Gruppe am anderen Ende des Gastraums an einem reservierten Tisch Platz nahm. Sie ließ Kristie und Meribeth nicht aus den Augen.

»Wie schön, dass Kristie endlich den Mut gefunden hat, zu dem zu stehen, was sie ist«, freute sich Betty und winkte in Richtung der Tänzerinnen.

»Das finde ich auch«, sagte Anna mit einem warmherzigen Lächeln. »Manchmal braucht es einfach seine Zeit.«

»Ach kommt, es war doch schon lange klar, dass Kristie auf Frauen steht«, behauptete Isla. »Aber dass sie jetzt gleich so ein öffentliches Statement wagt, finde ich erstaunlich. Das hätte ich ihr nicht zugetraut.«

Hailey sah ihre Tischgenossinnen nacheinander an und fühlte sich zunehmend verwirrt. »Ihr wusstet von Kristies Vorlieben? Mir hat sie es erst letzten Samstag bei der Hochzeit erzählt, und ich hatte nicht den Eindruck …« Ihre Stimme erstarb, als Anna ihr eine Hand auf den Arm legte.

»›Wissen‹ ist vielleicht zu viel gesagt, aber die Ahnung war ziemlich stark«, erklärte die Ärztin.

»Ich weiß es seit der Schulzeit«, berichtete dagegen Isla.

»Was?« Hailey konnte es nicht fassen. »Aber warum hast du dann nie was gesagt?«

»Warum hätte ich das tun sollen? Es ist doch ihre Sache, wie sie ihr Leben führt. Sie wird schon ihre Gründe dafür gehabt haben, dass sie es dir nicht erzählt hat.«

Hailey keuchte auf, als hätte ihr Isla einen Magenschwinger versetzt. Das tat richtig weh, aber sie wusste gerade nicht, was schwerer wog: die Tatsache, dass Kristie ihr offensichtlich nicht genug vertraute, oder dass sie selbst so unsensibel und ignorant war.

»Gräm dich nicht«, tröstete Betty. »Die Menschen, die uns am nächsten stehen, sind oft am ahnungslosesten.«

Hailey schüttelte den Kopf. Sie verstand das einfach nicht.

»Kannst du uns was über ihre Freundin sagen?« Isla schielte neugierig zum Tänzerinnen-Tisch. »Sie ist auf jeden Fall unglaublich hübsch.«

»Das ist sie wohl«, entgegnete Hailey tonlos. »Viel mehr kann ich aber nicht über sie sagen. Wir hatten keinen guten Start. Nach Kristies Eröffnungsparty war sie … nun ja … ihr wisst ja, wie ich mich da benommen habe.« Sie rieb sich mit den Händen übers Gesicht, doch ihre Gedanken wurden dadurch auch nicht klarer. »Jedenfalls steht sie stramm im Team Kristie und kann mich nicht leiden.«

»Das kann ich mir kaum vorstellen«, wandte Betty ein. »Dich mag doch jeder.«

»Niemand wird von allen gemocht, und für Goldlöckchen bin ich der letzte Abschaum. So viel ist jedenfalls klar.«

Betty stieß ein schnaubendes Lachen aus und schien das witzig zu finden, doch Anna fragte, an Hailey und die bislang komplett schweigsame Ainslee gewandt: »Wohnt sie die Woche über bei euch?«

»Ja, aber ich habe sie nur kurz heute früh gesehen. Und diese Begegnung lief auch nicht besser als unsere erste.«

»Hast du sie besser kennengelernt?«, erkundigte sich Isla bei Ainslee.

»Nicht nennenswert«, entgegnete Ainslee knapp, und es war offensichtlich, dass sie sich nicht wohlfühlte.

»Ich glaub dir kein Wort«, beharrte Isla jedoch und starrte sie mit ihren blaugrauen Augen so durchdringend an, wie es sonst nur ihr Vater Marlin konnte. Hailey bekam fast Mitleid mit ihrer Mitbewohnerin. Aber nur fast, denn sie war genauso neugierig auf Ainslees Einschätzung wie ihre Cousine und der Rest der Truppe.

»Ich kann mir wirklich kein Urteil erlauben nach den wenigen Gesprächen, die wir geführt haben«, wich Ainslee aus. »Kristie scheint aber sehr von ihr eingenommen zu sein, und das ist ja wohl das Wichtigste.«

»Das ist eine sehr interessante Antwort, meine Liebe«, stellte Betty fest und musterte Ainslee eingehend. »Du kannst sie nicht leiden, was?«

»Ich kenne sie nicht«, beharrte Ainslee. »Und außerdem spielt es keine Rolle, ob ich sie mag oder nicht. Entscheidend ist, dass Kristie mit ihr glücklich ist.«

»Wenn sie denn glücklich ist«, entfuhr es Hailey, ehe sie die Worte zurückhalten konnte.

»Glaubst du das nicht?« Anna sah sie aufmerksam an.

»Keine Ahnung. Sie sagt, dass sie glücklich ist, aber so wie ich sie heute früh erlebt habe und auch nach der Party … Ich denke einfach, dass ein wirklich verliebtes Paar anders wirkt.« Hailey schielte in Ainslees Richtung, und ihre Mitbewohnerin nickte kaum merklich. Diese kleine Geste erleichterte Hailey unendlich. Sie war also nicht die Einzige mit Zweifeln.

»Ich werde Shona ausquetschen«, kündigte Isla an und stand auf. »Die hat beim Workshop sicher mehr mitbekommen.«

Ehe irgendjemand eingreifen konnte, marschierte Isla zum Tisch der Tänzerinnen und signalisierte ihrer jüngeren Schwester, dass sie ihr folgen möge.

»Meine Mum unterstellt mir, dass ich eifersüchtig bin«, sagte Hailey leise, weil diese Unterstellung seit Mittag in ihr gärte. »Vielleicht hat sie recht.« Sie schluckte.

»Ich glaube nicht, dass du deiner Schwester ihr Glück missgönnst«, erwiderte Anna sanft. »Aber es ist normal, dass du Vorbehalte hast. Kristie und du, ihr seid doch so eng. Im Grunde seid ihr mehr als Schwestern. Ihr seid beste Freundinnen und lebt seit Jahren in einer Art Partnerschaft. Natürlich muss es dir da seltsam vorkommen, wenn sie eigene Wege geht. Aber das tust du doch auch. Du musst dich also nicht sorgen.«

Natürlich wusste Anna von ihr und Sean. Lennox hatte es ihr zweifellos brühwarm erzählt. Aber Hailey hoffte trotzdem, dass das hier jetzt nicht thematisiert wurde. Im Moment ging es um Kristie und um die seltsame These, dass sie mehr als Schwestern waren. »Partnerschaft? Wir sind eher eine WG, würde ich sagen.«

»Anna hat recht«, warf ausgerechnet Betty ein. »Wie lange wohnt ihr schon zusammen in dem Cottage?«

Hailey zuckte mit den Schultern. »Weiß nicht so genau. Zehn, zwölf Jahre oder so?« Sie und Kristie waren, anders als all ihre Cousinen und Cousins, nie aus Kirkby weggegangen. Zumindest nicht für lange, sondern höchstens mal für kurze Praktika oder Kurse. Irgendwie war es total normal gewesen, dass sie nach Kristies Schulabschluss zu Hause aus- und zusammen in das kleine Cottage in der Dorfmitte gezogen waren. Normal, praktisch und schön vertraut.

»Aber da hast du es doch«, beharrte Anna. »Ihr seid füreinander die wichtigsten Bezugspersonen, ein eingespieltes Team.«

»Wenn wir so wichtig füreinander wären, dann hätte ich ja wohl längst gewusst, dass Kristie auf Frauen steht«, bemerkte Hailey frustriert. Sie konnte die Argumente alle nicht wirklich nachempfinden. »Diese Wohngemeinschaft war doch nie auf Dauer angelegt.«

»Ich finde zehn Jahre schon ziemlich lang«, bemerkte Betty. »Ich habe, außer in meiner Kindheit, noch nie so lange mit einem Menschen zusammengelebt. Ich wage mal die kühne Behauptung, dass ihr beide insgeheim so zufrieden mit diesem Arrangement wart, dass ihr gar nicht das Bedürfnis hattet, euch nach echten Partnerschaften umzusehen.«

Hailey plusterte sich schon zu größerem Protest auf, doch Anna nahm ihre Hand und sagte eindringlich: »Lass das einfach mal sacken, und denk drüber nach, ob vielleicht ein Fünkchen Wahrheit darin liegen könnte.«

Hailey atmete geräuschvoll aus. Konnte das wirklich der Grund sein, warum sie bislang noch nie eine richtige Beziehung gehabt hatte? Weil es nicht nötig gewesen war? Auf diese Idee wäre sie im Leben nicht gekommen, aber irgendwie ergab es Sinn. »Okay, ich denk drüber nach«, versprach sie schließlich leise.

»Gut. Und jetzt will ich alles über dich und Sean erfahren!« Die Augen der Dorfärztin funkelten. »Da scheint es ja mächtig zu knistern.«

Wäre ja auch zu schön gewesen, wenn das unerwähnt geblieben wäre. Doch andererseits merkte Hailey, wie das warme Kribbeln schlagartig in ihren

Bauch zurückkam. Warum sollte sie sich den Kopf darüber zerbrechen, ob Meribeth die richtige Frau für Kristie war oder nicht oder ob das schwesterliche Verhältnis normal oder seltsam war, wenn sie sich stattdessen freuen konnte? Darüber, dass es in ihrem Leben neuerdings einen Menschen gab, den sie in jeder denkbaren Hinsicht unwiderstehlich fand.

»Okay, dein Strahlen spricht Bände«, stellte Anna fest.

»Du und der geheimnisvolle Keramikmeister?«, fragte Betty nachdenklich.

»Ich und Sean«, bestätigte Hailey. »Und sag bitte nicht, dass du dir das nicht vorstellen kannst. Das habe ich mir schon von meiner Mutter anhören müssen.«

»Alice ist eine tolle Frau, aber sie hat manchmal etwas wenig Fantasie«, befand Betty, und Hailey fühlte sich sofort beschwichtigt. »Ich kenne ihn nicht gut genug, um da eine qualifizierte Aussage zu machen, doch dein glückliches Leuchten reicht eigentlich schon als Antwort. Wenn ein Mann das fertigbringt, kann er nicht falsch sein.« Bettys Blick suchte nun den Tisch der Tänzerinnen. »Bei Kristie sehe ich das nicht, dabei hätte sie ein Leuchten genauso verdient wie du.«

Auch Anna schaute in Kristies Richtung. »Auf die Distanz kann man das doch gar nicht erkennen. Lasst uns einfach davon ausgehen, dass auch da alles prima läuft und sie glücklich ist. Beziehungen entwickeln sich mit unterschiedlichen Geschwindigkeiten, und jeder reagiert auch anders auf die Liebe.«

Hailey hoffte, dass Anna recht hatte – und dass sie selbst sich täuschte. »Seid mir nicht böse, aber ich verabschiede mich jetzt. Ich hab noch eine Verabredung heute.« Sie grinste in die Runde.

»Dann schläfst du also nicht zu Hause?«, wollte Ainslee wissen.

»Nicht, wenn es so läuft, wie ich es mir vorstelle.«

»Was soll ich dann Kristie sagen, wenn sie fragt?«

Hailey seufzte. »Eigentlich sollte Kristie viel zu abgelenkt sein, um überhaupt mitzukriegen, ob ich da bin oder nicht. Aber ich werde es ihr schnell selbst sagen.« Sie winkte ihren Yoga-Freundinnen zu. »Schönen Abend noch. Und lasst es mich wissen, falls Isla spektakuläre Enthüllungen aus Shona herausgekitzelt hat.«

Sie schnappte sich ihre Jacke und ging dann zu ihrer Schwester, die sich angeregt mit einer der Workshop-Teilnehmerinnen unterhielt. Hailey tippte Kristie auf die Schulter. »Sorry, wenn ich kurz störe. Ich wollte nur Bescheid geben, dass ich heute Nacht wieder nicht zu Hause sein werde. Mach dir keine Sorgen.«

»Findest du es nicht unhöflich, mitten in ein Gespräch zu platzen?«, fuhr Meribeth sie an, ehe Kristie überhaupt reagieren konnte.

»Schon gut«, beschwichtigte Kristie und schaute Hailey verlegen an. Offensichtlich war ihr das Verhalten ihrer Freundin peinlich. Neugier lag auch in ihrem Blick, doch Hailey schüttelte kaum merklich den Kopf. »Dann einen schönen Abend, und sei bitte vorsichtig.«

»Du auch.« Hailey drückte kurz Kristies Schulter und verließ dann rasch den Pub, ehe sie es sich anders überlegen und Meribeth die Meinung geigen konnte.

Sie sah an sich hinunter und beschloss, sich noch rasch zu Hause umzuziehen. Auch wenn Sean sicher kein Problem damit hatte, wenn sie in ihren abgeranzten Jogginghosen bei ihm aufkreuzte, wollte sie sich doch ein bisschen mehr Mühe geben. Außerdem konnte sie dann noch ihre Arbeitskleidung für morgen einpacken, damit ihr eine weitere unangenehme Küchenbegegnung mit dem blonden Eisengel erspart bliebe. Irgendwann in den nächsten Tagen würde sie sich mit Meribeth auseinandersetzen müssen, aber vielleicht nicht gleich morgen.

»Du riechst gut«, befand Sean eine halbe Stunde später, als sie eng umschlungen in seiner Küche standen und er seine Nase in ihre Haare presste.

»Du auch«, gab sie zurück. Sie hatte eigentlich damit gerechnet, ihn in seiner Werkstatt anzutreffen – mit tonverschmierten Händen und in seinem Arbeitsoverall. Doch stattdessen hatte er, offensichtlich frisch geduscht und in Jeans und ein lässiges Hemd gekleidet, in der Küche gesessen und ein Buch gelesen. »Was liest du da?«, erkundigte sie sich.

»Einen Jack-Reacher-Krimi«, entgegnete er in einem fast entschuldigenden Tonfall. »Also keine hohe Literatur.«

»Ich finde allein die Tatsache, dass du einen Roman liest, schon unglaublich sexy«, schnurrte sie und wunderte sich ein bisschen über sich selbst. Bisher hatte sie nie darüber nachgedacht, ob lesende Männer anziehender waren als andere.

»Und ich finde Frauen sexy, die lesende Männer mögen.«

»Dann ist es ja gut, dass wir uns getroffen haben, aber ich glaube, ich fände dich auch toll, wenn du ein biertrinkender Fußballfan wärst.«

»Ich hab nicht mal einen Fernseher und bevorzuge Wein. Fußball ist nicht so mein Ding.«

Hailey hatte nichts gegen Fußball und Bier, aber dass Sean so anders war, Bücher las, Lämmer aufzog, Pizza backen konnte und Pferde liebte, fühlte sich besonders an. Besonders richtig. Sie schmiegte sich enger an ihn und genoss die beruhigende Solidität seines Körpers. Am liebsten hätte sie ewig so dagestanden und all die großen und kleinen Sorgen vergessen, die der Tag mit sich gebracht hatte. Sie schloss die Augen und atmete seinen Duft ein, der noch neu und aufregend für sie war und doch schon sehr vertraut. Was predigte Anna im Yogakurs immer? »Versucht, im Hier und Jetzt zu sein, und kümmert euch nicht um die Sorgen und Gedanken, die euch im Alltag belasten.« Leider wollte es ihr nicht gelingen, diesem hehren Ideal zu folgen. Immer wieder spielte ihr Kopfkino Szenen ab, in denen Meribeth sie herablassend musterte und sie mit fiesen Kommentaren bombardierte oder in denen ihre Mutter ihr Eifersucht unterstellte. Warum konnte sie das nicht ausblenden? Warum nagten diese Zweifel an ihr?

Und warum tat Sean nichts anderes, als sie festzuhalten und in ihre Haare zu atmen? Hatte er am Ende ähnliche Sorgen wie sie? Sollte sie mit ihm darüber sprechen?

Sie fingen gleichzeitig an zu reden.

»Du …«, sagte sie.

»Ich …«, begann er.

»Du zuerst«, bat er lächelnd und schob sie ein Stückchen weg, um ihr in die Augen sehen zu können.

»Nein, du zuerst!«, forderte sie und fühlte sich seltsam verlassen. Sie fröstelte, weil sie sich nicht mehr an ihm wärmen konnte.

Er strich sich eine Haarsträhne hinters Ohr und schien nach den richtigen Worten zu suchen. »Möchtest du etwas trinken?«, fragte er schließlich, doch Hailey war sich sicher, dass er eigentlich etwas ganz anderes hatte sagen wollen. Etwas Gefährliches, das in Richtung von »Ich muss dir was erzählen« oder »Lass uns reden« ging. Vermutlich sollten sie tatsächlich miteinander reden, doch sie fühlte sich einem Gespräch, einem *solchen* Gespräch nicht gewachsen.

»Nein«, erwiderte sie klar. »Ich habe keinen Durst. Nur Hunger.« Dann überwand sie die kurze trennende Distanz, nahm sein Gesicht in beide Hände und küsste ihn voll verzweifelter Gier.

Sean küsste sie mit gleicher Vehemenz zurück und wirkte regelrecht erleichtert. »Lass uns hochgehen!«

JEDER GEGEN JEDEN

»DAS IST EINE WAHNSINNIG TOLLE IDEE«, sagte Bürgermeister Collum und rieb sich mit einem begeisterten Lächeln die Hände. Lennox und Sean hatten gestern mit Sky über ihre Idee gesprochen, ein Benefiz-Event für das äthiopische Dorf zu organisieren, in dem Sky so lange gelebt hatte, und auch laut über die Möglichkeit einer Städtefreundschaft nachgedacht.

Nach einer längeren Friedensphase in Äthiopien herrschte seit einiger Zeit leider wieder Krieg im Land, und es galt nicht als besonders sicher, dorthin zu reisen. Sean hatte das bisher nur am Rande mitbekommen, sich aber offen gestanden auch nicht allzu sehr dafür interessiert. Bei den zahllosen schrecklichen Konfliktherden, die es auf der Erde gab, konnte man schon den Überblick verlieren. Tapua lag jedoch in einer Region, die von den Kämpfen nicht betroffen war. Trotzdem sorgte sich Sky um die Menschen dort und befürchtete auch, dass die westliche Welt die Probleme der afrikanischen Länder nicht mehr wahrnahm, weil andere politische Spannungen einfach viel näher und präsenter waren – wofür Sean und Lennox ja der beste Beweis waren. Eine enge Verbindung zwischen zwei Gemeinden wäre Skys Meinung nach die ideale Brücke dafür, mehr Aufmerksamkeit zu generieren.

Lennox hatte noch während ihres Gesprächs im Rathaus angerufen und für heute Vormittag einen Termin mit Collum vereinbart. Und bei dem war ihre Idee auf einen mehr als fruchtbaren Boden gefallen.

»Damit könnten wir nicht nur in den Highlands, sondern vielleicht sogar in ganz Schottland und Großbritannien eine gesellschaftliche Vorreiterrolle einnehmen«, sprach der Bürgermeister weiter. »Städtepartnerschaften sind immer eine tolle Idee für einen kulturellen und wirtschaftlichen Austausch, aber wenn man sie lediglich auf europäische oder zumindest westliche Staaten beschränkt, bringt es nicht so viel. Mit Afrika allerdings ...« Er strahlte bei dem Gedanken übers ganze Gesicht.

»Angesichts der britischen Kolonialgeschichte wäre ich an deiner Stelle lieber nicht so euphorisch«, fiel ihm Sky ins Wort. »Niemand in Äthiopien oder einem anderen afrikanischen Land wartet auf einen schottischen Heilsbringer. In meinem Dorf will niemand erleben, wie ein rothaariger Bürgermeister den ersten Spatenstich für einen Brunnen setzt. Bitte nicht falsch verstehen.«

Collum war bei Skys drastischen Worten etwas zusammengezuckt, fing sich aber rasch wieder. »Ich denke, ich verstehe das schon richtig, und du hast natürlich recht, wenn du unsere unrühmliche Geschichte ansprichst. Aber so habe ich das auch nicht gemeint«, betonte er. »Zumindest was eine mögliche Partnerschaft der zwei Gemeinden betrifft – da würde ich mir einen kulturellen Austausch auf Augenhöhe wünschen. Die von euch geplante Benefizveranstaltung hat ja aber gezielt den Hintergrund, Geld zu sammeln und zu spenden. Das kannst du mir nicht vorwerfen.«

»Das will ich auch nicht«, entgegnete Sky. »Aber das gesammelte Geld geht nicht an das Dorf, sondern ist für STEADFAST, meine NGO, und unseren Kampf gegen die Korruption. Das ist längst nicht so sexy und medienwirksam, wie Brunnen zu bauen oder Schulhefte an kulleräugige schwarze Kinder zu verteilen. Sorry, wenn das hart klingt, aber ich will sicher sein, dass wir alle auf derselben Seite stehen.«

Sean verfolgte den Dialog mit wachsendem Interesse. Sky, der bei ihren ersten Begegnungen reichlich niedergeschlagen und defensiv gewirkt hatte, zeigte nun ganz klar Kante, und es war offensichtlich, wie ernst ihm sein Projekt war. Collum stand in dem Ruf, extrem begeisterungsfähig zu sein und stets das Beste für Kirkby und dessen Bewohner im Sinn zu haben. Sean kannte den Bürgermeister nicht gut genug, um beurteilen zu können, ob er nicht tatsächlich von hübschen Bildern in Afrika geträumt hatte. Aber er schätzte an ihm, dass er ebenso klar kommunizierte wie Sky.

»Wir stehen ganz sicher auf derselben Seite«, betonte Collum jetzt noch einmal. »Ich sehe eine Städtefreundschaft als großartige Chance für beide

Gemeinden, aber ich muss mich zunächst auch genau darüber informieren, wie man so eine Partnerschaft überhaupt angeht. Und wir haben ja auch noch gar nicht gefragt, wie die Dorfgemeinschaft von Tapua dazu steht. Was eure Veranstaltung betrifft, unterstütze ich euch jedenfalls sehr gerne. Wir müssen nur einen geeigneten Termin finden, und ihr müsst entscheiden, wie groß ihr es aufziehen möchtet. Wenn es eine größere Geschichte mit viel Publikum werden soll, brauchen wir etwas Vorlauf, aber das kriegen wir schon hin.«

»Du hast hier doch schon riesige Partys innerhalb von Tagen geplant«, sagte Lennox lachend. »Aber es ist bestimmt schlau, wenn wir erst einmal ein richtig gutes Konzept erstellen. Ich würde auf jeden Fall einen Gig spielen. Vielleicht kann ich meinen alten Herrn auch dazu überreden, das würde für noch mehr Aufsehen sorgen. Wie wir das mit der Kunstversteigerung machen, muss Sean klären. Damit kenne ich mich nicht so gut aus. Würde das zeitgleich live und online funktionieren? Ich hab nämlich keine Ahnung, wie viele solvente Kunstsammler wir hier in der Gegend haben. Aber vielleicht sollte das ohnehin lieber über ein großes Auktionshaus in London oder zumindest in Edinburgh laufen?«

»Darüber werde ich mit Miguel, meinem Galeristen, reden«, versprach Sean. »Aber ich denke, es wäre kein Problem, auch eine Online-Versteigerung durchzuführen, mit einem Auktionator vor Ort.«

»Sehr gut. Wenn ihr einen Termin ins Auge gefasst habt, meldet euch einfach noch mal bei mir«, sagte Collum. »Sobald Colleen von ihrem Honeymoon zurück ist, wird sie euch sicherlich gerne bei der Organisation helfen.« Er blickte auf die Uhr. »Wie sieht es aus, wollen wir alle zusammen in den Pub zum Mittagessen gehen?«

Sky und Lennox stimmten begeistert zu, doch Sean zögerte. Mit dem fast zweistündigen Gespräch im Rathaus war sein Bedarf an Sozialkontakten mindestens für die nächste Woche gedeckt, zumal er heute Abend ja wieder Besuch von Hailey bekommen würde, wie seit Montag jede Nacht.

»Du kommst auch mit!«, bestimmte Lennox, ehe Sean überhaupt einen Entschluss fassen konnte, von einer Antwort ganz zu schweigen.

»Überredet. Ich hoffe, dass es ein Curry-Gericht gibt.« Sean ging nicht allzu oft in den Pub, aber wenn, war er versessen auf die sensationellen Curry-Gerichte, die man in einer schottischen Dorfkneipe nicht unbedingt vermutet hätte. Doch da Spitzenköchin Isla auch im Laden ihres Lebensgefährten Jon mitmischte – zumindest mit Rezepten –, war das Essen ganz hervorragend.

»Seit Isla und Jon im Winter wochenlang in Indien unterwegs waren, gibt es noch mehr Currys als früher«, berichtete Collum und klopfte sich mit einem leisen Seufzer auf den Bauch. »Leider, muss ich wohl sagen.«

»Du solltest dringend mal Sport machen, dann sind die täglichen Pubbesuche kein Problem«, entgegnete Lennox grinsend. »Willst du nicht endlich mit Reiten anfangen?«

»Das überlasse ich den Profis, ich will mir nicht den Hals brechen.« Collum verdrehte gespielt dramatisch die Augen.

»Was ist mit dir?«, wandte sich Lennox an Sky. »Keine Lust auf Reiten?«

Der blonde Amerikaner schüttelte den Kopf. »Ich weiß wirklich nicht, warum ihr alle so wild darauf seid. Mir sind Pferde unheimlich, aber jetzt will sogar schon Ayana unbedingt reiten lernen.«

»Deine Tochter weiß eben, was gut ist«, neckte ihn Lennox.

Sky schien das anders zu sehen, doch da waren sie schon in *The Wise Pelican* angekommen, und er verkniff sich einen Kommentar.

Der Pub war gut besucht, und bis auf einen großen reservierten Tisch war kein Platz mehr frei.

»Erwartest du eine größere Runde?«, erkundigte sich Collum bei Jon und deutete auf den unbesetzten Tisch.

»Kristies Workshop kommt gleich«, erklärte der Wirt. »Aber der Vierertisch daneben hat gerade gezahlt, den könnt ihr dann haben.«

Sean schaute sich in dem freundlichen Gastraum um. An vielen Tischen saßen Einheimische, die er wenigstens vom Sehen kannte. Die anderen Gäste schienen Touristen zu sein, die, je weiter der Frühling fortschritt, in immer größerer Zahl in den Highlands und damit auch in Kirkby einfielen. Er wunderte sich nicht darüber, denn das hier war einer der schönsten Flecken der Welt, und er konnte sich keinen Ort vorstellen, an dem er lieber leben würde.

»Warum lachst du?«, fragte ihn Lennox neugierig.

»Weil ich gerade eine Erkenntnis hatte«, gab Sean zu. »Mir ist aufgefallen, dass ich wirklich richtig gern in Kirkby lebe.«

»Das hör ich gerne«, bemerkte Collum, der es immer persönlich zu nehmen schien, wenn sich jemand hier im Ort nicht hundertprozentig wohlfühlte. »Wie lange lebst du inzwischen hier?«

»Fünf Jahre, und ich fühle mich schon seit dem ersten Tag wohl.«

»Das hast du bisher nur erfolgreich für dich behalten.« Collum lächelte und deutete dann auf den frei gewordenen Tisch, der gerade von einer Kellnerin sauber gemacht wurde.

»Ich war anfangs mit anderen Dingen beschäftigt«, entgegnete Sean und blickte kurz in Richtung Lennox, der seit vorgestern genau wusste, was er damit meinte.

»Wir haben alle unsere Gründe dafür, dass wir hier leben«, sagte Collum jedoch nonchalant und ohne nachzubohren. »Ich hoffe, du wirst nicht so lange zum Eingewöhnen brauchen wie unser Töpfermeister«, wandte er sich dann an Sky.

»Wir werden sehen.« Skys Gesichtsausdruck sprach Bände. Fünf Jahre in Kirkby erschienen ihm wohl vollkommen absurd. Doch er sprach diesen Gedanken nicht aus, sondern klappte die Speisekarte auf.

Sean tat es ihm gleich, auch wenn er auf der Spezialitätentafel schon das »Curry des Tages« erspäht hatte, das er auf jeden Fall probieren wollte. Er fühlte sich immer noch etwas aufgewühlt nach seinem Gespräch mit Lennox vorgestern, und ein wenig nagte das schlechte Gewissen an ihm, weil er bisher nicht mit Hailey darüber gesprochen hatte. Doch er musste zugeben, dass er sich in dieser Männerrunde erstaunlich wohlfühlte. Sie waren absolut unterschiedliche Persönlichkeiten, die auf den ersten Blick nicht viele Gemeinsamkeiten hatten, aber da war ein Band zwischen ihnen, mit dem er nicht gerechnet hatte. Lennox war ihm vermutlich am nächsten, weil er ihn schon am besten kannte, sie beide Künstler waren und das Reiten liebten. Aber auch in Sky und sogar in Collum erkannte er etwas, das ihm vertraut vorkam. Auch diese beiden Männer waren Menschen, die tiefen Schmerz erlitten hatten – da war er sich, ohne es wirklich zu wissen, seltsamerweise absolut sicher.

Sie bestellten ihr Mittagessen und unterhielten sich gerade angeregt, als die Pubtür aufging und etliche junge Frauen in Sportkleidung fröhlich schnatternd den Gastraum betraten. Das mussten Kristies Tanzworkshop-Teilnehmerinnen sein, dachte Sean und sah nur flüchtig in die Richtung. Doch irgendwas erregte seine Aufmerksamkeit. Lange, wippende hellblonde Locken. Er stockte mitten im Satz, und ihm wurde heiß und kalt. Die Frau, die gerade an ihnen vorbeilief, war Meribeth Parker.

»Alles klar, Sean?«, drang diffus eine Stimme zu ihm durch, aber er konnte nicht reagieren. Wie hypnotisiert starrte er die Frau an, die so viel Düsternis, Schmerz und Scham in sein Leben gebracht hatte und die er nie mehr hatte wiedersehen wollen. Warum nur war sie jetzt hier?

Meribeth und die anderen Tänzerinnen würdigten den Männertisch keines Blickes und gingen gut gelaunt zu ihrem eigenen.

»Sean«, kam es nun etwas eindringlicher von Lennox. »Alles in Ordnung?«

Er war unfähig, etwas zu sagen, starrte nach wie vor Meribeth an und schüttelte nur den Kopf.

Doch Lennox war nicht doof. Er folgte Seans Blick. »Hellblonde Locken, Rehaugen – sag bloß, das ist *die* Frau?«

»Welche Frau?«, wollte Collum wissen und schaute nun ebenfalls zum Tisch der Tänzerinnen.

»Ich muss hier weg«, krächzte Sean und stand etwas ungeschickt auf, sodass sein Stuhl polternd nach hinten umkippte. Das wiederum erregte die Aufmerksamkeit der anderen Gäste. Alle sahen in seine Richtung. Auch Meribeth.

Die folgenden Sekunden nahm Sean wie in Zeitlupe wahr. Er verfolgte, wie ihr hübsches, lächelndes

Gesicht zu einer ausdruckslosen Maske gefror und sich in ihren Augen Entsetzen und Schock spiegelten – und noch etwas anderes, das er nicht eindeutig identifizieren konnte.

Doch dann stand sie von ihrem Platz auf, machte ein paar Schritte in seine Richtung und fragte mit durchdringender Stimme: »Sean Gordon, was hast du hier zu suchen?«

»Ich esse mit meinen Freunden zu Mittag« wäre die offensichtliche Antwort gewesen, aber aus seiner Kehle kam kein Ton.

»Du kennst Sean?«, erkundigte sich Kristie verwundert, die zu Meribeth getreten war.

»*Kennen?*«, spie sie aus. »Dieser Abschaum hat mein Leben ruiniert! Und nun wagt er es, hier einfach aufzukreuzen! Stalkst du mich etwa?«

Diese Frage hätte Sean ihr gern seinerseits gestellt, doch nach wie vor war er wie gelähmt. Kalter Schweiß trat ihm auf die Stirn.

»Warum tut hier keiner etwas?«, schrie Meribeth und klang aufrichtig verzweifelt. »Dieser Mann ist ein Monster und ein Vergewaltiger!«

»Monster« stimmte, aber »Vergewaltiger« war eine unverschämte Lüge. Sean hörte, wie einige Leute entsetzt nach Luft schnappten, und fühlte bohrende Blicke auf sich. Das half dabei, ihn aus seiner Schockstarre zu lösen. Steif, aber wenigstens wieder bewegungsfähig lief er aus dem Pub und rannte blindlings nach Hause.

• • •

Wenige Minuten später betrat Hailey den *Wise Pelican* und wunderte sich über den Aufruhr, der dort herrschte. Sie wusste, dass Sean heute Vormittag mit Lennox und Sky einen Termin bei Collum gehabt hatte, und war sich ziemlich sicher gewesen, dass die Männer anschließend im Pub gemeinsam essen würden. Weil ihr Magen knurrte und sie ein bisschen Zeit hatte, wollte sie dazustoßen. Doch von Sean war nichts zu sehen, dafür saßen die drei anderen Männer mit konfusen Mienen an ihrem Tisch, während andere Gäste miteinander tuschelten und die Workshop-Teilnehmerinnen aufgeregt diskutierten. Meribeth schien vollkommen aufgelöst zu sein und ließ sich von Kristie und den anderen Frauen trösten.

Nach Drama stand Hailey gerade nicht der Sinn – schon gar nicht nach einem Meribeth-Drama –, und da Sean nicht hier war, wäre sie am liebsten direkt wieder gegangen. Aber ihr Hunger hielt sie zurück. Vielleicht konnte sie schnell einen Bissen essen und dann gleich wieder verschwinden? Blöderweise waren jedoch alle Plätze besetzt.

Lennox fing ihren suchenden Blick auf, winkte sie an ihren Tisch und deutete auf den freien Platz. »Setz dich her. Dann kannst du Seans Curry essen.«

Erst jetzt fiel ihr auf, dass die drei Männer vor bislang unberührten Schüsseln saßen und auch ein viertes Gericht wartete. Leicht irritiert setzte sie sich.

»Will ich wissen, was los ist?«, fragte sie und nahm sich eine Gabel.

Lennox, Collum und Sky wechselten betretene Blicke und schienen nicht zu wissen, was sie sagen sollten.

»Ist irgendwas mit Sean?« Die plötzliche heftige Sorge traf sie wie ein Schlag. War ihm etwas passiert? Brauchte er Hilfe?

»Ich schätze, so könnte man es ausdrücken«, sagte Collum und stocherte lustlos in seinem Essen. Ihm war offenbar der Appetit vergangen.

»Geht's vielleicht ein bisschen präziser?« Hailey sah die Männer an. Collum war aschfahl, Sky wirkte wie weggetreten, und Lennox schien mit sich zu kämpfen. Er war es dann auch, der als Erster Worte fand.

»Ich weiß nicht, ob du mit Sean schon über seine Vergangenheit gesprochen hast«, begann er vorsichtig.

»Nicht wirklich«, gab sie zu. Vorgestern hatte sie das Gefühl gehabt, dass er ihr etwas hatte sagen wollen, genau wie sie mit ihm über ihre seltsamen Zweifel hätte sprechen sollen. Doch beide hatten sie in einer Art stummer Vereinbarung darauf verzichtet. Auch gestern hatten sie nur ein bisschen über Alltägliches geredet. Über das gute Mittwochstraining, über Basils wachsende Unabhängigkeit und über das am nächsten Tag anstehende Gespräch mit Collum. Hailey fand die Idee einer Benefizveranstaltung für Skys Organisation toll und war glücklich darüber, dass sich die beiden Männer offenbar angefreundet hatten. Doch tiefergehende Gespräche hatte es nicht gegeben. Sie wusste nichts von Seans Leben vor seiner Zeit in Kirkby. Genau genommen wusste sie nur, dass er ein erfolgreicher Künstler war, der mit seinen Keramiksachen so viel Geld verdiente, dass er sich den großen Hof und ein Pferd leisten konnte.

»Viele Probleme ließen sich einfacher lösen, wenn die Menschen miteinander reden würden«, brummte Lennox kopfschüttelnd. »Idealerweise bevor sie miteinander Sex haben.«

»Was hat denn das eine mit dem anderen zu tun?« Hailey verstand wirklich nicht, worauf ihr Cousin hinauswollte. Welche Information hätte denn derart kritisch sein können, dass sie davon abgesehen hätte, mit Sean zu schlafen?

»Es hat alles miteinander zu tun!«, behauptete Lennox jedoch mit erstaunlicher Vehemenz. »Er sollte derjenige sein, der dir alles erzählt, nicht ich. Vor allem, weil ich gar nicht sicher sein kann, ob ich alles weiß, beziehungsweise mein Wissen im krassen Widerspruch zu dem steht, was eben geschehen ist.«

»Ich kann leider gar nicht folgen.« Hailey legte die Gabel wieder zur Seite. Das Curry duftete verführerisch, aber irgendwie war nun auch ihr der Appetit vergangen.

»Eine Teilnehmerin von Kristies Workshop hat Sean als Monster und Vergewaltiger bezeichnet«, sagte Collum.

»Was?«, rief Hailey entsetzt und wusste gar nicht, was sie denken oder fühlen sollte. Ihr Blick fiel unbewusst auf die scheinbar untröstliche Meribeth am Tisch der Tänzerinnen. Das bekam sie gerade überhaupt nicht zusammen. Außerdem mochte sie nicht viel über Sean wissen, aber dass er ein Vergewaltiger sein sollte, konnte sie sich beim besten Willen nicht vorstellen. Und wie um alles in der Welt passte die angeblich große Liebe ihrer Schwester da rein?

»So eine Unterstellung kann einen Mann ruinieren.« Sky klang, als wüsste er genau, wovon er sprach.

»Aber wenn es die Wahrheit ist, ist es eine noch größere Katastrophe«, gab Collum zu bedenken, dem der Schock immer noch ins blasse Gesicht geschrieben stand.

»Lennox, wenn du mehr weißt, wäre das ein guter Moment dafür, dein Wissen zu teilen«, forderte Hailey nun von ihrem Cousin.

»Sean hat mir die Geschichte im Vertrauen erzählt, und ich weiß nicht, ob ich sie weitergeben sollte«, fing er an, winkte bei ihrem ungeduldigen Schnauben aber direkt ab. »Ich werde es trotzdem tun.« Er holte tief Luft. »Offenbar war Sean einige Jahre mit dieser blonden Frau zusammen. Sie ist oder war ebenfalls Keramikkünstlerin, wenn auch längst nicht so erfolgreich wie Sean – was sie ihm auf ziemlich verquaste Weise zum Vorwurf gemacht hat. Die Details muss er dir selbst erzählen. Die Beziehung scheint jedenfalls schwierig gewesen zu sein, auch wenn Sean das lange nicht wahrhaben wollte und alles dafür getan hat, sie am Laufen zu halten. Und wenn ich sage, alles, dann meine ich das auch.« Er schüttelte den Kopf, offenbar in Gedanken daran, was Sean ihm alles berichtet hatte. »Sie muss ihn wohl nach Strich und Faden manipuliert haben, und Sean war bereit, alles für sie aufzugeben. Doch das war ihr immer noch nicht genug. Irgendwann hat sie mit ihm Schluss gemacht und ihn mit gebrochenem Herzen und einer beinahe ruinierten Karriere zurückgelassen.«

Hailey blickte wieder zu Meribeth. Sie hatte keine Mühe, sich die blonde Schönheit als berechnendes, manipulatives Biest vorzustellen, aber war sie nicht lesbisch? Wieso war sie dann mit Sean zusammen gewesen? Das machte doch alles keinen Sinn.

»Einige Zeit nach der Trennung haben sich die beiden zufällig in einem Club wiedergesehen«, sprach Lennox weiter. »Zu Seans Herzschmerz hat sich inzwischen auch nackte Wut auf sie gesellt, weil ihm langsam klar geworden ist, was sie alles mit ihm angestellt hatte. Jedenfalls kam es in diesem Club zu einer Situation, in der er mitbekommen hat, dass sie von einem anderen Typen bedrängt wurde. Angeblich hat er es als Versuch von ihr interpretiert, ihn eifersüchtig zu machen, und hat ihr selbst dann nicht geholfen, als sie klar um Hilfe gerufen hat.«

»Das ist …«, begann Hailey.

»Krass!«, beendete Collum ihren Satz.

»Er macht sich deswegen bis heute Vorwürfe und bezeichnet sich selbst als Monster«, sprach Lennox weiter.

»Zu Recht«, brummte Collum. »Wenn ein anderer Mensch in Not ist, muss man helfen – egal, wie man zu ihm steht.«

Hailey dachte an die Szene im Stall vor einigen Wochen zurück, als Joe sie blöd angemacht hatte. Da hatte Sean keine Sekunde gezögert, sich für sie einzusetzen, obwohl das vollkommen unnötig gewesen war. Allerdings hatte sie ihn auch nicht um Hilfe gebeten. Wenn Meribeth es getan und er sich geweigert hatte, war das wirklich scheiße. Trotzdem war es auch dann immer noch keine Vergewaltigung, sondern lediglich unterlassene Hilfeleistung. Was zugegebenermaßen mies genug war.

»Es haben wohl ein paar andere Typen eingegriffen und ihr den Peiniger vom Leib gehalten, ehe Schlimmeres passieren konnte.« Lennox rieb sich übers Kinn. »Meine Interpretation der Sache ist die, dass das alles wahnsinnig schnell gegangen ist und Sean, der nicht mehr nüchtern war, einfach ein bisschen langsam reagiert hat. Vielleicht wäre er doch noch zu Sinnen gekommen und hätte geholfen, wenn nicht andere Männer dazwischengegangen wären. Doch von dieser Möglichkeit will er nichts hören und kann sich sein Verhalten auch nicht verzeihen.«

»Was für eine Kacke«, sagte Sky leise.

»Ja. Oder eine Schutzbehauptung, weil er in Wirklichkeit doch der Täter war?«, sprach Collum aus, was Hailey insgeheim dachte.

»Ich weiß es nicht«, gab Lennox zu. »Aber angesichts dessen, wie sehr er sich für sein Verhalten schämt und wie detailliert und schonungslos er mir alles erzählt hat, glaube ich nicht, dass er mich angelogen hat. Und wäre er wirklich ein Vergewaltiger, säße er doch bestimmt zu Recht im Knast und würde nicht unbehelligt in Kirkby herumspringen.«

»Oder er hatte richtig abgebrühte Verteidiger«, warf Sky mit einem Stirnrunzeln ein. »Glaubt mir, ich weiß, wozu manche Anwälte in der Lage sind.«

»Und er hat sich hier in Kirkby sehr lange praktisch unsichtbar gemacht«, gab Collum zu bedenken. »Das könnte auch eine Art Schuldbekenntnis sein.«

Hailey wurde schwindlig. Es war erschreckend, welche Möglichkeiten plötzlich im Raum standen. Sämtliche Varianten klangen schlüssig, doch sie blieb dabei – Gewalt gegen Frauen oder überhaupt gegen ein Lebewesen traute sie Sean nicht zu. Alles in ihr sträubte sich dagegen, überhaupt in Betracht zu ziehen, dass ihr Freund … War er überhaupt ihr Freund? Oder doch nur ihr Liebhaber? Oder Reitkollege mit Extras? Egal, die Bezeichnung war irrelevant. Ihr Bauchgefühl sagte ihr, dass Sean zu einer derart abscheulichen Tat nicht in der Lage war! Ihr Bauchgefühl sagte außerdem, dass sie Meribeth fast alles zutraute. »Er hat es nicht getan«, stellte sie fest, mit einer Sicherheit in der Stimme, die sie selbst überraschte.

»Das kannst du nicht wissen«, entgegnete Collum. »Auch wenn ich es sehr gern glauben würde.«

»Ich *weiß* es auch nicht, weil ich nicht dabei war, aber ich bin mir trotzdem sicher! Macht das irgendwie Sinn?« Sie blickte Hilfe suchend zu ihrem Cousin.

»Mein Gefühl sagt mir auch, dass Sean dieser Frau nicht wehgetan hat. Das passt einfach nicht zu ihm«, antwortete Lennox.

»Dass wir etwas nicht glauben wollen oder es uns nicht vorstellen können, bedeutet aber leider nicht, dass es nicht trotzdem genau so passiert sein könnte. Wir haben hier eine klassische Aussage-gegen-Aussage-Situation.« Collum wirkte reichlich unglücklich darüber.

»Nun ja, genau genommen hat bislang lediglich die Frau etwas ausgesagt, und Sean ist geflüchtet«, stellte Sky richtig.

»Und er sah dabei aus, als hätte er einen Schock«, ergänzte Lennox.

Was hieß das schon wieder? War schockiertes Flüchten ein Schuldeingeständnis, oder war Seans Flucht einfach der Überwältigung geschuldet? Nun ärgerte sich Hailey doch, dass sie am Dienstagabend nicht miteinander gesprochen hatten. Hätte sie ihm von Kristies neuer Freundin erzählt und von dem Unbehagen, das sie ihr gegenüber empfand, hätte er am Ende begriffen, dass das seine Ex war – und vielleicht seine Geschichte preisgegeben. Nein, es kam ihr immer noch absurd vor, dass Sean in ein und dieselbe Frau verliebt war wie Kristie. Oder wenigstens gewesen war … Wenn Sean auf dünne, überirdisch hübsche

Blondinen stand, was wollte er dann überhaupt mit Hailey? Diese Frage traf sie wie ein Schwall eiskalten Wassers. Sie brauchte Antworten – so schnell wie möglich. Und weil Sean gerade nicht greifbar war, wollte sie mit der anderen Partei reden. »Ich klär das jetzt«, kündigte sie ihren Tischgenossen an und stand auf.

»Ich weiß nicht, ob das eine gute Idee ist«, hörte sie Lennox noch sagen, doch da stand sie bereits am Tisch der Tänzerinnen, wo nach wie vor aufgeregt getuschelt und getröstet wurde.

Hailey stellte sich schweigend hin, bis das Gerede langsam verstummte und Kristie sie schließlich verwundert ansah. »Ich bräuchte ein paar Antworten«, begann Hailey.

»Das ist gerade ein ganz blöder Moment«, wehrte Kristie ab und legte Meribeth eine Hand auf den Arm. »Was auch immer es ist, können wir vielleicht später darüber sprechen? Meribeth steht unter Schock und …«

»Genau darum geht es«, unterbrach Hailey sie. »Ich habe erfahren, dass sie meinen Freund als Monster und Vergewaltiger bezeichnet hat.«

»Deinen was?«, keuchte Kristie entsetzt. »Dein *Date* der letzten Nächte war Sean?«

»Er ist mehr als nur ein Date«, korrigierte Hailey ihre Schwester und wusste nicht, warum ihr das so wichtig war. Es hatte sich jedenfalls richtig angefühlt, Sean als ihren Freund zu bezeichnen.

»Dann kann ich nur für dich hoffen, dass er dich besser behandelt als mich«, warf Meribeth ein, und Hailey musste zugeben, dass sie ehrlich erschüttert wirkte. Von der eiskalten Berechnung, die die Partnerin ihrer Schwester bisher immer zur Schau getragen hatte, war momentan tatsächlich nicht viel zu erkennen.

»Zu einer Partnerschaft gehören ja immer zwei«, sagte sie.

»Willst du damit andeuten, ich hätte seine abscheuliche Tat selbst provoziert?«, kreischte Meribeth auf, und die anderen Frauen am Tisch funkelten Hailey aufgebracht an.

»Das wäre Victim Blaming«, ereiferte sich eine von ihnen.

»Ich will damit gar nichts andeuten«, gab Hailey zurück, mit erstaunlich ruhiger Stimme, die im denkbar größten Kontrast zu ihrer inneren Aufgewühltheit stand. »Ich kenne nur eine andere Version der Geschichte.«

»Erwartest du ernsthaft, dass ein Mann gegenüber seiner Freundin gesteht, seine Ex vergewaltigt zu haben?«, blaffte sie dieselbe Frau an, die ihr gerade unterstellt hatte, Opfern die Schuld zu geben.

Tatsache war, dass Sean ihr gegenüber gar nichts gesagt hatte, doch das mussten diese Frauen ja nicht wissen. »Ich weiß, dass er seiner Ex-Freundin nicht geholfen hat, als sie von einem anderen Mann bedrängt wurde. Das halte ich für einen wirklich miesen Wesenszug, aber es ist keine Vergewaltigung.«

»Es ist mindestens unterlassene Hilfeleistung und irgendwie auch indirekte Vergewaltigung«, behauptete Meribeth zu Haileys größtem Erstaunen. Sie hatte ernsthaft mit mehr Widerstand und Leugnen gerechnet.

»Dann gibst du also zu, dass er dich nicht vergewaltigt hat?« Hailey bemerkte, dass auch die anderen Frauen verwundert reagierten.

»Es war eine emotionale Vergewaltigung. Die ist mindestens genauso schlimm.«

»Ich wette, das sehen echte Vergewaltigungsopfer anders.« Hailey merkte, wie sich ihr Pulsschlag erhöhte. Ihr inneres Bullshit-Radar drehte fast durch. »Mal abgesehen davon, dass der Tatbestand einer Vergewaltigung immer physisch ist und sie auch immer nur konkret von einer oder mehreren Personen an einer anderen vorgenommen werden kann. Eine indirekte oder emotionale Vergewaltigung gibt es nicht.« Als erfahrener True-Crime-Fan wusste sie das genau. »Außerdem ist es in der fraglichen Situation überhaupt nicht zu einer Vergewaltigung gekommen, weil andere Leute eingegriffen haben.«

»Ich hatte Todesangst. Und dass er mich regelrecht verhöhnt hat, war mindestens genauso schlimm.« Meribeth kämpfte mit den Tränen und verlor.

Hailey schluckte. Das wirkte verdammt authentisch. »Das kann ich nachvollziehen«, begann sie.

»Ach ja? Kannst du das? Kannst du das wirklich?«, fuhr Meribeth sie an, und die Tränen flossen weiter.

Konnte Hailey nicht, weil ihr Derartiges glücklicherweise noch nie widerfahren war. Doch sie stellte es sich schlimm vor. »Wie gesagt, das ist absolut scheiße von ihm gewesen. Aber es war keine Vergewaltigung, und so etwas in aller Öffentlichkeit zu behaupten, geht einfach nicht!«

Meribeth sah sie daraufhin mit einem merkwürdigen Blick an und schwieg ein paar Atemzüge lang. »Wenn du mit diesem abscheulichen Menschen zusammen bist, dann haben wir ein größeres Problem als ohnehin schon.« Damit drehte sie sich um und signalisierte Hailey mehr als eindeutig, dass ihre Anwesenheit nicht mehr erwünscht war.

GRÜNDLICHER TAPETENWECHSEL

VIER TAGE SPÄTER SASS SEAN mit Sky und Lennox im Flugzeug in Richtung Addis Abeba.

»Hast du eigentlich Hailey Bescheid gesagt?«, wollte Lennox wissen und sah auf die Uhr. Es war Montagvormittag, und gerade war genau der Zeitpunkt, zu dem normalerweise das Vierertraining für die Highland Games anstand.

Sean schüttelte den Kopf. »Nicht direkt.«

»Und wie kann man das indirekt machen?«, fragte Lennox mit leichtem Spott in der Stimme.

»Ich habe deinen Vater gebeten, sich um Basil und die anderen Schafe zu kümmern, und den Stallhelfern Bescheid gegeben, dass ich ein paar Tage verreist bin. Damit sie Edna entsprechend versorgen und auf die Weide stellen. Ich schätze, das wird dann auch zu Hailey durchgedrungen sein.«

»Ernsthaft?« Lennox schien es nicht fassen zu können. »Habt ihr denn gar nicht gesprochen?«

»Doch. Gleich am Donnerstag. Ich habe ihr erzählt, was damals mit Meribeth geschehen ist, und ich denke, dass sie mir glaubt.«

»Also wie Sky und ich«, betonte Lennox.

»Nicht ganz so vielleicht. Also, inhaltlich schon, aber während ich mit dir und Sky weiter befreundet sein kann, wird das mit Hailey nicht mehr funktionieren.« Sean seufzte schwer. Alles in ihm krampfte sich zusammen, wenn er an den letzten Donnerstag und das Gespräch mit Hailey dachte. Sie war aufgeregt gewesen wie nie zuvor – was er ihr nicht verübeln konnte. Doch sie hatte ihm zugehört und letztlich auch geglaubt. Weil sie ihm hatte glauben wollen. Bis zu dem Punkt, an dem er die nötigen Konsequenzen gezogen und die Affäre oder Beziehung oder was immer das zwischen ihnen beiden war, beendet hatte. Das hatte sie nicht begriffen. Dabei war es doch offensichtlich: Er konnte nicht mit ihr zusammen sein. Wer wusste schon, ob er nicht wieder zum Monster mutierte? Wer konnte die Hand dafür ins Feuer legen, dass er sich nicht wieder schuldig machte?

»Du hast mit ihr Schluss gemacht?« Lennox starrte ihn fassungslos an.

»Ich weiß nicht, ob man es als Schlussmachen bezeichnen kann. Dafür hätten wir ja offiziell zusammen sein müssen, oder? Ich habe ihr gesagt, dass ich weiter für ihre Reitershow zur Verfügung stehe und mittrainiere, dass wir den Kontakt ansonsten aber minimieren sollten.« Sean merkte selbst, wie hohl seine Worte klangen und wie bedeutungslos, aber er sah trotzdem keine Alternative. Er merkte, dass Lennox und Sky vielsagende Blicke teilten, aber sie äußerten sich nicht dazu. War ihm auch recht, dann konnte er wenigstens in Ruhe darüber nachdenken, warum sein Leben mal wieder gehörig schieflief.

• • •

»Ich fasse es nicht, dass die Jungs uns einfach sitzen gelassen haben«, sagte Adley. Zum heutigen Vierertraining waren Lennox und Sean einfach nicht aufgekreuzt.

»Ich verstehe es auch nicht«, murmelte Hailey, doch ganz stimmte das nicht. Auch wenn Sean letzten Donnerstag versprochen hatte, weiter zu trainieren – »obwohl ich die Sache mit uns beenden muss« –, hatte ihr Bauchgefühl das Gegenteil signalisiert. Dass er jetzt aber ganz verschwunden war, wunderte sie schon. Gestern hatte sie mitbekommen, wie Onkel Marlin Basil und die anderen Schafe, die bei Sean auf dem Hof lebten, abgeholt und auf einer eigens eingezäunten Weide in der Nähe des Stalls untergebracht hatte. Und auch für Edna lagen neue Anweisungen vor, die vor allem ausgedehnte Koppelzeit umfassten. Das sah nicht nach einem Kurztrip zu Seans Galerist aus, sondern nach einer längeren Abwesenheit. Allerdings erklärte das alles nicht, warum auch Lennox nicht gekommen war.

»Männer!« Für Adley schien mit diesem einen Wort alles gesagt zu sein, und normalerweise hätte Hailey da aus voller Seele zugestimmt. Nur vermieste ihr derzeit auch eine Frau das Leben. Meribeth

Parker war nämlich leider nicht am Samstag nach dem Workshop abgereist, sondern schien sich dauerhaft bei Kristie einnisten zu wollen. Was dazu geführt hatte, dass Hailey gestern wieder in die kleine Wohnung im Stall gezogen war.

»Was machen wir denn jetzt?«, sprach Adley weiter, als Hailey nicht auf ihren Männer-Kommentar reagierte. »Es macht ja nicht so schrecklich viel Sinn, wenn wir die Choreografie nur zu zweit trainieren, oder?«

»Wir könnten schon ein bisschen üben«, wandte Hailey ein, doch so richtig motiviert war sie nicht. »Oder wir reiten einfach aus. Das Wetter ist so schön, und ich finde, das haben wir uns verdient.«

»Au ja, das ist eine tolle Idee!«

»Ich überlege, ob ich dafür statt Macbeth lieber Airy nehme, die könnte auch mal wieder ein bisschen Auslauf gebrauchen.« Hailey seufzte. Am liebsten würde sie sich in ihrem Bett zusammenrollen und in Selbstmitleid versinken, doch dafür war schlicht keine Zeit. Verdammter Scheiß!

»Schöne Idee, dann können die beiden Schwestern mal was zusammen unternehmen«, entgegnete Adley.

Dieser harmlose Satz, der auf die Verwandtschaft zwischen den Stuten Airgead und Grizela anspielte, hinterließ bei Hailey einen seltsamen Stich. Wann genau hatte sie zuletzt etwas mit Kristie unternommen? Ein Kinoabend, ein Clubbesuch in Inverness oder sonst was Nettes? Das hatten sie früher regelmäßig gemacht, doch in letzter Zeit kaum noch. Und das lag nicht nur daran, dass sie beide beruflich so stark eingespannt waren.

»Hm«, brummte sie also nur und schluckte gegen den Kloß in ihrem Hals an. Noch ein Grund mehr, warum sie gerade lieber ihr Leben beweinen würde, als auszureiten. »Ich hol sie von der Weide und bringe Macbeth raus«, kündigte sie dann noch an und klickte rasch den Führstrick ans Halfter des schicken Junghengstes. »Du kannst jetzt Party machen«, sagte sie leise in seine Mähne und wischte sich dabei heimlich die Tränen aus den Augen, damit Adley es nicht mitbekam.

»Alles klar.« Adley schien nichts von Haileys Moment der Schwäche mitbekommen zu haben – oder sie war diskret genug, um ihn zu ignorieren. Stattdessen begann sie bereits, Grizela zu putzen.

Macbeth spitzte die Ohren, als er an Haileys Seite den Stall verließ, und wieherte unternehmungslustig. Halfter und Führstrick bedeuteten in seiner Welt Action auf der Koppel statt Arbeit auf dem Reitplatz.

»Da hat aber jemand gute Laune«, hörte Hailey plötzlich die Stimme ihrer Cousine Robin, die gerade um die Ecke gebogen kam.

»Du meinst hoffentlich das Pferd, sonst würde ich nämlich massiv an deiner Menschenkenntnis zweifeln.«

»Keine Sorge, dir unterstellt heute niemand gute Laune.« Robin begleitete Hailey und Macbeth zur Koppel.

»Du siehst auch nicht gerade so aus, als hättest du Sonnenschein im Herzen«, befand Hailey nach einem Seitenblick. Robin wirkte müde und blass – und sie trug Reitklamotten statt Anwaltsdress. Was machte sie an einem Montagvormittag überhaupt draußen in der Natur?

»Alex zahnt mal wieder und hat die ganze Nacht gebrüllt«, erklärte Robin mit einem Gähnen. »Und da Sky mit den Jungs spontan nach Äthiopien geflogen ist, bleibt alles an mir hängen. Jetzt lässt sich der Zwerg von Mum und Molly bespaßen, und weil ich ab dem späten Nachmittag bis mutmaßlich tief in die Nacht hinein Videocalls mit Kollegen und Klienten in den Staaten habe, gönne ich mir mal eine kurze Auszeit.«

So viele Informationen in so wenigen Sätzen. Hailey kam nicht umhin, ihre Cousine für deren Effizienz zu bewundern, brauchte allerdings ein bisschen, um alle Aussagen zu verarbeiten. »Welche Jungs?«, fragte sie schließlich.

»Na, Lennox und Sean. Hat Sean dir das nicht erzählt?«

»Mit keiner Silbe.« Hailey schüttelte den Kopf und löste den Führstrick von Macbeths Halfter, der seine Freiheit mit einigen ausgelassenen Bocksprüngen feierte. »Aber das erklärt wenigstens, warum die beiden heute nicht zum Training erschienen sind.«

»Es war ein relativ spontaner Entschluss«, sagte Robin und gähnte erneut. »Am Samstag haben sie das abgekaspert. Gestern sind sie mit dem Zug nach

Edinburgh gefahren und heute früh über London losgeflogen. Sky ist Feuer und Flamme wegen der Benefizveranstaltung. Ich habe ihn lange nicht mehr so glücklich gesehen.«

Hailey stieß einen Pfiff aus, um Airgead zu rufen. Sie hatte die Stute schon als Fohlen an diesen Ton gewöhnt, und auch jetzt kam ihr Pferd mit wehender Mähne angaloppiert. »Das freut mich«, antwortete sie ihrer Cousine und streichelte Airy die weichen Nüstern.

»Ja, mich auch. Allerdings ist das Timing wirklich unglücklich.« Robin rollte ihre Schultern, um sie zu lockern. »Aber andererseits ist es das doch immer.«

»Aber die Benefizveranstaltung soll doch hier in Kirkby stattfinden. Warum fliegen Sky und die anderen dann nach Äthiopien?«

»Angeblich war es Lennox und Sean wichtig, ›den Spirit‹ zu erleben, ehe sie sich an die Planungen für das Event machen«, meinte Robin. »Ich wette, das hat ihnen Sky eingeredet, damit er einen Grund hat, zu fliegen.«

»Oder Sean hat es forciert, weil er einen Tapetenwechsel braucht.« Hailey schloss das Koppeltor und wandte sich wieder zum Stall. »Adley und ich reiten aus. Kommst du mit?«

Eine halbe Stunde später saßen die drei Frauen auf ihren Pferden und ritten zunächst in gemächlichem Tempo an den Koppeln entlang, ehe sie die

Rennstrecke erreichten, die in einer sanften Steigung zum Wald hinaufführte. Hailey ließ Airgead richtig rennen, genau wie es Adley und Robin mit ihren Tieren taten, und sie genoss den Adrenalinrausch, den der scharfe Fahrtwind und die donnernden Hufe auf dem Boden erzeugten. Sie parierte Airgead nicht einmal dann durch, als sie den Wald erreichten, sondern ließ sie einfach weitergaloppieren. Offenbar brauchte ihr Pferd diese Powerrunde genauso wie sie selbst. Erst als Airy von allein das Tempo drosselte, verlangsamte Hailey zum Schritt und schaute sich dann keuchend um. Von Adley und Robin war nichts zu sehen. Sie hatten offenbar schon früher gebremst. »Tut mir leid, Süße«, sagte sie japsend zu ihrem Pferd, das ebenfalls schwer atmete und schweißnass war. »Das war ein bisschen verantwortungslos von mir.« Doch Airgead wirkte nach wie vor unternehmungslustig und schien den Dauerlauf genossen zu haben. Langsam ritten sie zurück, und nach kurzer Zeit kamen auch Adley und Robin in Sicht.

»Da hat aber jemand Dampf ablassen müssen«, befand Robin grinsend, als sie schließlich wieder nebeneinanderritten.

»Sorry, das war wirklich unprofessionell von mir«, entschuldigte sich Hailey bei den beiden.

»Keine Sorge, wir verpetzen dich schon nicht.« Adley hatte genau wie Robin gerötete Wangen und sah verdammt glücklich aus. »Das hat richtig Spaß gemacht.«

»Willst du darüber reden, was bei dir los ist?«, fragte Robin ziemlich überraschend.

»Ehrlich gesagt weiß ich es nicht«, gab Hailey zu.

»Was weißt du nicht? Ob du darüber reden willst oder was bei dir los ist?«, hakte Adley nach.

»Irgendwie beides.«

»Dann lass mich mal zusammenfassen, was ich weiß«, begann Robin und warf Adley einen vielsagenden Blick zu.

»Wenn du meinst.« Hailey versuchte, sich zu sammeln. Vermutlich wusste jeder in Kirkby, was Meribeth Sean vor vier Tagen vorgeworfen hatte.

»Kristies Freundin hat deinen Freund öffentlich als Monster und Vergewaltiger bezeichnet«, fing Robin an. »Es darf als gesichert gelten, dass der Vergewaltigungsvorwurf frei erfunden ist. Nichtsdestotrotz fühlt sich Sean schuldig und bezeichnet sich sogar selbst als Monster. Zumindest hat er das gegenüber Lennox getan, wie mir Sky berichtet hat. Offenbar waren Sean und Meribeth vor einigen Jahren ein Paar, bis die Beziehung auseinandergebrochen ist.« Hailey nickte. »Jetzt begebe ich mich auf dünnes Eis und ins Reich der Spekulation«, fuhr Robin fort. »Seans Schuldgefühle haben womöglich dazu geführt, dass er mit dir Schluss gemacht hat, weil – lass mich raten – er sich selbst für eine tickende Zeitbombe hält, die jederzeit erneut hochgehen kann.«

Hailey starrte ihre Cousine verblüfft an. »Das ist ziemlich präzise auf den Punkt.«

»Gewisse Männer haben eine seltsame Denkweise. Vor allem die sensiblen, die selbst schon sehr verletzt worden sind. Die neigen dann blöderweise zu Kurzschlussreaktionen.« Robin klang, als wüsste sie genau, wovon sie sprach.

»Und was kann man tun, um diese Männer wieder auf Spur zu bringen?«, wollte Hailey wissen.

»Nicht viel. Mit ein bisschen Glück begreifen sie es selbst, oder sie bekommen einen Anstoß von außen. Aber dafür bist du vermutlich viel zu nah dran.«

»Ich weiß nicht, ob ich mit einem Mann zusammen sein könnte, der Angst davor hat, gewalttätig zu werden«, sagte Adley und schüttelte sich. »Also, es ehrt ihn sicher, wenn er erkennt, dass er da ein Problem hat. Aber aus Erfahrung weiß ich, dass Männer, die einmal übergriffig geworden sind, so was immer wieder tun.«

»Aber das ist es ja: Er ist eben *nicht* übergriffig geworden, sondern hat schlicht nicht geholfen. Ich kann mir beim besten Willen nicht vorstellen, dass Sean einem anderen Menschen oder überhaupt einem anderen Lebewesen etwas antun könnte. Er empfindet wohl eher seine Passivität als Problem.« Hailey seufzte, doch es war klar, dass Adley bei ihren Worten nicht mitging.

»Versteh mich nicht falsch, ich mag Sean. Ich denke auch nicht, dass er zu physischer Gewalt fähig wäre. Aber was ist mit psychischer? Das kann genauso traumatisierend sein. Ich weiß leider, wovon ich spreche.«

»Auch das kann ich mir beim besten Willen nicht vorstellen!«, verteidigte Hailey ihn mit einer Vehemenz, die sie selbst erstaunlich fand.

»Die meisten Menschen tun in Ausnahmesituationen Dinge, die sie bei klarem Verstand niemals in Erwägung ziehen würden«, mischte sich Robin ein. »Unter Alkohol- oder Drogeneinfluss. Nach Unfällen oder traumatischen Erlebnissen. Überhaupt bei ganz starken Emotionen – Angst, Liebe, Trauer, Hass. Manchmal ist man einfach nicht Herrin oder Herr seiner Sinne. Das ist einer der Gründe, warum es Anwälte gibt.« Sie lachte schwach über ihren lahmen Gag, sprach dann aber weiter. »Ich war ja nicht dabei an diesem Abend, niemand von uns war das, aber Sean war wohl nicht mehr nüchtern, und diese Meribeth hat irgendwelche Dinge bei ihm getriggert, sodass ihm buchstäblich die Sicherungen durchgebrannt sind. Er hätte sie wohl niemals aktiv bedroht – weder physisch noch psychisch –, seine Rache war die Passivität.«

Für Hailey klang das absolut einleuchtend. Allein schon, wenn sie daran dachte, wozu sie selbst in der Lage war. Ihr Auftritt bei Kristies Eröffnungsparty war das beste Beispiel dafür. Adley dagegen war nicht so leicht zu überzeugen.

»Ich verstehe, worauf du hinauswillst«, sagte sie zu Robin. »Trotzdem war sein Verhalten schlimm. Und solange er es nicht wirklich gut verarbeitet hat, idealerweise in einer Therapie, wird er kein verlässlicher

Partner sein. Schlicht, weil er sich selbst nicht über den Weg traut.«

Auch das klang für Hailey leider sehr einleuchtend. Und die Erkenntnis, dass nichts, was sie selbst tun oder äußern könnte, irgendwas an Seans Wahrnehmung ändern würde, war niederschmetternd. Sie hasste es, sich derart hilflos und ausgeliefert zu fühlen und dass sie den Mann, den sie liebte, womöglich für immer verlieren würde. Sie keuchte entsetzt auf, als ihr die Wucht des Ganzen vollständig klar wurde – ihre Hilflosigkeit einerseits und ihre Liebe andererseits. Aber da war noch ein weiterer Gedanke, der an ihr nagte und sich jetzt an die Oberfläche drängte: »Was wäre, wenn es objektive Beweise gäbe?«

»Beweise wofür?«, wollte Adley wissen.

»Dass er tatsächlich durch eine ziemlich einzigartige Quelle getriggert wurde. Nichts, was sich reproduzieren ließe, sondern etwas, das an einem Ort – oder einer spezifischen Person – festzumachen ist«, formulierte es Robin auf eine Art und Weise, wie Hailey ihre Gedanken nie hätte ausdrücken können.

»Genau. Und dass diese Quelle ihr perfides Spiel womöglich weiterspielt. Am Ende sogar hier in Kirkby.« Eine Welle der Übelkeit schlug über Hailey zusammen, wenn sie daran dachte, dass Kristie dieser Meribeth auf den Leim gehen könnte. Sie hatte keine Beweise, nur ein durch und durch ungutes Gefühl. Das zählte nichts, das war ihr klar, aber die Erfahrung zeigte ihr doch immer wieder, dass ihr Bauchgefühl recht hatte.

»Spielt ihr auf diese Meribeth an?«, fragte Adley mit großen Augen.

»Ich halte es nicht für abwegig«, antwortete Hailey.

»Aber das ist schon eine harte Anschuldigung.« Adley atmete tief durch. »Mir haben auch Menschen unterstellt, ich hätte Justin so provoziert, dass er mir das alles angetan hat. Das war und ist kaum erträglich.«

Hailey dachte an den Donnerstag im Pub zurück. Meribeth hatte wirklich sehr aufgewühlt gewirkt. Auf eine Art, die sie selbst als absolut glaubwürdig einschätzen würde. Aber sie hatte auch schon die andere Seite der engelhaft aussehenden Frau kennengelernt. »Das verstehe ich total«, sagte sie also zu Adley. »Andererseits ist die Vorstellung, dass noch mehr Menschen, die mir am Herzen liegen, manipuliert werden, ebenfalls unerträglich.«

»Ich werde sehen, was ich tun kann«, versprach Robin und hatte mit einem Mal diesen unerschrockenen, furchtlosen Zug im Gesicht, wie früher als Kind, wenn sie sich wie ihr Namenspatron Robin Hood für Gerechtigkeit eingesetzt hatte.

»Und ich werde mal in Ruhe mit Shona reden. Die war die ganze Zeit beim Workshop dabei und hat ganz sicher auch eine Meinung zu Meribeth.« Es war ein dünner Strohhalm, dachte Hailey, denn Shona hätte eigentlich schon reichlich Gelegenheit gehabt, sich zu äußern. Doch trotzdem wollte sie es versuchen.

• • •

»Wundervoll«, lobte Sean die sechs Kinder, die in der Töpferei von Tapua an langen Tischen saßen und Skulpturen formten. Bis auf einen Jungen sprachen sie kein Englisch, doch er war sich sicher, dass die Bedeutung seiner Worte trotzdem ankam.

Nach einer schier endlosen Reise mit einem ungeplanten Zwischenstopp in Algier und einer Nacht in einem Hotel in Addis Abeba waren sie gestern Mittag ziemlich geschlaucht in dem kleinen Dorf Tapua angekommen. Sean war überrascht gewesen, wie grün und üppig sich die Vegetation hier zeigte – und wie stark seine Vorurteile waren. Irgendwie hatte er mit Äthiopien immer halb verhungerte Kinder in wüstenähnlicher, unfruchtbarer Landschaft assoziiert. Viel weiter von der Realität entfernt konnten diese Bilder kaum sein. Hier wurde sogar Wein angebaut. Sky hatte das zwar schon erwähnt, doch wirklich begreifen konnte Sean es erst jetzt.

Er verstand jetzt auch, warum Sky sich hier so wohlfühlte, denn dieser kleine Ort strahlte eine ganz besondere Atmosphäre aus. Sky hatte ihn und Lennox gestern herumgeführt, den Leuten vorgestellt und ihnen alles gezeigt, was sich in den letzten Jahren und Jahrzehnten in Tapua getan hatte. Ein wenig erinnerte Sean dieser Enthusiasmus an Bürgermeister Collum, der sich ja ebenfalls für alles in Kirkby verantwortlich fühlte und stolz auf alle Errungenschaften war. Sky hatte Collum gefragt, ob er auch mitfahren wollte, aber er hatte es sich so kurzfristig nicht einrichten können – oder wollen.

Völlig konnte Sean es ihm nicht verübeln. Während Sky und Lennox unbedingt an seine Betrachtung des Meribeth-Vorfalls glauben wollten, schien Collum Zweifel zu haben. Und womöglich hatte er wegen dieser Zweifel keine Lust, Zeit mit Sean zu verbringen. Auch das konnte er nachempfinden. Er hatte selbst keine Lust, Zeit mit sich zu verbringen. Oder zumindest mit seinen Schuldgefühlen und seiner Scham. Nur leider hatte er keine Lösung dafür gefunden, wie er sie in Kirkby zurücklassen konnte.

Trotzdem war er wahnsinnig froh, jetzt hier zu sein. Räumliche Distanz löste keine Probleme, aber die Perspektive änderte sich. Und die Eindrücke hier waren so fremd und faszinierend, dass sie ihn von seinen düsteren Gedanken ablenkten. Zumindest ein wenig. Nach dem Frühstück war er in die Töpferei gegangen und hatte sich von den drei jungen Frauen, die dort arbeiteten, alles zeigen lassen. Sie stellten vorwiegend Geschirr und andere Gebrauchsgegenstände her – längst nicht so simpel, wie er es sich vorgestellt hatte, sondern durchaus kunstvoll und mit einem hohen ästhetischen Anspruch. Yeshi war besonders talentiert und schuf in ihrer Freizeit auch beeindruckende Skulpturen. Sie lebte erst seit ein paar Monaten wieder in Tapua. Zuvor hatte sie Wirtschaftswissenschaften und Kunstgeschichte studiert – eine ziemlich eigensinnige Kombination, wie Sean fand. Ihre Verwandten waren wahnsinnig stolz auf sie, war sie doch die Erste in der Familie, die einen Universitätsabschluss vorweisen konnte. Sie sprach sehr gut Englisch und hatte einige lukrative Jobangebote. Davon hatte sie ihren Eltern jedoch nichts erzählt. Auch nicht von ihrem heimlichen Traum, Künstlerin zu werden, statt in einer Bank oder einer Unternehmensberatung eine Stelle anzunehmen, die ihre Seele auffressen würde. Das alles hatte sie Sean offenbart, der ganz genau nachvollziehen konnte, wie sie sich fühlen musste, aber auch keine Lösung für das Dilemma hatte.

Yeshi hatte ihn schließlich eingeladen, auch am Nachmittag zu bleiben, wenn sie mit einigen Kindern aus dem Dorf Tonarbeiten anfertigte. Die sechs Kinder zwischen fünf und dreizehn waren voll bei der Sache, und Sean erkannte in ihnen eine Leidenschaft, die er selbst mit dem Werkstoff verband. Ihr Talent war unterschiedlich ausgeprägt, aber allen gemeinsam waren eine fast ernsthafte Hingabe an das Material und der Wunsch, etwas zu gestalten, das direkt aus ihrem Innersten zu kommen schien.

»Großartig!« Er deutete auf ein detailreiches Relief, das ihm ein Mädchen voller Stolz präsentierte. Im Zentrum war ein Baum zu erkennen, um den sich etliche Tiere scharten. »Ist das ein Flusspferd?«, fragte er und deutete auf ein etwas rundliches Geschöpf. Sky hatte gestern Abend erwähnt, dass man sich hier vor keinem Tier so sehr fürchtete wie vor Flusspferden.

Das Mädchen sah ihn mit großen Augen an, weil es ihn nicht verstand.

Sean versuchte es mit einer Pantomime, doch es war gar nicht so einfach, ein großmäuliges, riesiges Flusspferd darzustellen. Die Kinder lachten sich jedenfalls schlapp – vor allem, als Yeshi für ihn übersetzte. Er lachte mit und fühlte sich zum ersten Mal seit ein paar Tagen wieder fröhlich und ausgelassen.

»Du hast wirklich ein Händchen mit Kindern«, sagte Sky, der sich lächelnd zu ihnen gesellte.

»Findest du?« Seans Skepsis kehrte zurück, und das dunkle Gefühl, dass er niemals eigene Kinder haben würde. Denn dafür bräuchte man idealerweise ja auch eine Partnerin, und das war vollkommen ausgeschlossen.

»Ja, total«, beharrte Sky jedoch. »Das ist mir schon bei Ayana aufgefallen, und diese Truppe hier frisst dir ja regelrecht aus der Hand.«

»Wir teilen einfach die gemeinsame Leidenschaft für Ton«, behauptete Sean, freute sich insgeheim jedoch sehr über das unerwartete Lob. »Ich glaube, dass in allen Menschen ein genetisch verankertes Bedürfnis steckt, mit den eigenen Händen schöne Dinge zu gestalten. Kinder haben diesen Impuls noch nicht unterdrückt, sondern lassen ihrer Fantasie freien Lauf. Für mich ist das sehr inspirierend. Es bringt mich zurück zu meinen eigenen Wurzeln.«

Sky lächelte fein. »Wusstest du, dass Afrika – und sogar konkret diese Region hier – als Wiege des modernen Menschen gilt? Vielleicht ist es das, was du in Wirklichkeit spürst?«

Sean fand diesen Gedanken regelrecht berauschend. »Da könnte was dran sein. Jedenfalls verstehe ich inzwischen ansatzweise, warum dir dieser Ort so am Herzen liegt.«

Das Lächeln verschwand von Skys Gesicht und wich einem wehmütigen Ausdruck. »Seltsam, dass du das sagst. Ich fühle mich nämlich zum ersten Mal etwas fremd hier. In Tapua ist in den letzten Jahren so viel passiert – ohne dass ich Einfluss darauf gehabt hätte. Es gibt auch zahlreiche neue Einwohner, die ich nicht kenne und die mich nicht kennen. Es ist ein gutes Gefühl, dass sich hier so viel tut, aber …« Er verstummte.

»Aber du bedauerst es, nicht mehr gebraucht zu werden?«, mutmaßte Sean.

»Wenn ich ehrlich bin, ja. Dabei ist es genau diese Einstellung, die mich bei reichen Westlern sonst so abstößt. Wenn ich daran denke, wie ich Collum angeblafft habe!« Er seufzte.

Sean zuckte mit den Schultern. Zum Thema Collum konnte und wollte er nichts sagen. Stattdessen kam ihm eine andere Idee: »Vielleicht fühlen sich so Eltern, wenn ihre Kinder flügge werden? Sie sind stolz auf ihre Brut, aber gleichzeitig traurig, dass sie keine ganz so wichtige Rolle mehr in ihrem Leben spielen.« Er stieß ein kurzes, ungläubiges Lachen aus. »Also, nicht dass ich da aus eigener Erfahrung sprechen könnte. Meine Eltern haben ganz sicher niemals solche Empfindungen gehabt, aber normale Eltern vielleicht schon. Anständige Menschen, denen etwas an ihrem Nachwuchs liegt.«

»Was deine Eltern betrifft, das klingt sehr bitter«, befand Sky nachdenklich. »Ich kann da auch nicht mitreden, denn meine sind ja viel zu früh gestorben. Trotzdem könntest du mit dem Vergleich recht haben. Vielleicht ist meine Aufgabe für Tapua inzwischen eine andere. Um in der Familien-Analogie zu bleiben: Vielleicht bin ich jetzt der Großvater?«

»Oder der verrückte Großonkel?«, schlug Yeshi vor. Obwohl sie vordergründig die ganze Zeit mit den Kindern beschäftigt gewesen war, hatte sie offensichtlich jedes Wort der Unterhaltung mitbekommen.

Sky lachte. »Ich weiß nicht, ob das so erstrebenswert ist. Aber wenn ich an meine Großmutter denke, dann wäre sie ein geeignetes Vorbild. Sie hat mich immer ermutigt und unterstützt, mir aber gleichzeitig den Raum zum Fliegen gelassen.«

»Ich glaube, du bist nicht nur für Tapua ein Großvater oder verrückter Großonkel, sondern für ganz Äthiopien oder sogar ganz Afrika«, sprach Yeshi weiter. »Die Arbeit deiner Organisation ist wichtig.« Etwas verlegen schaute sie zur Seite. Doch ehe der verblüffte Sky etwas sagen konnte, fasste sie sich ein Herz: »Ich würde wahnsinnig gerne ein Praktikum bei STEADFAST machen.« Seltsamerweise sah sie dabei jedoch nicht Sky, sondern Sean an.

»Für ein Praktikum bist du auf jeden Fall viel zu qualifiziert, aber wenn du an einer Stelle interessiert wärst …« Sky blickte zwischen Yeshi und Sean hin und her. »Eine schlecht bezahlte Teilzeitstelle könnte ich dir anbieten. Allerdings nicht hier vor Ort, sondern in Schottland. In einem Kaff, das kaum größer ist als Tapua und ähnlich weit weg von urbaner Zivilisation. Außerdem ist das Wetter viel schlechter. Aber …«

»Könnte ich vielleicht nebenbei in deiner Werkstatt arbeiten?«, unterbrach sie Sky mit einer Frage an Sean und musterte ihn derart hoffnungsfroh, dass er sich fragte, ob er falsche Signale ausgesendet hatte. »Ich glaube, ich könnte viel von dir lernen«, sprach sie jedoch weiter. »Und vielleicht hätte ich auch die Chance, meine Stücke deinem Galeristen zu zeigen?«

»Ähm …« Einen viel schlaueren Kommentar hatte er gerade nicht parat.

»Ich hoffe, du verstehst mich richtig«, fuhr sie rasch fort, weil sie sein Zögern offenbar falsch interpretierte. »Du bist ein sehr attraktiver Mann, aber nicht mein Typ. Ich warte nur schon seit so langer Zeit auf eine Chance. Ich weiß, dass es verdammt schwer ist, sich im Kunstmarkt durchzusetzen, aber hier in Äthiopien ist es fast unmöglich. Für Frauen und in der aktuellen Lage sowieso. Ich bin auch nicht so vermessen, dass ich überzeugt wäre, es schaffen zu können, aber ich will es wenigstens versuchen.« Sie schaute ihn mit ihren dunklen Augen eindringlich an. Dann wandte sie sich an Sky. »Und ich danke dir von Herzen für dein Angebot. Ich meine es wirklich so. Ich finde deine Arbeit wichtig und inspirierend, und es wäre mir eine Ehre, für dich und deine Organisation zu arbeiten. Dank meines Studiums sollte ich dafür auch qualifiziert genug sein. Wenn du es also ernst gemeint hast mit dem Jobangebot, dann würde ich es sehr gerne annehmen.«

Sean hatte sich wieder gefangen und kam nicht umhin, Yeshi für ihren Mut zu bewundern. Sie hatte eine Gelegenheit erspäht und sie am Schopf ergriffen. »Dieser Job bei Sky würde auch deine Familie beruhigen, nicht wahr?«, fragte er.

»Ja«, gab sie zu und senkte kurz den Blick. »Aber das bedeutet nicht, dass es für mich nur eine Fassade wäre.« Nun sah sie Sky an. »Ich kann bestimmt sehr nützlich sein.«

»Daran habe ich nicht den geringsten Zweifel.« Sky lächelte. »Und als verrückter Großonkel wird es mir eine Ehre sein, dir das zu ermöglichen.«

»Meine Werkstatt steht dir jederzeit offen«, fügte Sean hinzu, der die Idee, sich künftig regelmäßig mit einer anderen Künstlerin auszutauschen, plötzlich sehr beglückend fand. »Aber ich finde, dass Sky endlich aufhören sollte, sich als alten Mann zu bezeichnen.« Er grinste seinen blonden neuen Freund an, der höchstens Mitte dreißig sein konnte.

»Wer ist ein alter Mann?«, wollte Lennox wissen, der mit einer umgehängten Gitarre in die Töpferei getreten war und nur den letzten Satz mitbekommen hatte.

»Niemand. Zumindest niemand hier im Raum«, entgegnete Sean. »Oder jedenfalls nicht, was das physische Alter betrifft. Ich könnte mir jedoch vorstellen, dass es hier die eine oder andere alte Seele gibt.«

»Wie auch immer.« Lennox schien sich für diese Feinheiten nicht zu interessieren. »Ich wollte nur Bescheid sagen, dass draußen bereits die Vorbereitungen für eine Dorfparty laufen, die ähnlich ausufernd werden könnte wie die in Kirkby. Wenn ich es richtig verstanden habe, wird der Wein in Strömen fließen, und es wird Tanz und Gesang geben.«

»Wirst du auch spielen?«, fragte Yeshi, die womöglich nicht nur intensiv zu Skys Organisation recherchiert und sich über Seans künstlerische Meriten informiert hatte, sondern auch über die von Lennox Bescheid wusste.

»Wenn sie mich lassen, dann unbedingt«, entgegnete er vergnügt. »Also wascht euch eure Matschpfoten, und kommt mit.«

SCHWESTERNLIEBE – SCHWESTERNKRIEGE

»Määääh!«

Hailey hatte schlecht geschlafen und war früh aufgestanden. Es war Sonntag, und sie überlegte, was sie mit dem Tag anfangen sollte. Eigentlich gab es sonntags immer ein großes Familienfrühstück in Harriswood House, dem Haupthaus des Bed & Breakfast, Wohnsitz von Marlin, Alex, Colleen und den Kindern Aidan und Roya. Wer von den Frasers und gelegentlich auch von den Stewarts es sich einrichten konnte, kam dazu. Auch Betty Murray war eigentlich immer da, obwohl sie sich hartnäckig weigerte, bei ihrem Lebensgefährten Marlin einzuziehen. Ihrer Meinung nach war die Beziehung so gesünder.

Eigentlich mochte Hailey diese informellen Familientreffen sehr, aber heute stand ihr nicht der Sinn danach – vor allem, weil es bereits mittags das nächste Event geben würde: Kristie wollte Meribeth beim gemeinsamen Mittagessen offiziell ihren Eltern vorstellen und hatte Hailey beschworen, ebenfalls da zu sein. Sie hatte ihr mehrere Textnachrichten geschrieben und sie gestern sogar noch angerufen, um sicherzugehen.

Kurz hatte Hailey überlegt, ob sie ausreiten sollte, doch nach einer ziemlich anstrengenden Woche wollte sie sich wenigstens einen Ruhetag gönnen und hatte Airgead gerade auf die Koppel gebracht, neben der sich die Interimsweide von Seans Schafen befand.

»Mäh! Määääh! Määääääh!«, plärrte der kleine Basil, der sich wahnsinnig freute, sie zu sehen. Geschickt schlüpfte er unter dem Elektrodraht durch und hopste fröhlich um sie herum, wie er es in den letzten Tagen auch schon ein paarmal gemacht hatte.

»Na, du kleiner Scheißer«, sagte sie lächelnd und bückte sich, um ihn zu streicheln. »Wie ist die Lage bei dir?«

»Määäh!«

»Du findest es wohl auch doof, dass Sean dich so lange allein lässt, was?«

»Mäh!«

»Ja, sehe ich genauso. Unmögliches Verhalten. Wenn er und Lennox morgen wieder nicht zum Training erscheinen, gibt's richtig Ärger.« Sie seufzte. Vor allem würde es immer problematischer werden, an der Choreografie zu arbeiten. Es war inzwischen Ende Mai, und die Highland Games kamen mit großen Schritten näher. Aber wenn sie ehrlich war, interessierte sie das alles im Moment gar nicht.

Sie vermisste Sean. Nicht den Trainingspartner, sondern den Mann. Den Mann, den sie liebte und von dem sie sich sicher war, dass er ihre Gefühle erwiderte – auch wenn er etwas anderes behauptete. Wobei das auch nicht stimmte. Von Liebe war ja gar keine Rede gewesen, sondern nur von seiner angeblichen Monstrosität, die eine Beziehung kategorisch ausschloss.

Hailey hatte nicht viel Erfahrung mit richtigem Liebeskummer, aber sie hatte gedacht, dass man sich dabei weinend und literweise Eis essend aufs Sofa setzte, um dort wahlweise Schnulzen oder Actionreißer zu schauen. Sie hatte keine Zeit für solche Sperenzchen, aber vor allem war sie wütend. Wütend auf sich selbst, weil sie sich überhaupt in Sean verliebt hatte. Wütend auf Sean, der diesen ausgemachten Unsinn von Monstern faselte, und vor allem wütend auf die absurden Umstände. Warum hatte sich Kristie ausgerechnet in die Frau verlieben müssen, die aus Sean dieses Wrack gemacht hatte? In Haileys Welt ergab das alles keinen Sinn. Und ja, natürlich war sie auch stocksauer auf diesen blond gelockten Racheengel – aber das konnte sie nicht zugeben. Am wenigsten vor sich selbst, denn sonst müsste sie Meribeth direkt damit konfrontieren, was sie Kristie zuliebe um jeden Preis verhindern wollte. Jedenfalls war es diese vielfältige Wut, die den großen Herzschmerz etwas übertünchte. Allerdings war sie sich nicht sicher, ob sie dafür dankbar sein sollte oder nicht.

Sie sah, wie ihre Eltern ins Auto stiegen, um nach Harriswood House zu fahren. Normalerweise gingen sie die Strecke zu Fuß, für die man nur etwa zwanzig Minuten brauchte. Aber wie sie ihre Mutter einschätzte, hatte die ein aufwendiges Mittagessen geplant und wollte nach dem Frühstück keine Minute Zeit verlieren. Hailey machte sich ebenfalls auf den Weg, allerdings nicht nach Harriswood House, sondern in Richtung Dorfkern. »Mäh!« Basil folgte ihr immer noch.

»Du bist ganz schön hartnäckig«, sagte sie, freute sich jedoch trotzdem über die zutrauliche Begleitung. Gemächlich lief sie weiter, ziellos und ohne Plan, bis sie die Alpaka-Koppel an der Destillerie erreichte.

»Määäh«, rief Basil aufgeregt, als er die Alpakas erspähte, die aus seiner Perspektive wohl recht ungewöhnlich geformte Schafe waren. Folgte man dem Weg rechts neben der Weide, kam man nach einer Weile zu Seans altem Hof. Sollte sie weitergehen und nachschauen, ob er vielleicht doch schon zurück war? Robin hatte ihr vorgestern gesagt, dass Sky irgendwann in der Nacht von Samstag auf Sonntag zurückkehren wollte. Sie hatte angenommen, dass auch Sean und Lennox dabei sein würden. Dann könnte er jetzt schon zu Hause sein, und Hailey könnte ihn überraschen.

Doch ehe sie sich zu einem Entschluss durchringen konnte, kam Shona angelaufen – in dreckiger Latzhose, mit Gummistiefeln und einem fröhlichen, aber müden Gesicht.

»Wo kommst du denn um diese Zeit her?«, wollte Hailey wissen.

»Bei den Richards-Rindern gab's letzte Nacht eine Zwillingsgeburt. Das eine Kalb lag quer, und Kendrick und ich haben die letzten Stunden ziemlich gekämpft«, berichtete ihre Cousine. »Aber ich kann vermelden, dass Mutter und Kinder wohlauf sind. Eine kleine schwarze Kuh und ein roter Stier. Die beiden sind winzig, aber unglaublich süß«, schwärmte sie.

»Das Leben einer Tierarztgattin«, sagte Hailey mit liebevollem Spott in der Stimme. Ihre Cousine war immer der mit großem Abstand wildeste Feger der Fraser-Jugend gewesen und mehr Partygirl als sie selbst. Doch seit Shona zurück in Kirkby war und ihre Destillerie eröffnet hatte, hatte bei ihr eine enorme Wandlung stattgefunden.

»Genau. Und ich genieße jede Minute davon.« Shona strahlte. »Was machst du eigentlich um diese Zeit hier? Solltest du nicht zum Sonntagsfrühstück gehen?«

»Keine Lust.« Hailey seufzte und ließ ihren Blick unwillkürlich in Richtung von Seans Hof schweifen. Den konnte man von hier aus zwar nicht sehen, weil er hinter einem kleinen Waldstück lag, aber sie war sich seiner trotzdem sehr bewusst.

»Mäh!« Basil war todesmutig auf die Alpaka-Weide gelaufen und schaute sich die merkwürdigen Langbein-und-Langhals-Schafe genauer an.

»Verstehe. Ein Spaziergang zu meinen Flauschis in Begleitung eines Lamms ist auch viel schöner als Familie.« Shona streichelte eines der Alpakas, das sich zutraulich an sie drängte.

»Hm«, brummte Hailey unbestimmt. »Eigentlich mag ich unsere Familie, aber …«

»Dich nervt der aktuellste Neuzugang?«, traf Shona den Nagel auf den Kopf.

»Kann man so sagen. Diese Frau …« Hailey wusste gar nicht, wo sie mit ihrer Klage anfangen sollte. Dabei war sie Meribeth in den vergangenen Tagen nur zweimal kurz begegnet, doch jedes Mal hatte es Kristies neue Freundin geschafft, sie mit einem bösartigen Kommentar aus der Fassung zu bringen.

»Ich versteh dich«, erwiderte Shona jedoch zu ihrer Überraschung. »Ich meine, sie ist sehr nett und wahnsinnig hübsch, ich kann also irgendwie nachvollziehen, warum Kristie sich in sie verliebt hat. Aber …« Sie zögerte.

»Aber?«, fragte Hailey und hoffte inständig, dass auch Shona die Risse in der wunderschönen Fassade der Frau entdeckt hatte, die in ihren Augen offensichtlich waren. »Du hast sie beim Workshop doch vermutlich ziemlich gut kennengelernt, ist dir da irgendwas aufgefallen?«

»Vor allem ist mir aufgefallen, dass sie keine gute Tänzerin ist. Das war ein Masterclass-Workshop, der mich von der ersten Minute an überfordert hat, doch ich war um Klassen besser als Meribeth. Jeder im Kurs war das. Aber trotzdem hat sie sich aufgespielt, als sei sie die Größte. Ich meine, dieses Selbstbewusstsein und Selbstverständnis muss man erst mal hinkriegen. Jedenfalls hat keine der anderen Teilnehmerinnen etwas gesagt – zumindest nicht öffentlich oder direkt zu Kristie. Getuschelt wurde anfangs schon. Gleichzeitig hat Meribeth aber auch eine derart einnehmende Art, dass sie instinktiv die größten Klatschmäuler auf ihre Seite gezogen hat und am Schluss fast alle stramm für Team Meribeth gejubelt haben. Keine Ahnung, wie sie das geschafft hat.«

»Fast alle?«

»Mich hat sie nicht überzeugt. Irgendwas ist seltsam an ihr. An einem Abend war auch Kendrick beim Workshop und hat mit Kristie eine wirklich krasse Show hingelegt. Du weißt ja, wie die beiden sind, wenn sie erst mal loslegen.« Hailey nickte, denn die Tanzkünste von Shonas Mann waren wirklich beeindruckend – und zusammen mit Kristies einfach nur atemberaubend. »Jedenfalls haben die Mädels alle vor Begeisterung gekreischt und gejubelt, während Meribeth schmallippig danebenstand und ätzende Bemerkungen von sich gegeben hat.«

»Ich kann's mir lebhaft vorstellen.«

»Ihrer Meinung nach war Kendricks Performance höchstens durchschnittlich und die Reaktionen der Frauen darauf nur ein seit Jahrtausenden eingeübtes Muster, das die männliche Vorherrschaft zementiert.«

»Genau. Weil ja ausgerechnet Kendrick die fiese Personifizierung des toxischen Patriarchats ist.« Hailey verdrehte die Augen.

Shona starrte sie verblüfft an. »Ziemlich genau diese Worte hat sie benutzt.« Dann kicherte sie. »Kendrick war jedenfalls komplett überfordert damit und hat einen Notfall vorgetäuscht, damit er schnell abhauen konnte. Er hat jedenfalls auch keine Lust auf Familienevents mit Meribeth.«

»Du musst dir mal ihre Instagram-Accounts ansehen. Sie hat mehrere, und in jedem wettert sie über Männer, die Kunstwelt und unerleuchtete Frauen. Sie bezeichnet sich als ›pansexuelle Feministin 2.0‹ und als Vorkämpferin für ein modernes Matriarchat.« Hailey schüttelte den Kopf.

»Dagegen habe ich grundsätzlich nichts einzuwenden«, erklärte Shona. »Männer sollten wirklich langsam aufhören, sich so wichtig zu nehmen. Aber ein Matriarchat finde ich genauso doof wie ein Patriarchat. Warum immer diese Schwarz-Weiß-Denke?«

»Keine Ahnung, aber ich mach mir echt Sorgen um Kristie. Ich weiß nicht, was sie dieser Frau entgegenzusetzen hat.«

»Dem Menschen, den man liebt, sollte man nichts entgegensetzen müssen«, gab Shona weise zurück. »Aber ich verstehe dein Unbehagen. Ich meine, ich freu mich wahnsinnig, dass Kristie endlich aus ihrem Schneckenhaus rausgekommen ist und zu dem steht, was sie ist.«

»Das nächste ›aber‹ ist im Anmarsch«, sagte Hailey frustriert. »Das ist so ein Dilemma. Ich will, dass sie glücklich ist und jemanden an ihrer Seite hat, der sie so liebt, wie sie ist. Und ich hasse es, wenn Familienmitglieder sich in die Partnerwahl einmischen und Kommentare abgeben. Das ist totaler Mist und führt nie zu etwas Gutem. Aber ich will auch die Freundin meiner Schwester mögen können.«

»Schön wäre es bestimmt auch, wenn diese Frau nicht die Ex deines Freundes wäre, was?«, sprach Shona nun auch das zweite offensichtliche Problem an.

»Welcher Freund? Er hat ja mit mir Schluss gemacht und ist außer Landes geflüchtet«, entgegnete Hailey bitter. »Aber die Storys, die er mir über Meribeth erzählt hat, waren wirklich grauenvoll.« Sie rieb sich die Schläfen, um den sich anbahnenden Kopfschmerz zu vertreiben.

»Männer und ihre Kurzschlussreaktionen.« Shona drückte dem Alpaka neben sich einen Kuss auf die Nase. »Da sind mir Tiere tausendmal lieber. Die stellen sich nicht so doof an.«

»Mag sein. Hilft mir aber auch nicht weiter. Solange er sich einbildet, dass er eine Gefahr für Frauen darstellt, kann ich nichts tun.« Hailey sah wieder in Richtung von Seans Hof. Sie würde nicht zu ihm gehen, sondern warten, bis er den ersten Schritt machte. Auch wenn es ihr unglaublich schwerfiel.

»Die Guten kommen zu Verstand, und die anderen sind es nicht wert«, behauptete Shona zuversichtlich. »Ich weiß zwar nicht besonders viel über Sean, aber wenn du ein gutes Gefühl bei ihm hast, dann sagt das was aus. Er wird es schon einsehen.«

»Ich bin mir da nicht so sicher. Also, schon, dass er ein Guter ist, aber ob er es einsieht? Er hat fünf Jahre wie ein Eremit gelebt wegen dieser Sache. Es ist also nicht nur eine kurze Bockigkeit, über die wir hier reden. Außerdem bleibt das Meribeth-Problem.«

»Könntest du mal allein mit Kristie sprechen? Ihr seid euch doch sonst immer so nah gewesen, vielleicht kannst du da mehr herausfinden«, schlug Shona vor.

»Ich versuch's, aber ich habe sie schon ewig nicht mehr allein gesehen. Wo Kristie ist, da ist auch Meribeth.«

»Aber irgendwann wird Meribeth doch mal im Bad sein, da kannst du dir Kristie schnappen.«

»Dafür müsste ich zu Hause wohnen. Ich bin aber wieder in die Stallwohnung gezogen, weil ich mir in Meribeths Anwesenheit selbst nicht über den Weg traue.«

»Erinnert dich das an jemanden?« Shona betrachtete sie mit schmalen Augen.

»Ähm, nein.« Hailey schüttelte verständnislos den Kopf. »Mum ist ja der Meinung, dass ich eifersüchtig bin, aber …«

»Du hast gesagt: ›weil ich mir in Meribeths Anwesenheit nicht über den Weg traue‹. Ich finde, das klingt sehr nach Sean. Das könnte ein Muster sein. Womöglich bringt diese Frau bei ihren Mitmenschen das Schlechteste zum Vorschein?«

In Haileys Ohren klang das wie eine ziemlich kühne These. »Keine Ahnung«, murmelte sie. »Ich weiß nur, dass es eine verfickte Zwickmühle ist, in der wir alle stecken.« Sie holte einmal tief Luft und wechselte abrupt das Thema. »Was habt ihr heute noch für Pläne?«

»Ich versorge jetzt erst einmal die Alpakas, Kendrick ist mit den Hunden unterwegs, dann gibt's Frühstück, und dann werden wir wohl die verlorene Bettzeit von heute Nacht wettmachen.« Der verliebte Glanz in Shonas Augen versetzte Hailey einen Stich mitten ins Herz.

Sie wollte das auch. Nicht abstrakt, sondern ganz konkret mit Sean. Und sie wünschte es auch ihrer Schwester – ganz abstrakt und konkret *nicht* mit Meribeth. Was für ein Scheißdilemma. »Dann viel Spaß dabei. Ich geh jetzt wieder zurück und mache mich etwas präsentabler, damit mir niemand vorwerfen kann, ich würde mir für meine Familie nicht genügend Mühe geben.«

»Mach das. Und Hailey?«

»Ja?«

»Hör auf, Meribeth im Internet zu stalken. Das wird kaum etwas bringen, sondern dir nur noch schlechtere Laune machen.«

»Du hast recht.« Hailey seufzte. »Allerdings war das Robins Idee. Sie will Meribeth Parker ein wenig unter die Lupe nehmen, und dazu gehören auch ihre Social-Media-Profile. Zumindest habe ich das so verstanden.«

»Lass es trotzdem sein. Wenn Robin sich darum kümmert, wird sie ihr Rechercheteam darauf ansetzen und garantiert mehr herausfinden als du. Konzentrier dich auf dich und auf Kristie.«

»Ich versuch's«, versprach Hailey. »Vielleicht erwische ich sie ja doch mal ein paar Minuten allein.«

»Notfalls musst du eben morgens um vier aufstehen und Kristie in der Bäckerei besuchen. Ich wette, da wird Meribeth nicht dabei sein.« Shona zwinkerte ihr zu. »Du kriegst das hin.«

Ganz sicher war sich Hailey nicht, aber die Idee mit der Bäckerei war gut. Wenn sie heute keine Chance auf ein Gespräch mit Kristie bekäme, würde sie sich den Wecker für morgen verdammt früh stellen.

Geduscht, mit schön geföhnten Haaren, einer ordentlichen Bluse und einer frisch gewaschenen Jeans betrat Hailey um halb zwölf ihr Elternhaus. Das war eine Stunde vor der vereinbarten Zeit, doch sie hoffte, dass ihr guter Wille wenigstens von ihren Eltern honoriert werden würde. »Kann ich helfen?«, fragte sie, als sie die Küche betrat, wo ihre Mutter bereits am Herd stand. »Den Tisch decken vielleicht?«

»Das ist alles schon erledigt«, entgegnete Alice, die über Gebühr nervös wirkte.

»Ähm?« Hailey deutete auf den großen Tisch, der komplett leer war.

»Wir essen natürlich im Speisezimmer!«

»Oh.« Hailey musste sich anstrengen, um sich an das letzte Essen im Speisezimmer zu erinnern. Das musste Jahre her sein. Die Mahlzeiten wurden eigentlich immer in der gemütlichen Wohnküche eingenommen – selbst wenn Besuch kam. Das Speisezimmer nutzte ihr Vater nur, wenn er mit anspruchsvollen

Kunden Strategien besprechen wollte. Wobei auch das so gut wie nie vorkam.

»Was ›Oh‹?«, fuhr Alice sie an. »Das gehört sich so. Wir wollen uns doch vor Meribeth als anständige Familie präsentieren und nicht als Bauern.«

Was waren das denn für Töne von ihrer Mutter? Alice Fraser war stolz auf ihre Familie und den Hof. Warum schämte sie sich plötzlich für das alles? »Aber wir *sind* Bauern«, sagte Hailey. »Hart arbeitende Landbevölkerung. Das ist doch nichts Verwerfliches. Und Meribeth weiß das, schließlich ist Kristie eine von uns.« Sie bemühte sich inständig, Ruhe zu bewahren. Was war mit ihrer resoluten, selbstsicheren Mutter los?

»Wir essen im Speisezimmer!«, sagte Alice jedoch nur knapp und rührte in der Soße. Es roch himmlisch nach dem Lammbraten, der im gusseisernen Schmortopf vor sich hin garte, und Hailey hätte gewettet, dass im Ofen ein Kartoffelgratin zur Perfektion gebracht wurde. Wenigstens würde sie etwas Anständiges zu essen bekommen. »Soll ich mich vielleicht um den Salat kümmern oder ums Dessert?«, bot sie an.

»Zum Dessert gibt es Cranachan, das ist schon fertig. Und der Salat ist auch schon gewaschen und geputzt. Da werde ich dann kurz vorher nur noch das Dressing drübergeben.«

»Verstehe«, murmelte Hailey und kam sich einigermaßen überflüssig vor. »Kann ich sonst was machen?«

Alice drehte sich um und musterte ihre Tochter stirnrunzelnd von oben bis unten. »Wenigstens hast du dich anständig angezogen«, befand sie, und die Falten glätteten sich etwas. »Warum warst du nicht beim Frühstück?«, wollte sie dann wissen.

»Weil ich mich um die Pferde kümmern musste«, log Hailey. »Und mich anschließend präsentabel machen wollte. Außerdem wollte ich mir den Appetit aufs Mittagessen nicht verderben.«

»Dein Vater hat auch alles geschafft«, behauptete ihre Mutter jedoch ungnädig. »Es wäre schön gewesen, wenn wenigstens du gekommen wärst.«

»Wieso wenigstens? Wer war denn sonst alles nicht da?«, fragte sie.

»Alex und Colleen sind noch in ihren Flitterwochen«, zählte Alice auf. »Lennox ist erst spätnachts aus Afrika zurückgekommen, und Shona hat Kendrick bei einer Rindergeburt assistieren müssen. Was Isla und Jon gemacht haben, weiß ich nicht. Jedenfalls waren von der Familie nur Marlin und Betty da. Außerdem Pfarrer Jack. Ein wirklich dürftiges Bild«, schimpfte Alice. »Dabei habe ich allen gesagt, dass Kristie heute ihre Freundin mitbringen wird.«

Vielleicht war das der Grund, dachte Hailey bei sich. »Tut mir leid.«

»Hm.« Alice schien ihrer Tochter das Bedauern nicht abzukaufen.

»Aber jetzt bin ich ja da und würde mich gerne nützlich machen«, erklärte sie mit einem betont munteren Lächeln.

»Wie gesagt, es ist nichts mehr zu tun.« Alice probierte die Soße und legte den Deckel dann wieder auf den Topf.

»Wo ist eigentlich Dad?«

»Das wird nur er wissen«, entgegnete Alice ungnädig. »Er ist bereits während des Frühstücks gegangen. Angeblich, weil er dringend etwas im Stall erledigen musste.«

Das klang nicht gut. »Soll ich ihn suchen?«, bot Hailey an, doch sie ahnte die Antwort bereits.

»Du bleibst, wo du bist! Rupert wird rechtzeitig kommen, da bin ich mir sicher«, sagte Alice grimmig. »Ich zieh mich jetzt rasch um.« Damit verschwand sie aus der Küche und ließ eine mehr als verwunderte Hailey zurück.

Was zur Hölle ging hier vor? Warum war ihre Mutter zum gehirngewaschenen Zombie mutiert, der sich zum Mittagessen extra umzog? Seufzend nahm sie am Küchentisch Platz und holte ihr Handy aus der Hosentasche. Wie auf Autopilot öffnete sie Instagram und wollte sich noch einmal die Profile von Meribeth ansehen, doch die waren mit einem Mal verschwunden. Das konnte doch nicht sein, oder? War es möglich, dass Meribeth in der letzten Stunde all ihre Kanäle gelöscht hatte? Oder war sie blockiert worden?

Sie suchte nach »Kristie's Highland Dancing«, der Instagram-Seite von Kristies Tanzschule, die noch nicht besonders lange existierte. Wieder kein Ergebnis.

Das konnte ja wohl nicht wahr sein! Immerhin, der Kanal der *Old Bakery* war erreichbar. Haileys Herz raste. Wie war Meribeth auf die Idee gekommen, sie zu blockieren? Und warum hatte auch ihre eigene Schwester sie blockiert? Sie wollte sich wirklich anständig benehmen, aber das hier war eine Kriegserklärung.

Das Mittagessen als Desaster zu bezeichnen, wäre eine Beschönigung gewesen. Es war mit ziemlicher Sicherheit die qualvollste Mahlzeit, die Hailey jemals durchlitten hatte. Was nicht am Essen lag, das war sensationell, wie immer bei ihrer Mutter, doch nach wenigen Bissen war ihr der Appetit vergangen. Was in den über drei Jahrzehnten ihres Lebens eine Premiere sein dürfte. Und sie hatten gerade erst den Salat hinter sich gebracht.

Hailey räumte die Schälchen zusammen und brachte sie zu ihrer Mutter in die Küche.

»Kannst du dich nicht zusammennehmen?«, blaffte Alice sie an.

»Bitte? Ich habe nichts gemacht.« Das stimmte – auch wenn es Hailey übermenschliche Anstrengung kostete, hatte sie sich bislang jeden Kommentar verkniffen, den man auch nur ansatzweise als bösartig oder offensiv hätte interpretieren können. Stattdessen hatte sie mit ihrem Vater über den aktuellen Therapiefortschritt eines ihrer Schützlinge gesprochen.

»Du hast die ganze Zeit über Pferde geredet, als gäbe es kein anderes Thema auf der Welt. Wie soll sich Meribeth da willkommen fühlen? Überhaupt habe ich den Eindruck, dass sie sich in deiner Gegenwart sehr unwohl fühlt.«

»Das beruht auf Gegenseitigkeit. Ich kann gerne gehen, wenn das hilft«, presste Hailey zwischen zusammengebissenen Zähnen hervor. Vielleicht hatte sie ja Glück, und ihre Mutter entließ sie in die Freiheit?

»Du wirst dich jetzt zusammenreißen und nichts sagen«, bestimmte Alice jedoch und zog das Gratin aus dem Ofen. »Nimm den Schmortopf, und sei gefälligst höflich.«

Hailey nickte knapp, erwiderte jedoch nichts, denn die Antwort wäre garantiert nicht höflich gewesen. Stattdessen brachte sie den Topf ins Speisezimmer und stellte ihn auf den vorgesehenen Platz. Ihr Vater warf ihr einen Blick zu, den Hailey nur mit »Rette mich!« übersetzen konnte. Offensichtlich war die Konversation der letzten Minuten nur wenig erquicklicher gewesen als die davor. Doch sie sah weg und nahm wieder Platz. Sie würde jetzt gar nichts mehr von sich geben, es sei denn, sie wurde konkret angesprochen.

»Gibst du mir deinen Teller, Meribeth?«, säuselte Alice mit einem leicht angestrengt wirkenden Lächeln. »Es gibt Lammbraten mit Kartoffelgratin.«

»Ich esse kein Fleisch von unschuldigen Tieren«, entgegnete Meribeth mit anklagender Stimme. »Für mich also bitte nur Gratin.«

»Oh.« Alice wirkte etwas verwirrt, packte jedoch gehorsam Gratin auf den Teller. Dann versorgte sie ihren Mann, der mit sich zu ringen schien, ob er etwas zum Thema »unschuldige Tiere« sagen sollte oder lieber nicht. Hailey atmete bewusst ein und aus.

»Für mich bitte auch nur Gratin«, bat Kristie, als sie an der Reihe war. »Ich hab nicht so viel Hunger«, behauptete sie mit einem nervösen Seitenblick zu Meribeth.

»Du kannst ruhig zugeben, dass du es verwerflich findest, Lammfleisch zu essen«, versetzte ihre Freundin jedoch.

»Das …«, begann Kristie, aber Rupert unterbrach sie.

»Seit wann findest du es verwerflich, Lamm zu essen?«

»Gar …«

»Es ist einfach barbarisch!«, rief Meribeth, und in ihren Augen schimmerten Tränen, wie Hailey voll angewiderter Faszination feststellen musste.

»Barbarisch?«, dröhnte Rupert. »Aber gebratenen Speck zum Frühstück zu verdrücken ist okay?«

»Dad, bitte«, flehte Kristie.

»Was? Ich verstehe den Unterschied nicht. Ist ein Schwein weniger unschuldig als ein Schaf?« Hailey sah, dass an der väterlichen Schläfe eine Ader pulsierte. Das war ein seltener Anblick, denn normalerweise war Rupert Fraser die Ruhe selbst.

»Es geht um die unschuldige Seele«, verkündete Meribeth mit tränennassen Wangen. »Mag sein, dass man das hier auf dem Land nicht begreift, aber ich bin überzeugt davon, dass Tiere eine Seele haben.«

»Ich *weiß*, dass Tiere eine Seele haben. Alle Tiere. Schafe, Schweine, Pferde, Hunde – womöglich sogar Stubenfliegen.« Ruperts Stimme war ganz leise und damit fast noch bedrohlicher. »Ich finde es gut und richtig, unsere Mitgeschöpfe zu respektieren. Daher habe ich auch jedes Verständnis dafür, wenn Menschen aus Überzeugung Vegetarier oder Veganer werden. Ich kann es sogar akzeptieren, wenn jemand sagt, dass ihm Lammfleisch nicht schmeckt. Aber einen derartigen Bullshit über unschuldige Seelen muss ich mir in meinem Haus nicht anhören.«

»Rupert, das geht zu weit!«, zischte Alice. »Wo ist deine Toleranz geblieben? Meribeth, Liebes, es tut mir leid, dass du dich wegen des Essens unwohl fühlst. Hätte ich geahnt, dass du ein Problem mit Lamm hast, hätte ich etwas anderes gekocht.«

Hailey konnte es nicht fassen, wie sehr sich ihre Mutter anbiederte, und auch ihr Vater schien zu beben wie ein Vulkan kurz vor der Eruption. Wäre die Situation nicht so vollkommen vertrackt gewesen, hätte sie dieses Schauspiel genießen können. So richtig ausgerastet war ihr Dad zuletzt vor fast einem Jahr, als ein englischer Adeliger seine halb totgequälten Rennpferde wieder hatte flottmachen lassen wollen.

»Danke, Alice«, gab Meribeth zurück und wischte sich eine Träne von der Wange. »Es tut mir leid, dass ich so ein schwieriger Gast bin.« Sie schenkte ihrer

Gastgeberin ein Lächeln, bei dem Hailey übel wurde. »Kristie ist eine so offene und weltgewandte Persönlichkeit, da bin ich einfach davon ausgegangen, dass ihre Familie genauso ist. Mein Fehler.«

Hailey merkte, wie die Galle in ihr hochstieg. Was bildete sich dieses Biest überhaupt ein? Und warum sagte Kristie zu alldem nichts? Sie sah zu ihrer Schwester, die wie ein Häufchen Elend neben ihrer Freundin saß und im Gratin herumstocherte, ohne einen Bissen zu essen. »Kristie hat es wirklich hart getroffen mit ihrer bäuerlichen Sippe«, kommentierte Hailey mit beißendem Sarkasmus, ehe sie sich zurückhalten konnte. »Ich bin mir sicher, sie schämt sich heimlich sehr für uns.«

»Ich …«, setzte Kristie mit erschrockener Miene an, doch Meribeth fuhr ihr wieder über den Mund.

»Vor allem schämt sie sich für dich!«, versetzte sie und starrte Hailey mit ihren nun wundersamerweise wieder vollkommen trockenen Augen an.

Hailey wusste, dass diese Aussage nur den Zweck hatte, sie zu beleidigen, dennoch tat es verdammt weh. Schämte sich Kristie wirklich für sie? Sie schüttelte den Kopf und öffnete den Mund, aber ihr Vater legte ihr beruhigend eine Hand aufs Knie. Also schob sie sich ein Stück Lamm zwischen die Zähne und begann zu kauen.

»Niemand in dieser Familie schämt sich für jemand anderen«, behauptete Rupert, doch Haileys Meinung nach war das eine unhaltbare These. Sie selbst schämte sich im Moment sowohl für ihre rückgratlose Mutter als auch für ihre mundtote Schwester. Und sie schämte sich für sich selbst, weil sie bei diesem absurden Spiel mitmachte. »Und wenn du ein Teil dieser Familie sein möchtest, Meribeth, sollte dir ganz schnell klar werden, dass wir uns nicht gegeneinander ausspielen lassen.«

Ach, Dad, dachte Hailey liebevoll. Was für ein gutherziger Mann er war. Leider vollkommen fehlgeleitet und verblendet, denn das Gegeneinander-Ausspielen hatte doch längst begonnen.

»Natürlich, Rupert«, sagte Meribeth jedoch und schlug scheinbar verschämt die Augen nieder.

»Da das nun geklärt ist, können wir vielleicht in Ruhe essen?« Rupert nahm sein Besteck und schnitt sich ein Stück von dem butterweichen Lammbraten ab, doch genau wie dem Rest der Mittagsgesellschaft schmeckte es ihm wohl nicht so recht.

Die Minuten zogen sich, keiner schaffte es, seinen Teller zu leeren, und niemand sprach. Wie gesagt, ein einfaches Desaster wäre dieser Tortur jederzeit vorzuziehen gewesen.

»Möchte vielleicht jemand Dessert oder Kaffee oder Tee?«, fragte Alice schließlich, als wenigstens sie es geschafft hatte, ihre Spatzenportion zu vertilgen.

»Für mich bitte nicht, das ist mir zu mächtig«, erwiderte Meribeth. »Ich muss auf meine Figur achten. Kristie kann ja beneidenswerterweise essen, was sie will, und nichts setzt an«, redete sie weiter. »Das finde ich wirklich erstaunlich bei ihrer genetischen Disposition.« Sie stieß ein falsch klingendes Lachen aus und ließ ihren Blick dabei vielsagend über Rupert, Alice und zuletzt Hailey gleiten, die alle drei sichtbar ein paar Pfund zu viel auf die Waage brachten.

»Bitte?«, knurrte Rupert.

»Meribeth will damit andeuten, dass wir drei zu fett sind und Kristie womöglich adoptiert ist, Dad«, entfuhr es Hailey. Mit ihrer Zurückhaltung war es endgültig vorbei. »Aber ich bin lieber übergewichtig als eine falsche Schlange.« Damit stand sie auf und brachte kommentarlos ihren Teller und den Schmortopf in die Küche.

»Musste das sein?«, herrschte sie gleich darauf Alice an, die mit der Gratinform und zwei weiteren Tellern hinterhergekommen war.

»Ja, Mutter, das musste sein!«, rief Hailey hitzig. »Wer derart unverschämt, respektlos und beleidigend ist, hat keine Gastfreundschaft verdient.«

»Es ist nicht an dir, das zu entscheiden!« Alice funkelte ihre Tochter mit einem gefährlichen Blitzen in den Augen an. »Meribeth ist ein gern gesehener Gast in diesem Haus. Es ist mehr als offensichtlich, dass du sie nicht leiden kannst und deiner Schwester ihr Glück nicht gönnst. Das halte *ich* für respektlos, und für verwerflich. So habe ich meine Kinder nicht erzogen.«

»Du warst doch dabei und hast jedes Wort gehört, das diese Frau von sich gegeben hat! Wie kannst du sie so in Schutz nehmen?«, fragte Hailey fassungslos und merkte, dass nun Tränen in ihren Augen brannten. Echte Tränen, keine Knopfdruck-Requisiten wie bei Meribeth.

»Es ist unsere Aufgabe, ihr ein herzliches Willkommen zu bereiten. Sie kennt uns und unsere Familiendynamik noch nicht, da muss man ein bisschen nachsichtig sein. Du dagegen benimmst dich einfach nur abscheulich.«

»Okay, wenn du das so siehst, habe ich hier keinen Platz mehr.« Hailey konnte die Tränen nicht mehr zurückhalten, und es war ihr auch egal. Blindlings stolperte sie zur Tür und rannte zurück in den Stall, wo – wie jeden Sonntag um diese Zeit – ein Höllenbetrieb herrschte. Sie ignorierte jeden Gruß und jede Frage und lief polternd die Treppe zu ihrem Refugium hoch. Sobald die Tür ins Schloss gefallen war, schob sie den Riegel vor, damit definitiv niemand hereinkommen konnte. Dann warf sie sich auf ihr Bett und weinte all die Tränen, die sie sich in den letzten Tagen verkniffen hatte. Liebeskummer und Herzschmerz konnte man also auch ohne Eis und Netflix erstklassig ausleben.

EINGEBUNGEN AN DER QUELLE

DAS HAUS FÜHLTE SICH SELTSAM LEER und fremd an, stellte Sean fest, als er am frühen Sonntagnachmittag aufwachte. Sky, Lennox und er waren erst gegen fünf Uhr morgens in Kirkby angekommen, völlig übermüdet nach einem endlosen gestückelten Flug und der Fahrt mit dem Leihwagen von Edinburgh aus. Vermutlich wäre es schlauer gewesen, die Nacht noch in Edinburgh zu verbringen und im Laufe des Tages mit dem Zug zu fahren, doch Sky und Lennox hatten keine Sekunde länger als nötig auf ihre Liebsten verzichten wollen. Sean konnte das nachvollziehen. Er vermisste Hailey – auch wenn er kein Recht darauf hatte. Schließlich hatte er die Sache beendet.

Ein ärgerlicher Laut entrang sich ihm. Es war keine »Sache«, egal wie sehr er versuchte, seine Gefühle für sie zu relativieren. Hailey Fraser war wie eine Naturgewalt in sein Leben getreten, hatte einem Tsunami gleich all seine Schutzwälle eingerissen und wie ein Erdbeben sein Fundament erschüttert. Das war beängstigend, hatte sich aber so verdammt gut angefühlt – nach Leben, nach Glück, nach Möglichkeiten. Dinge, die er sich in seinen Jahren als Einsiedler versagt hatte. Genau wie Liebe. Es war nicht nur Lust und Leidenschaft, was er für sie empfand, sondern viel mehr. So allumfassend hatte sich Liebe für ihn noch nie angefühlt, so fremd und derart erstaunlich, dass er sie fast nicht erkannt hatte. Aber vielleicht war das alles auch nur Wunschdenken gewesen – das Ergebnis der Sehnsucht, die sich so lange in ihm aufgebaut hatte, ohne dass es ihm wirklich bewusst geworden wäre?

»Lass das!«, schimpfte er mit sich selbst. Er musste endgültig aufhören, seine Gefühle zu relativieren und kleinzureden. Das mit Hailey war etwas Großes und Wertvolles. Wie groß und wie wertvoll, war ihm Tausende Kilometer von Kirkby entfernt in diesem afrikanischen Dorf bewusst geworden. Nicht als übersinnliche Erkenntnis, sondern dank langer Gespräche mit zwei sehr besonderen Männern.

Lennox und Sky hatten offen von ihren eigenen Biografien erzählt – und von ihren eigenen Horrorerlebnissen. Und doch waren die beiden von ihren Erfahrungen nicht zerschmettert worden, sondern waren letztlich gestärkt und voller Optimismus daraus hervorgegangen. Sky war von einer Frau, die er geliebt hatte, aufs Übelste betrogen und verraten worden. Diese Frau hatte sein komplettes Geld veruntreut und ihm auf eine derart perfide Art ein Kind untergeschoben, dass Sean allein beim Gedanken an diese Geschichte ganz schwindlig wurde. Trotzdem hatte Sky es geschafft, den Glauben an die Menschen und vor allem den an sich selbst nicht zu verlieren. Er hatte Sean auch berichtet, dass seine Frau Robin dabei war, in Meribeths Leben herumzuschnüffeln. Sie vermutete ein Muster in ihrem Verhalten und war bereit, einen großen Aufwand zu betreiben, um sie zu entlarven. Sean hatte zwar keine Ahnung, wie ihm das weiterhelfen sollte – sein Verhalten war ja vollkommen unabhängig von Meribeths gewesen und blieb selbst bei denkbar freundlichster Interpretation einfach nur abscheulich. Trotzdem war er dankbar dafür, dass es Menschen gab, die an ihn glaubten, selbst wenn er es nicht konnte.

Letztlich waren es jedoch Lennox' Worte gewesen, die etwas in ihm zum Klingen gebracht hatten. »Hailey spielt keine Spiele«, hatte er eindringlich gesagt. »Sie ist nicht diplomatisch und fast beängstigend ehrlich. Damit haben einige Menschen ein Problem. Gleichzeitig ist sie ein absoluter Instinktmensch, der sich eher von seinen Gefühlen leiten lässt als von seinem Kopf. Auch das kann anstrengend sein, aber für sie funktioniert es. Sie ist loyal und erkennt jede Form von Bullshit sofort. Deshalb ist sie ja auch so gut in ihrem Job. Sie lässt sich weder von Menschen noch von Tieren verarschen – und die Pferde sind clever genug, um es gar nicht erst zu versuchen. Außerdem ist sie stark und unabhängig, und bislang hat es kein einziger Mann geschafft, ihr Herz zu erobern. Worauf ich hinauswill: Hailey glaubt an dich, selbst wenn du es nicht kannst.«

Diese Worte hatten Sean wahnsinnig beeindruckt. Weil sie genau das beschrieben, was er selbst bei Hailey erlebt hatte. Sie würde ihn nicht manipulieren und unmögliche Dinge von ihm verlangen – bis auf eins: dass er sich selbst verzieh. »Ich dreh mich im Kreis«, murmelte er deprimiert und ging in seine Werkstatt. Vielleicht würde es ihm helfen, ein wenig zu arbeiten?

Doch sosehr er sich auch bemühte, Hände und Unterbewusstsein verweigerten ihm den Dienst. Nach einer Stunde gab er auf und stopfte den Tonklumpen zurück in die Plastiktonne. So führte das zu nichts. Er brauchte Bewegung und sehnte sich außerdem nach Edna und Basil. Die beiden Tiere waren Familie und hatten es nicht verdient, dass er sie so stiefmütterlich behandelte. Also zog er sich um, stieg in sein Auto und fuhr zum Stall.

Dort angekommen stellte er verwundert fest, was für ein Betrieb herrschte, doch vermutlich war das für einen so prächtigen Sonntagnachmittag vollkommen normal.

»Määääh!«, blökte Basil verzückt, als Sean sich der Koppel näherte, auf der er Edna vermutete. Offensichtlich hatte Marlin direkt daneben den Auslauf für seine Schafe abgesteckt.

»Hallo, kleiner Mann«, sagte er und setzte sich ins Gras, damit er sein Lamm ausgiebig herzen und streicheln konnte. »Du bist ganz schön gewachsen.«

»Määääh!«, bestätigte der kleine Bock und rammte seinen wolligen Kopf voller Zuneigung gegen Seans

Brust. Zumindest hoffte er, dass es ein Zeichen von Zuneigung war und nicht etwa ein Tadel, weil er so lange weg gewesen war. Aus Basils Perspektive eine mittlere Ewigkeit.

»Ich hab dich auch sehr vermisst«, flüsterte er ihm ins Ohr und drückte ihm dann einen Kuss auf den Kopf. Es war ihm egal, ob ihn jemand dabei beobachtete oder nicht. Genau genommen dachte er gar nicht darüber nach, sondern genoss es einfach, den warmen kleinen Körper in seinen Armen zu halten. »Morgen hole ich dich und deine Freunde wieder nach Hause«, kündigte er an. »Und dann lass ich euch nicht mehr so schnell allein. Versprochen.«

Von dem Meribeth-Drama mal abgesehen, das derzeit alles überschattete, war der Äthiopien-Aufenthalt nämlich ausgesprochen fruchtbar und inspirierend gewesen. Yeshi hatte eine ganz eigene Art, mit Ton umzugehen, und eine unglaubliche Formensprache bei ihren Skulpturen. Miguel war vor Begeisterung schier ausgerastet, als Sean ihm einige Fotos von ihren Werken geschickt hatte. In dieser schmalen und auf den ersten Blick schüchternen und zurückhaltenden Frau schlummerte ein riesengroßes Talent. Sie wusste davon und hatte trotz aller Schwierigkeiten und Hürden nie die Hoffnung aufgegeben, dass sie irgendwann mal eine Chance erhalten würde.

Im Vergleich zu ihren waren seine Lebenshindernisse lächerlich gewesen. Seine Eltern hatten ihm nicht die Liebe und Aufmerksamkeit geschenkt, die er sich gewünscht hätte, und hatten seine künstlerischen Ambitionen nicht ernst genommen. Trotzdem hatte ihm niemand wirklich Steine in den Weg gelegt und ihn an seiner Entfaltung gehindert. Im Gespräch mit Yeshi war ihm klar geworden, wie privilegiert er wirklich war. Und dieses Privileg ermöglichte es ihm jetzt, ihr zu helfen. Sobald die Visumsfrage geklärt war, würde sie nach Schottland kommen und offiziell bei Skys Organisation STEADFAST anfangen. Und nebenbei durfte sie in seiner Werkstatt arbeiten, so viel sie wollte. Er hatte allergrößten Respekt vor dieser jungen Frau, die so unbeirrt von allen Widrigkeiten für ihr Ziel kämpfte, und er freute sich wahnsinnig auf den künstlerischen Austausch mit ihr. Denn eins war klar: Sie war nicht die Einzige, die von dieser Kooperation profitieren würde. Er selbst konnte zweifellos eine Menge von ihr lernen und neue Impulse für seine eigene Arbeit erhalten.

Ein Schnauben direkt an seinem Ohr riss Sean aus seinen Gedankengängen. Edna hatte ihn entdeckt und war zum Zaun gekommen. Basil, der nun offenbar genug von seinen Liebkosungen hatte, strampelte sich frei, um mit seinen Kumpels zu spielen. Also rappelte sich auch Sean hoch und streichelte stattdessen die weichen Nüstern seiner Stute. »Ich bin wirklich froh, wieder zu Hause zu sein«, sagte er zu ihr. »Und ich habe unsere Ritte vermisst. Wie sieht's aus? Lust auf einen abendlichen Ausflug, oder willst du weiter entspannen?«

Edna schnaubte erneut und spitzte unternehmungslustig die Ohren. Er überlegte, ob er einen Führstrick holen sollte, doch es zog ihn rein gar nichts in den immer noch trubeligen Stall. »Wir machen es heute mal ganz lässig«, kündigte er an, als er das Koppeltor öffnete und sie hinausführte. Er überprüfte kurz ihre Hufe, aber die waren glücklicherweise alle sauber. Dann dirigierte er sie nahe an den Zaun heran, nutzte die Holzlatten als Aufsteighilfe und schwang sich auf den nackten Pferderücken. Früher hatten sie das häufiger gemacht, aber in letzter Zeit waren sie fast immer »korrekt gekleidet« unterwegs gewesen. Blöd eigentlich, denn ohne Sattel und Zaumzeug zu reiten, fühlte sich herrlich an. Auch Edna schien es zu gefallen, sie schritt schwungvoll dahin.

Heute wählte er eine andere Route als sonst, denn ihm war erstens nicht nach wildem Galopp und zweitens nicht nach Gesellschaft, und er hatte eine kleine Gruppe Reiter erspäht, die sich gerade in Richtung Rennstrecke aufmachten. Er ritt also in einem großen Bogen um die riesige Weide der Offenstallpferde herum, lenkte Edna am Dorfweiher Loch Leary vorbei und schließlich durch Wiesen, die üppig blühten und auf denen Marlins Schafe grasten. Langsam kehrte seine innere Ruhe zurück und ein Gefühl von Heimat und Zufriedenheit. Das mochte flüchtig sein und vielleicht sogar eine Illusion, doch er beschloss, es zu genießen, solange es währte.

• • •

Irgendwann versiegten auch die heftigsten Tränen. Haileys Nase fühlte sich wund an, ihr Hals kratzte, und ihr Mund war staubtrocken. Also hievte sie sich aus dem Bett und trank erst einmal ein paar Gläser Wasser. Dann ging sie ins Bad und wusch sich das Gesicht. »Du siehst echt fertig aus«, sagte sie zu ihrem Spiegelbild und streckte sich selbst die Zunge heraus. Sie sah nicht nur fertig aus, sie war es auch. Und gleichzeitig ruhelos. Sie nahm ihr Handy und schrieb Kristie eine Nachricht: *Können wir bitte reden? Nur wir zwei? Bitte.*

Sie drückte auf »Senden« und wartete ab, ob ihre Schwester reagieren würde. Doch es blieb bei einem grauen Haken, die Nachricht war also rausgeschickt, aber nicht zugestellt worden. Seltsam. Kristie hatte ihr Telefon zwar nicht immer zur Hand, schaltete es aber eigentlich nie aus. Das hieß, dass Nachrichten vielleicht nicht sofort gelesen wurden, aber doch immer ankamen. Merkwürdig. Da gab es im Grunde nur noch eine Möglichkeit.

Hailey wurde bei dem Gedanken ganz schlecht. Sie öffnete erst Instagram, nur um festzustellen, dass sie inzwischen auch die Seite von *Kristie's Old Bakery* nicht mehr erreichen konnte. Dann ging sie auf Facebook, und auch dort war ihre Schwester für sie unauffindbar. Offensichtlich hatte Kristie sie auf sämtlichen Kanälen blockiert. Ihre Augen begannen wieder zu brennen, aber das eben getrunkene Wasser hatte den

Weg vom Magen bis zu den Tränendrüsen noch nicht geschafft, und so blieben ihre Wangen trocken. »Dann eben morgen früh in der Bäckerei!«, sagte sie und lief auf dem knarzenden Boden auf und ab.

Aus dem Stall hörte sie die üblichen Geräusche. Eine Reitstunde war zu Ende, und die Tiere wurde gerade wieder reingebracht. Andere Reiter machten sich für einen Ausritt oder ein Training fertig. Sie hörte Lachen und einige Unterhaltungsfetzen, garniert von gelegentlichem Wiehern und Schnauben. Die kleine Wohnung fühlte sich plötzlich an wie eine Gefängniszelle. Hailey wollte raus, nein, sie *musste* raus, doch sie wollte um keinen Preis der Welt jemandem begegnen. Es würde allerdings noch mindestens zwei Stunden dauern, bis der Stall so weit zur Ruhe käme, dass sie unbemerkt hinausschlüpfen konnte. Es sei denn …

Sie zog sich ihre Lieblingssneaker an, entriegelte leise die Tür und schlich mit angehaltenem Atem die schmale Galerie entlang, die ihre Wohnung mit dem Heuboden verband. Glücklicherweise schaute niemand nach oben, und so verschwand sie ungesehen hinter den Heuballen. Auf der anderen Seite gab es eine große Schiebetür an der Wand, durch die das frische Heu zur Lagerung hereingebracht wurde. Die Tür war immer einen Spalt weit offen, damit frische Luft reinkam. Und es gab – der Brandschutzverordnung sei Dank – eine Leiter als Notausstieg. Die kletterte sie behände runter, flitzte um den Misthaufen herum in Richtung Gästestall und ging dann zur großen Weide. Dort erspähte sie Airgead, die wie immer sofort auf ihren Pfiff reagierte und herbeieilte.

»Hallo, meine Süße«, begrüßte sie das Tier. »Was hältst du von einem nackten Ausritt?« Sie kontrollierte Airys Hufe, kletterte erst auf den Zaun und von dort auf den Rücken der Stute, dann lenkte sie sie zügig in Richtung Wald, in der Hoffnung, dass niemand sie bemerkte oder dass sie wenigstens keiner ansprach.

• • •

Reiten war seine Meditation, stellte Sean zum wiederholten Mal in seinem Leben fest. Und umso mehr, wenn er ohne Sattel auf Edna saß und direkt das Spiel ihrer Muskeln spürte. Sie verschmolzen zu einem Wesen, und ihre Ruhe übertrug sich auf ihn. Die Landschaft zog langsam an ihm vorbei, genau wie seine Gedanken. Beides nahm er zur Kenntnis, nichts hielt er fest. Was für ein befreiendes Gefühl! Er war sich nicht sicher, ob er die Richtung vorgab oder ob Edna bestimmte, wohin es ging, aber plötzlich fand er sich im Wald wieder. An der kleinen versteckten Quelle, in deren Nähe er vor einem guten Monat Basil gefunden hatte. Er ließ sich von Ednas Rücken gleiten und setzte sich auf den großen, glatt polierten Stein, der ihm schon häufiger ein Ruheplätzchen geboten hatte. Es war friedlich hier im schummerigen Dämmerlicht dieses Frühlingsnachmittags. Die Bäume, Sträucher und Pflanzen trugen allesamt frisches

Grün in den unterschiedlichsten Schattierungen, Vögel zwitscherten angeregt. In der Quelle gluckerte das Wasser und ergoss sich in einen kleinen Bach. Ob es derselbe Bach war, der hinter seinem Haus vorbeifloss? Darüber hatte er sich nie Gedanken gemacht, doch vielleicht sollte er dem Wasserlauf einfach mal folgen. Aber nicht jetzt. Im Moment wollte er einfach nur dasitzen und den Frieden genießen – den äußeren und den in seinem Inneren. Sean wusste nicht, woher er die plötzliche Zuversicht nahm, dass sich alles zum Guten wenden würde, aber er hinterfragte sie auch nicht. Spätestens morgen nach dem Training würde er das Gespräch mit Hailey suchen, und er hoffte inständig, dass sie ihn wieder zurücknahm. Alles andere würde sich dann ebenfalls finden.

Er wusste nicht, wie lange er hier saß und all seine negativen und traurigen Gedanken, die ihn so viele Jahre lang gequält hatten, in den frisch entsprungenen Bach entließ. Die Vorstellung war wirklich schön, dass das Wasser all den Schmerz einfach davontrug.

Edna blieb die ganze Zeit in der Nähe, zupfte am frischen Grün herum und schien ebenfalls sehr zufrieden zu sein. Plötzlich nahm er aus den Augenwinkeln wahr, wie sie innehielt, den Kopf hob und die Ohren spitzte. Er hörte ein Knacken und ein Schnauben, und gleich darauf schob sich der silbergraue Schädel von Airgead durchs Gebüsch, gefolgt vom restlichen Pferdeleib und Hailey, die wie er vorhin ohne Sattel und Zaumzeug angeritten kam.

»Oh, Verzeihung«, sagte sie, als sie ihn erspähte. »Ich wusste nicht … ich verschwinde gleich wieder.«

»Nein, bitte, bleib hier!« Er war aufgesprungen. »Bitte«, wiederholte er, ging dann zu ihr und hielt Airgead am Halfter fest. »Ich finde es schön, dass wir uns hier treffen.«

Sie musterte ihn wortlos und schien darüber nachdenken zu müssen, ob sie es auch so gut fand wie er. Bei näherem Hinsehen stellte er fest, dass sie ziemlich traurig wirkte. Hatte sie geweint?

»Bitte«, sagte er noch einmal und streckte einladend eine Hand aus. Sie zögerte einen Atemzug lang, dann schwang sie sich vom Pferderücken und ergriff seine Hand.

Ob sie die folgende Umarmung initiierte oder er, da war sich Sean nicht sicher, aber es war auch egal. Entscheidend war nur, dass er seine Arme um sie schlingen und seine Nase in ihren Haaren vergraben konnte. Ihr weicher Körper presste sich an seinen, und sie klammerte sich mit einer Vehemenz an ihm fest, die nichts Sexuelles hatte, sondern voller Verzweiflung war.

Warum war er so ein Idiot gewesen und hatte diese wunderbare Frau von sich gestoßen? Warum hatte er ihr unnötig Kummer bereitet, statt gemeinsam mit ihr an einer Lösung für sein Problem zu arbeiten? Er hatte sie verletzt in dem Bemühen, ihr niemals wehzutun, und in der Rückschau kam ihm das regelrecht absurd vor. Menschen machten Fehler, Menschen taten sich regelmäßig weh – das lag in ihrer Natur. Vermutlich würde er Hailey auch in Zukunft immer mal wieder enttäuschen und verletzen, auch wenn er das nicht wollte – genau wie sie ihn. Menschen waren nicht perfekt – er jedenfalls ganz sicher nicht. Aber konnte man nicht gemeinsam wachsen? Plötzlich schien ihm das alles völlig klar zu sein. »Kannst du mir verzeihen?«, fragte er nach einer ganzen Weile leise.

Hailey lockerte die Umklammerung ein wenig und trat einen halben Schritt zurück, um ihm in die Augen sehen zu können. Sie hatte eindeutig geweint, stellte er fest, und es brach ihm fast das Herz. »Kannst du dir denn selbst verzeihen?«, wollte sie mit rauer Stimme von ihm wissen.

Konnte er das? Vorhin war es ihm noch undenkbar erschienen, doch jetzt? »Ja«, antwortete er mit fester Stimme. »Ich denke, ich habe es gerade geschafft.«

»Das ist gut. Ich habe dir nichts zu verzeihen«, sagte sie und wischte sich eine letzte Träne von der Wange.

»Doch. Ich habe dich wirklich nicht fair behandelt«, beharrte er.

Sie schüttelte den Kopf. »Du hast vor allem dich selbst nicht fair behandelt! Das alles hatte nichts mit uns zu tun, da ging es nur um dich allein. Ich konnte nichts machen, außer hilflos zuzusehen.« Sie schluckte. »Das hat sich allerdings wirklich nicht gut angefühlt.«

»Das glaube ich«, entgegnete er zerknirscht. »Und es tut mir unendlich leid. Ich kann wohl nicht mit gutem Gewissen versprechen, dass so etwas nie wieder vorkommen wird, dafür bin ich einfach viel zu … kaputt. Aber ich würde gern mit dir an meiner Seite heilen, denn ich glaube, du könntest eine Art Kompass für mich sein, wenn ich Gefahr laufe, mich wieder zu verlieren.« Er war selbst erstaunt, als er seine Worte hörte. Da hatte sein Unterbewusstsein offensichtlich eine Direktleitung zu seinem Sprachzentrum gelegt und seinen Verstand sicherheitshalber außen vor gelassen.

Hailey schien ebenso verblüfft zu sein wie er selbst. »Du schaffst es immer wieder, mich zu überraschen«, erklärte sie mit einigem Erstaunen in der Stimme, aber endlich mit einem kleinen Lächeln.

»Ich überrasche mich gerade selbst«, gab er zu. »Vielleicht sollte ich häufiger aussprechen, was mich beschäftigt, statt immer alles zu zerdenken und dann gar nichts zu sagen.«

»Die meisten Menschen würden eher zum Gegenteil raten: erst denken, dann reden«, entgegnete sie düster. »Das muss ich mir jedenfalls oft genug anhören. Aber mir gefällt diese Version von dir sehr gut.« Sie drückte sich wieder näher an ihn.

»Mir auch. Aber vor allem gefällt mir, dass du hier bist und wir uns wiederhaben.«

»Ja. Ich frage mich allerdings auch, was in der letzten Woche geschehen ist, dass es zu diesem Sinneswandel gekommen ist.«

Okay, offenbar wollte sie wirklich über alles mit ihm reden. Sean hätte auch nichts dagegen gehabt, einfach endlos mit ihr im Arm hier zu stehen und nur ihre Nähe zu genießen. Aber natürlich hatte sie recht. Er wollte keine Geheimnisse mehr haben, sondern ihr alles erzählen, was ihn beschäftigte, genau wie er alles von ihr erfahren wollte. »Sollen wir uns setzen?«, schlug er daher vor und deutete auf den Felsbrocken, der notfalls Platz genug für zwei bot – wenn man sich eng aneinanderkuschelte.

Ein Weilchen sagte niemand etwas. Er hatte seinen Arm um ihre Schultern gelegt, sie eine Hand auf sein Bein. Beide starrten sie auf die Stelle, an der sich aus dem Quellenpool der kleine, neugeborene Bach seinen Weg bahnte. Vielleicht konnten sie sich gemeinsam von ihren Sorgen verabschieden und zuschauen, wie sie vom Wasser davongetragen wurden?

»Äthiopien ist ein unglaubliches Land«, begann er schließlich. »Ich habe zugegebenermaßen nicht viel davon gesehen, sondern eigentlich nur ein bisschen was von der Hauptstadt Addis Abeba und ansonsten nur Tapua, das kleine Dorf, mit dem sich Sky so verbunden fühlt. Es ist wirklich verrückt, wie wenig wir hier vom Leben in Afrika wissen und wie ausgeprägt unsere Vorurteile sind. Meine Vorurteile jedenfalls, vielleicht bist du ja besser informiert«, schränkte er schnell ein.

»Ich habe ehrlich gesagt auch nicht viel Ahnung. Hab mich nie groß damit beschäftigt, was vermutlich dumm und kurzsichtig ist.«

»Wenn es nach Sky geht, auf jeden Fall.« Sean drückte Haileys Schulter. »Und ich verstehe inzwischen auch, warum ihm das so wichtig ist. Es fängt damit an, dass es dort längst nicht so rückständig zugeht, wie ich dachte. Zumindest in Tapua leben die Menschen nicht etwa in Wellblechhütten und schlafen auf dem nackten Boden, wie ich mir das vorgestellt habe. Fast jeder hat ein Smartphone, viele auch Computer, und die Netzabdeckung fürs Internet ist besser als hier in Kirkby.« Er schüttelte den Kopf, wenn er daran dachte, wie sehr ihn diese Tatsache überrascht hatte. Sky hatte sich offenbar nur mit Mühe ein Augenrollen verkneifen können. »Jedenfalls wissen die Menschen dort sehr viel besser über uns Bescheid als wir über sie. Das ist auf Dauer nicht gut.«

»Wie war es mit der Verständigung?«, fragte sie. »Ich weiß ja nicht mal, welche Sprache man in Äthiopien spricht.«

»Es gibt wohl sehr viele Regionalsprachen und Dialekte«, berichtete Sean, der das von Sky gelernt hatte. »Die Amtssprache ist jedoch Amharisch, und die beherrschen die meisten Äthiopier. In Tapua gibt es auch einige wenige Leute, die Englisch sprechen. Der Winzer beispielsweise hat mir fließend die Finessen seines Rotweins erklärt.«

»Die bauen da Wein an?«, unterbrach ihn Hailey ungläubig.

»Ja, und zwar einen, der gar nicht mal so schlecht ist. Ich habe zwei Kisten mitgenommen, wir können also jederzeit eine kleine Weinprobe machen.«

»Verrückt. Das wäre ja was für Isla. Wahrscheinlich schleppt sie Jon im nächsten Urlaub nach Afrika und wird dann im Pub afrikanische Gerichte und Wein auf die Karte setzen.«

»Da hätte ich nichts dagegen, denn alles, was ich in dieser Woche gegessen habe, hat mir ausgesprochen gut geschmeckt.«

»Sorry, wenn ich ständig unterbreche. Ich habe noch nicht viel von der Welt gesehen. Wenn ich irgendwo hingereist bin, dann höchstens mal zu einem Reitsportzentrum. Das exotischste Ziel dabei war Dubai. Du hast es also wirklich mit einem ziemlich ignoranten, wenig weltoffenen Landei zu tun.« Sie verzog das Gesicht, als würde ihr dieser Gedanke besondere Schmerzen bereiten, doch mehr sagte sie nicht dazu.

»Ich habe auch noch nicht viel von der Welt gesehen, sondern bin eigentlich sehr zufrieden hier in Kirkby. Aber diese Reise hat mir doch die Augen geöffnet. Nicht nur die Tatsache, dass es Internet gibt, dass Wein angebaut wird und dass die gefährlichsten Wildtiere mit großem Abstand Flusspferde sind, sondern vor allem die Menschen. Mir ist zum ersten Mal klar geworden, wie viel brachliegendes Potenzial es dort gibt – und wie viele innovative Denker. Im Nachbarort von Tapua ist da diese Gruppe junger Männer und Frauen, die gemeinsam an einem ausgeklügelten Energiesystem arbeiten. Vor allem auf Basis von Solarenergie, aber auch mit Mikrowindrädern und mobilen Wasserturbinen, die flexibel eingesetzt werden können. Ich habe höchstens ein Drittel von dem begriffen, was sie uns erklärt haben, aber das war beeindruckend. Mit relativ simplen und vor allem bezahlbaren Energie-Kits kann theoretisch jedes Haus seinen eigenen Strom erzeugen. Wenn man das im größeren Stil weiterdenken und entwickeln würde, käme es der ganzen Welt zugute. Und laut Sky gibt es auf dem afrikanischen Kontinent Hunderte solcher lokaler Thinktanks und Innovationszentren – nur weiß bei uns in Europa und in der westlichen Welt niemand davon. Was eigentlich der totale Wahnsinn ist.«

Er holte tief Luft, weil das, so bemerkenswert es auch war, schon wieder viel zu weit vom Thema wegging.

»Mich persönlich hat natürlich besonders die örtliche Töpferei fasziniert«, sprach er weiter. »Dort wird vorwiegend Gebrauchskeramik wie Geschirr hergestellt – nach jahrtausendealter Tradition, aber mit einer Ästhetik, die gleichermaßen auf Nutzwert, Dauerhaftigkeit und sehr cooles Design setzt. Damit soll ein Umdenken erzeugt werden: zurück zu den bewährten Ressourcen, aber im zeitgemäßen Look, weg vom Wahnsinn des billigen Einmalplastiks. Ich habe Fotos von den Tellern und Schalen gemacht und will mich an einer adaptierten Version davon versuchen. Wahrscheinlich bekommt Isla auch dabei leuchtende Augen.« Er lachte leise.

• • •

Sie hätte ihm ewig dabei zuhören können, wie er von seinem Trip nach Äthiopien schwärmte. Hailey freute sich aufrichtig für Sean, weil er diese Chance bekommen hatte und sie weidlich hatte nutzen können. Bei der Lebendigkeit, mit der er seine Erlebnisse schilderte, bekam sie selbst Lust, mal dorthin zu reisen und sich alles anzusehen. Vielleicht hatte ihre Cousine Isla doch recht, die immer predigte, wie sehr Reisen bildete und inspirierte. Letzteres mochte für kreative Berufe wie Köchin oder Keramikkünstler gelten – dass sie selbst in Afrika signifikante neue Denkanstöße für ihren Job bekäme, hielt Hailey jedoch für unwahrscheinlich. Aber vermutlich war auch das wieder nur ein dummes Vorurteil.

Sean sprach weiter über die Töpferei und erzählte, dass neben Geschirr auch Kunst gemacht wurde. »Die Kinder sind dabei Feuer und Flamme und gestalten die tollsten Sachen, aber richtig beeindruckt hat mich Yeshi.« Seine Augen bekamen einen besonderen Glanz bei diesem Namen.

Hailey wurde unwillkürlich nervös. Wer oder was war Yeshi? Hoffentlich irgendein Dorfältester oder Schamane, der im Ton uralte Heilmethoden entdeckt hatte.

»Yeshi ist eine beeindruckende junge Frau, die einen Gestaltungsansatz hat, wie ich ihn selten erlebt habe. Wenn überhaupt jemals. Diese Formensprache ist der Wahnsinn und spiegelt perfekt ihre Persönlichkeit wider. Zart und elegant, scheinbar zerbrechlich und doch kühn und voller Energie«, schwärmte er, und ihr Herz zog sich zu einem schmerzhaften Klumpen zusammen.

Jetzt ergab plötzlich alles Sinn. Sean hatte sich in eine andere Frau verliebt. Eine, die seine Leidenschaft für Ton teilte. Die ebenfalls Künstlerin war und offensichtlich zart, elegant und zerbrechlich. Also praktisch das komplette Gegenteil von Hailey selbst. Das, was er vorhin zu ihr gesagt hatte, dass er froh war, sie wiederzuhaben, und dass er an ihrer Seite heilen wollte – das war dann wohl rein freundschaftlich gemeint gewesen.

»Aber Yeshi ist nicht nur eine tolle Künstlerin, sondern hat auch einen durch und durch kühlen Kopf. Ihre Familie hat ihr ein Studium ermöglicht. Sie ist die erste Frau aus ihrer Sippe mit einem akademischen Abschluss, aber weil ihre Eltern sie niemals bei ihrer Kunst unterstützt hätten, hat sie Wirtschaftswissenschaften studiert und Kunstgeschichte im Nebenfach. Mit ihrem Abschluss hätte sie sofort bei einer Bank oder einer Unternehmensberatung anfangen können, aber das wollte sie nicht. Stattdessen ist sie vor ein paar Monaten zurück nach Tapua gekommen. Ihrer Familie hat sie erzählt, dass die Jobsuche schwierig sei, doch für sie selbst sollte das ein letztes Durchatmen sein, ehe sie ihre Seele an einen öden Wirtschaftsjob verkaufen müsste. Gleichzeitig hatte sie immer ein Fünkchen Hoffnung in sich, dass sich vielleicht doch noch eine Chance ergeben würde, ihren Lebenstraum als Künstlerin zu verwirklichen, ohne ihre Familie vor den Kopf zu stoßen.«

»Mhm.« Mehr konnte Hailey nicht sagen, weil sie Angst hatte, wieder vollkommen die Fassung zu verlieren. Doch das schien Sean nicht aufzufallen, denn er sprach voller Begeisterung weiter.

»Und als sich die Chance dann tatsächlich ergab, hat sie sie ergriffen. Ohne zu zögern, mit eisernem Willen und absolut kompromisslos.«

»Wow«, hauchte sie, weil das offensichtlich die erwünschte Reaktion war.

»Sky hat ihr eine Stelle in seiner NGO angeboten und ich ihr einen Arbeitsplatz in meiner Werkstatt. Mein Galerist ist schon total aus dem Häuschen, seit er die Bilder gesehen hat, die ich ihm geschickt habe. Sobald die Visumsfrage und der andere administrative Kram erledigt sind, kommt sie nach Schottland. *Das* nenne ich Mut und Entschlossenheit.«

Er drückte erneut ihre Schulter, aber diesmal hätte sie seine Hand am liebsten abgeschüttelt. Es war an diesem Tag wirklich ein bisschen zu viel verlangt, dass sie sich sein verliebtes Gesäusel anhören musste.

»Jedenfalls war es vor allem Yeshi, die mich zum Umdenken gebracht hat. Gut, auch die Storys, die mir Sky und Lennox erzählt haben, waren hilfreich dabei, mich aus meinem Schneckenhaus oder Elfenbeinturm zu locken, aber Yeshi hat mir ernsthaft die Augen geöffnet.«

»Dann hoffe ich von ganzem Herzen, dass ihr sehr glücklich werdet«, presste sie hervor, entwand sich seiner Umarmung und stand auf.

»Was?«, rief er verwirrt und sprang ebenfalls auf. Dann schien er zu verstehen, was sie meinte. »Du denkst, ich habe mich in Yeshi verliebt?« Er lachte ungläubig und schüttelte den Kopf.

»In meinen Ohren klingt es jedenfalls ganz danach.«

»Oh Gott, nein! Ehrlich nicht. Sie ist toll, keine Frage, aber sie interessiert mich null. Ich sie übrigens auch, wie sie sehr deutlich gemacht hat.« Er legte ihr eine Hand auf die Schulter und die andere so unters Kinn, dass sie ihn ansehen musste. »Hailey Fraser, du bist die einzige Frau, die ich will. Die einzige Frau, mit der ich mir das Abenteuer Partnerschaft und irgendwann vielleicht sogar eine eigene Familie vorstellen kann. Hailey, du bist die einzige Frau, die ich liebe. Nur dich und mit jeder Faser meines Herzens.«

Hatte sie das richtig verstanden, oder spielten ihre Sinne ihr einen Streich? »Wirklich?«, brachte sie hervor und schämte sich ein bisschen dafür, wie kläglich, unsicher und bedürftig sie klang.

»Ohne den allergeringsten Zweifel!«

»Oh.«

»Und ich hoffe so sehr, dass du meine Gefühle erwiderst«, fuhr er fort, und nun zitterte auch seine Stimme ein wenig.

»Das tu ich. So sehr.« Mehr konnte sie nicht sagen, denn nun trafen seine Lippen die ihren, und sie versanken in einen Kuss, in den sie all die Gefühle legten, die sie in den letzten Tagen hatten zurückhalten müssen. Es war episch, seelenerschütternd und einfach nur magisch.

Als sie sich schließlich wieder trennten, erklärte er atemlos: »Ich habe gehört, dass sich um diese Quelle eine Legende rankt. Angeblich bleibt man immer mit seiner wahren Liebe zusammen, wenn man sie an dieser Stelle küsst.«

WIE ROBIN HOOD, NUR BESSER

»OH GOTT, ES IST MITTEN IN DER NACHT«, stöhnte Sean, als Haileys Handywecker Alarm schlug. Es war Dienstagmorgen um halb vier.

»Ich bin sofort weg. Schlaf ruhig weiter«, raunte sie ihm ins Ohr und schlüpfte dann aus dem Bett. Gestern früh hatte sie es nicht geschafft, Kristie in der Bäckerei aufzulauern, da war sie noch viel zu sehr im Liebesrausch mit Sean gewesen und hatte es nicht übers Herz gebracht, ihr Wiedersehen so jäh zu unterbrechen. Doch so glücklich sie war, dass mit ihm alles wieder gut lief, so sehr nagte die Sache mit Meribeth an ihr – und die Tatsache, dass Kristie sie immer noch blockiert hatte.

Sean schnappte sich ihre Hand. »Urteile bitte nicht zu hart über deine Schwester, wenn sie sich dir gegenüber seltsam verhält«, beschwor er sie und klang erstaunlich wach und besorgt. Sie hatte ihm gestern alles über Meribeths und Kristies Verhalten erzählt, und seine Reaktion war gleichermaßen wütend und traurig gewesen. »Wenn es so ähnlich läuft wie bei mir damals, dann ist Kristie im Moment nicht sie selbst. Du hast keine Vorstellung davon, wie geschickt Meribeth manipulieren kann. Sie wird deiner Schwester erfolgreich suggeriert haben, dass du ihre schlimmste Todfeindin bist. Und wenn Kristie nur halb so empfänglich für diese Spielereien ist wie ich, wird sie das alles glauben.«

»Okay«, entgegnete sie und schluckte.

»Ich könnte mir auch vorstellen, dass sie dir Dinge sagt, die sehr schmerzhaft sind«, sprach er weiter. »Meribeth ist unglaublich clever und erkennt sofort die Schwächen bei anderen Menschen.«

»Das mag sein, aber ich kenne Kristie schon seit dem Tag ihrer Geburt und weiß ebenfalls, wo ich bei ihr ansetzen muss«, gab sie kämpferisch zurück. Seine eindringlichen, warnenden Worte hatten sie beeindruckt – und noch nervöser gemacht, als sie vor dieser Aufgabe ohnehin schon war –, doch sie würde sich nicht beirren lassen. Sie hoffte inständig darauf, dass Robins Recherchen bald Ergebnisse liefern würden, und vor allem, dass sie etwas damit anfangen konnten.

»Sei bitte trotzdem vorsichtig, und rechne mit dem Schlimmsten«, schärfte er ihr ein. »Und setz Kristie nicht unter Druck. Sie ist frisch verliebt und verklärt zweifellos noch jeden Atemzug, den Meribeth macht. Sie wird sich, vor die Wahl gestellt, immer für ihre Freundin entscheiden und nie für dich. Das darfst du bitte nicht persönlich nehmen.«

»Ich versuch's«, versprach sie, obwohl sie wusste, dass das ein unmögliches Unterfangen sein dürfte. Schließlich *war* es persönlich, egal wie man es drehte und wendete. »Schlaf noch ein bisschen.« Sie küsste ihn, suchte ihre Sachen zusammen und verschwand dann rasch im Bad.

Als sie nach einer kurzen Katzenwäsche nach unten kam, stand Sean jedoch in der Küche und reichte ihr einen frisch gekochten Espresso. »Ein kleiner Energiebooster«, sagte er und leerte seine eigene Tasse in einem Zug.

»Du hättest nicht aufstehen müssen«, sagte sie und war doch unglaublich dankbar dafür.

»Ich hätte ohnehin nicht mehr schlafen können. Ich versuche zu arbeiten. Gib bitte Bescheid, wie es gelaufen ist.«

Sie küsste ihn zum Abschied und schlüpfte dann in den frühen Morgen hinaus, der gerade dabei war, das tiefdunkle Schwarz der Nacht gegen die ersten grauen Vorläufer des Sonnenaufgangs einzutauschen. Wenige Minuten später parkte sie ihren Wagen neben dem Rathaus und huschte über den Dorfplatz in Richtung Bäckerei. In der Backstube brannte bereits Licht, und Hailey spähte durchs Fenster, um festzustellen, ob Kristie tatsächlich allein war oder Meribeth inzwischen auch noch das Backen kontrollierte. Die Luft schien rein zu sein. Kristie stand an der großen bemehlten Arbeitsplatte und knetete den Brötchenteig, den sie gestern bereits vorbereitet hatte.

Hailey holte noch einmal tief Luft und drückte die Tür zur Backstube auf, die glücklicherweise nicht verschlossen war. »Guten Morgen.«

Kristie verharrte wie vom Donner gerührt mitten in der Bewegung. »Was machst du hier?«, fragte sie, und ihre Stimme klang halb erschrocken, halb feindselig. Aber in ihren Augen schimmerte noch etwas anderes. Etwas, das Hailey den nötigen Impuls dafür gab, weiterzusprechen.

»Ich würde gerne mit dir reden«, erklärte sie.

»Ich hab keine Zeit. Ich muss arbeiten«, entgegnete Kristie und wandte sich wieder ihrem Teig zu.

»Ich kann dir gerne helfen, dann geht es schneller, und wir können uns ein bisschen unterhalten. So wie früher. Weißt du noch, wie wir immer zusammen das Frühstück im Bed & Breakfast vorbereitet haben, wenn Mum nicht da war?«

»Das ist ewig her und kaum mit den Anforderungen hier in der Bäckerei vergleichbar«, gab Kristie zurück und klang nun entschieden feindselig.

»Wenn du meinst. Dann arbeitest du eben allein, während wir reden.«

»Es gibt nichts zu bereden, und ich möchte, dass du jetzt gehst«, beharrte Kristie und begann dann aus dem großen Teigklops kleine Kugeln für die Brötchen zu formen.

»Ich werde nicht gehen, ehe ich nicht davon überzeugt bin, dass du glücklich bist«, sagte Hailey betont ruhig. Sie hatte auf der Fahrt überlegt, womit sie das Gespräch eröffnen sollte. Mit der Frage, warum Kristie ihre eigene Schwester und – wie sich inzwischen herausgestellt hatte – auch ihre Cousinen Isla und Shona blockiert hatte? Doch eigentlich war das zweitrangig. Entscheidend war, dass Kristie glücklich war, genauso glücklich, wie sie selbst sich mit Sean fühlte, Shona mit Kendrick und Isla mit ihrem Jon. Allerdings war sich Hailey sicher, dass das absolut ausgeschlossen sein dürfte.

»Was ist das denn für eine Frage?«, blaffte Kristie sie an, sichtlich verblüfft über den Vorstoß.

»Eine ganz simple: Bist du glücklich?«

»Du kannst doch nicht morgens um vier Uhr in meine Backstube spazieren und mich fragen, ob ich glücklich bin!«

»Du siehst ja, dass ich es kann. Ich hätte es auch lieber am Sonntagnachmittag getan oder gestern im Laufe des Tages, aber das war ja leider nicht möglich. Also: Bist du glücklich?«

»Hast du einen Knall oder was?« Nun klang Kristie regelrecht ärgerlich.

»Warum? Das ist eine ganz einfache Frage. Wenn man Shona oder Isla mitten in der Nacht wecken würde, wäre die Antwort eindeutig. Mum und Dad könnten diese Frage zu jeder Tageszeit beantworten. Selbst wenn du mich fragen würdest, könnte ich dir eine ganz klare Antwort geben. Warum tust du dich damit so schwer?«

Kristie schien nun völlig aus dem Konzept gebracht zu sein. Womöglich hatte sie mit Vorhaltungen gerechnet, oder mit der Aufforderung, ihre große Liebe zu Meribeth zu beschwören, aber gefragt zu werden, ob sie glücklich war, überforderte sie komplett. »Was heißt das schon, glücklich?«

»Tja, was heißt es? Für mich ist Glück die Abwesenheit von Unglück. Glück ist eine tiefe Zufriedenheit mit mir, dem Leben und meinen Entscheidungen. Mich machen Pferde glücklich und meine Arbeit mit ihnen. Ich bin glücklich, wenn ich das Gefühl habe, etwas erreicht zu haben. Aber ganz besonders glücklich bin ich, wenn es Menschen in meinem Umfeld gibt, die mich lieben und schätzen, wie ich bin. Die meine Macken ertragen und mich nicht ändern wollen. Die mir mit kleinen und großen Gesten oder Worten zeigen, dass ich ihnen wichtig bin und dass ihre Freundschaft und ihre Zuneigung nicht an Bedingungen geknüpft sind. Also ja, ich bin glücklich. Sehr glücklich sogar. Allerdings mit einer Ausnahme, die einen dunklen Schatten auf alles wirft.«

»Ich kann mir lebhaft vorstellen, wer dieser Schatten ist«, sagte Kristie verächtlich. »Und du solltest alles in deiner Macht Stehende versuchen, damit er aus Kirkby verschwindet.«

»Das halte ich für keine gute Idee.«

»Warum nicht? Wir wären alle besser dran ohne deinen … deinen … deinen Schatten!« Aus Kristies Augen schossen nun beinahe Blitze, und Hailey musste sich sehr zusammennehmen, um nicht die Kontrolle zu verlieren. »Da würde ich Probleme mit mindestens halb Kirkby bekommen, wenn ich meinen Schatten aus dem Dorf jage«, sprach sie jedoch relativ ruhig weiter. »Und die Gesundheitsversorgung riskieren.«

»Bitte?«, fragte Kristie konsterniert.

»Du weißt doch, wie Anna drauf ist, wenn sie morgens kein Schoko-Croissant kriegt.«

»Aber …? Oh.« Der Groschen war gefallen, und für den Moment schien Kristie nicht zu wissen, was sie sagen sollte.

»Kristie, du bist der wichtigste Mensch in meinem Leben, und ich habe das Gefühl, dass ich dich gerade verliere. Wir sind Schwestern und waren immer stolz auf unser enges Verhältnis. Es gibt niemanden auf der ganzen Welt, den ich so bedingungslos liebe wie dich, und ich dachte, dass du mich auch liebst. Wir sind so verschieden, haben komplett andere Interessen und wissen genau, wo unsere Schwachpunkte liegen. Manchmal nutzen wir das aus und bohren voller Wonne darin herum, aber nie hat es etwas gegeben, was uns dauerhaft trennen konnte.« Hailey sprach eindringlich und ließ ihre Schwester nicht aus den Augen. Kristie erweckte den Anschein, als sei sie komplett auf ihre Arbeit konzentriert, doch Hailey erkannte, dass ihre Worte ankamen. »Ich habe lange darüber nachgedacht, warum wir beide bis vor Kurzem Singles waren und keine von uns bislang eine dauerhafte Beziehung mit einem anderen Menschen eingegangen ist. Mag sein, dass du auf diese Frage eine andere Antwort hast, aber ich bin für mich zu dem Schluss gekommen, dass ich keinen Partner gebraucht habe, weil ich ja dich hatte. Wir waren mehr als Schwestern, wir waren mehr als eine Wohngemeinschaft – wir waren eine Familie. Vielleicht ist es gut und gesund, dass wir jetzt unsere Fühler ausstrecken und uns weiterentwickeln, aber das heißt doch nicht, dass wir auf unsere Innigkeit verzichten sollten.«

»So viel leerer Text …«, murmelte Kristie leise, ohne den Blick von ihrer Arbeit abzuwenden.

»Tut mir leid, wenn ich nicht so talentiert mit Worten bin, aber ich meine es genau so, wie ich es gesagt habe. Du bist mir wichtig, und ich wünsche mir, dass du glücklich bist.«

»Du interessierst dich einen Scheißdreck für mich«, brach es urplötzlich und heftig aus Kristie hervor, und sie schleuderte wütend einen Brötchenrohling in Richtung Hailey. Die duckte sich zur Seite, und der Teigklops landete an der Tür. »Hör endlich auf, mich zu belästigen, und verschwinde!« Sie war so aufgebracht, wie Hailey sie noch nie erlebt hatte.

Sie überlegte, ob sie noch weiter insistieren sollte, entschied sich jedoch dagegen, auch weil sie kurz davor war, selbst die Fassung zu verlieren. Sean hatte sie gewarnt, aber Kristie in diesem Zustand zu sehen, war kaum erträglich. »Ich finde es schrecklich, was du mir unterstellst, aber meine Antwort habe ich erhalten. Vielleicht nicht in Worten, aber trotzdem mehr als eindeutig. Wenn du mich brauchst, weißt du, wo du mich findest.« Sie wartete keine weitere Reaktion ab, sondern verließ rasch die Backstube, die ihr mit einem Mal unerträglich eng und stickig erschien.

Sie zitterte am ganzen Körper, als sie zu ihrem Auto ging, unschlüssig, was sie als Nächstes tun sollte. Es war nicht mal halb fünf, also viel zu früh, um irgendwas Sinnvolles mit dem Tag anzufangen. »Scheiße«, murmelte sie leise. »Verdammte Scheiße!« Dann stieg sie ein, zog ihr Handy hervor und schrieb Sean eine Nachricht: *Es war grässlich! Aber wenigstens weiß ich, dass sie mit M nicht glücklich ist. Ich fahr jetzt erst kurz zum Cottage und hol noch ein paar Sachen von mir, dann zum Stall. Treffen wir uns dort?* Sie fügte noch ein Herzchen hinzu und drückte auf »Senden«. Dann holte sie tief Luft und startete ihren Wagen. Eigentlich brauchte sie nichts aus dem Cottage, doch irgendwas lockte sie in ihr Häuschen, aus dem sie gerade zum zweiten Mal in den letzten Wochen ausgezogen war. Beide Male wegen Meribeth Parker. Das war doch absurd, oder?

Hailey hatte keine Ahnung, was sie erwarten würde, als sie wenige Minuten später das Haus betrat. Es war dunkel, und sie ging davon aus, dass Meribeth und Ainslee noch schliefen. In der Küche bereitete sie sich erst einmal eine Tasse Tee zu und fand in der Keksdose tatsächlich ein paar Stücke Shortbread, die Kristie vor ein paar Tagen gebacken haben musste. Sie setzte sich an den Tisch, schloss kurz die Augen und versuchte herauszufinden, was sie hier genau wollte. Suchte sie die Konfrontation oder Gewissheit?

Sie konnte die Frage nicht beantworten, doch seltsamerweise fühlte sich das Haus fremd an. Mehr als zehn Jahre hatte sie hier gelebt, und jetzt merkte sie deutlich, dass die Zeit für einen Abschied gekommen war – und zwar völlig unabhängig davon, wie sich die Sache mit Sean einerseits und die zwischen Kristie und Meribeth andererseits entwickelte. Sie war bereit, den nächsten Schritt in die Zukunft zu machen.

Gestärkt von dieser Erkenntnis, dem Tee und dem leckeren Shortbread, ging sie erst in den Keller, wo sie zwei große Ikea-Taschen fand. Die sollten für die meisten ihrer restlichen Sachen reichen. Damit bewaffnet stieg sie die knarzenden Treppenstufen in den ersten Stock hinauf und betrat ihr Zimmer. Als sie das Licht anknipste, traf sie jedoch fast der Schlag.

Sie hatte beim letzten Auszug deutlich methodischer gepackt als beim ersten und ihr Zimmer in einem ordentlichen Zustand hinterlassen. Doch nun waren einige ihrer Klamotten auf dem Bett verstreut, die Schranktür war geöffnet, genau wie die Schubladen ihrer Wäschekommode. Etliche Bücher stapelten sich in unregelmäßigen Türmen auf dem Boden, zwei Ordner lagen geöffnet auf ihrem Tisch. Hier hatte jemand etwas gesucht – und Hailey hielt es für extrem unwahrscheinlich, dass dieser Jemand Ainslee oder ihre Schwester gewesen war.

Das Blut rauschte in ihren Ohren, und kurz fühlte sie sich total orientierungslos. Dann schossen bislang nie gekannte Wut- und Hassgefühle in ihre Adern, so heftig, dass sie am liebsten in Kristies Schlafzimmer gerannt wäre und Meribeth an ihren blonden Locken aus dem Bett gerissen und aus dem Haus geschleift hätte. Doch ehe sie sich zu einer Kurzschlussreaktion hinreißen lassen konnte, piepste ihr Handy mit einer Nachricht. Sean hatte geschrieben: *Ich werde um spätestens sechs im Stall sein. Lass dich im Cottage bitte zu nichts hinreißen, was du später bereuen könntest! Ich weiß, wovon ich spreche …*

Diese Worte wirkten wie eine eisige Dusche und kühlten sie so weit ab, dass sie ein wenig klarer denken konnte. Statt Meribeth zu konfrontieren, schoss sie Fotos von der Verwüstung in ihrem Zimmer. Was auch immer Meribeth hier gesucht hatte, viel konnte sie nicht gefunden haben. Hailey hatte eine große Schachtel, in der sie besondere Erinnerungsstücke und wichtige Dokumente aufbewahrte – und die hatte sie mitgenommen und sicher in der Stallwohnung verwahrt.

»Was hast du hier zu suchen?«, ertönte plötzlich eine Stimme von der halb geöffneten Tür her, und Hailey fuhr herum. Meribeth stand mit einem eisernen Schürhaken, den sie wie einen Baseballschläger hielt, im Türrahmen und funkelte Hailey unheilvoll an.

»Diese Frage könnte ich wohl zurückgeben«, entgegnete Hailey mit rasend klopfendem Herzen, aber einigermaßen ruhiger Stimme.

»Du hast mich zu Tode erschreckt, ich habe geglaubt, ein Einbrecher wäre im Haus«, fauchte Meribeth und fuchtelte mit dem Schürhaken herum.

Einen irrationalen Moment lang fragte sich Hailey, woher Meribeth dieses Ding hatte. Der offene Kamin war unten im Wohnzimmer, und seit sie hier im Haus war, hatte sie definitiv niemanden über die Treppen laufen hören. Hatte Meribeth sie am Ende erwartet? Und wollte sie das martialische Instrument tatsächlich als Waffe einsetzen? Sie schluckte hart, zwang sich aber dazu, einen kühlen Kopf zu bewahren. »In Kirkby gibt es keine Einbrecher«, sagte sie. »Deshalb machen sich auch nur die wenigsten Leute die Mühe, ihre Häuser abzuschließen.«

»Ich hab dich gefragt, was du hier zu suchen hast!«, fuhr Meribeth sie erneut an und ignorierte geflissentlich den Kirkby-Kriminalitätsreport.

»Ich wüsste zwar nicht, was dich das angeht, aber zweifellos etwas anderes als du.« Hailey deutete auf das Chaos. »Wenn du etwas von mir wissen willst, kannst du mich auch einfach fragen. Oder Kristie. Oder Ainslee oder sonst jemanden im Ort.«

»Ich will wissen, was du in unserem Haus machst. Kristie hat dich rausgeworfen!« Täuschte sich Hailey, oder wurde Meribeths Blick immer irrer?

»In *unserem* Haus?« Hailey lachte ungläubig auf und fuhr dann fort: »Dieses Haus gehört Kristie und mir, präziser gehört es unserem Vater, aber wir beide haben das Wohnrecht. Und wir beide entscheiden gemeinsam, wer hier sonst noch leben darf. Im Übrigen hat mich Kristie nicht rausgeworfen, sondern ich bin freiwillig ausgezogen, damit ich dir nicht täglich über den Weg laufen muss.«

»Was mir gehört, gehört auch Kristie, und was Kristie gehört, gehört auch mir«, fantasierte Meribeth in außerordentlich feindseligem Tonfall und kam drohend einen Schritt näher.

Hailey schwankte zwischen amüsierter Fassungslosigkeit über die absurde Behauptung und Angst. Es war mehr als offensichtlich, dass Meribeth nicht Herrin ihrer Sinne war und die gusseiserne Metallstange in ihrer Hand eine ernsthafte Bedrohung darstellen könnte. Andererseits hatte Hailey nicht vor, sich einfach so einschüchtern zu lassen. »Habe ich etwa eure Hochzeit verpasst?«, erkundigte sie sich daher in gespielt interessiertem Tonfall. »Oder gibt es eine notarielle Vereinbarung, von der ich nichts weiß?«

»Deine Sprüche werden dir gar nichts nützen«, zischte Meribeth und machte einen weiteren Schritt auf sie zu. »Ich werde jedenfalls nicht zulassen, dass du dich zwischen mich und Kristie drängst.«

»Ich habe nicht vor, mich irgendwo dazwischenzudrängen«, betonte Hailey und wich einen Schritt zurück. »Ich wollte eigentlich nur sichergehen, dass meine Schwester glücklich ist. Aber diese Frage kann ich nun ziemlich eindeutig mit Nein beantworten. Und jetzt würde ich vorschlagen, dass du dich mit deinem kleinen Freund wieder ins Bett legst und mich in Ruhe meine Sachen packen lässt.« Sie deutete auf den Schürhaken. »Dann werde ich vielleicht davon absehen, Kristie zu erzählen, dass du mich in meinem eigenen Haus bedroht hast.«

»Denkst du wirklich, Kristie würde dir glauben? Dir, der verlogenen, intriganten, eifersüchtigen, fetten Schwester, die ihr nichts gönnt?«

Hailey hatte das Gefühl, dass ihr gleich eine Ader platzen würde. Diese Worte waren die reine Provokation und taten trotzdem verdammt weh.

»Ich werde ihr erzählen, dass es Notwehr war. Das wird sie mir garantiert glauben«, sprach Meribeth weiter und holte mit dem Schürhaken aus.

Hailey hechtete hinters Bett und rechnete damit, dass die irre blonde Furie gleich auf sie einschlagen würde, doch es passierte nichts. Stattdessen hörte sie einen schrillen Schmerzensschrei und lautes Gepolter. Vorsichtig lugte sie hinter dem Bett hervor und sah, dass Ainslee Meribeth gegen die Wand gedrückt hielt und ihr die Arme hinterm Rücken verdreht hatte. Wie bei einem Polizeieinsatz. Der Schürhaken lag auf dem Boden. Rasch stand Hailey auf und griff sich das Teil.

»Danke für deine Hilfe«, sagte sie leicht atemlos zu Ainslee, die wie eine Rachegöttin die wimmernde Meribeth festhielt.

»Nichts zu danken«, entgegnete Ainslee und schenkte ihr ein kleines Lächeln. »Zumindest nicht dafür.«

»Was machen wir jetzt mit ihr?«, fragte Hailey leicht ratlos, doch Ainslee zuckte nur mit den Schultern. Darüber hatte sie anscheinend auch noch nicht nachgedacht.

»Ich kann jedes Wort hören«, zeterte Meribeth. »Und ich werde euch wegen Freiheitsberaubung anzeigen. Und wegen Gewaltanwendung und …« Offensichtlich fiel ihr gerade keine weitere Drohung ein.

»Du könntest auch einfach verschwinden und dich hier niemals wieder blicken lassen«, schlug Hailey vor, die nichts lieber getan hätte, als diesen Spuk ein für alle Mal zu beenden.

»Das halte ich für keine gute Idee«, wandte Ainslee zu ihrer Überraschung ein. »Ich finde, sie sollte für ihr Verhalten zur Rechenschaft gezogen werden. Außerdem muss Kristie erkennen, mit wem sie es zu tun hat.«

»Denkt ihr ernsthaft, sie wird einer von euch glauben?« Meribeth lachte verächtlich auf und japste dann vor Schmerz, als Ainslee ihr den Arm noch weiter verdrehte.

»Diesen Trick musst du mir unbedingt zeigen.« Hailey war absolut fasziniert von der Lässigkeit, mit der Ainslee die rasende Meribeth im Griff hatte. Außerdem war es leichter, über solche Nebensächlichkeiten zu sprechen, als über den Kern des Problems.

»Ich habe mich einige Jahre intensiv mit Selbstverteidigung und asiatischen Kampfsportarten beschäftigt«, sagte Ainslee, und ihr Blick wurde ganz hart. »Um mich gegen gewisse Tyrannen zu wehren.«

»Oh.« Hailey wurde mal wieder bewusst, wie wenig sie über ihre Mitbewohnerin wusste, die immer höflich und freundlich war und zudem atemberaubend schön.

»Ja. Und dabei habe ich auch gelernt, dass man bei einem gewissen Menschenschlag noch andere Waffen braucht.« Sie ließ Meribeth los, die herumfuhr und aus dem Zimmer laufen wollte, doch Jules, Ainslees sonst so friedfertiger und freundlicher Großpudel, knurrte sie mit gefletschten Zähnen an, was sie sofort wieder erstarren ließ.

Hailey war nun restlos geplättet, denn auch dem Hund hätte sie so ein Verhalten niemals zugetraut. Aber Ainslee hatte von Waffen gesprochen. »Was meinst du mit anderen Waffen?«

»Echte Beweise.« Ainslee schwenkte ihr Handy herum. »Ich habe mir die Freiheit genommen, euren kleinen Dialog zu filmen. Und ich bin sehr gespannt, was die Polizei und vor allem Kristie dazu sagen werden.«

Hailey war extrem beeindruckt, kam jedoch nicht dazu, ihr Lob zu äußern, denn nun überschlugen sich die Ereignisse. Meribeth stürzte sich mit einem wahren Kriegsschrei blitzschnell auf Ainslee, riss ihr das Telefon aus der Hand und schleuderte es mit voller Kraft gegen die Wand, dann heulte sie laut auf, weil Jules sie am Arm packte und dabei weiter knurrte.

Ainslee bückte sich und hob ihr demoliertes Telefon auf. Das Frontglas war komplett zerstört, doch sie lächelte. »Ich glaube nicht, dass du damit den gewünschten Effekt erzielt hast«, sagte sie beinahe vergnügt zu Meribeth. »Fotos, Videos und Tonaufnahmen werden bei mir automatisch in der Cloud gespeichert. Außerdem wollte ich schon lange ein neues Handy. Ich könnte dir also fast dankbar sein, denn du wirst mir dieses Gerät doch ganz bestimmt ersetzen, nicht wahr?«

»Sag deinem Hund, dass er mich loslassen soll«, jammerte Meribeth halb wütend, halb verängstigt.

»Nein, das werde ich nicht tun. Er weiß, dass er dich bis auf Weiteres nur festhalten darf. Blut ist nicht erwünscht, aber wenn du dich wehrst, gibt's vielleicht ein paar blaue Flecke. Ich denke, wir sollten jetzt mal die Polizei rufen«, wandte sie sich dann an Hailey. »Auch wenn es in Kirkby keine Einbrüche gibt, Ordnungshüter werden wohl trotzdem griffbereit sein, oder?«

»Vermutlich.« Hailey legte den Schürhaken, den sie immer noch in der Hand hielt, aufs Bett und zog ihr Telefon hervor. Sie hatte in ihrem ganzen Leben noch nie die Polizei rufen müssen und hatte tatsächlich nicht die leiseste Ahnung, wo die nächste zuständige Station zu finden war. Sollte sie einfach die Notrufnummer wählen? Dann fiel ihr ein, dass Collum garantiert genau wusste, wen man in so einem Fall benachrichtigen musste, und sie klingelte bei ihm durch. Er meldete sich völlig verschlafen nach dem dritten Läuten. Sie informierte ihn mit knappen Worten und legte dann mit einem verschmitzten Grinsen auf.

»Das war nicht die Polizei«, stellte Ainslee fest.

»Nein, das war der Bürgermeister. Er wird die Polizeidienststelle informieren und auch alle weiteren relevanten Personen. In wenigen Minuten sollte hier reichlich Betrieb herrschen.«

»Dann ziehe ich mir vielleicht rasch etwas an und hole meinen Laptop, damit wir uns darauf das Video ansehen können«, kündigte Ainslee an. »Jules, bleib!«

»Glaubst du wirklich, dass ihr damit durchkommt?«, ergriff Meribeth wieder das Wort, als Ainslee in ihrem Zimmer verschwunden war.

»Viel interessanter finde ich die Frage, ob du glaubst, dass *du* damit durchkommst«, entgegnete Hailey und setzte sich auf ihr Bett. Jules schien alles im Griff zu haben. Sie war gespannt, wen Collum alles alarmieren würde. Übermäßig überrascht hatte er jedenfalls nicht gewirkt und war trotz des Anrufs so früh am Tag sofort in seinen üblichen effizienten Organisationsmodus gewechselt. Sie wusste allerdings nicht, ob sie hoffen sollte, dass er auch Kristie informierte, oder nicht. Es war inzwischen kurz nach fünf. Sollte sie Sean Bescheid geben? Sie entschied sich dagegen. Zweifellos würde er sofort hier aufkreuzen, aber eigentlich musste sie ihm ein Zusammentreffen mit seiner Ex-Freundin nicht zumuten. Und vielleicht konnte sie die Verabredung am Stall in einer knappen Stunde noch einhalten?

Kaum war Ainslee in eine Jeans und eine Bluse geschlüpft, klopfte es unten schon an der Tür, und wenige Augenblicke später kam ihr Vater die Treppe hochgelaufen. »Was geht hier vor?«, polterte Rupert los. »Ist mit dir alles in Ordnung?«, wollte er mit besorgter Miene von Hailey wissen.

»Ja, mir geht's gut«, bestätigte sie und fing gerade an, das Geschehen der letzten Minuten zu rekapitulieren, als die nächsten Besucher eintrafen. Collum, in einem extravaganten Outfit aus ausgeleierter Jogginghose, T-Shirt und Tweedsakko, ein Polizist mittleren Alters in korrekter Uniform, eine vollkommen aufgelöste Kristie mit Mehl an Händen und Haaren und schließlich Robin in makelloser Anwältinnenmontur und mit einer Aktenmappe in der Hand.

»Was ist hier los?«, rief Kristie und schien vollkommen die Nerven zu verlieren. »Was haben sie dir angetan?«

»Deine Schwester ist eingebrochen und wollte …«, begann Meribeth ernsthaft, doch weiter kam sie nicht, denn Hailey und Ainslee hielten gleichzeitig dagegen.

»Ruhe!«, donnerte der Polizist schließlich nach minutenlangem unverständlichen Durcheinandergeplapper. »Ab sofort redet hier nur noch, wer von mir eine ausdrückliche Aufforderung bekommen hat.« Er blickte in die Runde, um festzustellen, ob seine Ansage angekommen war, dann wandte er sich an Ainslee, die die Hand gehoben hatte wie ein Schulkind.

»Wir sind gar nicht groß auf Aussagen angewiesen, ich habe ein Video«, kündigte Ainslee an und klappte ihren Laptop auf. Dann klickte sie ein paarmal darauf herum und spielte schließlich den Clip von der

Begegnung zwischen Meribeth und Hailey ab. Da sie hinter Meribeth gestanden hatte, konnte man deren irren Blick nicht erkennen, aber ihr bedrohliches Gefuchtel mit dem Schürhaken und Haileys Reaktion darauf waren eindrucksvoll genug.

Hailey war überrascht und auch ein bisschen erschrocken darüber, wie ängstlich sie aussah. So hatte sie das in der Situation gar nicht empfunden – oder ihr Überlebensinstinkt war stärker gewesen. Jetzt, wo sie diese Bilder betrachtete, wurde ihr regelrecht übel. Das hätte verdammt schiefgehen können. Das Video endete erst da, wo Meribeth das Handy gegen die Wand geworfen hatte. Die letzten Minuten davor blieben allerdings ohne verwertbares Bild, weil Ainslee ihr Telefon offensichtlich in der Hand gehalten hatte, als sie Meribeth gegen die Wand drückte.

Kristie weinte, und Hailey hätte sie gerne in die Arme genommen und getröstet, aber irgendwie benötigte sie gerade selbst dringend Trost.

»Hättest du nicht früher eingreifen können, statt zu filmen?«, blaffte Rupert zu Haileys immenser Verwunderung Ainslee an. »Meine Tochter hatte Todesangst!« Im nächsten Moment fand sich Hailey in einer väterlichen Umarmung wieder, von der sie gar nicht geahnt hatte, wie sehr sie sie brauchte.

»Ich war mir ziemlich sicher, dass Jules und ich sie jederzeit überwältigen können, und habe gedacht, dass Beweise vielleicht hilfreich sein könnten«, erklärte Ainslee entschuldigend.

»Du wolltest Hailey ernsthaft mit dem Schürhaken erschlagen und es als Notwehr bezeichnen?«, schluchzte Kristie vollkommen schockiert.

»Ich hätte es für uns getan, für dich. Damit du endlich frei bist«, entgegnete Meribeth und klang fast flehend.

Hailey lief es eiskalt den Rücken hinunter. Glaubte sie wirklich, was sie da redete? Wie krank konnte man eigentlich sein?

»Ist bekannt, ob die junge Dame an einer psychischen Erkrankung leidet?«, erkundigte sich Officer Watson bei niemand Bestimmtem.

Robin räusperte sich. »Wenn ich etwas dazu sagen darf?« Alle außer Meribeth nickten, und so fuhr sie fort: »Ich hatte in den letzten Tagen das zweifelhafte Vergnügen, im Leben von Ms Parker zu recherchieren.« Sie deutete auf ihre Aktenmappe. »Wir sind zu dem vorläufigen Ergebnis gekommen – vorläufig deshalb, weil wir noch nicht mit allen ehemaligen Partnerinnen und Partnern beziehungsweise Opfern von Ms Parker sprechen konnten –, dass kein Hinweis auf eine psychische Erkrankung vorliegt, wohl aber gewisse Auffälligkeiten. Meine Mitarbeiter und ich gehen davon aus, dass man Ms Parker eher als Hochstaplerin bezeichnen kann, die von ihren jeweils aktuellen Lebensgefährtinnen und -gefährten neben finanziellen Gefälligkeiten und emotionaler Hingabe vor allem professionelle Meriten erwartet. So hat sie sich als Keramikkünstlerin feiern lassen, wollte eine Modelkarriere starten, bezeichnet sich als ›Fem-Fluencerin‹, also als feministische Influencerin, und hatte zuletzt die Idee, dass sie auch eine Highland-Tänzerin sein könnte. Dazwischen lagen noch einige andere Abenteuer, aber das führt jetzt zu weit. Das Muster jedenfalls zeigt, dass sie in keinem der genannten Bereiche besondere Talente aufweist, aber trotzdem davon überzeugt ist, dass sie das Maß aller Dinge ist. Ich bin Anwältin und keine Psychologin, aber meiner Einschätzung nach hat Ms Parker eindeutig narzisstische Persönlichkeitszüge und ein grundlegendes Problem mit Zurückweisung. Darüber hinaus scheint sie ausgesprochen manipulativ zu sein und ihren Partnern stets das Gefühl zu geben, dass sie die Schuld an ihrem Scheitern tragen. Für die Partner war das Beziehungsende dann immer derart schambehaftet, dass niemand auf die Idee gekommen ist, sich juristisch gegen ihr Verhalten zur Wehr zu setzen. Das heißt, fast niemand, denn der letzte Partner vor Kristie Fraser hat Schritte eingeleitet. Deshalb mussten Sie sich auch so Hals über Kopf einen neuen Wirkungskreis zulegen, nicht wahr, Ms Parker?«

Hailey sah voller Faszination zu Robin, die es sichtlich genoss, Meribeth bloßzustellen.

»Ich sage dazu kein Wort«, knurrte Meribeth.

»Das ist sicher auch besser«, bestätigte Robin mit einem freundlichen Lächeln. »Und ich würde Ihnen dringend empfehlen, sich einen guten Anwalt zu suchen, denn ich halte es für relativ wahrscheinlich, dass es noch zu weiteren Anzeigen kommen wird.« Dann wandte sie sich an Kristie, die verwirrt und untröstlich wirkte. »Das muss der totale Schock für dich sein, Kristie, und es bricht mir das Herz, dich so verzweifelt zu sehen. Aber ich denke, ich spreche für deine ganze Familie und für all deine Freunde, wenn ich sage, dass du etwas Besseres verdient hast. Vielleicht weißt du tief in deinem Inneren, dass Meribeth nicht die Frau ist, für die du sie gehalten hast, und ich kann dir aufgrund eigener schmerzhafter Erfahrung versichern, dass es sich lohnen wird, auf die Richtige zu warten.« Sie wollte Kristie tröstend in den Arm nehmen, doch die wehrte sich.

»Danke, Robin«, schniefte Kristie. »Du hast recht, es tut höllisch weh. Aber du hast auch damit recht, dass ich geahnt habe, dass etwas nicht stimmt.« Sie wandte sich an Meribeth. »Ich werde mir sehr gut überlegen, ob ich rechtliche Schritte einleiten werde, aber jetzt will ich einfach nur, dass du verschwindest. Ich will dich nie wieder sehen!«

»Oh, Kristie«, hauchte Hailey und weinte vor lauter Mitgefühl mit ihrer Schwester, die am ganzen Körper zitterte, aber doch verdammt entschlossen wirkte. Sie hatte keine Ahnung, wie sie in einer vergleichbaren Situation reagieren würde. Vermutlich nicht so souverän. Andererseits wäre es für sie auch wirklich ein Schock, wenn sich herausstellen würde, dass Sean nicht der war, der er zu sein schien.

»Ich habe eine Antwort für dich«, wandte sich Kristie nun an sie. »Nein, ich bin nicht glücklich. Ich bin sogar ausgesprochen unglücklich im Moment, aber eines weiß ich ganz sicher: Ich will meine Schwester nicht verlieren. Es tut mir so leid, wie ich mich in den letzten Tagen dir gegenüber benommen habe.« Damit warf sie sich in Haileys Arme und klammerte sich an ihr fest.

• • •

Es war schon fast halb sieben, und Sean machte sich langsam ernsthaft Sorgen, weil Hailey noch immer nicht im Stall war. Sollte er zum Cottage fahren und nach dem Rechten sehen? Oder sie wenigstens anrufen? Seit einer halben Stunde hielt er sein Handy in der Hand und hatte schon ein halbes Dutzend Textnachrichten an sie geschrieben, vor dem Abschicken aber wieder gelöscht.

Edna schnaubte.

»Du hast recht, ich ruf sie jetzt an«, sagte er zu seinem Pferd, doch gerade als er auf »Verbindungsaufbau« drücken wollte, hörte er hastige Schritte auf der Stallgasse, und Sekunden später kam Hailey in die Box gestürzt.

»Tut mir leid, dass ich zu spät dran bin«, stieß sie außer Atem und sichtlich außer Fassung hervor.

»Was um alles in der Welt ist passiert?«

»So viel, du machst dir keine Vorstellung«, entgegnete sie und kuschelte sich erst einmal an ihn. Es dauerte ein Weilchen, bis sie sich so weit beruhigt hatte, dass sie weitersprechen konnte. »Du solltest dir auf jeden Fall überlegen, ob du Meribeth anzeigen willst. Robin denkt, du, Kristie und etliche andere hättet einen ernsthaften Ansatz dafür, Meribeth zur Verantwortung zu ziehen.«

»Was?« Er verstand beim besten Willen nicht, wovon sie sprach.

»Es ist eine lange und ziemlich grauenvolle Geschichte, aber es ist sehr wahrscheinlich, dass Meribeth dich gezielt als Opfer ausgewählt hat«, begann Hailey. »Das wird dir Robin sicher alles genau erklären. Tatsache ist jedoch, dass du endlich aufhören kannst, dir Vorwürfe zu machen. Ja, du hast dich in einer Situation nicht gerade toll benommen, aber angesichts der Vorgeschichte ist das mehr als verständlich.«

Er schüttelte den Kopf und hatte Schwierigkeiten, diese neuesten Informationen zu begreifen. »Robin … wie Skys Robin?«

»Wie Robin Hood, nur besser!« Dann stellte sie sich auf die Zehenspitzen, legte ihre Arme um seinen Hals und küsste ihn. »Und nur fürs Protokoll: Ich liebe dich, und so schnell wirst du mich nicht mehr los!«

»Das trifft sich gut, denn ich habe auch nicht vor, dich jemals wieder gehen zu lassen.«

SCHERBEN BRINGEN GLÜCK

VIEREINHALB WOCHEN SPÄTER

»Seid ihr bereit für euren großen Auftritt?«, wollte Miguel wissen, als er in Seans Werkstatt kam, um die Exponate für die Auktion einzupacken.

»Ich bin ehrlich gesagt ziemlich aufgeregt«, gab Yeshi zu und wickelte die letzten Blütenblätter ihrer »Spiel des Lebens«-Skulptur in Seidenpapier ein.

»Dafür gibt es keinen Grund«, sagte Sean lächelnd. »Dein Werkstück ist einmalig, und ich bin absolut davon überzeugt, dass es ein Vermögen erzielen wird. Zweifellos mehr als meines.« Er war stolz auf seine Reiterskulptur, die erste einer geplanten neuen Reihe. So figürlich war er in seiner Kunst noch nie gewesen, aber auch noch nie derart leidenschaftlich und lebensbejahend. Vermutlich war das seinen eingefleischten Fans zu kitschig, doch das war ihm egal. Er war sehr glücklich mit dem Ergebnis.

Trotzdem war er davon überzeugt, dass Yeshi der Star des Abends sein würde. Ihr Stück war eine absolut geniale Mischung aus Kunst und Spiel. Die Basis war eine Platte mit einem eingefrästen Labyrinth, und allein die harmonischen Linien hatten eine hypnotische Wirkung auf die Betrachtenden. Doch zusätzlich hatte sie Symbole, Figuren und Objekte erstellt, die man in die Rillen des Labyrinths einsetzen konnte – ganz nach Lust und Laune. Jeder konnte auf diese Art sein eigenes Kunstwerk erschaffen, und zwar immer wieder aufs Neue. Er selbst hatte gestern fast eine Stunde lang damit gespielt und die unterschiedlichsten Szenen und Muster gesetzt. Handwerklich war es brillant gearbeitet und so innovativ, dass Miguel am liebsten verhindert hätte, dass dieses Stück in die Wohltätigkeitsauktion ging. Er hätte es lieber zuerst in seiner Galerie präsentiert. Doch Yeshi war schon dabei, weitere Stücke in dieser Art zu erarbeiten.

Sie war seit knapp zwei Wochen in Kirkby und hielt sich äußerst gewissenhaft an die Vereinbarung, die sie mit Sky und ihm getroffen hatte. Die Hälfte der Zeit über saß sie im Büro von STEADFAST, die andere Hälfte in Seans Werkstatt – und überall mit vollem Elan.

»Das glaube ich nicht«, antwortete sie nun mit einem nervösen Lächeln. »Du bist der etablierte Künstler, und ich bin ein No-Name. Aber das meinte ich gar nicht. Ich bin total nervös wegen der Party. Ich kenne ja noch niemanden hier und …«

»Das wird sich ändern«, sagte Hailey, die gerade ebenfalls in die Werkstatt gekommen war.

Sean konnte kaum die Augen von ihr lassen. Sie trug schon ihr Party-Outfit, ein knielanges Kleid mit weit schwingendem Rock und einem ziemlich aufregenden Ausschnitt. Es war fliederfarben, was zu ihren rotblonden Haaren erstaunlich gut passte. Ainslee hatte es für sie geschneidert, als Ersatz für ihr altes Tanzkostüm, das vor ein paar Wochen vor der Eröffnungsparty von Kristies Tanzschule kaputtgegangen war. Wenn er es richtig verstanden hatte, wollte sie heute mit Kristie und ein paar anderen Leuten eine kleine Choreografie vorführen. »Du siehst toll aus«, raunte er ihr ins Ohr und küsste sie am Hals.

»Du kannst dich im Kilt auch sehen lassen«, gab sie das Kompliment zurück und musterte ihn grinsend. »Ich hätte nicht gedacht, dass du Traditionalist genug bist, um dich der Folklore hinzugeben.«

»Ich mag ein schwieriges Verhältnis zu meiner Herkunftsfamilie haben, aber ich bin ein stolzer Schotte!«, verteidigte er sich.

Nach dem Meribeth-Showdown vor viereinhalb Wochen wäre Hailey fast direkt bei ihm eingezogen – weil es sich für sie beide absolut richtig angefühlt hatte. Doch dann hatte sie es sich anders überlegt. Kristie brauchte sie im Moment noch dringender. Trotzdem hatten Sean und sie sich ständig gesehen und sich dabei alles erzählt, was in ihrer beider Leben bislang gut und schlecht gelaufen war. So viel Offenheit war schmerzhaft – für beide –, aber Sean hatte genug von seiner Schattenexistenz und hatte sich radikalen Sonnenschein verordnet, der bis in die tiefsten und dunkelsten Winkel seines Lebens leuchtete. Das galt nicht nur für Hailey und seine Freunde Sky und Lennox, sondern auch für die anderen Bewohner Kirkbys. Er ging nun regelmäßig in den Pub, trieb sich auch zu belebteren Zeiten im Stall herum und kam mit den anderen Pferdebesitzern und Reitern ins Gespräch. Es kostete ihn immer noch eine gewisse Überwindung, aber es wurde von Tag zu Tag einfacher.

»Und ich kann mir nichts Heißeres vorstellen als einen stolzen Schotten«, verkündete sie und rieb sich lasziv an seinem Hinterteil.

»Nehmt euch ein Zimmer«, schimpfte Miguel mit gespielter Empörung. »Hier sind frustrierte Singles im Raum.«

»Keine Sorge, ich bin schon weg. Ich muss mit Kristie noch einen Durchgang machen«, sagte Hailey lachend und schnappte sich ihre Handtasche. »Wir sehen uns in spätestens einer Stunde.« Sie drückte Sean ein Abschiedsküsschen auf die Wange und wandte sich dann an Yeshi. »Keine Sorge, Yeshi, Kirkby wird dich lieben.«

»Das glaube ich auch«, stimmte Sean zu. »Und es wird Zeit, dass du den Ureinwohnern eine Chance gibst. Die sind wirklich schwer in Ordnung und werden dich mit offenen Armen aufnehmen.«

»Ich hoffe es jedenfalls sehr«, erwiderte Yeshi mit einem unsicheren Lächeln.

»Vor allem wirst du heute deine Geburtsstunde als international anerkannte Künstlerin feiern können«, warf Miguel ein, während er mit sicheren und routinierten Handgriffen Seans Statue in eine mit Holzwolle ausgestopfte Kiste legte. »Ich habe vorhin mit dem Auktionator gesprochen, und er hat mir gesagt, dass er online und telefonisch Bieter aus der ganzen Welt erwartet.«

»Ja, aber die sind nur wegen Sean da«, wandte Yeshi ein.

»Ein besseres Parkett kannst du gar nicht bekommen«, behauptete Miguel mit einem zufriedenen Grinsen. »Ich bin jedenfalls sehr froh, dass wir schon einen Vertrag gemacht haben, denn vermutlich kannst du dich nach dem heutigen Abend auch vor Angeboten von Galeristen nicht mehr retten.«

»Egal, wie der Abend heute läuft, ich bin dankbar, dass ich hier sein darf. Dass ich einen guten Job bei Sky habe und genügend Zeit, um meiner Kunst nachzugehen. Beides war noch vor ein paar Wochen reine Utopie für mich. Ich hoffe, dass ein bisschen Geld für STEADFAST reinkommt, damit ich damit indirekt etwas von dem großen Glück zurückgeben kann, das mir widerfahren ist.«

»Du bist zu gut für diese Welt«, sagte Miguel grinsend. »Vergiss das jetzt mal alles, und bereite dich seelisch darauf vor, ein Star zu sein.«

»Ich muss noch kurz nach den Schafen sehen, dann bin ich bereit loszufahren«, kündigte Sean an und überließ Yeshi und Miguel ihren Spekulationen über aufgehende Sterne am Kunsthimmel. Er war überzeugt davon, dass die junge Äthiopierin gute

Chancen hatte, aber er wusste auch, dass der Kunstmarkt schwierig und schwer durchschaubar war. Was seine eigene Zukunft betraf, war er jedoch erstaunlich gelassen. Ja, beinahe schon gleichgültig. Der ständige Drang nach Anerkennung von außen war endlich verschwunden, und er war sich sicher, dass er bis zum Ende seiner Tage zufrieden Geschirr und Vasen herstellen könnte. Die Arbeit mit Ton hatte für ihn wieder die beruhigende, selbstbelohnende Qualität seiner Jugendzeit. Ob er damit weiterhin große Erfolge feiern würde, spielte keine Rolle mehr. Er hatte mit seiner Kunst genügend Geld verdient, dass er sich ein komfortables Leben leisten konnte. Kamen in der Zukunft neue Erfolge dazu, war das schön, aber nicht mehr wichtig. Wichtig war, dass er endlich er selbst war, dass er sich verziehen hatte und dass er seinen Frieden mit seiner lieblosen Kindheit machen konnte.

»Mäh!«, begrüßte ihn Basil fröhlich. Das kleine Findelkind war zu einem kräftigen Rabauken herangewachsen, der nichts als Unsinn mit seinen beiden Kumpels im wolligen Köpfchen hatte. Er war immer noch extrem zutraulich und nutzte jede Gelegenheit, Zeit mit seinem zweibeinigen Retter zu verbringen.

»Na, Basil, was habt ihr heute angestellt?«, erkundigte sich Sean und streichelte das Lamm.

»Määääääh!«

»Verstehe, ihr seid alle Unschuldslämmer.« Sean lachte. »Und die Blumen haben sich alle selbst gefressen, was?« Ärztin Anna hatte vor der Musik-Remise von Lennox einige Beete angelegt und Blumen gepflanzt, die heute Morgen wie durch ein Wunder kopflos gewesen waren. Die erwachsenen Schafe kamen nicht aus der Koppel raus, aber die drei Lämmer konnten mühelos unter dem Draht hindurchlaufen und nutzten ihre Freiheit weidlich aus.

»Määh!«

»Denkst du, es ist zu früh, wenn ich Hailey nachher frage, ob sie …«

»Määh?«

»Du hast recht. Es ist viel zu früh. Was habe ich mir nur dabei gedacht?« Sean schüttelte den Kopf. »Ich muss jetzt los. Wünsch mir Glück!«

• • •

»Denkst du, das wird ankommen?«, fragte Hailey keuchend nach dem letzten Übungsdurchgang. Sie bereute, dass sie ihr Kleid schon angezogen hatte, denn sie war gehörig ins Schwitzen geraten.

»Es wird der Knaller«, sagte Kristie mit einem beruhigenden Lächeln. »Das ist tatsächlich Highland Dancing im einundzwanzigsten Jahrhundert. Du kannst stolz darauf sein, denn du hast es erfunden.«

»Glaub mir, stolz bin ich darauf immer noch nicht«, entgegnete Hailey. Die vermaledeiten Videos von Kristies Eröffnungsparty tauchten nach wie vor ständig im Internet auf und bescherten ihrer Schwester laufend neue Anfragen von Leuten, die weniger am traditionellen Stil interessiert waren als an der »modernen Adaption«.

Hailey war sich sicher, dass der Liebeskummer noch immer an Kristie nagte, doch den Schock wegen Meribeths fieser Agenda hatte ihre Schwester erstaunlich schnell überwunden. Vor gut zwei Wochen war sie mit der Idee angekommen, für die Wohltätigkeitsparty für Skys Organisation eine ganz besondere Tanzchoreografie einzustudieren. Klassische Bewegungen zu moderner Musik. Konkret zu zwei Songs von Lennox und Marlin, die an diesem Abend ebenfalls Premiere feierten.

»Ich bin jedenfalls sehr zufrieden mit dem, was wir in so kurzer Zeit erreicht haben, und ich freue mich, dass du so engagiert trainiert hast«, sagte Kristie und drückte kurz ihren Arm.

»Mir hat's Spaß gemacht.« Das stimmte, auch wenn dafür noch mal mehr Stunden draufgegangen waren. Stunden, die sie von der gemeinsamen Zeit mit Sean hatte abknapsen müssen. Geschlafen hatte sie in den letzten Tagen kaum noch, denn wenn sie mit ihm zusammen war, redeten sie und erzählten sich alles aus ihrer Vergangenheit. Sie war erschüttert gewesen, als sie von seiner grässlichen Kindheit erfahren hatte, und freute sich mit ihm, dass seine Geschwister Philippa und Dominic mit ihren Familien zu den Highland Games Ende August kommen wollten. Das Training für die Pferdeshow lief inzwischen immer besser, und langsam war sie nicht nur offiziell, sondern auch tief in ihrem Innersten davon überzeugt, dass sie ein Erfolg werden würde – genau wie die Highland-Dancing-Show.

Sie hakte sich bei Kristie ein und lief mit ihr die Treppe zur Aula der alten Schule hinunter. Dort herrschte schon reichlich Betrieb. Jon und seine Pub-Crew waren damit beschäftigt, das Buffet und die Bar herzurichten, Lennox, Marlin und ihre Band machten den Soundcheck, und Sean war gerade mit seinem Galeristen und Yeshi angekommen, um ihre Exponate für die Versteigerung aufzubauen.

»Wer ist das?«, fragte Kristie neugierig.

»Das ist Yeshi, die Künstlerin aus Äthiopien, die bei Skys STEADFAST-Organisation jobbt und in Seans Werkstatt an ihrer Kunst arbeitet«, erklärte Hailey und warf ihrer Schwester einen Seitenblick zu. Kristie starrte die grazile junge Frau unverhohlen an. »Komm mit, ich stell sie dir vor.«

»Aber …«, begann Kristie abwehrend und mit erstaunlich geröteten Wangen.

»Kein Aber. Yeshi kennt hier noch so gut wie niemanden und freut sich bestimmt.«

Als sie hinübergingen, holte Miguel gerade die Bodenplatte von Yeshis Skulptur aus der Transportkiste und legte sie auf das vorbereitete Podest. »Wow, das ist aber echt toll«, sagte Kristie und bewunderte mit einem fast andächtigen Lächeln die komplizierte Labyrinth-Struktur und das subtile Farbenspiel der Glasur.

»Das ist erst der Anfang«, entgegnete Sean. »Warte erst mal ab, wenn es fertig ist.«

»Oh.« Kristie sah verlegen zur Seite. Richtig unbefangen konnten sie und Sean seit der Meribeth-Geschichte noch nicht miteinander umgehen.

»Am besten, du lässt es dir von der Künstlerin selbst erklären«, meinte Sean und deutete auf Yeshi, die gerade mit zwei kleinen Schachteln zurückkam, in denen sich einige Elemente ihrer Arbeit befanden.

»Yeshi, das ist Kristie, meine Schwester, die hier in Kirkby die Bäckerei betreibt und außerdem eine begnadete Tänzerin ist. Kristie, das ist die famose Yeshi. Wie man hört, eine Bereicherung für Skys Organisation und mit reichlich künstlerischem Talent gesegnet«, stellte Hailey die beiden vollmundig einander vor. »Ihr ›Spiel des Lebens‹ ist jedenfalls der totale Wahnsinn.«

Die beiden Frauen reichten sich schüchtern die Hände und zuckten bei der Berührung geradezu erschrocken zurück. Hailey hatte das eindeutige Gefühl, dass da gerade buchstäblich die Funken sprühten. Sie wandte sich zu Sean um, der mit dem Aufbau seines Reiterstandbildes anfangen wollte, die Begegnung zwischen Yeshi und Kristie aber ebenso neugierig verfolgte wie sie selbst. Er lotste sie mit Blicken ein paar Meter zur Seite.

»Denkst du, was ich denke?«, fragte sie ihn leise.

»Pure Magie«, entgegnete er lächelnd.

»Ich würde es Kristie so sehr wünschen.« Hailey seufze leise. »Beiden«, fügte sie noch hinzu.

»Ich auch.«

»Sie sollen so glücklich sein wie wir.« Hailey schmiegte sich an Sean.

»Das ist eine verdammt hohe Hürde, denn ich glaube nicht, dass jemals ein Mensch so glücklich war wie ich im Moment.« Sean beugte sich zu ihr runter und küsste sie.

»Damit könnt ihr nachher weitermachen«, unterbrach Miguel harsch den Kuss. »Wir müssen zusehen, dass wir fertig werden. Die Leute sollen sich ja in Ruhe die Exponate anschauen können, ehe es mit der Auktion losgeht.«

»Ich kann mir zwar nicht vorstellen, dass sich jemand aus dem Dorf ernsthaft dafür interessiert, aber du hast natürlich recht«, pflichtete Sean seinem Galeristen bei und gab Hailey noch ein kleines Abschiedsküsschen, ehe er sich an die Arbeit machte.

»Du traust Kirkby immer noch nichts zu, was?« Hailey schüttelte grinsend den Kopf und ging dann zur Bar. Sie hatte nach den Trainingsdurchläufen großen Durst. Am Tresen lehnte Robin.

»Déjà-vu?« Robin lächelte verschmitzt und sprach gleich weiter: »Keine Sorge, heute werde ich dich nicht mit in den Abgrund reißen.« Sie deutete auf ihr Glas, in dem sich eine klare Flüssigkeit befand.

»Ich hoffe, es ist Wasser und kein Wodka oder purer Gin.«

»Reinstes schottisches Quellwasser, so rein wie meine unschuldige Seele.« Sie prustete los.

Hailey hob misstrauisch eine Braue und schnappte sich das Glas, roch daran und trank vorsichtig einen Schluck. Es war tatsächlich Wasser. »Ich nehm auch eines«, bestellte sie bei Jon.

»Ihr wollt es heute wieder wissen, was?«, gab er zurück und goss ihr Glas voll.

»Heute brauchen wir keinen Alkohol für gute Stimmung.« Robin prostete ihm und Hailey zu.

»Genau«, bestätigte Hailey mit einem Strahlen.

»Ganz schlecht fürs Geschäft«, schimpfte Jon gutmütig und wandte sich dann einer Mitarbeiterin zu, die etwas von ihm wissen wollte.

»Also ist bei euch auch wieder alles in Ordnung?«, erkundigte sich Hailey, die ihre Cousine in den letzten Wochen nur gelegentlich gesehen hatte.

»Ja. Alles bestens. Der Äthiopien-Trip war wirklich ein Glücksfall. Seitdem ist Sky viel besser drauf und fühlt sich auch in Kirkby immer wohler. Wirklich toll, dass er mit Sean und Lennox zwei so gute Freunde gefunden hat, und Yeshi ist sowieso ein Juwel.«

»Das scheint mir auch so.« Haileys Blick schweifte in Richtung ihrer Schwester und der Äthiopierin. Die beiden Frauen unterhielten sich gestenreich und sichtlich angeregt miteinander und bauten gemeinsam Yeshis Skulptur auf. Haileys Bauchgefühl, das bei Meribeth stets in Aufruhr gewesen war, sandte ihr nun wohlige Schauer. Ja, das fühlte sich richtig an. »Danke noch einmal für deinen phänomenalen Einsatz in der üblen Sache. Das war wirklich heldenhaft von dir.«

Robin winkte ab. »Es war mir ein Bedürfnis. Und ich bin froh, dass der Spuk für Sean und Kristie vorbei ist.«

»Das bin ich auch. Vor allem, dass Kristie sich so schnell erholt hat. Damit habe ich ehrlich gesagt nicht gerechnet.«

»Ich finde, das sieht doch sehr vielversprechend aus.« Robin deutete auf Kristie und Yeshi. »Würde mich jedenfalls sehr freuen.«

»Was freut dich?«, erkundigte sich Sky, der in diesem Moment zu ihnen kam – tatsächlich ebenfalls im Kilt, wie Hailey vergnügt feststellte.

»Dass sich alles zum Guten fügt«, antwortete Robin und gab ihrem Mann einen so innigen Kuss, dass sich Hailey ganz überflüssig fühlte.

Sie trank ihr Wasser aus und lief dann zum Buffet, wo ihre Mutter stand. Ein weiteres Déjà-vu?

»Du siehst sehr hübsch aus, mein Schatz«, sagte Alice jedoch liebevoll. »Das Kleid ist toll.«

»Danke, Mum.« Hailey freute sich über das Lob – eines von vielen in letzter Zeit. Alice war vollkommen geschockt gewesen, dass sie sich derart von Meribeth hatte blenden lassen, und hatte ein schrecklich schlechtes Gewissen ihrer ältesten Tochter gegenüber.

»Und Sean ist auch sehr schneidig in seinem Kilt«, sprach Alice mit einem Seitenblick auf ihn weiter.

»Finde ich auch. Und ich bin sehr gespannt, ob er ihn standesgemäß trägt.« Sie zwinkerte ihrer Mutter zu.

»Bestimmt. Du tust ihm gut und er dir«, befand Alice, und ihr Lächeln erstarb mit einem Mal. »Ich hoffe, du kannst deiner alten Mutter verzeihen.«

»Schon längst geschehen, Mum, aber jetzt lass uns feiern.« Sie drückte Alice einen Kuss auf die Wange und eilte dann zurück zu Sean. Collum hatte gerade die Bühne erklommen und eröffnete mit launigen Worten das Event.

• • •

»Ich kann es nicht glauben, dass beide Stücke in Kirkby bleiben!« Sean war auch Stunden später noch vollkommen fassungslos. Der alte Angus Stewart hatte sich einen wilden Wettstreit mit zwei Sammlern aus Japan und den USA geliefert und schließlich den Zuschlag bekommen. Seans Reiterstatue würde ab sofort das bislang eher schmucklose Foyer des Westflügels von Monroe Manor zieren. Yeshis Stück dagegen hatte Marlin Fraser ersteigert – für exakt denselben üppigen Betrag, den Seans erzielt hatte. Was damit geschehen würde, wusste Sean noch nicht, aber Hailey tippte auf einen Ehrenplatz im Rathaus.

»Und ich habe dir gesagt, dass du Kirkby nicht unterschätzen darfst«, konterte sie mit einem frechen Grinsen.

»Das wird garantiert nicht mehr vorkommen«, versprach er und schwenkte sie in einer gekonnten Drehung über die Tanzfläche. »Das war ein sehr lehrreicher Abend. Mir war nämlich auch nicht klar, wie sexy Highland Dancing sein kann.« Wenn er an die extrem spektakuläre Performance von Kristie und Hailey dachte, wurde ihm gleich wieder heiß.

»Ich sag's ja, Sie müssen noch viel lernen, Mr Gordon.«

»Von Ihnen jederzeit, Ms Fraser«, entgegnete er spielerisch und lenkte sie dann in Richtung Ausgang. Die Party war zwar noch voll im Schwung, aber er brauchte jetzt etwas weniger Publikum.

»Ist das herrlich!«, befand sie, als sie draußen unter dem prächtigen Sommernachtshimmel standen.

»Oh ja«, gab er zu und merkte, wie Nervosität in ihm hochstieg.

»Alles in Ordnung?«, erkundigte sie sich leicht besorgt. Offensichtlich hatte sie seinen Stimmungsumschwung gespürt.

»Das kommt auf deine Antwort an.« Er holte tief Luft. »Basil war dagegen. Er ist der Meinung, dass es viel zu früh ist, aber er ist auch ein unerfahrenes Lamm. Er weiß nicht, wie es ist, fünf wertvolle Jahre Lebenszeit zu vergeuden. Ich habe so viel nachzuholen, aber das will ich nicht allein tun. Hailey Fraser, willst du mit mir in den finalen Sonnenuntergang reiten?«

»Ist das ein Heiratsantrag?« Sie klang vollkommen verblüfft, und ihr Mienenspiel gab keine Hinweise darauf, was sie davon hielt.

Er kramte in seinem Sporran, fand die kleine Samtbox und ging auf ein Knie. »Genau das soll es sein.

Willst du meine Frau werden?« Er öffnete die Box, und der schmale, komplett mit Diamanten besetzte Ring funkelte mit den Sternen um die Wette.

»Du bist komplett wahnsinnig, aber ja, ich will!« Die letzten Worte schrie sie beinahe und fiel ihm dann um den Hals. Er verlor das Gleichgewicht, und sie landeten auf dem Boden. Sie kicherte, murmelte »Déjà-vu« und küsste ihn dann so ungestüm wie beim ersten Mal.

»Määääh!«, unterbrach Basil das nächtliche Geknutsche auf dem ehemaligen Schulhof. »Määäh! Määäh!«, blökten auch zwei weitere Stimmen. Die Lämmer waren offensichtlich mal wieder auf Extratour gegangen.

Hailey kicherte haltlos, doch Sean fand, dass ein ernstes Wörtchen angebracht war. »Ihr bekommt Hausarrest! Morgen spanne ich einen niedrigeren Draht.«

»Määääh!« Basil schien von der Drohung wenig beeindruckt zu sein, stattdessen schaute er Sean fragend an.

»Sie hat Ja gesagt! Und ich bin sehr froh, dass ich nicht auf dich gehört habe.«

»Määäh.«

»Ich auch«, bestätigte Hailey. »Du bist zwar putzig, aber in Liebesdingen ein Loser.« Sie streichelte Basils wolligen Kopf. Dann wandte sie sich wieder an Sean: »Angesichts der jüngsten Entwicklungen denke ich, dass ich jetzt auch offiziell zu dir ziehen könnte. Was meinst du?«

»Ich dachte, du fragst nie.«

»Dann lass uns nach Hause gehen und uns auf noch sehr viele gemeinsame Sonnenauf- und Sonnenuntergänge freuen.«

–ENDE–

Es ist natürlich noch nicht vorbei mit Kirkby! Bald schon erscheint »Das Herrenhaus von Kirkby«, wo dann auch endlich das »Kirkby Clan Gathering« mit den Highland Games stattfindet. Und falls du dich fragst, was es mit Robin und Sky auf sich hat, findest du die Antwort in dem Roman »Robin – High in the Sky«, den ich unter meinem Pseudonym Charlotte Taylor geschrieben habe. Wenn du auch mehr über Seans Geschwister Dominic und Philippa erfahren möchtest, dann lies ihre Geschichten. Dominics Roman habe ich als Charlotte Taylor in »Lausche den Klängen deiner Seele« aufgeschrieben, Pippas in »Island Dreams – Der Garten am Meer«.

FIGURENREGISTER

Menschen:

Hailey Fraser: 33, rotblonde, blauäugige, barocke Pferdeflüsterin. Hatte bislang mit ernsthaften Beziehungen nichts am Hut, sondern war vor allem für jeden Spaß zu haben. Doch für ihre geplanten Reiterspiele geht sie eine überraschende Allianz ein. Auch wenn es sie manchmal in unangenehme Situationen bringt, lernt sie auf die harte Tour, dass sie ihrem Bauchgefühl vertrauen muss. Und dass in spröden Einsiedlern manchmal ausgesprochen leidenschaftliche Naturen stecken.

Sean Gordon: 34, dunkle, fast schulterlange Haare, braune Augen, Bart. Sieht aus wie der perfekte Highlander, führt aber ein Leben wie ein Eremit. Seinen Instinkten vertraut er nur bei der Arbeit mit Ton und wenn es um seine Stute Edna geht. Doch einer Naturgewalt wie Hailey hat er nichts entgegenzusetzen – außer einem abscheulichen Geheimnis aus seiner Vergangenheit.

Kristie Fraser: 31, dunkle Locken, groß und schlank. Kirkbys Bäckerin ist Haileys jüngere Schwester und in fast allen Bereichen das komplette Gegenteil von ihr. Ausgerechnet ihr gemeinsames Hobby Highland Dancing scheint sie zu entzweien – oder steckt etwas anderes dahinter?

Meribeth Parker: 32, hellblonde Haare, braune Rehaugen, grazile Figur. Wickelt halb Kirkby und vor allem Kristie um ihren schlanken Finger. Doch hinter der einnehmenden Fassade sieht es leider ganz anders aus, und es kommt beinahe zur Katastrophe.

Rupert Fraser: Haileys und Kristies Vater, weltbekannter Pferdetherapeut, der Hailey immer mehr Verantwortung für das Reitsportzentrum überlässt.

Alice Fraser: Haileys und Kristies Mutter, sorgt sich um das seelische Wohl ihrer jüngeren Tochter und hat ein nicht ganz unkompliziertes Verhältnis zur älteren.

Marlin Fraser: Ruperts älterer Bruder, Hufschmied und Patriarch des Fraser-Clans. Mischt bei allen Dingen in Kirkby mit, nur mit der Reitershow will er nichts zu tun haben.

Betty Murray: Thrillerautorin und leidgeprüfte Lebensgefährtin von Marlin. Hat daher einige weise Ratschläge parat.

Robin Stewart: Haileys älteste Cousine. Seit Neuestem mit Mann und Kindern wieder in Kirkby. Hat die Leitung der Familienkanzlei Stewart & Sons übernommen und hat einen eigenen Roman: »Robin – High in the Sky«.

Sky Forrester: Robins Ehemann, eigentlich Amerikaner, fühlt sich aber Afrika näher. Hat Probleme, sich an Kirkby zu gewöhnen, freundet sich aber mit Sean und Lennox an. Hat mit Robin seinen eigenen Roman: »Robin – High in the Sky«.

Ayana und Baby-Alex: Kinder von Robin und Sky.

Lennox Fraser: Musiker, Seans bester Freund, Haileys Cousin und Mitstreiter bei ihrer Reitshow.

Anna Campbell: Dorfärztin, Yogalehrerin und Lebensgefährtin von Lennox Fraser – nutzt ihren guten Draht zu Sean und Hailey, um sie sachte in die richtige Richtung zu stupsen.

Shona Fraser McIntosh: Marlins jüngste Tochter, Alpaka-Mutti und Chef-Schnapsdrossel der Golden Alpaca Distillery.

Kendrick McIntosh: Tierarzt und Shonas brandneuer Ehemann.

Isla Fraser: sterneprämierte Spitzenköchin, die den Pub ihres Freundes für kulinarische Experimente nutzt.

Jon Grant: Hält in seinem Pub *The Wise Pelican* alle Fäden von Kirkbys Klatschzentrale in der Hand.

Alexander Fraser: Bed-&-Breakfast-Betreiber, Haileys ältester Cousin und glücklicher Bräutigam von Colleen.

Colleen Murray: Kirkbys Eventplanerin, nervenstarke »Fraser-Zähmerin« und glückliche Braut von Alex.

Collum McDonald: rühriger Bürgermeister mit großen Visionen. Will Kirkby offiziell zum »Herz der Highlands« küren lassen und fordert daher vollen Einsatz für die Highland Games.

Harriet Harper: Weberin, Begründerin der *Kirkby Tartan Mill* und zukünftige First Lady von Kirkby.

Ainslee Ferguson: Schneiderin und Harriets Geschäftspartnerin in der *Kirkby Tartan Mill*.

Adley MacAlpine: Züchterin der »Glückskuh von Kirkby« und unerschrockene Mitstreiterin bei Haileys Schwertkampf-Reitshow.

Paul Starling: Marlins unehelicher Sohn, bereitet sich auf seinen großen Auftritt im nächsten Band vor.

Jack McTavish: Dorfpfarrer, der für die Hochzeit von Alex und Colleen über sich hinauswächst.

Miguel: Seans Galerist.

Yeshi: junge äthiopische Keramikkünstlerin und Wirtschaftswissenschaftlerin. Nutzt eine völlig unerwartete Chance für einen Neuanfang in Kirkby.

Philippa »Pippa« Gordon: Seans ältere Schwester. Lebt auf den Scilly-Inseln und hat einen eigenen Roman: »Island Dreams – Der Garten am Meer«.

Dominic Gordon: Seans älterer Bruder. Lebt auf Vancouver Island und hat einen eigenen Roman: »Lausche den Klängen deiner Seele«, veröffentlicht unter meinem Pseudonym Charlotte Taylor.

Tiere:

Airgead: feinnervige sechsjährige Apfelschimmelstute und Haileys ganzer Stolz.

Edna: achtjährige, großrahmige Falbstute mit dunklem Fesselbehang.

Elvis: Der grau getigerte Maine-Coon-Kater von Dorfärztin Anna ist gern gesehener Gast in Seans Werkstatt.

Basil: mutterloses Lamm, von Sean gerettet und voller Hingabe aufgepäppelt.

Macbeth, Kenzie, Quinn, Bonelle, Grizela, Tosia, Kelloggs, Mella: weitere Clydesdale-Pferde.

Jules: roter Königspudel von Ainslee mit erstaunlicher Überzeugungskraft.

SCONES

ZUGEGEBEN, BEI SEANS PIZZABÄCKER-EXPERTISE hätte sich an dieser Stelle ein Pizzarezept angeboten, aber das erschien mir für den Rezeptteil eines Schottland-Romans dann doch etwas zu abseitig. Dagegen läuft ohne Scones in Schottland gar nichts, und natürlich ist man auch in Kirkby völlig versessen auf die Leckerei, die zum Frühstück und zum Afternoon Tea unverzichtbar ist. Und weil Scones in Windeseile hergestellt werden können, gibt es sie auch im Hause McGregor oft zum Frühstück. Mal pur, mal fruchtig, mal herzhaft – der Fantasie sind keine Grenzen gesetzt. Hailey ist selbstverständlich Meisterin darin, die köstlichen Gebäckteilchen herzustellen.

ZUTATEN:

300 g Mehl
2 gehäufte TL Backpulver
80 g kalte Butter
10-40 g Zucker
(je nachdem, wie süß sie werden sollen)
1 Prise Salz
Ca. 130 ml Milch

Für »Fruit Scones« gibt man noch in Milch eingeweichte Rosinen oder gehacktes Trockenobst (Datteln, Aprikosen, Pflaumen) in den Teig. Ich nehme jeweils ungefähr eine Handvoll.

Für »Cheese Scones« reduziert man den Zucker (oder lässt ihn ganz weg) und gibt seinen Lieblingskäse (zerkrümelt oder klein gehackt) in den Teig. Klassisch britisch sind Blue Cheese oder Cheddar, ich habe aber auch schon Gouda und geriebenen Parmesan ausprobiert.

Alle Zutaten mit dem Knethaken der Rührmaschine verrühren und am Ende noch rasch mit den Händen auf der bemehlten Arbeitsfläche durchkneten. Der Teig sollte nicht kleben.

Den Teig etwa 2–3 Zentimeter dick ausrollen und Kreise ausstechen. Das funktioniert natürlich mit einem Keksausstecher, ich selbst nehme meist ein Kölsch-Glas, weil ich die Scones nicht so groß haben will.

Danach setzt man immer zwei dieser Teigkreise aufeinander (ggf. eine Seite etwas mit Wasser oder Milch anfeuchten). Dadurch werden die Scones schön hoch und haben schon eine »Sollbruchstelle«, an der man sie in zwei Hälften teilen kann. Aber das kann man natürlich handhaben, wie man mag.

Scones bei 200 Grad (Ober- und Unterhitze) im vorgeheizten Backofen ca. 10 Minuten backen und idealerweise noch ofenwarm genießen.

Traditionell werden zu Scones immer Clotted Cream (eine buttrige, feste Sahne) und Marmelade gereicht, man kann aber auch Butter, Frischkäse oder Joghurt nehmen.

CLYDESDALES UND ANDERE SCHOTTISCHE PFERDERASSEN

ALS ICH IM SOMMER 2019 mit der Recherche und dem Konzept für meine Highland-Reihe anfing, war mir als begeistertem, wenn auch lange schon passivem Pferdemädchen klar, dass es in Kirkby einen Reitstall geben muss. Idealerweise mit schottischen Pferden.

Das Problem dabei war, dass ich außer Shetland- und Highland-Ponys keine schottische Pferderasse kannte. Und so putzig und liebenswert diese Ponys auch sind, so richtig wollten sie nicht in mein Story-Konzept passen.

Doch dann bin ich auf die Clydesdales gestoßen. Ich kannte die Rasse aus diversen amerikanischen Budweiser-Werbeclips, hatte aber keine Ahnung, dass es sich um einen schottischen Pferdeschlag handelt. Tatsächlich werden heutzutage die meisten Clydesdales in Nordamerika gezüchtet, aber auch in ihrem Herkunftsland werden sie nach wie vor sehr geschätzt und als Zug-, Fahr- und Reitpferde eingesetzt.

Clydesdale:

Clydesdales sind kraftvolle Kaltblutpferde, die erstmals im achtzehnten Jahrhundert in Lanarkshire im Tal des Flusses Clyde gezüchtet wurden. Sie erreichen ein Stockmaß zwischen 163 und 193 Zentimetern und können bis zu eine Tonne auf die Waage bringen. Sie sind kräftig und sehr muskulös und haben einen ausgeprägten Behang an den Füßen. Farblich am häufigsten sind Braune und Füchse, meist mit vielen weißen Abzeichen und weißen Beinen. Es gibt aber auch Rappen (wie den stattlichen Dorian von Alex Fraser aus »Ein Bed & Breakfast für Kirkby«), Falben (wie Seans Stute Edna) und Schimmel (wie Haileys kapriziöse Airgead).

Seit ich Clydesdales für mich entdeckt habe, bin ich wie besessen von dem Wunsch, einmal auf einem zu reiten. Im Mai 2020 hätte dieser Traum in Erfüllung gehen sollen. Flüge nach Edinburgh waren bereits gebucht, dito ein Aufenthalt auf einem Gestüt, aber leider kam Corona dazwischen. Nun hoffe ich auf den Sommer 2023. Falls es klappt, gibt's natürlich Beweisfotos. Ich glaube nämlich, dass ich auf einem mächtigen Clydesdale wahnsinnig zierlich aussehen würde …

Highland-Pony:

Highland-Ponys sind eine uralte Pferderasse. Sandsteinreliefs aus der Zeit zwischen 500 und 800 nach Christus zeigen Ponys, die den heutigen Highlandern sehr ähneln. Sie sind robust, anspruchslos, sehr anpassungsfähig und damit perfekt für das karge, raue Hochland geeignet. Sie kommen in allen Farben vor (außer Schecken, die sind von der Zucht ausgeschlossen) und haben ein Stockmaß zwischen 132 und 148 Zentimetern. Mit einem Gewicht von ungefähr 330 Kilogramm wiegen sie gerade mal ein Drittel von einem Clydesdale.

Natürlich gibt es auch in Kirkby eine ganze Reihe von Highland-Ponys. Einen größeren Auftritt hatte bislang jedoch nur Gandalf von Alex' Sohn Aidan. Aber womöglich ändert sich das ja in einer zukünftigen Geschichte …

Shetlandpony:

Shetlandponys stammen von den Shetland-Inseln, wo sie sich zu kleinen, widerstandsfähigen Kraftpaketen entwickelten, was ihnen Einsätze als Grubenponys im Bergbau verschaffte. Heutzutage sind sie vor allem beliebte Einsteigermodelle für Kinder. Aber auch als Kutschponys oder Gesellschaftstiere für andere Pferde sind die lustigen Zwerge beliebt. Sie erreichen ein Stockmaß von maximal 107 Zentimetern und wiegen zwischen 120 und 200 Kilogramm. Sie kommen in allen Farben vor.

In Kirkby haben mehrere Generationen von Kindern auf Spikey reiten gelernt. Die kleine Willow aus »Die Glückskuh von Kirkby« hat ihr Herz an den Fuchsschecken Charly verloren.

DANKE

LIEBE LESERIN,

diese Zeilen schreibe ich mit einer Hand, weil ich mir dank meines vierbeinigen Teufelsbratens Scotty ein Band am linken Mittelfinger gerissen habe, das operiert werden musste. Super-GAU für eine Autorin! Ich gebe trotzdem alles, und bis auf die letzten beiden Szenen konnte ich die Geschichte noch mit zehn Fingern tippen.

Mein erster und größter Dank gebührt DIR! Du hast mir eindeutig und unzweifelhaft klargemacht, dass du mit Kirkby noch nicht fertig bist. Vier Bände »Highland Hope« waren einfach nicht genug. Und es stimmt ja, es gibt noch eine Menge zu erzählen, denn Kirkby ist ein ganz besonderer Ort. Nachdem du schon »Die Weberei von Kirkby«, den ersten Band von »Highland Happiness«, so gefeiert hast, widme ich dir auch »Die Töpferei von Kirkby«. Du bist die Beste!

Ich danke meiner Agentin Eva, die mich ermutigt hat, mit »Highland Happiness« weiterzumachen, und meiner Grafikdesignerin Sabine Albrecht, die für die zweite »Kirkby-Staffel« so zauberhafte Outfits designt hat.

Ohne die Kolleginnen in meiner WhatsApp-Schreibgruppe wäre ich zweifellos nicht so zügig durchgekommen mit Haileys und Seans Geschichte. Ich bin so froh, dass es euch gibt und wir nicht nur übers Schreiben reden, sondern überhaupt in (fast) jeder Lebenslage füreinander da sind. Ähnliches gilt auch für die WritingSassenachs – eine weitere Autorinnen-Gruppe, die es seit Anfang 2021 gibt und mit der wir die Lesewelt gemeinsam etwas bunter und häufig auch schottischer gestalten wollen. Ihr seid toll!

Danke an meinen Podcast-Partner Christian, der mich alle vierzehn Tage an den Tresen unseres Literarischen Saloons zerrt und mich dazu zwingt, auch mal über andere Dinge nachzudenken (und zu sprechen) als nur über meine Manuskripte.

Ein ganz besonderer Dank geht an Gundel alias Lilly, die mich bei unseren regelmäßigen Frühstücks- oder Kaffeetreffs weit in andere (Genre-)Welten entführt und mich auch sonst gerne aus meiner Komfortzone lockt.

Tausend Dank meinem genialen Adlerauge Julia. Sie hat mich inzwischen durch die meisten Bücher und

sämtliche Pseudonyme begleitet und lässt mir keinen Unsinn durchgehen – weder inhaltlich noch orthografisch. Kein Roman mehr ohne dich, Julia! Ich mein's ernst!

Meine Lieben – die zweibeinigen genau wie die vierbeinigen, die blutsverwandten ebenso wie die Herzensfamilie – stehen hier zwar an letzter Stelle, aber ansonsten immer an Nummer eins. Ohne euch wäre alles sinnlos. Danke für alles.

Charlotte

PS: Hier folgt meine übliche Versicherung, dass ich natürlich auch all jenen von ganzem Herzen danke, die ich oben mal wieder vergessen habe. Es ist wie mit dem Figurenregister von Kirkby – es werden einfach immer mehr. Ihr seid großartig!

Noch ein PS: Sollte dieser Roman dein Erstkontakt mit mir sein, dann freue ich mich, dass du bis hierher durchgehalten hast. Das stimmt mich auch milde optimistisch, dass du Spaß mit der Geschichte und mit mir hattest. Besuche mich doch auf meiner Website www.carinmueller.de (so heiße ich, wenn ich keinen Kilt trage). Da erfährst du alles über mich, meine Bücher, meine diversen Pseudonyme und meine vielen Abenteuer. Und zögere nicht, mir zu schreiben, denn ich liebe es, von dir zu hören und zu lesen.

ALLE KIRKBY-GESCHICHTEN AUF EINEN BLICK

SÄMTLICHE KIRKBY-GESCHICHTEN können für sich allein und unabhängig voneinander gelesen werden – doch wer kann das schon wollen? Den größten Spaß hat man sicherlich, wenn man sie in der richtigen Reihenfolge genießt:

Weihnachten in Kirkby:
Diese zuckersüße Kurzgeschichte spielt genau ein Jahr vor »Highland Hope – Ein Bed & Breakfast für Kirkby«. Es gibt sie kostenlos exklusiv auf meiner Website:
https://carinmueller.de/weihnachten-in-kirkby

Ein Sommer in Kirkby:
Dieser Kurzroman spielt wenige Monate vor »Highland Hope – Ein Bed & Breakfast für Kirkby«. Du bekommst ihn kostenlos in allen E-Book-Shops und auf meiner Website:
https://carinmueller.de/ein-sommer-in-kirkby

Lila Harper hat eine Mission: Um einen besseren Job als ihr Volontariat bei der Reitsportzeitschrift »Horse & Hound« zu ergattern, reist sie zu entfernten Verwandten nach Kirkby. Ein Artikel über das schillernde Herrenhaus Monroe Manor soll ihr Karrieresprungbrett werden.

Profireiter Cameron Sinclair wollte nie wieder nach Kirkby zurückkehren, doch sein wertvolles Springpferd Artemis verweigert auf einmal jede Zusammenarbeit. Jetzt kann nur noch sein alter Mentor, der Pferdeflüsterer Rupert Fraser helfen.

Doch dann kommt alles anders: Exzentrische Dorfbewohner, eine wütende Exfreundin, Mister Spock und ein mythisches Wasserpferd in Loch Leary können nicht verhindern, dass zwischen Lila und Cameron die Funken sprühen und die Liebe einschlägt.

Highland Hope – Ein Bed & Breakfast für Kirkby:
Band 1 der ersten Kirkby-Staffel gibt es als Taschenbuch und E-Book überall im Buchhandel.

Im »Cosy Thistle« findet Colleen mehr als nur ein Zimmer …

Colleen Murray hat nichts zu verlieren, als sie Boston hinter sich lässt, um auf Wunsch ihres verstorbenen Vaters ein paar Monate in seiner schottischen Heimat Kirkby zu verbringen. Die Schönheit der Highlands und den eigenwilligen Charme der Dorfbewohner nimmt sie anfangs kaum wahr. Doch dann trifft sie Alex Fraser, den Besitzer des romantischen Bed & Breakfast.

Der alleinerziehende Vater ist nicht nur genau ihr Typ, sondern teilt auch ihre Leidenschaft fürs Reiten. Wird Colleen die Reise zu ihren Wurzeln dabei helfen, endlich ihren Platz im Leben zu finden? Das Glück scheint jedenfalls zum Greifen nahe. Bis Alex' Vergangenheit ihn einzuholen und alles zu zerstören droht …

Highland Hope – Ein Pub für Kirkby:
Band 2 der ersten Kirkby-Staffel ist als Taschenbuch und E-Book überall im Buchhandel erhältlich.

Liebe geht durch den Magen … besonders, wenn man Essen so liebt wie Isla!

Isla Fraser ist leidenschaftliche Sterneköchin. Als der Gernegroß Rodney Swinton in der Nähe von Kirkby ein angesagtes Bistro eröffnet, muss sie um ihr Restaurant fürchten. Denn Rodney hat eine Rechnung mit ihr offen. Dann gerät sie auch noch mit dem eigentlich sehr charmanten Jon Grant aneinander, der den Pub des Örtchens zu neuem Leben erwecken möchte.

Da Jon mit seiner Neufundländerhündin Polly ins Bed & Breakfast von Islas Bruder zieht, können sich die beiden unmöglich aus dem Weg gehen … und

fühlen sich bald unwiderstehlich zueinander hingezogen. Aber Jon ist ein alter Bekannter von Rodney und Isla muss sich fragen, auf wessen Seite er wirklich steht.

Highland Hope – Eine Destillerie für Kirkby:
Band 3 der ersten Kirkby-Staffel gibt es als Taschenbuch und E-Book überall im Buchhandel.

Shona liebt ihre Whisky-Brennerei ebenso wie ihr Alpaka. Als sie den Tierarzt Kendrick trifft, wird die Liebe hochprozentig!

Shona ist das Küken der Familie Fraser. Das einst wilde Party-Girl hat die stillgelegte Destillerie von Kirkby modernisiert und gerade ihren ersten eigenen Whisky abgefüllt. Bei all dem Trubel bemerkt sie nicht, dass ihr Alpaka Nessie zu tief ins Glas schaut und ausgerechnet dem Tierarzt Kendrick McIntosh vors Auto taumelt.

Dieser ist empört. Doch nachdem der erste Zorn verraucht ist, stellen die beiden fest, dass sie noch mehr verbindet als die Liebe zu den Tieren und zum Highland Dance. Durch ein tragisches Unglück lernen sie sich auf einmal von einer ganz neuen Seite kennen. Und auch Shonas Whisky erweist sich als wahrer Liebestrank …

Highland Hope – Eine Bäckerei für Kirkby:
Band 4 der ersten Kirkby-Staffel findest du als Taschenbuch und E-Book überall im Buchhandel.

*Annabel bringt das Herz von Lennox zum Klingen …
und gemeinsam verwirklichen sie ihre Träume*

Die Landärztin Annabel Campbell hätte nie gedacht, dass sie sich so in das malerische Kirkby verlieben würde. Auch ihr Maine-Coon-Kater genießt die täglichen Besuche in der *Old Bakery*, in der Kristie das beste Shortbread von ganz Schottland backt. Hier trifft die optimistische Annabel auch immer wieder auf den rätselhaften Lennox Fraser.

Dieser fühlt sich als das schwarze Schaf der Familie. Insbesondere Vater Marlin ist strikt gegen Lennox' Karriere als Musiker. Als Waise weiß Annabel wie es ist, sich alleine durchzukämpfen. Die beiden scheinen perfekt füreinander. Doch ein lang gehütetes Familiengeheimnis kann nicht länger verheimlicht werden und stellt alles auf den Kopf …

Die Glückskuh von Kirkby:
Dieser Kurzroman spielt zeitgleich mit dem Ende von »Eine Destillerie für Kirkby« und dem Anfang von »Eine Bäckerei für Kirkby« – ohne aber irgendwas von den Inhalten zu spoilern. Diese Geschichte gibt es derzeit als eBook exklusiv für die Abonnent*innen meiner

»Letters from Kirkby« (https://carinmueller.de/kirkby-letters) und als Hörbuch überall im Handel.

Wer an dieser Quelle seine wahre Liebe küsst, bleibt für immer mit ihr zusammen …

Zwanzig Jahre nach dem ersten Kuss kehrt Adley MacAlpine nach Kirkby zurück und begegnet prompt Michael Cunningham, dem sie mit süßen vierzehn an der geheimnisvollen Waldquelle ewige Liebe geschworen hat. Nur um kurz darauf mit ihren Eltern nach Neuseeland auszuwandern.

Zwei Jahrzehnte später ist alles anders. Beide sind erwachsen, das Leben hat für Erfahrungen und Narben gesorgt und Adley eine kleine Tochter geschenkt. Nun ist sie mit Willow in ihre alte Heimat zurückgekehrt, um den Bauernhof ihres verstorbenen Großvaters zu verkaufen – doch da ist Michael, und die Anziehungskraft zwischen ihnen flackert erneut machtvoll auf.

Kann es nach so langer Zeit eine zweite Chance geben?

Highland Happiness – Geschichten aus Kirkby:
Der Sammelband mit allen »Extras« außerhalb von »Highland Hope« und »Highland Happiness« gibt es als eBook und Taschenbuch überall im Handel.

Sehnsucht nach den schottischen Highlands?

Im Highland Dörfchen Kirkby ist immer reichlich los: Begleite in der Kurzgeschichte »Weihnachten in Kirkby« Fotografin Luci und Anwalt Ian zu einem romantischen Weihnachtsfest auf Monroe Manor. Sei in der Novelle »Ein Sommer in Kirkby« hautnah mit dabei, wie sich die ambitionierte Modejournalistin Lila in den Skandal-Profireiter Cameron verliebt. Und erfahre im Kurzroman »Die Glückskuh von Kirkby«, ob Cowgirl Adley und Bio-Bauer Michael nach zwanzig Jahren noch eine zweite Chance haben.

Außerdem: Rezepte, Anekdoten und eine exklusive Preview auf ein kriminelles Kirkby-Abenteuer.

Für alle Fans von »Highland Hope« und Highland Happiness« und all jene, die es werden wollen. Die Geschichten sind spoilerfrei und in sich abgeschlossen.

Highland Happiness – Die Weberei von Kirkby:
Band 1 der zweiten Kirkby-Staffel gibt es als Taschenbuch und E-Book überall im Buchhandel. Ein Hörbuch folgt ebenfalls.

Kann man Glück und Liebe in einem Stoff verweben?

Harriet Harper wagt den Sprung in eine ungewisse Selbstständigkeit. Die Textildesignerin verlässt Londons schnelllebige Modebranche und gründet in Kirkby eine Weberei, um nachhaltige, stilvolle Stoffe herzustellen – und ein paar persönliche Wunden zu flicken.

Die kühne Idee stößt vor allem bei Bürgermeister Collum McDonald auf Begeisterung. Er träumt laut von einem eigenen Dorf-Tartan und heimlich von der zauberhaften Harriet als First Lady von Kirkby. Doch so glücklich sein Händchen für den Ort ist, in Liebesdingen ist er erschütternd hilflos.

Gut, dass die Seidenhühner Thelma und Louise noch ein Wörtchen mitzugackern haben …

Highland Happiness – Die Töpferei von Kirkby:
Band 2 der zweiten Kirkby-Staffel gibt es als Taschenbuch und E-Book überall im Buchhandel – und bald auch zum Hören.

Wenn die Liebe auf tönernen Füßen steht …

Hailey Fraser hält die Zügel in der Hand. Mit ihrem Vater managt sie das Reittrainingscenter in Kirkby und hat Pferde und Reiter voll im Griff – genauso wie ihre Männergeschichten. Bis auf Sean Gordon. Der berühmte Keramikmeister lebt zwar schon mehrere

Jahre im Ort, doch niemand kennt den zurückgezogenen Künstler wirklich.

Bei Vorbereitungen für die anstehenden Highland Games kommen sich die beiden näher und entdecken unter Schutzschichten aus Ton und Draufgängertum erstaunliche Ähnlichkeiten. Und eine überraschende Verbindung, die alles zu ruinieren droht. Mit einem Mal steht nicht nur ihr gemeinsames Glück auf der Kippe, sondern auch das von Haileys Schwester Kristie.

Muss sich Hailey zwischen ihrer Schwester und der Liebe entscheiden?

Highland Happiness – Das Herrenhaus von Kirkby: Band 3 der zweiten Kirkby-Staffel gibt es ab Juli 2023 als Taschenbuch und E-Book überall im Buchhandel – und zum Lauschen in allen Shops.

Wer bin ich wirklich?

Ainslee Ferguson ist es gewohnt, in viele Rollen zu schlüpfen. Als Darstellerin auf Historienmärkten bessert sie ihr bescheidenes Schneiderinnen-Einkommen auf. Erst in der Kirkby Tartan Mill auf Monroe Manor findet sie langsam zu sich – und zu Paul Starling, dessen Pudeldame Ivy sich in Ainslees Rüden Jules verknallt.

Paul ist oft in Kirkby, um seinen leiblichen Vater und seine Halbgeschwister kennenzulernen. Doch dann soll der smarte Historiker Gerüchten um die Besitzverhältnisse von Monroe Manor nachgehen und findet heraus, dass Ainslee womöglich die wahre Erbin ist – eine Erkenntnis, die im Dorf für allerlei Schockreaktionen sorgt.

Manchmal braucht es ein Erdbeben, um die Dinge geradezurücken …

Und danach? Das wird man sehen!

Wenn du nicht genug von Kirkby und seinen schrulligen Bewohnern bekommen kannst, dann schreib mir doch eine Mail an kirkby@charlottemcgregor.de. Ich freue mich immer riesig über Post von meinen Leser*innen.

Deine Charlotte

WER IST CHARLOTTE MCGREGOR?

»Mit Sehnsuchtsorten kennt sich Charlotte McGregor aus. Schon in frühester Kindheit fühlte sie sich zu Städten und Ländern hingezogen, die sie nur aus Büchern oder Filmen kannte. Kein Wunder, dass sie aus ihrem Fernweh einen Beruf gemacht hat. Die Journalistin schrieb jahrelang Reiseberichte für Zeitungen und Magazine, ehe sie ihre Lieblingsorte auch in Romanen verewigte. Derzeit schlägt ihr Herz für Schottland, wo sie regelmäßig mit ihrem Mann durch Städte, Dörfer und die Highlands streift und sich voller Enthusiasmus auf Whisky, Haggis und Kilts stürzt.«

Mehr: www.charlottemcgregor.de

So lautet die offizielle Vita in meinen »Highland Hope«-Romanen. Das ist auch alles richtig – und doch nur die halbe Wahrheit. Denn ich bin inzwischen Viele, eine regelrechte Autorinnen-WG, was daran liegt, dass ich mich nur ungern in festgefertigte Schablonen pressen lasse. Mich interessieren einfach so viele unterschiedliche Themen. Also hier eine etwas detailliertere Selbstbeschreibung:

Es gibt Menschen, die sind werteorientiert, ich bezeichne mich gerne als »worteorientiert«, denn dem geschriebenen Wort gehört seit früher Kindheit meine ganze Aufmerksamkeit. Buchstaben, Worte, Wörter und Texte üben bis heute eine magische Faszination auf mich aus, denn die Wucht, die dieses vergleichsweise bescheidene Werkzeug aus sechsundzwanzig Lettern und einigen Satzzeichen ausüben kann, ist beträchtlich.

Meine große Leidenschaft gehört dem belletristischen Schreiben. Mein erster Roman ist 2009 unter meinem Klarnamen Carin Müller bei Goldmann erschienen. Seitdem folgten mehr als zwei Dutzend weitere Titel bei Publikumsverlagen und in Eigenregie als Selfpublisher. Die wenigsten davon unter meinem richtigen Namen, denn eine Sache habe ich inzwischen auch gelernt: Leser lieben Schubladen und die will ich auch bedienen.

Für den etwas unkonventionelleren Blick über den Tellerrand habe ich meine Website und meinen Blog. Dort veröffentliche ich jeden Montag einen neuen Artikel zu einem Thema, das mir gerade unter den Nägeln brennt. Ich würde mich sehr freuen, wenn du mal einen Blick darauf wirfst. Außerdem gibt es auf meiner Seite alles über mich, meine Bücher und meinen Podcast zu erfahren. www.carinmueller.de

Wenn du es noch nicht getan hast, lade ich dich herzlich dazu ein, meine Leser-Post https://carinmueller.de/newsletter/leser-post zu abonnieren. Dort informiere ich regelmäßig (zurzeit etwa einmal pro Monat) über alles, was sich gerade bei mir tut und empfehle außerdem tolle Bücher von Kolleg*innen.

Ich freue mich auch über regen Austausch mit meinen Lesern. Du findest mich auf allen sozialen Medien und kannst mir aber gerne auch eine Mail schreiben. Ich beantworte jede Anfrage: post@carinmueller.de

Alles Liebe,

Deine Carin aka Charlotte^2

PS: Auf den nächsten Seiten findest du einen kleinen Überblick über meine bisherigen Veröffentlichungen.

MEINE BÜCHER

Veröffentlichungen als Charlotte McGregor:

»Ein Sommer in Kirkby« – 2020, SP
»Highland Hope – Ein Bed & Breakfast für Kirkby«
– 2021, Heyne Verlag
»Highland Hope – Ein Pub für Kirkby«
– 2021, Heyne Verlag
»Highland Hope – Eine Destillerie für Kirkby«
– 2021, Heyne Verlag
»Highland Hope – Eine Bäckerei für Kirkby«
– 2022, Heyne Verlag
»Island Dreams – Der Garten am Meer«
– 2022, Heyne Verlag
»Die Glückskuh von Kirkby« – 2022, SP
»Highland Happiness – Geschichten aus Kirkby«
– 2022, SP
»Highland Happiness – Die Weberei von Kirkby«
– 2023, SP
»Highland Happiness – Die Töpferei von Kirkby«
– 2023, SP
»Highland Happiness – Das Herrenhaus von Kirkby«
– 2023, SP

Veröffentlichungen als Charlotte Taylor:

Die Reihe »Hot Chocolate«
– 18 Titel, ab 2015, Bastei Lübbe
»San Francisco Millionaires Club – Ian« – 2017, SP
»San Francisco Millionaires Club – Derek«
– 2017, SP
»Robin – High in the Sky« – 2018, SP
»San Francisco Millionaires Club – Dan« – 2019, SP
»San Francisco Millionaires Club – Sammelband: Ian, Derek, Alistair, Dan« – 2020, SP
»Lebe, als gäbe es kein Morgen« – 2020, SP
»Lausche den Klängen deiner Seele« – 2021, SP
»Wandere auf unerforschten Pfaden« – 2021, SP
»L.A. Roommates 1 – Prickelnde Nächte und heiße Flirts« (Wiederveröffentlichung Teil 1 der »Hot Chocolate«-Geschichten) – 2022, Bastei Lübbe
»L.A. Roommates 2 – Wilde Herzen und süße Verführung« (Wiederveröffentlichung Teil 2 der »Hot Chocolate«-Geschichten) – 2022, Bastei Lübbe

Veröffentlichungen als Carin Müller:

»Mopsküsse« – 2009, Goldmann
»High Heels & Hundekuchen« – 2012, Goldmann
»Gefühlte Wahrheit – 2014, SP
»Hundstage« – 2014, SP
»Problemzonen« – 2015, SP

»Tage zwischen Ebbe und Flut«
– 2016, Droemer Knaur
»Hugo's Affairs – Wie war das mit den zauberhaften Anfängen?«
– 2022, SP (Wiederveröffentlichung von »Mopsküsse«)
»Hugo's Affairs – Wenn es nicht gut ist, ist es nicht das Ende!«
– 2022, SP (Wiederveröffentlichung von »High Heels und Hundekuchen«)

Veröffentlichungen als Nirac Rellum:

»Außenmission auf Kaipas V« – 2015, SP
»Ferien auf Tarkanus X« – 2017, SP

Einen kompletten Überblick über meine Romane – inklusive Cover und Klappentexte findest du auch hier in meinem Katalog. https://carinmueller.de/buecher